KB077059

"아예 작살을 내주마!"

클라우드 스타이너
(김진성)

제국 최연소
소드마스터, 썩어빠진
제국을 뒤집어엎고자
한다.

레베카 에렌시아

에렌시아 제국의 황녀.
계승 서열은 1황자와 2황자
다음이지만……
서출이라 그런지 클라우드에게
깊이 마음을 주고 있다.

"정말 와줬어."

클라우드는 왕자가 아니었고
이 상황 자체는 동화보다 잔인했다.
그래도 그는 정말 위험을 감수하고
자신을 구하러왔다.

지금 이 순간, 또 한 사람의
소드마스터가 탄생했다.

강철의 소드마스터 3

지은이 달필공자

삽화 KOSANMAKA

길찾기

프롤로그

동부요새, 지휘통제실.

큰 부상을 입은 아이젠 로이스를 제외한 모든 고위 장교들이 한 자리에 모여 있었다. 다들 굳은 얼굴로 앉아 있는 필립 폰 에렌시아 황태자의 눈치를 살피고 있었다.

그런데 그 때,

쾅!

회의실의 문이 열렸다.

다급한 얼굴의 병사가 들어왔고, 자연스럽게 사람들의 시선이 그 병사를 향했다.

"크, 큰일 났습니다! 2황자 측에서 황태자 전하를, 폐하를 시해하고 사자의 반지를 도둑질한 반역자라 선전하고 있습니다!"

"어찌 저런 참담한 짓을 아무렇지 않게 할 수 있단 말인가!"

"아무리 권좌가 좋다한들 저렇게 비열하게 나오다니, 도저히 용납할 수 없습니다!"

장교의 외침에 몇 명의 지휘관들이 외쳤다. 다른 이들도 분노를 감추지 못한 채, 필립을 바라보았다. 필립의 얼굴은 일그러져 있었지만 그것도 잠시, 그는 호흡을 가다듬었다.

"알았다. 그대는 그만 쉬게."

"예! 알겠습니다!"

필립의 말을 들은 병사는 그대로 지휘통제실 밖으로 나섰다.

"다들 진정하게. 어차피 저들에게 인장이 없는 이상, 할 수 있는 건 저런 짓밖에 없지."

"황제 폐하의 혜안이 그저 놀라울 따름입니다. 그 분이 로이스 자작을 살리지 않았으면 어찌 됐을지……."

'백금의 기사' 카일 웰링턴이 자신의 의견을 말하자 필립은 고개를 끄덕였다. 다행히 대의명분은 자신들에게 있었다. 물론 대의명분에만 기댈 생각은 없었지만.

"명분을 얻은 것은 다행이다. 그러나 현재 가장 중요한 것은 한시라도 빨리 제도를 탈환하는 것이다. 그렇지 못하면 인장을 차지하고 있는 의미가 사라질 것이다."

"비록 철도가 끊어졌습니다만 이어진 부분까지는 열차가 움직일 수 있습니다. 거기에다가 군용 트레일러만 움직인다면 보급은 문제될 게 없습니다."

"완벽하지는 않지만 그렇다고 대체를 아예 못 할 것은 아니라는 거군. 그래서 그 이후에는 어떻게 하면 좋겠나?"

"아직 저들의 사병이 제도에 합류하지 못한 지금, 단숨에 진격해서 제도를 탈환해야 합니다."

'사자의 기사' 해럴드 페르난도의 의견을 들은 필립과 다른 이들은 모두 고개를 끄덕였다. 딱 한 사람만 빼고.

"반대합니다. 그래서는 귀족들의 농간에 당할 것입니다."

그런데 그 때, 누군가가 입을 열었고 모두의 시선이 그쪽으로 향했다. 그곳에는 클라우드가 앉아있었다.

"그게 무슨 말이지?"

해럴드가 이글거리는 눈빛으로 클라우드를 노려보았다. 자신 있게 내세운 작전이 무시당했으니 클라우드를 좋게 볼 수가 없었다. 무시무시한 눈빛이었지만 클라우드는 전혀 신경 쓰지 않고 필립을 바라보았다.

"페르난도 백작의 말 대로 제도를 빨리 탈환하는 것은 중요합니다. 그래야 황제 폐하의 유지를 이을 수 있을 테니 말입니다."

"그런데도 반대하는 이유가 뭔가, 제이드 남작?"

클라우드를 바라보는 필립의 눈초리도 좋지 못 했다. 한 시라도 빨리 억울하게 돌아가신 아버지의 원한을 갚고 동생을 징벌하고 싶었다. 그런데 클라우드가 제동을 건 것이다. 자신의 마음을 다 알면서.

"백작의 말대로 저희가 병력을 움직일 수는 있습니다. 하지만 기억해주십시오. 끊어진 철도는 동부요새와 제도를 연결해준 철도입니다. 남부나 북부로 가기 위한 철도는 연결되어 있습니다."

"……그리고 남부에는 귀족들의 사병이 모여 있군."

필립은 클라우드의 말을 이해했다. 남부에는 남부 귀족들의 사병이 모여 있었다. 공화국군을 견제하기 위해 움직인 그들이었지만 이제는 아니었다.

"예, 그렇습니다. 저희가 병력을 전부 움직이면 남부요새의 귀족들이 저희를 곧바로 공격할 것입니다."

"자칫 잘못하면 본진을 잃고 제도와 동부요새 사이에 갇힐 수 있겠군? 그렇게 되면 우리는 끝이고 말이야."

공화국과의 전쟁 때문에 동부요새에는 막대한 물자가 쌓여있었다. 이런 동부요새를 잃으면 황태자파는 그대로 끝이었다. 그 어떤 부대라도 보급을 받지 않은 채 싸울 수는 없었다.

"하지만 이대로 있으면 적이 전력을 갖추게 됩니다. 그렇게 되면 아군은 필패입니다. 당장 저쪽에는 마장기 공장이 있지 않습니까? 반면, 저희는 현재 가지고 있는 120기의 마장기가 끝입니다."

해럴드가 다시 자신의 의견을 밝혔다. 틀린 말은 아니었다. 제도와 남부 쪽에는 마장기 공장이 모여 있었지만 동부 쪽에는 없었으니까.

필립은 클라우드를 바라보았다. 자신이 아는 클라우드는 무작정 반대만 하는 이가 아니었다. 분명히 대안이 있기 때문에 반대를 한 게 분명했다.

"백작의 말은 일리가 있다. 제이드 남작, 그대 역시 그것을 모르지는 않을 터. 그대는 어떤 식으로 제도를 탈환할 생각인가?"

"저희가 상대하는 이들은 귀족입니다. 그것도 영지를 가진 귀족들입니다. 그런 그들에게 가장 소중한 것은 자신의 영지일 겁니다. 안 그렇습니까?"

클라우드의 질문에 필립은 뭔가를 느꼈는지 자리에서 벌떡 일어났다. 그런 필립을 보며 클라우드는 말을 이어나갔다.

"영지 귀족들은 자신의 영지에 집착할 수밖에 없습니다. 그게 자신의 기반이니 당연한 노릇입니다. 그리고 저희는 그런 귀족들을 견제할 철도경비대가 있습니다. 특히 북부, 남부, 서부의 철도경비대는 건재하니 그대로 철도를 박살내버리면 됩니다. 그러면 제도로 향하는 길이 끊깁니다."

에렌시아 제국의 수도 팔칸은 제국의 중심부에 자리 잡고 있었다. 철도가 다 끊기면 그들은 고립되고 만다.

"……"

필립은 그제야 자신의 시야가 굉장히 좁아졌다는 것을 깨달았다. 자신이 가진 패도 제대로 이용하지 못 할 정도로 말이다. 그는 냉정함을 되찾고 클라우드를 응시했다.

"철도를 끊은 철도경비대는 그대로 유격대로 전환한 뒤, 귀족들을 공격합니다. 보급은 걱정할 필요 없을 겁니다. 적들이 제압한 곳은 제도뿐이고 전하를 지지하는 영주들은 건재하니 말입니다."

"우리는 어떻게 하면 좋은가?"

"우선 부대를 넷으로 재편합니다. 그 다음, 황태자 전하께서 이끄는 본대는 우선 제도의 동쪽으로 진군합니다. 황태자 전하께서 나서면 적들의 이목이 전하께 집중될 겁니다. 그 사이, 저를 비롯한 소드마스터들이 동반된 별동대가 철도경비대의 지원을 받아 귀족들의 영지를 파괴합니다. 그러면 제도에 모이려 하는 귀족들은 갈팡질팡 하게 될 겁니다."

그렇게 말한 클라우드는 웃었다. 필립은 그 미소를 보며 몸을 떨었다. 클라우드가 무엇을 노리는지 이제 이해한 것이다.

"과인이 이끄는 부대는 제도가 아니라 남부를 먼저 박살내야겠군."

"예, 그렇습니다. 남부에는 현재 귀족파의 주력부대가 모여 있으니 말입니다. 전하께서 제도로 향하고 있다는 걸 알면 저들은 바로 제도로 북상할 겁니다. 바로 그 시점이 적 주력을 끝장낼 때가 될 것입니다."

"과인은 제도로 가는 척하면서 남하해 남부의 부대를 격파하면 되겠군. 그리고 다시 제도의 동쪽으로 향하면 되고. 그럼 남은 세 부대는 어떤 식으로 움직이지?"

"첫 번째 부대는 북쪽으로 가서 귀족들의 영지를 휘저으면서 북쪽과 제도를 이어주는 길목을 차단합니다. 두 번째와 세 번째 부대는 우선은 남부로 내려갑니다. 다만 두 번째 부대는 적과 싸우는 것보다 서부로 향하는 걸 우선해야 합니다. 서부를 휘저으면서 제도와 서부의 연결을 끊어야 합니다."

클라우드의 설명을 들은 필립은 자기도 모르게 입가에 미소를 머금었다. 그가 뭘 노리는지 이제 이해가 됐다.

"세 번째 부대는 남부를 정리한 뒤, 제도의 남쪽을 틀어막겠군."

"예. 그렇게 되면 제도는 그대로 고립됩니다. 그러면 반역자들은 오래 버틸 수 없을 겁니다. 그리고 남부를 공격할 이유는 또 있습니다."

"남부에는 마장기 공장이 있다. 맞나?"

"전하의 말씀대로입니다."

클라우드는 총기가 돌아온 필립을 보며 만족했다. 제국의 서부와 남부에 마장기를 생산하는 거대한 공장이 있었다. 그 중 하나만 얻어도 보급 걱정은 더 이상 할 필요가 없었다.

"……"

클라우드의 말은 그것으로 끝났다. 아무도 말을 잇지 못 했다. 온몸을 떨리게 할 정도로 강렬한 전율이 그들을 사로잡은 것이다.

'괴물인가?'

카일은 떨리는 손을 움켜쥐었다. 황태자의 작전에 알아서 맞춰 움직이는 것을 보고 대단하다 싶었지만 이건 상상을 초월했다.

이런 짧은 시간에 대전략과 세부적인 전술을 짤 수 있을 것이라고는 상상도 하지 못 했다. 작전을 짜는 능력만으로도 감탄이 절로 나오는데 클라우드는 소드마스터였다. 말 그대로 사기적인 조합이었다.

그 때, 해럴드가 입을 열었다.

"……이건 뭐라 할 말이 없군. 제도에 집착한 나머지 가장 중요한 것을 잊고 있었다. 우리의 적이 누구인지 알았으면, 또 우리가 가진 패를 적절히 이용하면 쉽게 나오는 답이었는데 말이다."

"아닙니다. 백작님의 작전은 일리가 있었고 저는 그것을 좀 더 잘 살린 것에 지나지 않습니다."

해럴드가 자책하자 클라우드는 고개를 저으며 말했다. 자신을 배려해준 클라우에게 고마움을 느낀 해럴드의 입가에 희미한 미소가 나타났다.

"모두 이의가 없는 것으로 알겠다. 그러면 제이드 남작의 작전을 따르도록 한다."

"잠시만 기다려주십시오, 전하."

실내에 울려 퍼지는 강인한 여인의 목소리. 사람들은 자연스럽게 목소리의 주인을 바라보았다.

제국기사 서열 제 3위,

'청염의 기사' 올리비아 폰 아르젠트가 무심한 얼굴로 앉아 있었다.

"이의가 있나, 아르젠트 백작?"

"작전 자체에 이의는 없습니다. 하지만 그 전에 해야 할 일이 있지 않습니까?"

"해야 할 일이라고?"

올리비아의 질문에 고민하기 시작한 필립. 무슨 생각을 했는지 그의 안색이 금방 나빠졌다.

"이 자리에 있는 귀족들의 가족들을 말하는 건가?"

"예, 그렇습니다."

올리비아의 답변을 들은 사람들의 안색이 어두워졌다. 그렇다. 자신들의 영지에 가족을 둔 이들도 있었지만 제도에서 가족과 함께 살고 있는 이들도 있었다. 이안 폰 에렌시아의 잔인한 성격을 생각할 때, 인질을 삼을 가능성이 높았다.

"그 뿐만이 아닙니다. 제도에는 황녀 저하가 있지 않습니까?"

"……레베카인가. 그대의 말이 옳다."

서녀라 해도 레베카는 황족이었다. 그런 그녀가 이안과 함께 있다는 사실이 알려지면 아무래도 이안 쪽에 무게가 실릴 수밖에 없었다. 허나 그 사실을 알아도 섣불리 나설 수 없었다. 전투가 일어나는 건 시간문제였고 안 그래도 병력이 부족한 상황에서 인질들을 구할 병력을 따로 빼낼 수 없었기 때문에.

"제가 가겠습니다, 전하. 황녀 저하와 다른 분들의 가족을 구하겠습니다."

"진심인가, 제이드 남작?"

"예. 제도의 남쪽을 파견하는 부대가 있지 않습니까? 제가 그 부대에 합류해서 작전을 수행한 뒤에 황녀 저하와 다른 사람들을 구하겠습니다."

"다들 동의하는가?"

필립이 묻자 다들 동의했다. 소드마스터가 된 클라우드라면 안심하고 가족을 맡길 수 있었다.

"좋다. 제이드 남작. 그대를 믿고 맡기겠다. 혹시 필요한 게 있는가?"

"그러면 철도경비대의……."

클라우드가 말을 이어나갔고 필립은 고개를 끄덕였다. 그리고 자리에서 벌떡 일어났다.

"과인은 아르젠트 백작과 함께 중앙기사단을 이끌고 제도로 향하겠다. 제도가 제압됐다고 하지만 아이젠 자작의 말을 들어본 결과, 근위기사단이나 제도방위사령부가 완전히 제압된 건 아니다. 분명히 탈출한 이들이 있을 터이니 그들과 합류한 뒤, 남부의 귀족파를 격파하겠다!"

필립이 선언하자 모두 고개를 숙였다. 그 모습을 보며 그는 말을 이어나갔다.

"페르난도 백작은 철도경비대의 2개 대대를 이끌고 북부로 향하라. 가서 북부의 철도 경비대와 합류한 뒤에 북부의 귀족들을 쓰러드리도록 해라."

"전하의 명을 받듭니다!"

해럴드가 우렁찬 목소리로 대답했다. 그를 만족스러운 얼굴로 바라본 필립은 고개를 돌려 다른 이들을 바라보았다.

"웰링턴 백작, 그대는 철도경비대의 2개 대대와 귀족들의 병력을 이끌고 남부로 가라. 그대가 남부의 주력군을 붙잡는 사이, 제이드 남작이 제도로 향할 것이다."

"명을 받듭니다."

카일은 순순히 대답했다.

"제이드 남작."

"예, 전하."

"제7 기갑사단의 남은 병력을 재편하여 별동대를 만들도록 하겠다. 그대가 그들을 지휘하도록."

"명을 받듭니다."

여기까지는 예상했다. 하지만 이어지는 필립의 말에 당혹감을 감추지 못 했다.

"총사령관의 권한에 따라 그대를 준장으로 진급시키겠다. 별동대의 대장으로서 그 능력을 마음껏 펼쳐라."

> 클라우드 폰 제이드가 준장으로 임명받았습니다.
> 그의 직업이 에렌시아 제국 대위에서,
> 에렌시아 제국 준장으로 바뀝니다.
> 장군으로 임명됨에 따라 카리스마 및
> 지휘관의 레벨이 각각 2씩 상승합니다.
> 현재 카리스마 레벨은 16, 지휘관의 레벨은 15입니다.

"전하의 명을 받듭니다!"

갑작스러운 특진이었지만 클라우드는 바로 침착함을 되찾았다. 반대하는 사람은 아무도 없었다. 군의 체계라는 게 있지만 지금은 비상 사태였고 무엇보다 클라우드는 소드마스터였다.

"니콜라스 놈과 이안에게 한 방 먹기는 했지만 우리는 아직 지지 않았다. 그렇지 않은가!"

"예, 그렇습니다!"

"어차피 정리하려고 했던 귀족파다. 먼저 저들이 반역을 일으킨 이상, 명분은 우리에게 있다. 이번 기회에 놈들을 완전히 정리하도록 한다!"

"명을 받듭니다!"

모두가 하나가 되어 외쳤다.

이제 전쟁은 멀지 않았다.

———————◆———————

필립이 해산하라 말했고 다들 지휘통제실을 떠났다. 하지만 클라우드와 루시아는 떠나지 않았다.

"정말 대단하군, 클라우드. 도대체 어떻게 하면 그런 작전을 떠올릴 수 있나?"

"그게 뭐 대단하다고 그래? 다들 너무 흥분해서 잠시 생각을 못 했을 뿐이야."

"그런 상황에서도 침착하게 생각한 건 분명히 대단한 일이다. 그대는 좀 더 자신에 대해 자부심을 느낄 필요가 있다."

루시아의 말에 클라우드는 고개를 저었다. 황제에게 충성하는 다른 사람들이라면 모를까, 자신이 흥분할 일은 없었다.

"그건 그렇고 그대가 나를 지명할 줄은 몰랐다."

"너를 안 데리고 가면 누구를 데리고 가?"

"입에 발린 말이지만 그래도 듣기는 좋군. 잘 부탁한다."

"그래. 곧 움직일 거니까 얼른 준비해줘."

"그래야지. 가는 동안에도 가르침을 부탁한다."

루시아가 부탁하지 않아도 글러 생각이었다. 그녀라면 분명히 의식의 한계를 뛰어넘고 소드마스터가 될 수 있을 거라 믿었기 때문에.

그 대화를 끝으로 루시아가 먼저 떠났다. 홀로 남은 클라우드는 씨익 웃었다.

'2황자한테 고마워해야겠어.'

세력을 쌓기 위해서는 병력이 필요했다. 기사든, 군대든 자신만의 병력이 없는 귀족이 거대한 세력으로 성장하는 것은 불가능하니까.

하지만 상황이 바뀌었다. 별동대라고 하지만 군대를 지휘하게 된 것이다. 군대라는 날개가 알아서 달라붙은 격이었다.

'별동대는 대부분 귀족들로 사병으로 이루어져 있지. 그리고 그 귀족들이 사라진다면……'

남부요새를 박살내고 남부의 영지를 접수하면 더 빠르게 세력을 쌓을 수 있게 된다. 이번 내전은 자신이 세력을 쌓을 수 있는 기회였다. 이 기회를 놓치면 크게 성장할 기회는 없다고 봐도 무방하리라.

'이제 시작이다.'

날개를 얻은 이상, 이제 날아올라야 할 때였다.

제1장 날개를 달다

제도에서 혼란이 발생한 지 일주일이 흘렀다.

그 사이, 에렌시아 제국은 혼란에 빠졌다.

제도방위사령부의 사령관인 아이젠 로이스 자작이 갑자기 황제를 시해한 것도 받아들이기 힘들었다. 그런 상황에서 황태자 필립이 주동자라고 알려진 것이다.

이미 황태자였으며 크로얀 공화국을 상대로 대승을 거두면서 입지를 다진 필립이었다. 그런 그가 왜 무리하게 반역을 일으켰는지 사람들은 이해할 수 없었다. 오히려 제국의 국민들은 즉위를 선포한 이안과 귀족파를 의심했다.

그 때, 국민들의 의심이 더욱 짙어지는 상황이 발생했다. 필립을 지지하던 지방 영주들이 일제히 이안의 황제 즉위에 대한 반대성명을 낸 것이다. 특히 필립을 지지하는 이들이 많던 동부 귀족들의 반대가 거셌다.

-반역을 일으킨 것은 2황자를 위시한 귀족파이다! 황태자 전하가 큰 공을 세우자 위기라고 느껴 반역을 일으킨 것이다!-

황실은 사실무근이라고 성명을 발표했지만 믿는 사람은 아무도 없었다. 길길이 날뛴 이안은 제도 근처에 모여있던 귀족들의 사

18 강철의 소드마스터

병을 보내 토벌하려 했다. 하지만 이안은 자신의 뜻을 관철할 수 없었다.

전국에 퍼져있던 철도경비대가 제도와 연결된 철도들을 모두 끊는데 성공한 것이다. 이 소식은 얼마 지나지 않아 바로 제도에 전해졌다.

"철도경비대! 이 빌어먹을 놈들이 감히!"

권좌에 앉은 이안이 분노를 토해냈다. 그러자 모두 고개를 숙였다. 하지만 이안은 근심이 가득한 귀족들의 표정을 놓치지 않았고 그의 분노는 더욱 커졌다.

"반역자가 날뛰는 지금, 자신들의 영지만 신경 쓰다니! 그러고도 그대들이 이 나라의 대신인가!"

"……."

이안의 지적에 귀족들은 침묵을 지켰다. 허나 귀족들에게는 영지로 돌아갈 수 없다는 게 더 큰 문제였다.

"되는 게 없구나, 되는 게!"

반역을 성공시켜 선황을 잡았을 때까지만 해도 즐거웠다. 하지만 즐거움은 딱 거기까지였다. 제압했다고 생각한 제도방위사령부의 병사들과 근위기사단의 일부가 탈출한 것이다. 그것만으로도 화가 치밀었는데 선황에게 사자의 반지가 없다는 것을 알게 되었다.

'마지막까지 초를 치시다니!'

이안은 죽은 선황을 떠올리며 이를 갈았다. 사자의 반지가 없다는 것을 안 순간, 분노를 참지 못 하고 선황을 죽였다. 하지만 아버지를 죽였다는 슬픔은 없었다. 그만큼 선황에 대한 그의 분노는 컸다.

"영주들은 철도경비대 하나 대처하지 못 하고 도대체 뭘 한 것이냐!"

"고정하십시오, 폐하. 각지의 영주들이 제도로 모여들고 있다는 것은 폐하도 잘 아시지 않습니까?"

그 때, 니콜라스가 입을 열었다. 이안은 그런 그를 이글거리는 눈빛으로 노려보았다. 하지만 니콜라스는 담담한 얼굴로 이안의 시선을 받아냈다. 그게 이안의 분노를 더 키웠다.

"철도경비대가 반역자를 따르지 않는가! 그에 대해 대비를 해 놨어야지! 내 말이 틀렸나, 니콜라스!"

"폐하의 말씀이 지당하십니다. 허나 이제 와서 누구를 질책하는 것 또한 무의미한 바, 지금은 반역자를 토벌하는 게 우선 아니겠습니까?"

니콜라스가 고개를 숙이며 말하자 이안의 눈에 이채가 떠올랐다. 분노를 가라앉힌 이안은 다시 권좌에 올랐다.

"계속 말해 보게."

"철도경비대나 반역자를 따르는 지방 영주들에게 연연할 필요 없습니다."

"그러면?"

"황제 폐하께서 권좌에 앉은 이상, 반역자의 수괴가 직접 제도로 쳐들어올 것입니다. 그들만 격파하면 철도경비대뿐만 아니라 반역자를 지지하던 영주들은 아무 것도 하지 못할 것입니다. 그러기 위해 영주들이 병력을 이끌고 제도에 합류한 거 아니겠습니까?"

"확실히 후작의 말은 일리가 있다. 허나 지금 제도는 고립된 상황이다. 장기전으로 가다가는 우리가 패할 수 있다."

"그 부분은 걱정하지 않으셔도 됩니다."

가만히 듣고 있던 칼리안이 입을 열었다. 소드마스터가 나서자 이안은 반색하며 그를 바라보았다.

"복안이 있는가, 스타이너 백작?"

"제도의 부대가 저희의 주력입니다만 그게 전부가 아닙니다. 공화국과의 전쟁 때문에 남부요새에 귀족파의 부대가 모였고 그들은 아직 해산하지 않았습니다."

"그렇다면!"

"반란군의 수괴가 제도에 온다면 곧장 제도의 병력을 움직여 맞대응합니다. 그에 맞춰 남부요새의 병력이 올라와 반란군의 후방을 점하면 됩니다. 그러면 반란군을 포위 및 섬멸할 수 있습니다."

칼리안의 말에 다른 귀족들은 감탄을 금치 못 했다. 이안 역시 흡족해했지만 아직 불안한 부분이 있었다.

"하나 물어볼 게 있다, 스타이너 백작."

대전에 나지막한 목소리가 울려 퍼졌다. 하지만 아무도 등한시할 수 없었다. 카젠트 폰 마르가스가 나섰기 때문에.

"뭐지?"

"수괴의 성격을 생각하면 분명히 공화국을 견제하기 위해 동부요새에 병력을 남겨둘 것이다. 허나 그가 위기에 처하면 남은 전력이 구원하러 올 수도 있는데. 그건 어떻게 대처할 것이지?"

카젠트가 질문하자 이안은 칼리안을 바라보았다. 갑작스러운 질문이었지만 칼리안은 조금도 당황하지 않았다.

"동부 귀족들 대부분이 반란군을 따르는 게 사실이다. 허나 동부에도 폐하께 충성을 맹세한 귀족들이 아예 없는 것은 아니다. 현재 그들은 자신들의 영지를 지키고 있다. 그들을 이용하면 동부 요새에서 오는 구원을 막을 수 있을 것이다."

칼리안의 말에 질문을 한 카젠트는 물론 다른 귀족들도 모두 고개를 끄덕였다.

쿵!

이안이 자리에서 벌떡 일어났다. 그의 얼굴에는 어느새 환한 미소가 자리 잡고 있었다.

"백작의 말이 옳도다! 남부요새의 귀족들에게 통신을 보내라! 한시라도 빨리 움직이라고 말이다! 그리고 필립이 오면 짐이 직접 반역자를 토벌하리라!"

"폐하의 명을 받듭니다!"

이안의 명령에 모든 신하들이 고개를 숙이며 대답했다.

그런데 그 때, 대전의 문이 열렸다.

"폐하! 큰일 났습니다!"

이번 쿠데타에서 큰 공을 세운 지노 더들리 남작이 다급하게 뛰었다.

"무슨 일인가, 남작?"

"반란군의 수괴 필립이 움직였습니다!"

"그건 이미 예상하고 있던 거 아닌가?"

"그 뿐만이 아니옵니다. 현재 반란군은 세 부대로 나뉘어져 북부와 남부의 영지를 공격하기 시작했습니다. 이에 철도경비대와 필립을 지지하던 영주들이 호응했습니다!"

"뭐라!"

이안의 안색이 창백해졌다. 그뿐만이 아니었다. 이곳에 있던 대부분의 대신들이 당혹감을 감추지 못 했다. 안 그래도 철도가 끊겨 영지로 돌아가기 힘든 상황이었다. 그런데 이제는 영지가 공격을 받았다는 것이다.

하지만 모두 다 불안해하는 것은 아니었다. 니콜라스와 카젠트는 여전히 느긋했다. 또 칼리안은 두 눈을 빛냈다. 먹이를 발견한 맹수의 눈빛과 같았다.

"필립! 필립! 또 네놈이 나를 방해하는 구나!"

그것을 모르는 이안은 분노를 참지 못 하고 길길이 날뛰었다. 클라우드의 작전이 제대로 먹혀든 순간이었다.

클라우드가 이끄는 별동대는 동부와 맞닿은 남부의 로시오 영지를 공격했다. 총 25기의 마장기와 3000명의 병사들이 로시오 영지를 노렸다.

반면, 클라우드의 별동대에 대항하는 로시오 영지의 마장기는 화이트울프 2기와 블랙이글 3기로 총5기뿐이었다. 병사의 숫자도 1000여명에 지나지 않았다. 남부요새로 향하는 바람에 영지의 전력이 크게 줄어든 것이다.

"역시 빈집털이가 최고지."

클라우드는 로시오 성을 보며 웃었다. 성벽 위에 있는 병사들의 얼굴에는 두려움이 가득 했다. 어떻게든 마력포를 쏘며 저항했지만 포탄은 별동대에 닿지도 못 했다.

팟!

화이트라이거가 무서운 속도로 로시오 성을 향해 질주했다.

-남작님! 너무 빠릅니다! 이대로라면 적의 집중 사격에 당할 수 있습니다!-

"그 농담, 정말 재미없군."

클라우드가 혼자 앞장서자 로렌스가 기겁해 통신을 보냈다. 하지만 클라우드는 가볍게 무시하고는 조종간을 당겼다. 화이트라이거의 속도가 더욱 빨라졌다.

쾅! 쾅! 쾅!

공포에 질린 로시오 성의 병사들은 화이트라이거에게 마력포를 퍼부었다. 다섯 기의 마장기들도 있는 힘껏 소형 마력포를 쐈다. 하지만 한 발도 화이트라이거의 몸에 닿지 못 했다.

"사격 훈련을 더 해야겠어!"

병사들을 비웃은 클라우드가 조종간을 밀었다. 그러자 화이트라이거가 들고 있던 검을 내리그었고 그와 동시에 오러 블레스트가 날아갔다.

콰아앙!

굉음과 함께 성문이 그대로 무너졌고 화이트라이거가 진입했다. 그러자 성벽 위에서 대응하고 있던 다섯 기의 마장기가 일제히 화이트라이거를 향해 달려들었다.

쉬에에엑!

화이트울프 하나가 그레이트소드를 내질렀다. 길쭉한 칼날 부분에는 푸른 오러가 휘감겨 있었다. 하지만 화이트라이거는 검을 세워 손쉽게 화이트울프의 공격을 막아냈다. 검에는 오러 블레이드가 실려 있었다.

콰아앙!

화이트울프가 휘두른 검이 산산이 부서졌다. 그러자 화이트울프는 재빨리 뒤로 물러났지만 화이트라이거는 단숨에 거리를 좁혀 검을 휘둘렀다.

콰드득!

화이트울프의 두부가 잘려나갔다. 화이트라이거는 거기서 멈추지 않고 화이트울프를 걷어찼다. 화이트울프는 그대로 튕겨져 땅바닥을 굴렀다. 그리고 더 이상 일어나지 못 했다. 라이더가 의식을 잃은 것이다.

'소중히 해야지.'

한 기의 마장기가 아쉬운 판국이었다. 괜히 파괴할 이유가 없었다. 그리고 여기서 얻는 것들은 전부 자신의 것이 될 것이다. 최대한 전력을 모으기 위해서라도 쓸데없는 파괴 행위는 지양하는 게 옳으리라.

그 때, 블랙이글 세 기와 남은 화이트울프 한 기가 동시에 달려들었다. 클라우드는 그들을 보며 방아쇠를 당겼다.

타타타탕!

네 발의 마력탄이 각 마장기의 두부를 향해 날아갔다. 폭발과 함께 세 대의 마장기가 머리를 잃은 채 나가떨어졌다. 오직 화이트울프 하나만이 방패를 들어 마력탄을 막아냈다.

"꽤 하는데?"

자신을 향해 달려드는 화이트울프를 보며 클라우드는 감탄했다. 거리를 좁힌 화이트울프는 그대로 화이트라이거를 향해 검을 휘둘렀다. 녹색의 오러가 흉흉한 빛을 뿜어냈다.

콰아앙!

하지만 그 뿐이었다. 화이트라이거가 검을 맞받아 치는 순간, 화이트울프의 검이 허공으로 치솟았다. 화이트라이거가 무장을 잃은 화이트울프의 다리를 걷어찼다. 균형을 잃은 화이트울프는 바닥에 쓰러지고 말았다.

"……."

로시우 성의 병사들과 성 안으로 들어온 별동대의 병사들은 명한 얼굴로 그 광경을 바라보았다. 다섯 기의 마장기가 눈 깜짝할 사이에 무력화된 것이다. 심지어 그 과정에서 죽은 사람 하나 없었다.

압도적인 힘이었다.

"항복해라! 같은 제국인이 싸울 필요가 어디에 있나! 그대들에게는 죄를 묻지 않겠다. 모두 항복해라!"

클라우드의 목소리가 성 전체에 울려 퍼졌다.

툭! 투툭!

그러자 로시우 성의 병사들은 일제히 총을 바닥에 던지고 두 손을 높이 들어올렸다. 마장기 다섯 기를 순식간에 쓰러뜨리는 괴물과 싸울 생각은 전혀 없었다.

마장기의 라이더들도 다를 바 없었다. 의식을 잃은 한 사람만 제외하고 다들 두 손을 높게 든 채, 조종석 밖으로 나왔다.

그렇게 클라우드는 홀로 하나의 성을 함락시켰다.

"훌륭한 선택이다!"

클라우드는 항복을 한 병사들을 보며 만족했다. 그런데 로렌스가 다시 그에게 통신을 보냈다.

-아무리 그래도 그렇지 혼자서 성을 함락시키면 어떻게 합니까? 상식이 무너지는 기분입니다-

"소드마스터라면 다들 할 수 있을 거다."

-다들 괴물이군요-

로렌스가 투덜거리자 클라우드는 피식 웃었다.

"아군은 여기서 휴식을 취하고 적들의 마장기를 수습해라. 세 시간 뒤에, 다음 영지로 향한다. 아젤 남작과 케네스 남작한테도 전달하는 걸 잊지 말고."

-명을 받듭니다!-

클라우드의 말에 대답한 로렌스는 통신을 껐다.

"영지가 위험하다는 것을 알았으니 남부요새에 있는 놈들도 이 제 벌벌 떨고 있겠지. 제도로 향할지 아니면 우리를 상대할지 기대되는군."

남부요새에 있는 적 마장기의 숫자는 총 50대. 하지만 클라우드는 전혀 두렵지 않았다. 자신은 때리는 입장이었고 저들은 지키는 입장이었다. 그리고 저들은 때릴 곳이 정말 많았다.

"아예 작살을 내주지."

빈집털이의 위대함을 보여주리라!

"방금 전, 스코트 영지가 함락됐다는 소식이 들어왔소."

"허어."

"이럴 수가……."

남부요새의 사령관 및 제국 남부에서 가장 거대한 영지를 가진 할트만 폰 리사르 백작이 입을 열었다. 그러자 안 그래도 어두웠던 귀족들의 얼굴이 더 일그러졌다.

벌써 네 개째였다. 클라우드가 이끄는 별동대가 남부에 들어온 지 겨우 사흘이 지났을 뿐인데, 네 개의 영지가 무너진 것이다. 가공하다는 말 외에는 표현할 말이 없을 정도로 빠른 진격 속도였다.

"이번에도 그 빌어먹을 서자 놈이 혼자서 함락시켰습니까?"

"그렇다고 하오. 적의 피해는 전무, 아니 우리가 남긴 마장기를 획득했으니 더 전력이 늘었을 것이오."

쿵!

할트만의 말이 끝나기 무섭게 한 귀족이 책상을 후려쳤다. 방금 전, 영지를 잃은 텔리언 폰 스코트 남작이었다.

"제도에 가기 전에 저놈들부터 박살내야 합니다. 이래서야 저희 기반을 다 잃게 생겼습니다!"

"스코트 남작의 말이 맞습니다! 아무리 반란군을 격멸시키면 뭐합니까! 자기 영지도 지키지 못한 영주 소리를 들을 판국인데 말입니다!"

귀족들이 이구동성으로 외쳤다. 다들 남부에 영지를 가지고 있는 사람들이었다. 클라우드가 언제 자신들의 영지를 함락시킬지 모르는 지금, 그들의 발등에는 불이 떨어진 상황이라 해도 과언이 아니었다.

하지만 지휘통제실에는 영지 귀족들만 있는 게 아니었다.

"무슨 소리하는 겁니까! 황제 폐하께서 제도에 합류하라는 명령이 내리신지 사흘이 지났습니다. 그런데도 이렇게 가만히 있는 건 폐하의 명령을 어기는 것입니다!"

단승 귀족 중 한 사람인 리비아스 트론 남작이 외쳤다.

"맞습니다! 얼른 제도에 합류하여 반란군의 수괴를 제압해야 합니다!"

"괜히 시간을 끌 필요가 없습니다!"

단승 귀족들이 외쳤다. 이번 내전이 끝나면 자신들도 영지를 받을 수 있다고 믿었다. 그러기 위해서는 공을 세워야 하는데 영지 귀족들 때문에 계속 남부요새에 있어 그들의 불만은 하늘을 찔렀다.

"그걸 지금 말이라 하는 것이오!"

"황제 폐하의 뜻보다 자신의 욕망을 우선하면서 잘도 말하는군!"

"말 다 했소! 후방의 안전을 도모해야 적극적인 공세에도 문제가 없는 건 상식 아니오!"

텔리언 남작이 자리에서 벌떡 일어나 외쳤다. 이에 질세라 리비아스 남작도 자리에서 일어났다. 서로를 노려보는 두 사람의 눈빛은 굉장히 사나웠다.

"적 주력을 격파하면 그깟 별동대 따위는 금방 처리할 수 있다!"

"적 주력을 공격하려다 별동대로부터 후방을 위협당하면 너희가 책임을 질 것인가!"

"황제폐하께 충성을 의심받는 것 보다는 나아!"

텔리언 남작과 리비아스 남작 모두 의견을 양보할 생각이 없었다. 서로에게 걸린 것이 다른 만큼, 타협은 불가능했다.

영지 귀족과 단승 귀족들의 대립을 보며 할트만은 눈을 감았다.

'어렵구나.'

처음 반란군이 네 부대로 나눠졌다고 생각했을 때까지만 해도 적을 무시했다. 안 그래도 부족한 전력을 쪼갠 게 아닌가. 남부의 군세와 제도의 군세가 힘을 합하면 필립의 군세를 깨는 것은 쉬웠다.

하지만 네 부대 중 세 부대가 남부와 북부를 휩쓸고 있다는 소식을 듣자, 자신의 생각이 틀렸음을 깨달았다. 특히 남부에 온 부대가 두 개라는 것을 깨달은 순간, 그는 경악할 수밖에 없었다.

'우리의 약점을 정확하게 간파했다. 이래서야 싸우기도 전에 무너진다.'

이안을 따르는 이들은 대부분 영주였다. 그들에게는 영지가 가장 중요했다. 황명을 거부할 정도로 말이다. 공을 세우고 싶어 하는 단승 귀족들이 당연히 반발할 수밖에 없었다.

'도대체 누가 이런 악랄한 계획을 짰단 말인가!'

귀족파를 내부에서부터 무너뜨리고 있었다. 보이지 않는 적의 지휘관이 두려웠다. 그렇다고 해서 적을 가만히 놔둘 수는 없었지만 말이다.

"병력을 셋으로 나누도록 하겠소. 영주들은 자신들의 사병을 이끌고 카일 웰링턴과 클라우드 폰 제이드를 막으시오. 나는 본대를 이끌고 제도로 향하겠소."

마침내 눈을 뜬 할트만이 입을 열었다. 그러자 모두의 시선이 할트만을 향했다.

"어차피 후방에 위협을 남겨둔 채 움직일 수는 없소. 보통 적도 아니니 반드시 이번 기회에 궤멸시켜야 하오."

그 때, 한 단승 귀족이 입을 열었다.

"카일 놈은 아직 본격적으로 진군하지 않았으니 여유가 있습니다. 허나 클라우드 놈은 지금 스코트 영지에 있지 않습니까? 그곳은 남부의 중앙이나 다름없습니다. 우리가 부대를 보내도 어디로든 도망치면 그만입니다. 저들의 진격 속도를 생각하면 쫓는 것은 불가능합니다."

"소드마스터가 도망칠 리 없지 않은가!"

다른 영지 귀족이 그 단승 귀족의 말에 반발했다. 두 세력이 그렇게 서로를 향해 소리를 지르려고 할 때,

"그만!"

할트만이 크게 외쳤고 다들 입을 다물었다. 한숨을 내쉰 할트만은 다시 말을 이었다.

"이제까지 클라우드 폰 제이드 남작은 혼자서 네 개의 성을 무너뜨렸소. 직접 본 적은 없지만 자기를 과시하려는 욕구가 강한 사람이 분명하오. 그런 사람이 더 큰 공을 세울 기회를 놓치지 않겠지."

할트만의 말은 일리가 있었기에 다들 고개를 끄덕였다.

"적의 소드마스터를 하나라도 줄인다면 황제 폐하께서도 기뻐하실 것이오."

"하지만 적의 전력이 아군보다 우세한 지금, 전력을 나눈 상태로 이길 수 있겠습니까? 거기에 저희는 그 빌어먹을 서자를 상대할 자가 없습니다. 카일 웰링턴까지 가세하면 반란군의 기세가 걷잡을 수 없을 정도로 커질 겁니다."

"클라크 용병단을 부를 것이오."

"클라크 용병단을!?"

"으음, 그들까지 부른다면……."

할트만의 말에 다들 놀라움을 감추지 못 했다.

클라크 용병단.

각국의 분쟁지역을 돌아다니며 싸우는 이들로 리사르 영지에 본부를 두고 있었다. 여기까지는 여타의 용병단과 다를 바 없지만 그들에게는 한 가지 특이한 점이 있었다.

크로얀 공화국군은 무조건 적대한다는 것이었다. 그리고 그들은 크로얀 공화국군을 상대로 단 한 번도 진 적이 없었다. 크로얀 공화국군은 대륙에서도 정예군으로 유명하다는 것을 생각할 때, 정말 놀라운 일이었다.

"부족한 전력을 채우고도 남는다 생각하오. 아니 그러한가?"

"그렇습니다."

할트만이 묻자 영지 귀족들은 만족스러운 얼굴로 고개를 끄덕였다.

"적에게 무서운 지휘관이 있는 것이 분명하오. 절대 섣불리 움직이지 마시오."

"명심하겠습니다."

"걱정하지 않으셔도 됩니다."

벌써부터 이겼다는 것처럼 말하는 영지 귀족들을 보며 할트만은 고개를 흔들었다. 불안해 미칠 것 같았다.

'부디 이기기를.'

그는 간절히 기원했다.

"지금쯤 남부의 반란군들은 고민할 것이다. 원래대로라면 황태자 전하를 공격해야 하는 게 맞지만 자신의 영지가 걸려 있으니 함부로 움직일 수가 없지."

"볼 것도 없이 우리를 공격할 것입니다, 제이드 남작. 그 욕심쟁이들이 자신의 영지가 공격당하는 것을 참을 리가 없지요."

짧은 갈색 머리를 가진 30대 중반의 남성, 아젤 폰 마르코 남작이 웃으며 말했다. 그러자 옆에 앉아있던 백발의 노인이 입을 열었다. 노인의 이름은 케네스 폰 카스팔로 계급은 남작이었다.

"내 생각도 그렇습니다. 그리고 후방에 있는 적부터 먼저 정리하는 것이 순리입니다. 게다가 웰링턴 백작님의 부대가 알고 있을 테니 반드시 우리를 공격할 것입니다. 하나라도 먼저 제거하고 싶을 테니 말입니다."

두 사람의 말에 클라우드는 고개를 끄덕였다. 처음부터 영지 귀족들의 본성을 파악하고 짠 계획이었다. 이미 그들이 어떻게 움직일지 눈에 보였다.

"나도 그렇게 생각한다. 그리고 분명히 적들은 전력을 나눌 것이다. 황태자 전하를 그대로 놔둘 수는 없으니 말이야. 하지만 저들은 모르겠지. 황태자 전하가 사실은 자신들을 노리고 있다는 것을."

"크으, 반란군들이 불쌍할 정도입니다. 너무하신 거 아닙니까, 제이드 남작? 살면서 한 사람이 성을 함락시키는 모습을 볼 거라고는 상상도 하지 못 했습니다! 그것도 하나가 아니라 4개를 무너 뜨렸습니다."

"성을 무너뜨린 사람과 이 계획을 낸 사람이 같은 사람일 거라고는 아무도 생각하지 못 할 겁니다."

아젤과 케네스가 호들갑을 떨었다. 희미한 미소를 지은 클라우 드는 고개를 저었다.

"적의 숫자가 적었기 때문에 가능했다. 제대로 전력을 갖췄다면 나도 무턱대고 나서지는 못 했겠지. 그리고 이 정도 일은 소드 마스터라면 모두 할 수 있을 것이다."

네 영지의 마장기를 모두 다 합해 겨우 14기였다. 게다가 뛰어난 기사도 없었다. 못 이기는 게 이상한 것인데 호들갑을 떠니 굉장히 어색했다.

하지만 아젤의 생각은 달랐는지 그는 고개를 격렬하게 흔들었다.

"적의 마장기는 분명히 적었습니다. 하지만 다들 상당한 숫자의 마력포를 보유하고 있었는데 남작은 그 모든 걸 단숨에 뚫은 뒤에 성문을 파괴했습니다."

"그리고 적의 마장기를 큰 피해 없이 제압하고 아군의 것으로 삼았습니다. 왜 남작이 제국의 영웅이라 불리는지 이제 이해했습니다."

"맞습니다!"

"정말 대단합니다!"

아젤과 케네스가 계속 칭찬하자 다른 장교들도 맞장구쳤다. 클라우드를 바라보는 장교들의 얼굴에는 존경심이 가득 했다. 하지만 한 사람만큼은 굳은 얼굴을 하고 있었다. 바로 루시아였다.

"남작님."

"뭔가, 이그레트 중령?"

"리사르 영지에는 클라크 용병단의 본부가 있다고 들었습니다. 그들이 합류한다면…."

공식적인 자리였기 때문에 존대를 사용하는 루시아. 그런 그녀가 클라크 용병단에 대해 언급하자 두 귀족은 물론 다른 장교들의 안색이 굳었다.

"클라크 용병단이라면…… 대륙에서도 손꼽히는 용병단이 아닌가?"

"그러고 보니 이번 공화국과의 전쟁에서도 그들이 움직였다는 말은 들어본 적이 있다. 그들이 합류하면 위험할 지도."

클라크 용병단은 대륙에서도 정예군으로 소문난 크로얀 공화국군을 상대로 여러 번 승리를 거두었다. 그들이 정말 참전하면 별동대에게는 위협이 될 것이 분명하니 그들이 걱정하는 건 당연했다.

"걱정할 필요 없다."

모두가 걱정할 때, 클라우드가 입을 열었다. 자연스럽게 클라우드를 향해 사람들의 시선이 모였다.

"적이 누가 되었든 어차피 정면으로 부딪칠 생각은 없다. 괜히 아군의 피해를 늘릴 필요는 없으니 말이다. 어차피 우리 목표는 적들과 정면으로 부딪치는 게 아니지. 그냥 지금처럼 움직이기만 해도 반란군을 흔들 수 있다.”

“그렇게 하면 남작의 명예에 문제가 생기지 않겠습니까? 기껏 엄청난 무위를 알렸는데 적을 상대로 도망치면 분명히 나쁜 말이 돌 것입니다.”

케네스가 걱정이 가득한 얼굴로 물었다. 혼자서 네 개의 성을 함락시키면서 클라우드는 자신의 무위를 제국 전역에 알렸다. 그런 상황에서 전면전을 피한다면 그의 명성에 문제가 생길 수 있었다.

“괜찮다. 이미 명성은 충분히 쌓았으니 말이다. 지금은 아군이 피해를 입지 않고 이기는 게 우선이지.”

클라우드의 말을 들은 사람들이 크게 감격했다. 클라우드가 얼마나 자신들을 신경 쓰는지 느낄 수 있었기 때문이다. 클라우드는 시선을 내색하지 않고 말을 이어나갔다.

“우리는 반란군을 피해 계속 다른 영지를 함락시킨다. 저들은 더 몸이 달아올라 우리를 쫓을 것이다. 우리는 계속 달아날 것이고 바로 이곳에서!”

딱!

클라우드가 지휘봉으로 지도의 한 부분을 가리켰다. 지도에는 협곡이 그려져 있었다.

“이 프로네 협곡에서 적을 격멸한다. 그 사이, 황태자 전하께서 반란군의 남은 군세를 격파할 것이다. 그러면 더 이상 후방에서 우리를 위협할 적은 없다.”

클라우드가 자신만만하게 말했다. 그러자 아젤이 조금 불안해진 얼굴로 그에게 질문했다.

"적들이 쫓아오지 않는다면 어떻게 됩니까?"

"쫓아오지 않아도 상관없다. 우리는 더 많은 영지를 함락시킬 것이다. 또 좀 더 시간이 지나면 웰링턴 백작님의 부대가 합류할 거고. 그러면 저들의 지지 세력과 기반은 그대로 무너지겠지. 저들이 영지를 포기할 생각이 아닌 이상, 절대 우리를 냅두지 못 할 것이다."

클라우드가 대답하자 아젤은 고개를 끄덕였다. 확실히 클라우드의 말 대로였다. 자신도 영지 귀족이었기 때문에 영지의 가치를 누구보다 잘 알고 있었다. 다른 이들도 모두 납득했고 미소를 지었다. 클라우드만 따르면 이길 수 있다는 확신이 생겼기 때문이다.

그런 그들을 보며 클라우드의 입가에 걸린 미소가 진해졌다. 하지만 미소를 지은 이유는 남들과 달랐다.

'일단 판은 깔아뒀고.'

계속 혼자 싸운 것은 마장기를 비롯한 영지들의 무기를 빼앗기 위해서였다. 하지만 다른 사람들은 자신을 앞장서기 좋아하는 사람으로 착각할 것이다.

아니, 착각하지 않아도 상관없다. 남부 영지 자체가 인질인 이상 저들은 무조건 자신을 쫓을 수밖에 없었으니 말이다. 이미 이 싸움의 주도권은 자신이 움켜쥐고 있었다.

'남은 건 클라크 용병단인가?'

플레이어 시절, 용병단의 단장으로 활동했기 때문에 그들에 대해 잘 알고 있었다. 단장인 클라크를 자신의 가신으로 받아들이는 방법까지 모두 말이다. 공화국을 상대로 여러 번 승리를 거둔 그들이라면 충분히 자신의 기사단으로 받아들일 만한 가치가 있었다.

'남부의 영주들에게 고마워해야겠어.'

보급 물자는 물론 마장기를 비롯해 각종 병기를 줘서 자신의 세력을 강화해줬다. 거기다 이제는 뛰어난 용병들을 가신으로 받아들일 수 있게 됐다.

아낌없이 주는 영주들에게 클라우드는 진심으로 고마움을 표했다. 원래 라인디아 대륙의 국가들은 용병단을 인정하지 않았다. 사설 무장단체는 그 존재 자체만으로도 국가 안보에 큰 위협이 될 수 있었기 때문에.

그런데 괴수가 나타나면서 상황이 바뀌었다. 용병단은 국가가 나서기 힘든 지역까지 가서 괴수를 사냥했고 그 때문에 용병단은 그 존재를 인정받을 수 있었다.

다만 괴수가 사라진 현재, 모든 용병단은 국가의 엄정한 통제를 받아야 했다. 해당 국가에 반하는 의뢰를 받으며 안됐고 공격보다는 수비에 집중해야만 하는 등 여러가지 제약 조건이 있었다.

그 때문에 많은 용병단이 해산되고 역사 속으로 사라졌지만 클라크 용병단 만큼은 여전히 건재했다. 오히려 맡은 의뢰를 모두 완벽히 수행해서 더욱 이름을 알렸다. 단장인 윌리스 클라크는 각 국의 유명한 기사와 비견될 정도였다.

하지만 그런 윌리스도,

'답이 없군.'

잘생긴 얼굴을 찌푸렸다.

그의 앞에는 텔리언 폰 스코트 남작이 길길이 날뛰고 있었다.

"비천한 서자 놈이 잘도!"

이틀 전, 다른 영주들과 함께 사병을 이끌고 남부요새를 나왔다. 중간에 클라크 용병단과 합류했을 때까지만 해도 승리를 자신했다. 적이 맞서 싸우더라도 자신들을 이기지 못할 것이라 믿었기 때문이다.

하지만 그 믿음은 스코트 영지에 도착하는 순간, 깨졌다. 클라우드는 이미 스코트 영지에서 빠져나가 없었다. 그런데 그냥 돌아가지 않았다는 게 문제였다.

"네놈이! 네놈이 감히!"

성문이 날아가고 성벽 일부가 무너진 것만으로도 분노가 치밀었다. 그런데 그것도 모자라 마장기를 비롯한 각종 병장기는 물론 식량 같은 보급 물자까지 전부 다 털린 것이다.

"어떻게, 어떻게 모았는데! 내 반드시 네 비천한 목을 직접 벨 것이다!"

텔리언을 보는 다른 귀족들의 표정도 좋지 않았다. 클라우드가 자신들의 영지에 가면 똑같은 상황에 처할 수 있었으니 말이다.

"고정하십시오. 남작!"

"고정하라고!? 영지가 싹 털렸는데 고정하라고!?"

한 귀족이 말리자 텔리언은 더욱 날뛰었다. 그렇게 하지 않고서는 도저히 지금의 분노를 해소할 수 없었다.

그런데 그 때, 통신병이 황급히 달려왔다.

"남작님! 반란군이 리발트 영지를 함락시켰답니다!"

"뭐라고!?"

통신병의 보고에 텔리언의 얼굴이 더욱 일그러졌다. 그와 동시에 귀족이 자리에 주저앉았다.

"안 돼! 내 영지를! 빌어먹을 서자 따위가!"

리발트 남작이 절규했고 재빨리 다른 귀족들이 그를 달랬다. 하지만 이것으로 그들은 클라우드의 작전을 깨달았다. 그는 철저히 전면전을 피하고 영지들을 박살내기로 결심한 것이다.

"클라우드 폰 제이드……."

텔리언이 살기를 드러냈다. 눈앞에 클라우드가 있다면 당장 바로 그를 갈아버렸을 것이다.

'이건 글렀군. 어째 이번 의뢰는 받기 싫더라니.'

윌리스는 한숨을 내쉬었다. 할트만 백작의 의뢰를 받을 때, 거부하려 했다. 그만큼 이번 의뢰는 느낌이 좋지 않았기 때문에. 그러나 강제로 받아들여야 했다.

'하필이면 황명을 내세울 줄이야, 빌어먹을.'

할트만 백작이 황명을 내세운 이상, 무조건 따라야만 했다. 에렌시아 제국에 적을 뒀기 때문에 황제의 명령을 따르지 않으면 훗날 큰 대가를 치러야 할 테니까. 이길 가능성이 전혀 보이지 않는다는 게 문제였지만. 결국 윌리스가 앞으로 나섰다.

"적에 대해 잘못 생각한 것 같습니다. 분명히 적은 저희와 싸우는 것을 피하고 다른 영지들을 공격할 겁니다. 추격은 무의미합니다."

"그렇다고 그들을 내버려둘 수 없지 않은가! 단순히 우리 영지라서 그러는 게 아닐세. 적들이 영지를 공격하면 공격할수록 전력이 강화된다. 무슨 수를 쓰더라도 적을 쫓아 박살내야 한다."

"남작의 말이 맞소. 절대 적들을 가만히 놔둬서는 안 되오!"

윌리스가 말하자 텔리언을 비롯한 귀족들이 일제히 반발했다. 클라우드를 죽이지 않으면 그들의 입지 자체가 위험해진다. 반드시 싸워 이기고 그를 죽여야만 했다.

'이래서 귀족들이 싫다니까.'

능력도 없으면서 욕심은 더럽게 많았다. 정말 상대하기 싫었지만 별 수 없었다. 그만큼 상황이 좋지 않았다.

"반란군은 지금 어디에 있습니까?"

"로메로 영지로 향했다고 합니다."

윌리스가 질문하자 통신병이 재빨리 대답했다. 그러자 생각을 정리한 윌리스는 다시 텔리언을 바라보았다.

"이대로 로메로 영지에 가봐야 늦었을 겁니다. 로메로 영지에서 적이 갈 수 있는 영지는 두 곳입니다. 아마르 영지와 레그나트 영지입니다. 병력을 나눠 각각 그곳을 지키는 게 낫지 않겠습니까?"

"안 그래도 전력이 강화된 적을 나눠서 상대하자고? 반란군 측에 소드마스터가 있다는 것을 잊었나! 그리고 카일 웰링턴이 이끄는 부대 역시 남부에 합류했다! 여기서 저 서자 놈의 목을 베지 못하면 결국 우리 모두 끝날 거다!"

텔리언은 바로 윌리스의 의견을 묵살했다. 그러고는,

"로메로 영지에 간다!"

그 모습을 보며 윌리스는 고개를 흔들었다. 아직 적과 한 차례도 교전하지 않았지만 그는 이미 이 싸움이 어떻게 흘러갈지 예상했다.

'이 작전을 세운 인간이 누군지는 모르지만 더럽게 악랄하군.'

영지라는 인질을 붙잡아 영주들에게 자신을 쫓기를 강요하는 것도 악질이었다. 그런데 카일 웰링턴이라는 위협적인 패를 내세워 아군의 움직임을 확실하게 제어하지 않는가. 소드마스터라는 적의 대장보다 보이지 않는 적의 참모가 더 까다로웠다.

'대충 상대하다가 빠져야겠다.'

애꿎은 단원들을 다치게 할 생각은 추호도 없었기 때문에.

그렇게 이틀이 지났다.

귀족들과 클라크 용병단은 로메로 영지에 도착했다. 로메로 영지 역시 이미 클라우드에게 박살나 엉망진창이 되어 있었다. 대신 그들은 클라우드가 레그니트 영지로 가게 되었다는 것을 알게 됐다.

"물러나야 합니다! 남작님도 아시겠지만 레그니트 영지를 가려면 프로네 협곡을 지나야 합니다."

"그게 어쨌다는 건가?"

윌리스가 소리를 높였지만 텔리언은 심드렁한 얼굴로 물었다.

"적이 바보가 아니라면 분명히 매복하고 있을 겁니다. 그러면 저희는 끝입니다."

에렌시아 제국의 남부는 거의 평야 지대로 이루어져 있다. 하지만 프로네 협곡은 달랐다. 평지인데도 거대한 사암들이 늘어져 있는 신기한 지형을 자랑했다. 무조건 적이 매복을 할 수밖에 없었다.

"이제 적의 목적이 영지의 남은 전력을 강탈하는 것이라고 밝혀졌는데 무슨 매복인가!"

윌리스의 말에 한 텔리언이 반박했다. 적들은 계속 교전을 피하고 전력을 강화했다. 그는 이제 와서 적이 싸울 것이라 생각하지 않았다.

"그러면 저희가 후방을 맡겠습니다."

"이제 보니 겁쟁이군! 그러고도 클라크 용병단이 최고임을 자부할 수 있는가!?"

텔리언의 모욕에도 윌리스는 무심함을 유지했다. 이런 귀족을 상대하는데 이골이 났기 때문에 전혀 개의치 않았다. 문제는 매복이었다. 자칫 매복에 걸려 혼란에 빠지면 전투손실보다 비전투손실이 더 심각하리라. 저런 모욕은 그런 피해와 비교하면 전혀 중요하지 않았다.

"마음대로 하게! 하지만 이 일은 반드시 리사르 백작님에게 고하겠네."

"그렇게 하십시오."

담담히 대답한 윌리스는 몸을 돌려 막사를 빠져나갔다. 그러자 그의 부관인 제노가 뒤따랐다.

"단단히 찍힌 거 같은데 괜찮겠습니까?"

"상관없다. 그것보다 협곡에 돌입하면 일단 진입하지 말고 입구양 옆을 지켜. 단원들한테도 그렇게 전해."

"알겠습니다."

제노가 대답을 하고 사라졌다. 혼자 남은 윌리스는 한숨을 크게 내쉬었다.

"부디 내 걱정이 기우였으면 좋겠군."

다음 날, 귀족군은 프로네 협곡으로 향했다.

별동대는 귀족군보다 하루 먼저 프로네 협곡에 도착했다. 도착하자마자 클라우드는 매복 지시를 내렸다.

곳곳에 놓여있는 사암 위에는 마력포가 놓였고 그 아래에는 마장기들이 대기하고 있었다. 적에게 들키지 않기 위해 다들 주변의 사암과 같은 황갈색의 천으로 몸을 둘러싸고 있었다.

그들은 하루 종일 불조차 피우지 않고 적이 오기를 기다렸다.

-남작, 적이 과연 올 거라 생각합니까? 이런 지형에서 매복을 하는 건 상식 아닙니까? 아무리 영지가 중요하다고 해도 이곳을 지날 거 같지는 않습니다-

"적은 반드시 온다."

아젤이 불안했는지 클라우드에게 통신을 보냈다. 그러자 클라우드가 바로 대답했다.

-귀족들이라면 모를까, 클라크 용병단도 있지 않습니까? 그들이 이런 기초적인 매복도 눈치 채지 못 할 거라고는……-

"적은 분명히 우리가 이곳에 있다는 걸 알겠지. 하지만 그래도 올 수밖에 없다. 안 그러면 우리 전력은 계속 강해질 테니까."

처음 별동대의 마장기는 25대밖에 지나지 않았지만 지금은 45대에 달했다. 이제는 마장기를 뺐어도 조종할 라이더가 없을 정도였다. 게다가 다양한 구경의 마력포를 강탈해 화력도 올렸다.

자신은 시간이 지나면 지날수록 강해진다. 귀족들 역시 그 사실을 잘 알고 있었다. 가장 호재인 건 역시 카일 웰링턴의 가세였고. 그가 다른 영지를 노리는 걸 적들이 알고 있는 만큼, 자신부터 빨리 처리해야만 했다.

-남작님, 적이 왔습니다-

그런데 그 때, 통신이 왔다. 선두에 있던 병사가 적이 온 것을 확인하고 통신을 보낸 것이다. 20대의 마장기와 수천의 병사들이 꼬리를 지어 다가오고 있었다.

'역시 귀족들이 먼저 나섰군.'

클라우드는 선두에 있는 마장기를 보며 웃었다. 그 마장기들의 어깨에는 하나 같이 귀족을 상징하는 문양이 새겨져 있었다.

'그 놈이라면 빠질 줄 알았다.'

클라우드는 윌리스를 떠올렸다. 클라크 용병단의 단장인 그는 뛰어난 검술과 마장기 조종 솜씨를 자랑했다. 하지만 클라우드가 생각하는 그의 장점은 신중함이었다. 그는 항상 신중하게 적의 의중을 파악했고 그 때문에 이제까지 큰 피해 없이 모든 의뢰를 수행했다.

그의 신중함을 생각할 때, 매복을 의심할 게 분명했다. 그렇게 되면 자연스럽게 그는 뒤로 빠질 수밖에 없었다. 단원을 아끼는 그로서는 무의미한 전투에 절대 앞장서지 않을 테니까.

그 사이, 귀족군의 본대가 협곡 안에 들어왔다.

"전군 사격 개시!"

클라우드가 명령을 내렸다.

타아아앙! 타타타탕!

바위 위에서 병사들이 마력포의 방아쇠를 당겼다. 그와 동시에 마장기들도 모습을 드러내 소형 마력포를 발사했다. 수십 발의 마력탄이 쏟아져 귀족군의 마장기와 병사들을 덮쳤다.

쾅! 콰쾅!

"으아아악!"

귀족군 병사들이 처절하게 비명을 질렀다. 마력탄에 얻어맞아 파괴된 마장기들이 쓰러지며 혼란은 더 커졌다. 별동대의 병사들은 적들을 향해 계속 방아쇠를 당겼다.

-전군, 돌격! 돌격 하라!-

-한 놈도 남기지 마라!-

아젤과 케네스이 외쳤고 그들의 음성이 확성기를 통해 퍼졌다. 그와 동시에 미리 대기하고 있던 30기의 마장기가 일제히 귀족군을 덮쳤다. 그야말로 쐐기를 박는 공격이라 해도 과언이 아니었다.

-저희도 가야하지 않습니까? 이래서야 두 남작님이 공을 다 차지하겠습니다-

아쉬운이 기색이 역력한 엘리스의 말을 들은 클라우드는 웃었다. 오직 클라우드와 그의 가신들, 그리고 루시아만 전투에 참여하지 않고 있었다.

"괜찮다. 이제까지 나만 계속 싸워서 두 분이나 다른 라이더들 모두 몸이 달아올랐을 것이다. 이번은 신나게 싸우게 해줘야지."

-저희도 싸우지 못한 것은 마찬가지입니다. 영주님 혼자서만 싸우지 않았습니까?-

"곧 있으면 실컷 싸울 수 있을 것이다. 약속하지."

-그 말만 믿고 기다리겠습니다-

클라우드의 말에 그제야 엘리스는 환하게 웃었다.

클라우드와 엘리스가 대화를 나누는 사이, 아젤과 케네스는 귀족군의 군세를 격파하는데 성공했다. 결국 귀족군은 버티지 못

하고 후퇴를 강행했다. 귀족군은 전열이 완전히 붕괴된 채, 무질서하게 뒤로 도망쳤다.

그 와중에 질서정연하게 귀족군 후방, 협곡 입구를 열고 엄정하게 진지를 지키고 있는 부대가 눈에 들어왔다. 바로 클라크 용병단이었다.

-이런 상황에서도 질서를 유지하다니, 정말 대단하군요-

로렌스는 감탄했다.

군대와 군대가 부딪칠 때, 가장 큰 피해가 발생하는 것은 후퇴할 때다. 무질서하게 후퇴할수록 피해가 더 커지는 것은 당연했다. 그런데 기습을 당했는데도 클라크 용병단은 전혀 흔들리지 않았다.

"괜히 최고라 불리는 게 아니겠지. 이런!"

클라우드가 소리를 질렀다. 아젤과 케네스가 적을 쫓으려 했던 것이다.

"마르코 남작! 카스팔 남작! 추격을 멈춰라! 클라크 용병단이 후미를 맡고 있다!"

-하하, 걱정하지 않으셔도 됩니다, 제이드 남작. 이미 기세는 우리에게 완전히 넘어왔습니다!-

-적을 밀어붙이면 완전히 박살낼 수 있을 것입니다!-

아젤과 케네스가 자신만만하게 외치고는 통신을 껐다. 그들의 말에 처음에는 클라우드는 안타까워했지만 그것도 잠시뿐이었다.

씨익.

클라우드의 입가에 미소가 떠올랐다.

"질서정연하게 움직이는 적을 공격해봤자 좋을 것은 하나도 없지."

이겼다고 좋다고 따라갔다가 오히려 적의 반격에 당해 패퇴하는 경우도 부지기수였다. 게다가 그 움직임을 지휘하는 이가 윌리스 클라크라면 더 이상 볼 것도 없었다.

"두 사람 모두 편히 가도록. 같이 가니 외롭지는 않을 거다."

클라우드는 두 사람에게 작별을 고했다.

저들의 죽음으로 이제 별동대는 온전히 자신의 것이 되리라.

"으아아아아!"

간신히 살아남은 텔리언이 울부짖었다. 귀족군은 그야말로 대패를 당했다. 8명의 영주 중 6명이 목숨을 잃었다. 귀족군이 이끌고 온 20기의 마장기 중 13기가 완파됐고 그 외에도 적에게 뺏긴 병기의 수가 엄청났다.

"네놈! 네놈이 더 빨리 나섰다면! 우리가 이렇게 당하지 않았을 것이다!"

텔리언이 살기어린 눈빛으로 윌리스를 노려보았다.

"미친……!"

윌리스 뒤에 서있던 제노가 발끈했다.

지금 누가 누구를 탓한단 말인가? 윌리스는 적이 매복할 것이라고 이미 예상하고 사전에 협곡의 입구를 지키라는 명령을 내렸다. 클라크 용병단이 협곡에서 기다리며 적을 요격하지 않았다면 귀족군은 그 자리에서 전멸 당했을 게 분명했다.

게다가 그 과정에서 윌리스는 아군을 추격하던 적장 두 명을 포함해 5기의 마장기를 혼자서 쓰러뜨렸다. 기습 한 번 당했다고 추태란 추태를 다 보인 것은 귀족들이었다. 그런데 실패의 책임을 단장한테 뒤집어씌우려 들다니.

"그만."

그 때, 윌리스가 입을 열었고 제노는 입을 다물었다. 하지만 여전히 그는 텔리언을 노려보았다.

"제대로 나서지 못해 죄송합니다. 아군을 지키는 게 급선무라 생각했습니다."

"비천한 용병 따위가 누구 멋대로 판단을 내리는 것이냐!"

텔리언이 윌리스를 모욕하자 제노를 포함한 다른 용병들의 얼굴이 일그러졌다. 하지만 윌리스는 아무렇지 않다는 듯 말을 이어나갔다.

"이제는 물러나야 합니다."

"물러난다고? 웃기는 소리! 적을 이길 때까지 절대 돌아가지 않을 것이다!"

"적을 이기기에는 전력이 부족합니다."

"네놈들은 멀쩡하지 않으냐? 우리는 전력을 추스르고 있을 테니 네놈들이 앞장서라."

텔리언이 싸늘한 어조로 말했다.

영지가 침략당한 것을 내버려둔 걸로 모자라 침략자한테 크게 패하고 말았다. 이대로 돌아가면 자신들의 입지는 완전히 무너질 것이 분명했다. 그는 이를 좌시할 수 없었다.

계속 고집을 피우는 텔리언의 모습을 본 윌리스는 결국 답답함을 드러냈다. 많은 귀족들을 상대했지만 눈앞의 인간만큼 앞뒤가 꽉꽉 막힌 인간은 처음이었다.

"이대로 가면 필패입니다! 의미 없는 전투로 아군을 다 죽이려는 겁니까?"

"황제폐하의 명을 어기려는 것이냐!"

"폐하의 명은 적에게 패배하라는 것이 아닙니다!"

"역시 용병같은 비천한 놈들은 저 서자 놈이랑 다를 게 없군!"

계속 모욕이 이어지자 윌리스는 자기도 모르게 주먹을 움켜쥐었다. 마음 같아서는 눈앞의 인간을 죽이고 단원들을 데리고 빠지고 싶었지만 그럴 수 없었다. 이대로 물러나면 용병단 전체가 제국에 찍히고 말 것이다.

'어쩔 수 없군.'

반드시 이루고자 하는 염원이 있다. 그렇기 때문에 지금은 참아야 했다.

"그렇다면 부대의 지휘권을 저에게 일시적으로 양도하십시오. 그러면 용병단을 앞세워 진군하겠습니다."

"뭐라고!?"

"제 제안을 받아들이지 않는다면 물러나겠습니다. 그리고 리사르 백작님에게 그 동안 있었던 일을 모두 알릴 것입니다."

"네, 네놈!"

텔리언이 고성을 내질렀지만 윌리스는 눈 하나 깜빡하지 않았다. 무심한 윌리스의 반응에 텔리언은 몸을 떨었지만 그의 선택은 이미 정해져 있었다. 클라크 용병단이 물러나면 자신의 명예를 회복하는 것은 영원히 불가능했다.

"네 마음대로 해라! 하지만 지면 절대 용서하지 않겠다."

"감사합니다."

윌리스는 고개를 숙였다. 전권을 손에 넣었지만 그의 얼굴은 여전히 어두웠다.

'어떻게 이긴다?'

아군의 전력은 반 이상 줄었지만 적은 거의 피해가 없었다. 게다가 소드마스터와 악랄한 지휘관이 여전히 남아있지 않은가. 이제까지 수많은 의뢰를 완료한 그였지만 이번 적만큼 어렵다고 생각한 적은 없었다.

그런데 그 때,

"큰일 났습니다!"

통신병이 다급한 얼굴로 다가왔다.

그 모습을 보며 윌리스는 왠지 모를 불길함을 느꼈다. 그리고 그의 예감은 맞아떨어졌다.

"적군이 프로네 협곡을 빠져나와 아군을 향해 진격 중입니다!"

"으아아아악!"

통신병의 보고를 들은 텔리언이 비명을 질렀다. 윌리스의 안색도 안 좋기는 마찬가지였다.

'단숨에 끝을 내려는 것이구나.'

추격을 저지해서 저들도 전력을 재정비할 것이라 생각했는데 오판이었다. 생각해보니 그게 더 효율적이었다. 더 큰 피해를 입은 것은 귀족군이었고 저들은 마장기 몇 기 잃었을 뿐이다. 자신이라도 같은 상황이었다면 적을 몰아쳤을 것이다.

"모든 라이더들은 마장기에 올라타라! 적과 맞서 싸운다!"

윌리스가 명령을 내렸다. 그러자 라이더들이 황급히 자신의 마장기에 올라탔다. 윌리스 역시 자신의 마장기인 '슈발츠 티거'에 올라탔다. 에렌시아 제국의 남서부에 위치한 레이너드 왕국의 양산기 '티거'를 커스텀한 기체였다.

"단장으로부터 단원들에게. 적이 오면 싸우는 척하다가 도망쳐라. 이 싸움은 의미가 없다."

-괜찮겠습니까?-

"상관없다. 이미 진 싸움인데 버티는 게 미친 짓이지."

-알겠습니다-

윌리스의 말에 제노가 대답했다.

그리고 잠시 뒤, 별동대가 그들을 덮쳤다.

"누군지는 모르지만 진짜 악질이군. 끝까지 밀어붙이는 것인가."

윌리스는 혀를 찼다.

두 부대로 나눠져 각각 진지의 정면과 동쪽을 틀어막았다. 아군이 최대한 도망칠 길을 차단한 뒤에, 박살내겠다는 적의 의도가 느껴졌다.

"후퇴한다! 후퇴한다!"

쐐기를 박으려는 적의 모습을 보며 윌리스는 싸움을 포기했다. 무익한 피해를 낼 생각은 추호도 없었다. 윌리스와 클라크 용병단의 마장기는 일제히 서쪽으로 달아나기 시작했다. 북쪽에도 길이 있었지만 그곳에는 프레네 협곡이 있었다.

'급하게 들이친 이상, 서쪽까지 가지는 못 했을 것이다.'

진지에 남은 병사들은 제대로 대항조차 하지 못 하고 박살나고 있었다. 텔리언과 살아남은 다른 영주가 마장기를 타고 도망치는 게 보였지만 그는 개의치 않았다.

'이렇게 박살나는 건 처음이군.'

수많은 적과 싸웠지만 이렇게 확실하게 패배한 것은 처음이었다. 자신이 어떤 식으로 졌는지 알았기 때문에 미지의 지휘관에 대한 공포는 더 컸다. 윌리스는 고개를 저으며 단원들과 함께 계속 달아났다.

그의 전면시각판에 한 대의 마장기가 자신들의 길을 가로막고 있는 게 보였다.

"설마 여기에 먼저 왔다고! 대체 어떻게!?"

적이 이곳에 오려면 한 바퀴 빙 둘러야 한다. 적이 그렇게 움직였는데도 알아차리지 못 하다니, 이해할 수 없었다.

'분명히 복병이 있겠지.'

상대는 한 기밖에 없었지만 주변에는 거대한 사암들이 있었다. 다들 숨어서 자신들을 노리고 있을 것이다.

"빌어먹을."

끝까지 적의 손아귀에서 놀아났다는 사실에 윌리스는 욕설을 내뱉었다. 수치심과 굴욕감 때문에 분노가 치밀어 올랐다.

클라크 용병단을 가로막고 있는 마장기, 화이트라이거의 주인인 클라우드가 입을 열었다.

-항복해라. 항복하면 살려주겠다-

출격 전.

클라우드는 경악이 가득한 얼굴로 자신의 앞에 무릎을 꿇고 있는 5명의 사내들을 바라보았다. 이들은 아젤과 케네스를 따르는 라이더들이었다.

"마르코 남작과 카스팔 남작이 전사했다고?"

"죄인을 죽여주십시오!"

"저희는 주군을 지키지 못한 죄인입니다. 죽여주십시오!"

사내들이 울부짖었다. 클라우드가 몸을 비틀거렸다. 그리고 살기를 뿜어낸 체 크게 외쳤다.

"도대체 누가! 누가 그런 것이냐!"

"위, 윌리스 클라크입니다! 그 악적이 주군을!"

상황은 이랬다.

아젤과 케네스가 적을 추격하던 도중 한 기의 마장기가 두 사람을 막았다. 그 마장기는 두 사람이 타던 화이트울프를 단숨에 쓰러뜨렸다. 그것으로 모자라 두 사람을 돕기 위해 달려든 세 기의 마장기까지 쓰러뜨렸다.

"그대들은 죄가 없다! 내가 두 사람을 더 말렸으면 이런 참담한 일을 일어나지 않을 것이다! 두 사람을 말리지 못한 내 잘못이다!"

"아닙니다! 주군을 지키지 못한 저희의 죄입니다!"

클라우드의 말에 한 사내가 외쳤다. 그러나 클라우드는 그 말에 상관하지 않고 말을 이어나갔다.

"라이더들은 모두 마장기에 올라타라! 오늘 반란군을 끝장낼 것이다!"

"장군님! 고정하십시오!"

"승리를 거뒀다고 하지만 아군의 피해가 컸습니다. 지금은 휴식을 취하면서 전력을 재정비 해야할 때입니다!"

클라우드가 명령을 내리자 참모들이 외쳤다. 하지만 클라우드는 고개를 저었다.

"아군의 피해보다 적의 피해가 더 크다! 게다가 적 역시 한 번 피해를 입었는데 또 추격을 할 것이라 생각하지 않을 것이다!"

"하지만……."

"두 남작의 원한을 갚아야 한다!"

클라우드의 말에 결국 참모들은 입을 다물었다. 클라우드는 라이더들을 바라보았다. 다들 전의를 불태우고 있었다. 다만 로렌스와 루시아는 어이가 없다는 얼굴로 그런 그를 응시했지만 가볍게 무시했다.

"라이더들만 움직이면 충분하다! 단숨에 적을 박살낸다!"

"명을 받듭니다!"

모든 라이더들이 자신의 마장기로 향했다. 클라우드 역시 화이트라이거에 올라탔다. 그리고는 웃으며 고개를 끄덕였다.

"일단 여기까지는 잘 됐고."

라이더들의 피해가 생각보다 더 크기는 했지만 상관없었다. 전사한 라이더들은 전부 두 남작을 따르던 가신들이었다. 나중에 클라크 용병단을 자신의 가신으로 받아들일 때, 문제의 소지가 다분했다. 그러니 차라리 숫자가 줄어드는 게 좋았다. 제7 기갑사단의 라이더들을 온전히 자신의 가신으로 만드는 게 더 중요했다.

쿵!

클라우드의 화이트라이거가 앞장서자 다른 마장기들이 일제히 뒤따랐다. 이미 적들이 어디에 진지를 세웠는지 알고 있었기 때문에 진격 속도는 굉장히 빨랐다.

그리고 적의 진지가 전면시각판에 보이기 시작할 때,

"루시아, 로렌스."

클라우드는 두 사람에게 통신을 보냈다.

-예-

-말씀하십시오, 남작님-

공손히 대답하는 루시아와 로렌스. 공식적인 자리였기 때문에 루시아 역시 존대를 사용했다.

"두 사람이 해야 할 일이 있어. 루시아는 정면에서 적의 진지를 들이치고 로렌스는 진지의 동쪽을 공격하도록."

-명을 받듭니다-

동시에 대답하는 두 사람. 루시아는 클라우드의 말대로 움직이는 거 좋다는 걸 잘 알고 있었다. 반면, 로렌스는 한숨을 내쉬었다. 또 어떤 작전을 세운 게 분명했다. 자신이 알면 꽤나 골치 아픈 종류의 작전을 말이다.

-어떤 작전을 세우셨는지 물어보면 가르쳐주시겠습니까?-

"간단한 거다. 한 사람의 뒤통수를 때리러 가는 거지. 자네에게는 한 가지 더 부탁할 게 있다. 적의 저항이 없다 싶으면 무조건 진지의 서쪽으로 달려라."

-알겠습니다. 제발 부탁인데 무리하지 마십시오-

로렌스가 간청하자 클라우드는 피식 웃고는 통신을 껐다. 선두에 있던 화이트라이거가 옆으로 빠졌고 로렌스의 화이트울프가 앞으로 나섰다.

'정면과 동쪽에서 아군이 진지를 덮친다. 북쪽으로 달아나려 해도 프레네 협곡이 가로막고 있으니 그 쪽으로 도망치지 못 할 것이다. 그렇다면 남은 건 서쪽 뿐.'

판단을 내린 클라우드는 화이트라이거를 조종해 진지 서쪽으로 향했다. 그곳에서 클라우드는 아군이 적을 쓰러뜨리는 것을 지켜보았다.

쾅! 쾅! 쾅!

별동대가 가볍게 공격하자 적들이 혼란에 빠졌다. 싸우는 이들은 없었다. 두 대의 마장기는 싸우기도 전에 도망쳤다. 그리고 잠시 뒤, 더 많은 마장기가 뒤로 빠지는 게 보였다. 그들은 모두 자신이 있는 쪽으로 다가오고 있었다.

클라우드는 화이트라이거를 움직였다. 그리고 일부러 사암과 사암 사이에 섰다. 아군이 매복했다고 의심할 수 있도록 말이다.

쿠쿵!

클라크 용병단의 마장기들이 일제히 멈췄다. 얼굴이 보이지 않지만 지금쯤 다들 당황하고 있을 것이다.

"항복해라. 항복하면 살려주겠다."

클라우드는 그렇게 말하고는 속으로 웃었다. 이제까지 제대로 손도 써보지 못 하고 당했으니 적은 이번에도 매복했다고 의심할 수밖에 없었다. 저돌적인 성격이라면 일단 뚫고 보겠지만 윌리스 클라크는 그런 사내가 아니었다.

-용병에게 항복을 권하는 게 얼마나 무의미한지 잘 아시지 않

습니까?-

월리스의 목소리가 확성기를 통해 크게 퍼졌다. 그의 말대로 용병은 정말 위험한 경우가 아니면 항복할 수 없다. 계약을 이행하지 못하는 것과 함께 용병단의 평판에 큰 손상을 끼치기 때문이다.

하지만 클라우드는 이미 월리스의 말을 예상하고 있었다.

"반란의 수괴인 2황자의 의뢰는 성립할 수 없다. 제국의 진정한 주인이 되실 황태자 전하의 명령으로 너희의 의뢰를 무효화하겠다. 너희의 죄를 물을 일은 없을 것이다!"

클라우드의 말이 울려 퍼졌고 마장기에 타고 있던 용병들은 크게 동요했다. 의뢰를 없던 셈 치고 죄도 묻지 않는다면 그들은 더 이상 싸울 이유가 없었다.

'정말 빈틈이 없구나.'

월리스는 고개를 흔들었다.

이렇게 되니 방금 전까지 자신을 괴롭혔던 수치심과 굴욕감도 느껴지지 않았다. 전략 및 전술에서 완벽하게 우위를 점하는 것으로 모자라 심리까지 꿰뚫었다. 정말 압도적인 적이었다.

-정말 항복하면 죄가 없어지는 겁니까?-

"나, 클라우드 폰 제이드는 황태자 전하로부터 남부 방면 전권을 위임받았다. 내 뜻이 곧 황태자 전하의 뜻이다."

클라우드가 다시 입을 열었다. 그리고 월리스를 비롯한 용병들은 더욱 크게 동요했다.

'제국의 영웅……'

그에 대한 이야기는 모두 들어 알고 있었다. 영웅이라 불리기에 부족함이 없는 활약이었다. 소문이 전부 진실이라면 말이다. 원래라면 그대로 항복을 해야 하는 것이 옳으리라.

하지만 윌리스는 망설였다. 그는 화이트라이거 뒤쪽에 있는 사암을 바라보았다. 적이 매복하기에 최적의 지형이었지만 정말 적이 있는지 확신할 수 없었다.

'굳이 숨길 필요가 있는 것인가?'

정말 항복을 요구할 생각이라면 병사를 숨길 필요가 없다. 복병이 있다는 것만으로 아군의 사기가 꺾이니 말이다. 그런데도 적은 혼자 나타났다.

'적의 계략이라면?'

아무리 소드마스터라 해도 클라크 용병단을 혼자 상대할 수는 없었다. 그래서 일부러 허세를 부려 항복을 유도하는 것일 수 있었다.

하지만 윌리스는 확신할 수 없었다. 정말 복병이 있다면? 아군은 그대로 전멸당하리라. 고민하던 윌리스가 입을 열었다.

-항복하겠습니다!-

윌리스가 말하자 클라우드는 만족하며 얼굴을 끄덕였다. 하지만 윌리스의 말은 아직 끝나지 않았다.

-단, 그냥은 항복할 수 없습니다. 아무리 황태자 전하가 죄를 묻지 않겠다 하셔도 저희는 용병입니다-

"질 때 지더라도 확실히 승복할 이유가 필요하다는 거군. 뭘 원하나?"

-저와 1대1로 승부해 주십시오! 남작님이 이기면 깨끗하게 승복하겠습니다-

클라우드는 얼굴을 찌푸렸다.

1대1로 승부를 하는 건 문제가 없다. 어차피 이 승부는 그저 항복하기 위한 명분을 얻는 게 목적이었으니 말이다. 윌리스가 뛰어난 검사이자 라이더라는 것도 문제가 되지 않았다. 문제는 1대1로 겨루다가 자신이 혼자라는 것을 들킬 때였다.

'들켰을 때도 저들이 과연 약속을 지킬까?'

확신할 수 없었다.

그런데 그 때,

쿠쿠쿠쿵!

클라크 용병단 뒤쪽으로 10대의 마장기가 모습을 드러냈다.

-위험했던 것 같은데 맞습니까?"

"정말 잘 와줬다, 로렌스."

로렌스가 통신을 보내자 클라우드는 웃으며 대답했다. 적을 격파하는데 성공한 로렌스가 마장기 부대를 이끌고 오는데 성공한 것이다. 이제 자신의 뒤쪽에 병력이 없다는 게 들켜도 상관없었다.

"나, 클라우드 폰 제이드는 그대의 승부를 받아들이겠다!"

클라우드가 윌리스의 제안을 받아들였다.

'다 끝났군.'

윌리스는 한숨을 내쉬었다. 이제는 뒤쪽에 적이 있든, 없든 의미가 없었다. 이미 포위됐으니 말이다. 이제는 싸워서 적을 이겨야만 했다.

그런데 클라우드가 한 마디 덧붙였다.

"나는 오러 블레이드를 사용하지 않고 이 결투에 임하겠다."

그 말을 들은 윌리스는 얼굴을 찌푸렸다. 불필요한 배려였다. 어쩌면 자신 같은 용병에게 패했다가 소드마스터라는 자신의 명성에 누를 끼칠까 두려워하는 것이 아닌가 하는 생각이 들 정도로. 한편으로 제국의 영웅으로 떠오른 자신감의 발로인가 하는 기대감도 있었지만.

'뭐가 되었든 한방 먹여주마.'

윌리스는 각오를 다졌다.

쿠쿠쿵!

마장기들이 일제히 뒤로 물러났다. 그렇게 물러난 클라크 용병단과 별동대가 서로 반대편에 섰지만 누구도 공격하지 않았다. 그저 자기 측 대장의 승리를 바랄 뿐이었다.

쿵!

화이트라이거와 슈발츠티거가 서로를 마주보았다.

"후우."

클라우드는 자신의 마력을 끌어올렸다. 그러자 화이트라이거의 전신에서 붉은 마력이 피어올라 전신을 휘감았다. 마치 불꽃이 타오르는 것 같았다.

타탕!

그 순간, 슈발츠티거가 건틀릿에 장착되어 있는 소형 마력포를 쐈다. 10m밖에 안 되는 거리에서 세 발의 마력탄이 쇄도했다. 상대가 평범한 라이더였다면 공격을 전부 허용했겠지만 클라우드는 평범한 라이더가 아니었다.

콰콰쾅!

화이트라이거가 붉은 오러가 휘감긴 검으로 세 발의 마력탄을 튕겨냈다. 그러자 슈발츠티거가 뒤로 물러나 거리를 벌렸다. 화이트라이거가 슈발츠티거를 쫓기 위해 땅을 박차려 하는 순간, 슈발츠티거가 다시 마력포를 쐈다.

"역시 센스가 좋다니까."

공격을 막아낸 클라우드는 윌리스를 칭찬했다. 소드마스터가 아닌 이가 소드마스터를 상대하려면 무조건 거리를 벌어야만 했다. 자신이 오러 블레이드를 펼치지 않는다 한들, 백병전으로 윌리스가 자신을 이길 가능성은 희박했다.

파앗!

화이트라이거가 대지를 박찼다. 슈발츠티거가 계속 마력포를 쐈지만 전혀 개의치 않았다. 화이트라이거가 휘두르는 검은 마력탄이 닿는 것을 허용하지 않았다.

그렇게 상대의 공격을 막아내던 도중, 클라우드는 재빨리 기체의 속도를 늦추고 옆으로 피했다.

콰아앙!

5m 앞의 지면이 마력탄에 얻어맞아 움푹 꺼졌다. 훌륭한 예측 사격이었다. 게다가 고속으로 움직이면서도 저런 사격 솜씨를 보이니 인정할 수밖에 없었다.

"하지만 이 정도로는 부족하지!"

소드마스터의 감각은 초인의 영역에 달했다. 그런 소드마스터를 사격만으로 잡는 것은 불가능에 가까웠다.

타타탕!

폭음과 함께 화이트라이거의 허벅지에 장착된 마력포가 불꽃을 토해냈다. 그러자 슈발츠티거는 주변에 놓여있는 거대한 사암에 몸을 숨겼다. 마력탄은 사암에 부딪쳤고 사암의 일부가 무너져 내렸다.

"어딜!"

지형을 이용해 시간을 끌려는 적의 의도는 깨달았다. 마력포만 가지고 있었다면 적의 의도대로 움직일 수밖에 아니었지만 자신은 아니었다.

우우우웅!

화이트라이거의 검을 휘감고 있던 붉은 오러가 더욱 선명해졌다. 그 상태에서 화이트라이거가 수평으로 휘둘렀다. 반월형의 오러 블레스트가 허공을 가르며 날아갔다. 마력탄을 얻어맞고도 멀쩡했던 사암은 오러 블레스트의 강력한 절삭력에 허망하게 잘려 나갈 뿐이었다.

슈발츠티거가 푸른 오러가 휘감긴 검을 휘둘렀다. 오러 전체가 마장기의 검 전체를 휘감은 것만 봐도 윌리스가 얼마나 높은 경지에 올랐는지 보여줬다.

콰아아앙!

"크으윽!"

오러 블레스트를 막아낸 윌리스는 신음을 토해냈다. 그의 입에서는 어느새 피가 흘러내렸다. 겨우 한 번 받아쳤을 뿐인데도 몸이 견디지 못 한 것이다.

'오러 블레이드를 사용하지 않았는데도 이런 힘이라니!'

윌리스가 경악하고 있을 때, 화이트라이거가 다시 한 번 대지를 박찼다. 50m에 달하는 거리가 단숨에 좁혀졌고 슈발츠티거를 향해 검을 내리그었다.

우우웅!

윌리스는 자신의 마력을 전부 끌어올렸다. 마나 드라이브와 그의 마력이 동조했고 슈발츠티거의 검을 휘감고 있던 오러가 더욱 환한 빛을 뿜어냈다. 화이트라이거의 검을 휘감고 있는 오러에 맞먹을 정도였다.

콰아아앙!

공기를 가르며 두 개의 검이 한 지점에서 격돌했다. 그 격돌을 시작으로 두 대의 마장기가 서로를 향해 검을 휘둘렀다. 그리고 시간이 지나면 지날수록 슈발츠티거가 밀렸다.

윌리스는 자신의 모든 힘을 끌어내 검을 휘둘렀지만 상대는 벽과 같았다.

콰아아앙!

두 개의 검이 다시 한 번 부딪쳤고 그것으로 승부는 끝이 났다. 슈발츠티거의 검이 허공을 떠오르더니 땅바닥에 박혔다. 그리고 화이트라이거의 검은 슈발츠티거의 왼쪽 견갑에 박혔다.

-졌습니다-

윌리스는 깔끔하게 패배를 인정했다. 이제는 항복을 하더라도 그 누구도 뭐라 할 수 없을 것이다.

"클라크 용병단은 모두 무장을 해제하고 마장기 밖으로 나와라!"

윌리스이 항복하자 클라우드가 외쳤다. 한숨을 내쉰 윌리스는 조종석을 나섰다. 양손을 머리 위로 올려 전투 의사가 없음을 드러내는 것도 잊지 않았다. 다른 단원들도 조종석 밖으로 나와 같은 자세를 취했다.

-우와아아아!-

-클라우드! 클라우드!-

클라우드가 승리를 거두자 별동대의 라이더들이 환호를 내뱉었다.

마침내 클라우드가 이끄는 별동대가 승리를 거둔 순간이었다.

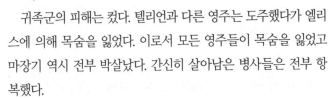

귀족군의 피해는 컸다. 텔리언과 다른 영주는 도주했다가 엘리스에 의해 목숨을 잃었다. 이로서 모든 영주들이 목숨을 잃었고 마장기 역시 전부 박살났다. 간신히 살아남은 병사들은 전부 항복했다.

클라크 용병단 역시 마찬가지였고 단원들은 뿔뿔이 흩어진 채, 임시 감옥에 갇혔다. 오직 단장인 윌리스 클라크만이 포박된 채, 클라우드의 막사에 앉아 있었다.

"모두 나가도록 하게."

"괜찮겠습니까?"

"포박된 상대도 못 이길 거 같나?"

"그것도 그렇군요."

클라우드가 반문하자 로렌스는 피식 웃었다. 루시아 역시 희미하게 웃더니 막사를 나갔다. 이제 막사에는 클라우드와 윌리스뿐이었다.

"자리에 앉게."

클라우드가 말하자 윌리스는 망설임 없이 자리에 앉았다. 포로

가 됐지만 그는 여전히 당당함을 잃지 않았다.

"만나서 반갑군, 윌리스 클라크. 클라크 용병단의 이름은 옛날부터 들어 알고 있었다."

"제국의 영웅이라 불리는 분이 제 이름을 알아주시니 영광입니다. 저 역시 남작님의 무명은 익히 들어 알고 있었습니다. 실제로 겨뤄보니 소문 이상이라는 것을 알게 됐습니다."

"하하, 그렇게 말해주니 고맙군. 나 역시 클라크 용병단이 얼마나 대단한지 알게 됐네. 귀족들이 방해만 하지 않았어도 자네가 그렇게 허망하게 당하지는 않았겠지."

"그렇게 상황이 돌아가도록 만든 참모의 힘 아니겠습니까? 누가 이 작전을 기획했는지 알려주실 수 있겠습니까?"

윌리스가 질문하자 클라우드는 피식 웃었다. 그리고 손가락으로 자신을 가리켰다. 그런 클라우드의 모습에 윌리스는 처음으로 당황했다.

"저, 정말입니까?"

"이런 걸로 거짓말을 해서 무슨 의미가 있나? 모든 작전은 내가 기획하고 실행했다."

"남작님은 괴물이군요."

윌리스는 고개를 흔들었다. 소드마스터의 힘과 뛰어난 참모로서의 능력을 모두 가지고 있다니, 무슨 이런 사기적인 존재가 있단 말인가? 자신이 이렇게 초라하게 여겨진 것은 처음이었다.

"뭘 이 정도 가지고 그러나? 자네도 같은 상황이라면 똑같은 생각을 했을 거면서."

윌리스는 침묵했다. 클라우드의 말대로 같은 상황에 있었다 해도 클라우드처럼 행동할 자신이 없었다.

"저만 따로 부른 이유는 무엇입니까?"

"자네를 내 가신으로 받아들이고 싶네. 자네뿐만 아니라 클라크 용병단까지 전부 다 말이야."

"의뢰라면 모르겠지만 남작님의 가신이 될 생각은 추호도 없습니다. 저는 해야 할 일이 있습니다."

"내 밑에 들어온다면 자네의 염원을 이룰 수 있을 거다, 월리스 클라크. 아니, 월리스 트란트."

클라우드는 담담한 어조로 말했다. 하지만 월리스의 얼굴은 경악으로 일그러졌다. 클라우드의 작전에 휘말려 완패를 당했을 때보다도 더 놀라웠다.

"나, 남작님이 그, 그 이름을 어떻게!?"

"자네가 옛 크로얀 왕국의 귀족 가문이었던 트란트 가문의 후계자라는 것은 알고 있다. 가문을 복권하고 공화국에게 원한을 갚기 위해 제국으로 망명을 온 것까지 모두 말이다."

"어떻게 아신 겁니까?"

월리스는 클라우드를 노려보며 물었다. 클라우드가 한 말은 단원들도 몰랐다. 오직 그 자신의 가슴 속에만 품고 있었는데 그것을 클라우드가 알아차린 것이다.

"이제 와서 그게 무슨 의미가 있나? 중요한 것은 지금 방식으로는 그대의 목적을 이룰 수 없다는 거지."

클라우드는 혼란스러워하는 월리스를 보며 웃었다.

'진짜 정보가 최고군.'

상대를 알고 있다는 것만으로 유리한 고지를 점할 수 있었다.

미카엘 같은 인간에게는 전혀 안 먹히지만 윌리스는 아니었다. 목적이 있는 인간을 설득하는 것만큼 쉬운 일이 없었다.

"무슨 말씀이십니까?"

"한낱 용병단으로 대륙의 2강 중 하나인 크로얀 공화국을 꺾을 수 있다고 생각하나? 국지전에서 이긴다 한들 그것만으로는 공화국에게 큰 타격을 줄 수 없지."

클라우드의 신랄한 지적에 윌리스의 얼굴이 더 일그러졌다.

"남작님의 밑에 들어가도 마찬가지 아닙니까? 남작님의 계급이 아무리 올라도 혼자서 전쟁을 결정할 수 없지 않습니까?"

"귀족으로서는 그렇겠지. 하지만 나는 그저 그런 귀족으로 머무를 생각이 없다."

"왕이라도 되실 생각입니까? 허풍이 심하……."

"왜 안 된다고 생각하나?"

클라우드가 반문하자 윌리스는 입을 다물었다. 그리고 믿을 수 없다는 얼굴로 클라우드를 응시했다. 이 인간이 지금 제정신인가 싶었다.

"이번 내전이 어떤 식으로 끝나든 제국은 국력의 대부분을 소모한다. 그런 제국이 온전히 유지될 것이라 생각하나? 아니, 설령 제대로 유지된다고 한들, 황태자가 나를 가만히 놔둘까?"

"그건……."

윌리스가 생각하기에도 클라우드는 너무 위험했다. 역사상의 수많은 명장들과 비교해도 결코 뒤지지 않았다. 그리고 명장들의 최후는 대부분 좋지 않았고. 황태자라도 역대 군주들과 같은 선택을 하지 말라는 법이 없었다.

"내가 왕이 되면 그대를 장군으로 임명하겠다. 그리고 공화국을 공격할 수 있는 권한을 주지. 설령 이게 이루어지지 않는다 해도, 지금보다는 나을 것이다."

한낱 용병단으로 크로얀 공화국을 도모하는 것은 말도 안 되는 일이었다. 그리고 윌리스 역시 그 사실을 잘 알고 있었다. 그래서 귀족과 손을 잡지 않았던가?

"솔직히 지금은 믿기 어렵습니다. 남작님을 따르며 계속 지켜보고 결정하고 싶습니다."

"그것도 괜찮겠지."

윌리스의 말에 클라우드는 고개를 끄덕였다. 그 역시 처음부터 윌리스가 자신의 밑으로 들어올 것이라 생각하지 않았다.

쉬에엑!

클라우드가 검을 휘둘렀고 윌리스를 포박하고 있던 줄이 끊어졌다.

"당분간 클라크 용병단을 고용하겠다. 내 곁에서 내가 어떻게 움직이는지 보고 결정해라. 그래도 마음에 들지 않는다면 떠나도 좋다."

그렇게 말한 클라우드는 손을 내밀었다. 잠시 클라우드의 손을 바라보던 윌리스는 결국 클라우드의 손을 잡았다.

'됐다.'

여전히 망설이는 기색이 역력한 윌리스였지만 클라우드는 개의치 않았다. 어차피 계속 자신을 따르다 보면 자신의 밑에 들어올 수밖에 없었다. 그만큼 윌리스가 이루고자 하는 목적은 어려웠기 때문이다.

'정말 수확이 많은 전쟁이었군.'

자신만의 군대는 물론 기사단이 되어줄 클라크 용병단까지 얻었다. 순식간에 두 쌍의 날개를 얻었다고 해도 과언이 아니었다.

'이제 팔칸인가?'

남부의 적들을 다 정리하는데 성공했다. 자신이 처리하지 않은 적들은 올리비아나 황태자가 알아서 잘 처리하리라. 자신은 이제 인질을 구할 때였다.

'조금만 기다리십시오, 황녀 저하.'

레베카 폰 에렌시아.

자신에게 춤을 청한 그녀의 얼굴은 여전히 뇌리에 선명했다. 환하게 웃던 그녀의 미소도 마찬가지였다. 개인적인 감정은 없지만 그래도 자신에게 베푼 호의를 무시할 수는 없었다. 꼭 그녀를 구하리라.

제2장 인질 구출

이안은 군부의 주요 대신들을 모두 소집했다. 니콜라스를 비롯하여 카젠트, 칼리안 등 많은 이들이 모였다.

똑똑똑.

이안은 눈을 감은 채, 책상을 손가락으로 두들겼다. 염원하던 권좌에 앉았지만 그 이후부터 제대로 돌아가는 게 아무 것도 없었다. 여전히 버티는 필립을 생각하면 자다가도 이가 갈렸다.

마침내 이안이 눈을 떴다.

그의 눈은 분노로 타오르고 있었다. 회의실 여기저기에 빈자리가 가득했던 것이다.

"남부의 영주들이 짐의 소집령에 불복하고 반란군을 상대하러 갔다지?"

이안이 입을 열자 참석한 귀족들 대부분이 움찔했다. 남부요새에 모인 부대를 제외한 남부 지역 귀족군이 제도 소집령을 무시하고 별동대와 싸우고 있다는 소식은 그들 모두 알고 있었다.

그리고 그들 역시 그러고 싶은 마음이 굴뚝이었다. 각지에서 반란군이 전력을 나눠 쳐들어온 것으로 모자라 철도경비대와 필립을 따르는 영주들까지 전부 날뛰고 있었다. 다만 이안이 필립의 주력군을 격파하겠다는 말 때문에 이러지도 저러지도 못 하는 상황이었다.

"북부의 귀족들 역시 반란군과 맞서 싸우기 시작했고 서부의 귀족들은 뭉그적대고 있지. 다들 하나같이 짐의 명령을 우습게 아는군."

제도로 와야 할 지방군의 영주들이 우물쭈물했다. 회의실에 빈자리가 많은 것은 그런 이유 때문이었다.

"짐의 명령을 거부한 것은 좌시할 수 없지만 영주에게 있어 영지는 무엇보다 소중하지. 그렇기에 짐은 영지 귀족들의 죄를 묻지 않고 그들의 뜻을 받아들일 생각이다."

"폐하의 자비에 감사할 따름입니다!"

이안의 말에 귀족들이 일제히 외쳤다. 그 모습에 이안은 코웃음을 치고는 다시 말을 이어나갔다.

"그리엄 후작이 아직 도착하지 않았군. 서부 지역에서 아직 소집에 응하지 않은 귀족 중에 가장 작위가 높은 자가 그리엄 후작이었지?"

"그렇습니다, 폐하!"

서부지역에서 소집된 다이크 백작이 황급히 답했다. 그리엄 후작은 다이크 백작이 선발대를 이루어 떠난 후에 다른 귀족들과 함께 제도로 올라올 예정이었다. 하지만 아직 도착하지 않았다는 말은 각 지역에 반란군이 날뛰고 있다는 것을 깨닫고 뭉그적거리고 있다는 것을 의미했다.

"그리엄 후작에게 통신마법으로 연락하라. 서부지역 방어에 전권을 줄 테니 직접 반란군 별동대를 격파하라고!"

모두의 눈이 황제에게 쏠렸다. 곧이어 이안은 북부에 대해서도 동일한 명령을 내렸다. 다만 그 어디에도 제도에 있는 군대가 지원한다는 말은 없었다.

스스로 싸워 이겨라, 그러나 이번 내전에서 승리했을 때 제도에서 누리는 기쁨을 너희에게 나눠주지 않겠다는 것이 황제가 바라는 의지였다. 회의실에 모인 귀족들은 황제의 싸늘한 눈초리에서 그것을 절실히 느꼈다.

그런데 그 때, 회의실 문이 열렸다. 그리고 한 기사가 다급한 얼굴로 대전 안으로 들어왔다.

"폐하, 큰일 났습니다!"

"또 무슨 일이냐!"

기사의 말에 이안이 분노를 토했다. 저번 대전에서 지노 남작이 똑같은 얼굴로 안 좋은 소식을 가지고 왔었는데 이번에도 같은 느낌을 받은 것이다. 그리고 그 예감은 사실이 되었다.

"남부의 군세가 반란군을 상대한 끝에 전멸 당했다고 합니다!"

"그건 또 무슨 말이냐!"

"제도로 향하던 반란군의 수괴 필립이 부대를 이끌고 제도가 아닌 남부로 향했다고 합니다. 이에 응전하던 리사르 백작이 이끌던 주력군은 그대로 패퇴했습니다. 또 역적 클라우드의 부대가 남부의 영지군을 격파했으며 역적 카일이 이끄는 부대는 남부를 장악했다고 합니다!"

"필립! 필립! 또 네놈이 나를 방해하는 구나!"

기사의 말이 끝나기 무섭게 이안이 자리에서 일어나 외쳤다. 또 당한 것이다. 한 번도 아니고 벌써 두 번째였다. 하지만 기사의 말은 아직 끝이 아니었다.

"서부의 제르달 폰 카본 백작이 반란군에 합류한다고 합니다!"

어이가 없어진 이안은 자리에서 털썩 앉았다. 제르달 폰 카본
은 중립파의 귀족이었다. 이제까지 눈치를 보던 그가 움직였다는
것은 필립의 우세가 확실시 된다는 것을 의미했다.

"그대들은 도대체 뭘 하고 있는 것인가! 짐이 그대들의 제안을
무시했더냐! 전부 그대들이 하라는 대로 했는데 제대로 되는 게
아무것도 없지 않느냐!"

이안의 분노는 귀족들에게 향했다. 그러자 대부분의 귀족들이
고개를 숙이고 아무 말도 하지 않았다.

"폐하, 너무 심려치 마십시오. 모든 것은 순리대로 돌아갈 것입
니다."

그 때, 니콜라스가 나섰다. 이안은 살기가 가득 찬 눈으로 그를
노려보았다.

"오라는 영주들은 우물쭈물 제도에 병력이 모이지 않았고 심지
어 제르달 놈까지 적에게 합류했는데 순리대로 돌아갈 거라고?"

"반란군이 제도를 곧장 공격하지 않고 군세를 분산시킨 이유
는 아군의 남은 전력을 흡수하는 의도도 있을 것입니다."

"그래서?"

"남부의 전력을 흡수한 적의 일부는 분명히 서부로 향할 것입
니다. 그리고 남은 군세는 남부와 동부를 틀어막아 제도를 고립시
킬 생각일 겁니다."

"그렇게 되면 제도가 위험해지지 않은가? 게다가 지금 귀족군
들도 제대로 합류하지 않은 상황 아닌가? 이래서야 반역자를 응

징할 수 없다."

이안의 말 대로였다.

현재 제도에는 제도방위사령부와 근위기사단의 절반 그리고 각 지역의 귀족들이 선발대로 이끌고 온 적은 병력이 전부였다. 벌써 합류했어야할 영주들이 우물쭈물한 결과였다.

그렇다고 제도를 포기할 수는 없었다. 지금 그가 권좌를 차지할 수 있는 이유는 오직 하나, 제도를 장악하고 있기 때문이다. 필립이 사자의 인장을 가지고 있는 상황에서 제도까지 함락당하면 그는 그대로 반역자로 낙인찍히고 만다. 그렇게 되면 모든 게 끝날 것이다.

"차라리 잘 된 일 아니겠습니까? 잊으시면 안 됩니다. 저희가 죽여야 할 이는 오직 하나, 필립뿐입니다."

니콜라스가 웃으며 말했다. 그의 이어지는 말에 이안은 차분해졌다.

"계속 하라."

"저희는 이제부터……."

니콜라스가 계속 설명했고 종국에 이안은 활짝 웃으며 고개를 끄덕였다.

"하하하! 후작의 말을 따르도록 하겠다! 이번에야말로 반드시 역도를 참하리라!"

"폐하의 명을 받듭니다!"

이안의 외침에 귀족들이 일제히 대답했다.

'이번에야말로 네놈을 끝장내겠다, 필립.'

더 이상 물러날 곳은 없었다. 이안은 반드시 이 상황을 뒤집겠다고 다짐했다.

———————◆———————

클라우드가 남부의 영지군을 궤멸시키고 이틀이 지났다.

"승리를 축하드립니다, 전하."

클라우드는 화면에 있는 필립에게 고개를 숙이며 말했다.

-고맙구나-

필립은 웃으며 고개를 끄덕였다.

카일 백작과 함께 제도로 향하던 그는 중간에 남부로 방향을 바꿨다. 그리고 제도에 합류하려던 할트만 폰 리사르 백작의 군세와 마주했다. 두 군세는 그대로 격돌했고 필립은 대승을 거뒀다. 대부분의 라이더들이 목숨을 잃었고 할트만을 비롯한 귀족들은 포로로 잡혔다.

-그대 역시 대승을 거뒀다지, 클라우드 남작. 축하한다-

"아닙니다, 전하. 제 실수로 인해 마르코 남작과 카스팔 남작이 전사했습니다."

클라우드가 말하자 필립의 얼굴에서 웃음이 사라졌다. 아젤과 케네스 모두 충실히 자신을 따랐다. 그런 두 사람을 잃은 것은 분명히 큰 타격이었다.

-전장에서 생사는 그 누구도 장담할 수 없다. 그리고 그대는 두 사람의 원한을 충분히 갚고도 남을 만한 전공을 세웠다-

필립이 클라우드를 위로했지만 클라우드는 고개를 숙인 채로 있을 뿐, 아무 말도 하지 않았다. 그러자 필립은 화제를 돌렸다.

-그래, 클라크 용병단이 항복했다지?-

"반역자들의 꾐에 넘어가 마르코 남작과 카스팔 남작을 전사시켰지만 최후에 자신들의 선택을 후회했습니다. 저희와 합류하여 자신들의 죄 값을 치르러하니, 부디 자비를 베풀어주십시오."

-어차피 용서할 수밖에 없다. 한 손이라도 더 필요한 상황이니 말이다-

클라우드가 간청하자 필립은 굳은 얼굴로 말했다. 자신을 따르던 아젤과 케네스를 전사시킨 것은 결코 용서할 수 없었다. 그를 고민하게 하는 건 클라크 용병단의 힘은 그가 생각해도 대단하다는 점이었다. 그런 그들이 죄 값을 치른다고 하는데 어찌 막을 수 있을까.

"저들에게 전하의 자비를 알리고 죄 값을 치르는데 힘쓰도록 하겠습니다."

클라우드의 말을 들은 필립은 흡족한 얼굴로 고개를 끄덕였다.

-반란군도 이제 남부의 군세가 전멸 당했다는 것을 알았을 것이다. 그렇게 되면 서부와 북부의 귀족군들은 제도에 합류하지 않고 북부와 서부를 지키는데 주력할 것이라 생각한다. 그대는 어떻게 생각하나?-

"전하와 같은 생각입니다."

클라우드는 필립의 말에 동의했다. 영지 귀족들에게 영지만이 전부였다. 그 점을 이용당해 남부 귀족들이 허망하게 패하지 않았던가.

-반란군은 뭉치지 못 하고 있지만 짐은 아니다. 짐을 따르는 귀족들은 물론 각지의 철도경비대가 합류하고 있다. 무엇보다 제르

달 폰 카본 백작이 짐을 따르겠다고 선언했다-

"카본 백작이 말입니까?"

클라우드는 크게 당황했다. 게임에서도 항상 중립만 고수한 그가 갑자기 합류한다고 하니 놀라지 않을 수가 없었다.

-남부군을 격파한 것이 효과가 큰 것 같았다. 엉덩이 무거운 카본 백작이 합류할 정도니 말이다-

필립이 환하게 웃었다. 제르달과 그의 사병이 합류하면 더 이상 두려울 것은 아무도 없었다.

-클라우드-

"예, 전하."

-과인은 그대가 레베카와 다른 이들을 구하면 바로 제도를 공격할 것이다. 인질들이 빠져나간 걸 알면 제도에 있는 반란군들도 혼란에 빠질 테니까. 그대의 작전과는 달라지기는 했지만 상황이 바뀌었으니 작전도 바뀌어야 하지 않겠는가?-

필립이 자신의 의견을 드러냈다. 이제까지 클라우드와 해럴드에게 많은 것을 맡겼지만 제도를 공격할 때만큼은 자신이 앞장 서야 했다.

'그래야 국민들이 과인이 진정한 황제라는 것을 납득하겠지.'

이미지라는 것은 그만큼 중요했다.

"저 역시 전하와 같은 생각입니다."

클라우드는 필립의 의견에 동의했다.

제도에 합류해야 했던 귀족들의 영지군은 도착하지 못 했다. 반면, 필립의 군세는 점점 커지고 있었다. 필립을 따랐던 귀족들은 물론 철도경비대가 계속 합류했기 때문에.

그리고 제도에서 탈출했던 근위기사단과 제도방위사령부의 잔당이 모였고 이제는 제르달까지 합류하려 한다. 소드마스터의 우위인데다 병력도 더 많은데 굳이 기교를 짤 이유가 없었다.

"다만 웰링턴 백작은 계획대로 서부의 반란군을 계속 교란하는 게 좋을 거 같습니다. 저들이 제도에 합류하지 못 하도록 말입니다. 또, 전하께서 제도를 공격하면 제가 다시 병력을 이끌고 제도의 퇴로를 막겠습니다."

-역시 그대밖에 없군-

마치 자신의 마음을 읽는 것 같은 클라우드를 보며 필립은 흡족해했다.

-이제 정말 얼마 남지 않았다. 두 남작의 죽음은 애석하나 그대는 충격을 받지 말고 본연의 임무를 다하도록 하라-

"명을 받듭니다."

클라우드는 다시 고개를 숙였다.

-그리고 말이다-

처음으로 말을 흐린 필립. 클라우드는 그런 그를 의아하다는 얼굴로 응시했다.

-레베카를 잘 부탁한다-

"명을 받듭니다."

-그리고 그 아이의 성격을 볼 때, 어떻게든 전장에 오려고 하려 할지 모른다. 그 때는 반드시 막아내도록. 과인의 이름으로 명령한다-

공손히 고개를 숙인 클라우드. 필립의 당부를 끝으로 통신은 끝났다. 그러자 로렌스가 막사 안으로 들어왔다.

"끝났습니까?"

"그래. 이제 제도로 가면 된다."

"서부로 가고 싶었는데 아쉽습니다."

로렌스가 그런 반응을 보이는 것도 무리는 아니었다. 서부에는 스타이너 영지뿐만 아니라 알레아 영지가 있지 않은가. 어렸을 적 악몽이 깃든 땅이.

"처음 우리가 제대로 이야기 나눴을 때를 기억하는가, 로렌스?"

"물론입니다. 서자들의, 사생아의 무서움을 보여주자고 하지 않았습니까?"

"그래. 서부에 가지 못 하는 건 아쉽지만 칼리안이나 람베르트 모두 제도에 있다. 그러면 되지 않나?"

클라우드가 묻자 로렌스는 웃었다. 살기가 가득한 웃음이었다. 어머니와 자신을 버린 람베르트 남작을 용서할 수 없었다.

"두 사람이 길길이 날뛰는 모습이 눈에 선합니다. 물론 그 정도로는 부족하지만 말입니다."

자신의 손으로 직접 람베르트를 베기 전까지는 원한을 갚았다고 말할 수 없었다.

"그대의 말이 맞다. 이번에야말로 놈들을 직접 벨 수 있을지도 모른다."

"남작님의 말씀대로입니다."

"자아, 우리의 맹세를 이룰 시간이다. 서자들의 무서움을 보여 주도록 하자."

"명을 받듭니다."

클라우드가 명령을 내리자 로렌스는 고개를 끄덕였다.

◆

다음 날, 클라우드가 이끄는 별동대는 팔칸으로 향했다. 길목에 카르다 요새가 있었지만 그는 전혀 개의치 않았다. 그는 아무렇지 않게 요새를 함락하고 마장기를 모두 빼앗았다.

그리고 이제 중요한 일을 앞두고 있었다.

오랜만에 마장기에서 내린 클라우드는 자신의 앞에 있는 이들을 바라보았다. 엘리스를 비롯하여 철도경비대의 대원 30명이 서 있었다.

"모두 왜 이곳에 모였는지 알고 있으리라 믿는다."

클라우드의 말에 대답하는 사람은 없었다. 허나 강렬하게 빛나는 눈동자가 대신 그들의 의사를 전달했다.

"지금 제도에는 많은 인물들이 붙잡혀 있다. 심지어 황녀 저하께서도 별궁에 갇히셨지. 그런데 우리는 맨몸으로 제도로 가야 한다."

"걱정하지 않으셔도 됩니다, 각하. 제국 각지에 퍼져 있는 아군이 반란군의 눈을 현혹시키고 있다는 걸 알고 있습니다."

"그 뿐만이 아니지."

엘리스의 말을 듣고 웃는 클라우드를 뒤를 돌아보았다. 그가 둔 보험으로 화이트라이거가 서있었다. 다만 라이더는 그가 아니었다.

"잘 부탁해, 루시아."

-최선을 다하겠습니다, 각하-

결의를 드러내는 루시아. 그녀가 자신인 것처럼 화이트라이거를 조종하며 반란군을 견제할 것이다. 자신이 자리를 비운 것을 들키지 않기 위한 계책이었다.

클라우드는 고개를 끄덕였다. 그녀라면 자신의 역할을 제대로 하리라. 이제는 자신이 임무를 완수해야 했다.

"출발한다."

제도 침투를 위한 마지막 열쇠를 손에 넣을 시간이었다.

엘리스는 철도경비대 대원 30명을 이끌고 팔칸에 도착했다. 팔칸 안으로 들어가는 것은 전혀 어렵지 않았다. 철도경비대만 알고 있는 비밀 통로가 있었기 때문에.

"경계가 어설프군요."

임시 부관인 올리반 달튼은 비어있는 길리스 스트리트를 보며 조소를 지었다. 전시 상황인데다가 밤이 늦었는데도 경비병을 한 명도 찾을 수 없었다.

"반란군은 현재 전력을 전부 동원했잖아? 지금 남은 놈들은 거기에 뽑히지 못 할 정도로 쓸모가 없다는 거니 당연하지."

"그것도 그렇군요. 그런데 정말 저희끼리 제도에 있는 인질들을 다 구해야 한다니, 너무 위험한 거 아닐까요."

"어쩔 수 없잖아? 남작님은 황녀 저하를 구해야 하니까."

클라우드는 단독으로 황궁으로 갈 예정이었다. 아군이 여기저기 휩쓸어 제도의 전력이 많이 빠졌다지만 황궁의 경비는 여전히 삼엄했다. 그나마 클라우드가 소드마스터라 혼자 움직여도 되는 거였지 다른 사람이라면 반드시 뜯어말렸으리라.

"그건 그렇습니다. 어쩔 수 없군요."

대답을 들은 엘리스는 다른 대원들을 바라보았다.

"다들 구해야 할 가족의 얼굴은 기억하고 있겠지?"

"물론입니다."

"걱정하지 않으셔도 됩니다."

대원들이 담담히 말했다. 그 모습을 본 엘리스는 고개를 끄덕였다.

"목격자가 생기더라도 민간인이면 절대 공격하면 안 돼. 그러면 임무를 시작한다."

엘리스의 말이 끝나자 대원들은 미리 정해진 조원들과 함께 길리스 스트리트에서 사라졌다. 엘리스는 올리반과 함께 해럴드의 집이 있는 크리세 스트리트로 향했다. 그제야 경비병 몇 명이 눈에 띄었지만 연인 행세를 하는 두 사람을 의심하지 않았다.

"그 분이 검소한 분이라 다행입니다. 아리안 스트리트에 사셨다면 용병들이나 귀족들의 기사들을 모두 뚫어야 하니까요."

대부분 백작 이상의 귀족들은 고위 귀족만 살 수 있는 아리안 스트리트에 살지만 해럴드는 아니었다.

"그건 확실히 운이 좋았어. 하지만 방심하면 안 돼. 다른 사람들은 몰라도 페르난도 백작의 가족들만큼은 단단히 지키고 있을 거야."

"알겠습니다."

대화는 그대로 끝이 났다. 두 사람은 마침내 해럴드의 집이 있는 골목에 도착했다. 해럴드의 집은 3층으로 이루어진 건물이었다. 그리고 입구에는 검과 권총으로 무장한 군인 두 명이 서있었다.

엘리스는 소음기가 달린 권총을 꺼낸 뒤, 올리반을 응시했다. 고개를 끄덕인 올리반은 품속에서 피리와 비슷한 무언가를 꺼냈다. 그는 그것을 입에 물고 바람을 불었다. 그러자 두 개의 침이 허공을 가르며 쇄도했다.

푹!

침은 정확히 두 군인의 목에 꽂혔고 바닥에 쓰러졌다. 엘리스는 재빨리 입구로 달려갔다. 문은 굳게 닫혀 있었다. 문을 열 수는 있었다. 다만 안에 몇 명의 인원이 있는지 모르는 이상, 함부로 문을 열고 정면으로 들어갈 수 없었다.

"벽을 타고 창문으로 가야겠어. 나는 3층으로 가서 부인을 데리고 올 테니, 너는 2층에서 아이들을 구해."

"알겠습니다."

엘리스는 권총을 다시 집어넣었다. 그리고 문 옆에 있는 쓰레기통을 밟고 뛰어올랐다. 높게 도약한 그녀는 능숙하게 벽을 타고 올라갔다. 3층의 창문에 도착한 그녀는 한 손으로 벽에 매달린 채 품속에서 유리 절단기를 꺼냈다.

까드득.

정확히 고리 옆 부분의 창문에 동그란 구멍이 만들어졌다. 그녀는 손을 집어넣어 고리를 내리고 창문을 들어올렸다. 온갖 잡동사니가 어지럽게 놓여 있는 것을 보아 이곳은 창고가 분명했다.

'조금 더 가야겠어.'

해럴드의 부인이 있는 곳은 3층 가장 안쪽 방으로 여기서 다섯 개의 방을 더 지나야 했다. 다시 권총을 꺼낸 엘리스는 조심스럽게 발을 옮겼다.

끼익.

그런데 그 때, 그녀의 옆에 있던 방문이 열렸고 군복을 입은 이가 나타났다. 엘리스는 망설임 없이 방아쇠를 당겼다.

피슉!

"윽!"

그 군인은 목을 부여잡고 바닥에 쓰러졌다.

"누구……."

방 안에 있던 동료가 외치려 했지만 그 뜻을 이루지 못 했다. 엘리스가 다시 방아쇠를 당겼고 푸른빛의 탄환이 동료의 목을 꿰뚫었다. 그는 제대로 비명도 못 지르고 쓰러졌다.

푸슉! 푹!

마침내 목적지에 도착한 엘리스는 잠긴 문을 쐈다. 손잡이가 부서지자 엘리스는 벌컥 문을 열었다.

"누구시죠?"

40대 중반으로 보이는 여인이 담담한 얼굴로 물었다. 엘리스를 바라보는 여인의 눈에는 일말의 두려움도 보이지 않았다.

'과연 장군의 아내는 뭔가 다르구나.'

엘리스는 내심 감탄하면서 고개를 숙였다.

"부인, 저는 페르난도 백작님의 명을 받들어 부인과 아이들을 구하기 위해 왔습니다."

"그 이가 보냈다고요?"

"예, 그렇습니다. 그러니 안심하시고 따라오시길 바랍니다."

"델리아하고 아론은요? 아이들이 없으면 갈 수 없습니다."

"이미 저희 대원이 갔으니 걱정하지 않으셔도 됩니다."

"알겠어요."

엘리스가 안심시키자 그제야 페르난도 부인이 자리에서 일어났다. 엘리스는 그녀를 이끌고 복도를 달렸다.

-크아아악!-

갑자기 사내의 비명이 울려 퍼졌다.

'올리반, 이 바보가 도대체 무슨 짓을 한 거야!'

엘리스는 속으로 올리반을 욕했다. 감시자들이 얼마나 있는지 모르는 상황에서 저렇게 요란스럽게 죽이면 어쩌잔 말인가!

"부인, 뛰세요!"

엘리스는 페르난도 부인을 안고 달렸다. 그러자 2층으로 내려가는 계단 위로 세 명의 군인들이 올라오는 모습이 보였다. 그녀는 연신 방아쇠를 당겼고 푸른빛의 탄환이 군인들을 모두 꿰뚫었다.

'마력 권총을 가지고 와서 다행이지.'

마력 권총은 이번에 군이 받아들인 신무기로 탄환과 장전이 필요 없었다. 다만 가격이 굉장히 비싸 아직 양산이 되지 않은 무기였지만 임무의 특수성으로 인해 한 정 받을 수 있었다.

"엄마!"

"델리아! 아론!"

엘리스와 페르난도 부인이 2층에 내려왔을 때, 두 아이가 페르난도 부인에게 안겼다. 이제까지 담담했던 그녀였지만 두 아이를 보자 표정이 바뀌었다.

"죄송합니다."

"그 이야기는 됐어. 지금은 탈출이 우선이야."

"일단 2층의 놈들은 다 죽였습니다."

"그건 잘 했어!"

엘리스와 올리반은 해럴드의 가족을 데리고 집을 빠져나왔다.

위이이잉!

그 때, 사이렌이 울려 퍼졌다. 어떤 조인지는 모르겠지만 경비병에게 걸린 게 분명했다

"반역자가 있다!"

"반역자를 찾아!"

경비병들의 외침이 제도를 뒤흔들었다. 올리반은 품속에서 폭탄을 꺼냈다. 소리만 요란하게 나는 폭탄이었다.

콰아앙!

올리반이 해럴드의 집 정반대 편으로 폭탄을 던졌고 굉음이 퍼졌다.

"크리세 스트리트에 폭탄이 터졌다!"

"경비병들은 모두 크리세 스트리트로 향한다!"

경비병들의 이목이 폭탄이 터진 쪽으로 쏠렸다. 그러나 더 커다란 폭음이 황궁 쪽에서 터졌다.

콰콰쾅!

'남작님.'

소리의 정체를 파악한 엘리스는 이마를 움켜쥐고 싶었다. 분명히 클라우드가 소란을 일으킨 게 분명했다. 이유는 폭음을 듣자마자 깨달았다.

'우리가 빠져나가는 걸 도와주려는 거구나.'

클라우드의 배려를 느낀 그녀는 계속 뛰었다. 결국 그녀와 올리반은 해럴드의 가족을 데리고 철도경비대의 비밀 통로에 오는데 성공했다.

"……."

엘리스의 안색이 어두워졌다. 귀족들의 가족들은 모두 있었다. 다만 대원들의 숫자는 많이 줄어들어 14명밖에 남지 않았다.

"경비병의 이목을 끌기 위해 몇 명의 대원들이 제도에 남았습니다."

"알았어. 우리는 이대로 탈출한다."

한 대원이 보고하자 엘리스가 냉정하게 말했다. 구하고 싶지만 그럴 수 없었다. 대원들보다 중요한 것은 황태자 전하를 따르는 사람들의 가족이었다.

'그게 우리의 숙명이니까.'

엘리스는 슬픔을 억눌렀다.

"제이드 남작님은 어떻게 합니까?"

"황궁에는 비밀 통로가 몇 개 있잖아? 그 분은 그곳을 통해 빠져나와 우리와 합류할 거야."

"그렇군요."

"그럼 얼른 빠져나가자."

가족들과 함께 비밀 통로 안으로 들어갔다. 그렇게 엘리스는 임무를 달성했다.

◆

"하아."

레베카 폰 에렌시아는 굳은 얼굴로 황도를 바라보았다. 그녀는 이안이 반역을 일으키자마자 리에스 별궁에 유폐되었다. 이안의 만행은 거기서 끝이 아니었다.

"자신을 지지하라니, 뻔뻔하기도 하지."

그 말을 들었을 때, 얼마나 어이가 없었던가. 이제까지 이안은 그녀를 단 한 번도 동생 취급을 해준 적이 없었기 때문에. 오히려 출신이 비천하다며 얼굴조차 제대로 보려고 하지 않았다.

그에 비해 필립은 어땠던가.

필립은 그녀를 단 한 번도 차별한 적이 없었다. 오히려 그녀가 어렸을 때부터 잘 챙겨줬다. 그마저 없었다면 험한 황궁에서의 생활을 버티지 못 했으리라.

'아버지……'

선황을 떠올리자 레베카의 눈에서 뜨거운 눈물이 흘러내렸다. 평민 출신인 자신을 항상 아꼈던 좋은 아버지였다. 오히려 자신을 낳자마자 돌아가신 어머니를 챙기지 못 해 미안해했다. 그런 아버지를 죽인 이안을 어찌 용서할 수 있을까.

'죽는 한이 있어도 당신과는 함께 하지 않을 거야.'

이안의 뜻을 따르지 않겠다. 그게 그녀의 각오였다. 다만 한 가지 미련이 있었고 그 점이 마음에 걸렸다.

"클라우드 폰 제이드 남작이라 했었지."

정식 황녀로 인정받아도 출신 때문에 아무도 그녀에게 다가오지 않았다. 하지만 클라우드는 전혀 개의치 않고 자신에게 춤을 추자고 했다. 물론 서로 적자가 아니라는 입장 때문에 동정심을 느낀 것일 수도 있다.

그러나 레베카는 클라우드가 단지 그런 이유로 자신에게 춤을 신청한 게 아님을 느꼈다. 그도 그럴 것이 신분이 바뀌자 더 인정받기 위해 높은 사람들에게 알랑방귀를 끼는 사람들이 얼마나 많은가. 그런 점에서 클라우드는 정말 대단한 사람이었다.

"지금 구해주면 얼마나 좋을까?"

어렸을 적에 읽었던 동화가 떠올랐다. 탑에 갇힌 공주, 그런 공주를 구하는 왕자. 단순한 동화라고 생각한 상황에 처하게 돼서 어처구니가 없었지만.

스스로 생각해도 웃겼기 때문에 레베카는 자기도 모르게 웃었다.

그런데 그 때였다.

똑똑.

"열려 있어요. 들어오세요."

노크 소리가 들리자 짜증스럽게 말하는 레베카. 지금 별궁에 있는 이들은 하나같이 이안이 심은 사람이었다. 그녀와 함께 했던 유모나 시녀들은 이미 황궁에서 쫓겨난 지 오래였다.

"그럼 들어가겠습니다."

남자의 목소리가 울려 퍼지자 레베카는 당혹감을 감추지 못 했다. 이제까지 그녀의 방 안에 남자가 들어온 적은 한 번도 없었기 때문에.

"어라?"

더 이상한 점은 목소리가 굉장히 익숙하다는 점이었다. 필립이나 선황 외의 남성과 제대로 대화를 해본 적이 없는 그녀였기 때문에 더 이해하기 어려웠다.

끼익.

마침내 문이 열렸다. 레베카는 들어온 상대를 보고는 크게 경악했다.

"크, 클라우드 폰 제이드!?"

"오랜만에 뵙습니다, 황녀 저하."

클라우드가 활짝 웃으며 말했다.

제도 팔칸의 황궁.

"컥!"

제국이 자랑하는 근위기사단, 제록은 비명을 토했다. 황궁의 담장을 넘어온 청년 때문에. 청년은 동료들을 제압하기 무섭게 그의 목을 움켜쥐었다. 다만 목을 움켜쥔 것보다 자신을 살벌하게 노려보는 청년의 눈빛이 더 무서웠다.

"내 얼굴은 알고 있겠지?"

"크, 클라우드 폰 제이드."

제록은 황궁을 침입했으면서도 얼굴조차 가리지 않은 청년의 이름을 말했다.

"내 질문에 대답하면 살려주겠다. 만약 거짓말을 하면 바로 죽일 것이다."

"마, 말씀하십시오."

"황녀 저하는 어디에 있지?"

그 질문을 듣는 순간, 제록의 눈동자가 크게 흔들렸다. 클라우
드가 반드시 지켜야할 비밀을 언급했기 때문에.

"죽고 싶다면……."

"리에스 별궁입니다!"

제록은 재빨리 말했다. 죽고 싶지는 않았으니까. 다른 이들의
죽은 모습은 애써 외면했다.

"사실이지?"

"제, 제가 직접 봤습니다!"

"고맙다."

콰드득.

대답을 들은 클라우드는 상대의 목을 그대로 꺾었다. 처음부터
살려둘 생각은 없었다. 그도 그럴 것이 이곳에 있는 근위기사단의
단원들은 모두 선황을 배신한 반역자들이 아닌가. 죽일 수 있을
때, 죽이는 게 나았다.

"리에스 별궁이라……."

본궁에서 멀지 않은 위치였다. 거리 자체는 가까웠지만 문제는
따로 있었다.

"침입자다! 제도에 침입자가 들어왔다!"

"황궁의 경비를 강화하라!"

소란스럽게 움직이는 기사들. 외부에서 움직이고 있는 엘리스
일행의 행동이 발각된 게 분명했다. 그렇다보니 클라우드 역시 걸
릴 수밖에 없었다.

"네놈은 누구냐!"

"클라우드 폰 제이드다! 반역자 클라우드 폰 제이드가 왔다!"

"누가 누구를 반역자라고 하는 건지 원."

뻔뻔함도 정도가 있었다.

하지만 클라우드는 개의치 않고 검을 겨누었다. 어차피 현재 황궁에는 적의 병력은 많지 않았다. 기사도 그렇고. 실력이 뛰어난 이들은 전부 이안을 따라 루미나크 시로 갔으니까. 여기에 남은 놈들은 거진 다 쭉정이였다. 큰일을 앞에 뒀는데도 불려가지 못하는 쭉정이.

우르르.

그를 향해 쏟아져 들어오는 기사들. 그 숫자만 20여명을 가볍게 넘었다. 그 뒤로 총으로 무장한 병사들이 달려오고 있었지만 클라우드의 얼굴에는 여유가 넘쳤다.

팟.

발을 내딛는 클라우드. 그 순간, 그의 신형이 사라졌다. 단숨에 10m의 거리를 가로지른 그는 그와 비슷한 또래의 기사에게 검을 찔렀다. 검은 정확하게 목을 꿰뚫었다. 피를 토하더니 그대로 기사의 몸이 바닥에 주저앉았다.

허나 이건 시작일 뿐. 기사들이 그를 덮쳤다.

쉬에엑!

날카로운 검광을 뿌려내는 클라우드. 빛이 번쩍일 때마다 기사 한 명이 시체로 바뀌었다.

"달라붙어! 적은 혼자다! 혼자란 말이다!"

"아무리 소드마스터라도 한계가 있다!"

"맞는 말이지."

상대 지휘관의 말을 들은 클라우드는 고개를 끄덕였다. 확실히 소드마스터에게도 한계는 있었다. 초인이라 불려도 어쨌든 인간이었으니까.

다만,

"너희 따위를 상대하는 걸로 한계를 보이면 애초에 소드마스터라고 불리지도 않았을 거다."

일반인들이 상상하는 이상으로 한계가 깊었을 뿐이었다.

클라우드는 상대를 비웃으며 다시 검을 내질렀다.

좌아악!

검은 장쾌한 기세를 발하며 뻗어 나갔다. 불꽃처럼 타오르는 오러블레이드가 덧씌워지니 기사들로서는 도저히 막을 수 없었다. 그들에게 이 상황은 악몽, 그 이상도 그 이하도 아니었다.

타타탕!

기사들이 다 죽자 이제까지 망설이고 있던 병사들이 방아쇠를 당겼다. 하지만 클라우드는 기다렸다는 듯이 탄환을 베어 넘겼다. 게다가 검을 휘두르는 속도는 음속을 뛰어넘어 검이 휘둘러질 때마다 충격파가 퍼져 병사들을 덮쳤다.

"크아아악!"

"사, 살려줘!"

"저건 악마라고!"

공포에 질린 병사들이 도망치려고 했다. 물론 클라우드는 그들을 몸 성히 보낼 생각은 없었다. 적들에게 자비를 베풀 이유가 없지 않은가?

"꺼져!"

쉬에엑!

반월 형태의 오러블레스트가 허공을 가르며 날아갔다. 한 발, 두 발, 세 발. 총 세 발의 오러블레스트는 도망치는 병사들을 덮쳤고 그들 모두 갈가리 찢겨져나갔다.

적들을 전부 쓰러뜨린 클랄우드는 여유롭게 별궁으로 향했다. 그녀의 방이 어디 있는지 모르지만 그는 고민하지 않았다. 사방에 마력을 퍼뜨린 그는 곧장 레베카가 있는 방으로 향했다.

똑똑.

"열려 있어요. 들어오세요."

"그럼 들어가겠습니다."

여전히 아름다운 목소리라 생각하며 클라우드는 문을 열었다.

"크, 클라우드 폰 제이드!?"

"오랜만에 뵙습니다, 황녀 저하."

클라우드가 깜짝 놀란 얼굴로 자신을 응시하는 레베카를 보며 활짝 웃었다.

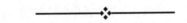

"제, 제이드 남작. 다, 당신이 어째서 여기에 있는 거죠?"

"당연한 말씀을. 저하를 구하러 왔습니다."

"필립 오라버니의 명령인가요?"

레베카가 호기심이 가득한 얼굴로 물었다. 단순히 명령으로 온 것일까? 아니면 개인적인 이유도 있는 것일까? 왠지 모르게 궁금했다.

그리고 클라우드는 그런 그녀의 기대를 저버리지 않았다.

"황태자 전하가 명령을 내리셨지만 이곳에 오겠다고 한 건 제 의지입니다."

활짝 웃는 레베카.

그 모습을 본 클라우드는 이런 상황인데도 방이 화사해지는 걸 느꼈다. 확실히 제일 아름다운 여인이라 불리는 데는 다 이유가 있었다.

"그럼 에스코트를 잘 부탁드려요, 제이드 남작."

"황녀 저하의 명을 받듭니다."

앞장 서는 클라우드. 레베카는 그를 따라 방에 나왔다. 그리고 자기도 모르게 얼굴을 찌푸렸다. 별궁 여기저기에 시체가 널려있었기 때문에.

"죄송합니다. 다들 저항이 격렬해서 말입니다."

"아니에요. 그런데 전 싸우는 걸 못 들었는데……."

"괜히 소드마스터라 불리는 게 아닙니다."

클라우드가 자신만만하게 웃자 레베카는 가슴이 두근거리는 걸 느꼈다. 스스로 주책이라 생각했지만 클라우드가 멋지게 보이는 것만큼은 어쩔 수 없었다.

'정말 와줬어.'

클라우드가 왕자는 아니었고 이 상황 자체는 동화보다 잔인했다. 그래도 그는 정말 위험을 감수하고 자신을 구하러 왔다.

"그런데 지금 어디로 가는 건가요, 제이드 남작?"

"비밀 통로로 가고 있습니다. 본궁 서문 쪽에 하나 있다고 들었습니다."

"거기까지는 가는데 꽤 걸리잖아요? 별궁 후문 쪽으로 가요. 그곳 바닥을 살피면 문이 있을 거예요."

"알겠습니다. 그럼 잠시 실례."

"꺄악!"

자기도 모르게 소리를 지르는 레베카. 그녀로서는 어쩔 수 없었다. 클라우드가 갑자기 끌어안았는데 어찌 가만히 있을 수 있겠는가.

"무례를 용서해주십시오."

"아, 아니에요. 조, 좀 더 꽉 끌어안아도 될까요?"

"예?"

"아무 것도 아니에요. 얼른 가주세요."

마지막 말은 거의 속으로 중얼거렸기 때문에 클라우드는 제대로 알아듣지 못 했다. 그녀가 얼굴을 붉히며 말하자 클라우드는 고개를 갸웃거리고는 앞으로 나섰다.

중간중간에 기사들과 병사들이 달려들었지만 그 누구도 그의 위협이 되지 못 했다. 오히려 소드마스터가 왜 일인군단이라 불렸는지를 증명하듯 적들을 모조리 쓰러뜨렸다.

그리고 조용히 비밀통로 안으로 들어오는데 성공했다.

"남작의 능력이라면 좀 더 조용히 빠져나갈 수 있지 않나요?"

"예. 다만 그러면 다른 부하들이 위험해집니다."

"일부러 자신을 드러낸 건가요?"

"그런 셈입니다. 어차피 이들 중에 절 위험에 빠뜨릴 사람은 없으니까요."

레베카는 크게 감탄했다. 어찌 이런 사람이 있단 말인가? 본인은 괜찮다고 하지만 위험을 감수하는 사람은 많지 않았다. 끝까지 부하들을 신경 쓰는 모습도 멋졌다.

'어쩌면 좋아?'

이대로는 정말 반할 것 같았다. 심장이 거세게 요동치는 걸 느낀 그녀는 화제를 바꾸기 위해 입을 열었다.

"제이드 남작은 왜 오라버니를 따르나요?"

"그 분이라면 제국을 바꿔줄 거라고 믿었기 때문입니다."

"어떤 식으로요?"

"모든 사람들이 살기 좋은 세상. 전하는 그런 세상을 만들겠다고 약속하셨습니다. 그 약속을 위해 저는 싸울 것입니다."

레베카는 그 말에서 클라우드의 각오를 느낄 수 있었다. 가볍게 고개를 끄덕인 그녀는 계속 질문했다.

"그럼 필립 오라버니께서 안 계셨다면 어떻게 하셨을 건가요?"

"군인으로서 계속 제국을 위해 봉사했을 겁니다."

아무렇지 않게 대답하는 클라우드. 허나 그녀는 왠지 모를 위화감을 느꼈다. 남들보다 뛰어난 그녀의 직감이 경고했다. 저 말은 거짓말이라고.

'뭐 어때?'

아직 서로의 비밀을 말할 정도로 깊은 사이는 아니었다. 지금은 이 순간만을 즐기리라. 그녀는 그렇게 생각하며 클라우드의 목을 꽉 끌어안았다.

그렇게 두 사람 역시 제도를 탈출하는 데 성공했다.

———————◆———————

필립과 격돌하기 위해 루미나크 시로 이동한 이안 폰 에렌시아. 그런 그에게 비보가 전해졌다.

"뭐라고!? 인질들이 전부 다 탈출했다고?"

"예, 폐하."

니콜라스가 확인 사살하자 이안은 이마를 부여잡았다. 해럴드를 비롯해 필립 휘하의 많은 귀족들의 가족이 제도에 있었다. 그들을 인질로 삼아 제대로 전쟁에 나서지 못 하게 하려고 했는데 그 동안의 노력이 다 물거품이 되고 말았다.

"빌어먹을! 필립을 견제하기 위해 제도에 병력이 많이 빠져나간 건 사실이다! 그런데 어찌 인질을 전부 다 잃을 수 있는가!"

철도경비대까지는 감당할 수 있었다. 현재 필립 쪽에 합류한 철도 경비대의 마장기 숫자는 딱 30기였다. 결코 적다고 할 수준은 아니지만 설령 그들이 빠져도 전력은 여전히 자신이 유리했다.

'문제는 해럴드다!'

이미 저쪽에는 카일, 올리비아, 클라우드가 있었다. 그런 상황에서 해럴드까지 나서면 소드마스터만 4명이 된다. 이쪽에 최강의 기사 카젠트 폰 마르가스가 있다지만 두 명으로는 저들을 다 막아낼 수 있다 장담할 수 없었다.

"지금 부대 내에 자네 말고 그 사실을 아는 이가 있는가?"

"일단 저를 비롯해 몇몇 고위 귀족들만 알고 있습니다. 그 이상의 이들은 모르니 안심하십시오."

"레베카! 그 비천한 년은 어찌 됐나!"

"클라우드 폰 제이드가 직접 그녀를 구했다고 합니다."

쾅!

이안은 주먹으로 책상을 내리쳤다. 충격을 이기지 못한 책상이 반으로 쪼개졌다. 그 모습을 보며 니콜라스는 눈을 빛냈다.

'확실히 기사로서 경지에 도달하셨군.'

기사 중에서도 일정 경지에 오른 이만이 보일 수 있는 파괴력이었다. 황제를 자처하는 사람이 검술 수련만 하는 건 문제만 있었지만 니콜라스는 개의치 않았다. 그래서 필립 대신 이안을 선택한 것이다.

"그녀의 위치를 아는 사람은 몇 명 없을 텐데! 대체 그 씹어 먹을 서자 놈이 거긴 어찌 알았단 말이냐!"

레베카의 위치는 극비 중의 극비였다. 고위 귀족 몇 명과 그에게 충성을 맹세한 근위기사단 몇 명만이 알고 있을 정도로. 그런데 클라우드는 이 사실을 알고 그녀를 구했다. 누가 이 사실을 발설하지 않는 이상, 이를 어찌 알아낼 수 있단 말인가.

설령 목숨의 위협을 받았다고 해도 변하는 건 없었다. 차라리 죽어서라도 비밀을 지켜야 했다.

"소드마스터의 기감이면 충분히 찾고도 남습니다. 폐하를 따르는 신하들을 믿으십시오."

"후우. 그 서자 놈이 활개를 치기 시작한 후에 되는 일이 하나도 없군. 다른 놈은 몰라도 필립과 그 놈은 짐이 직접 베고 싶을 정도다."

"얼마 남지 않았습니다, 폐하. 조금만 기다리면 역적들을 토벌할 날이 올 겁니다."

니콜라스가 달래자 이안은 길게 한숨을 내쉬었다. 처음 반역을 일으켰을 때만 해도 모든 게 잘 될 줄 알았다. 하지만 선황이 사자의 인장을 빼돌리면서 많은 부분이 일그러졌다.

'절대 당신의 뜻대로 돌아가지 않을 겁니다.'

이안이 눈이 살벌할게 번뜩였다.

제3장 돌이킬 수 없는 운명

필립이 할트만 폰 리스라 백작이 이끄는 귀족군을 격파한지 일주일이라는 시간이 흘렀다. 그는 한 가지 소식만을 기다렸다. 그 소식이 들려야만 제도로 갈 수 있었기 때문에.

그러나 필립이 가만히 있냐고 하면 그건 아니었다. 그는 남부와 중부 사이의 경계에 있는 프레데릭 요새에서 자신의 지지자들이 합류하기를 기다렸다.

처음 출발했을 때만 해도 마장기 숫자는 60기밖에 없었지만 이제는 100기에 달했다. 병력 역시 이제는 5만 명에 육박했다. 이에 반해 제도 팔칸에는 마장기가 55기와 2만의 병력밖에 없었다. 각지의 귀족군이 합류하지 않았기 때문이다.

그리고 마침내 기다리던 희소식이 도착했다.

"제이드 남작 일행이 황도에 있는 인질들을 모두 구출했다고 한다."

"오오!"

"과연 제이드 남작!"

필립의 말이 끝나기 무섭게 다들 환호했다. 어떤 이들은 아예 눈물을 흘리는 이들도 있었다. 소중한 가족을 잃을 수 있다는 공포에서 드디어 벗어났기 때문에.

'정말 고맙다, 클라우드.'

필립 역시 클라우드에게 고마워하는 건 마찬가지였다. 소중한 여동생을 구한 것도 좋았고 무엇보다 직계 황족이 자신에게 합류했다는 사실이 기뻤다. 이제 정말 모든 명분을 손에 넣었음을 의미했으니까.

"이젠 제도로 진격할 뿐."

"예, 전하. 이제 반역자를 토벌하는 일만 남았습니다."

올리비아가 나지막한 목소리로 대답했다. 허나 그런 그녀의 얼굴에는 자신감이 가득 했다. 이 날을 얼마나 기다렸던가? 당장 제도로 쳐들어가 반역자들의 목을 베고 싶었다.

그렇게 다들 제도로 진격하는 모습을 떠올릴 때였다.

"전하!"

통신장교가 다급한 얼굴로 필립에게 다가왔다. 그리고 그의 귓가에 뭐라고 속삭였다.

그러자,

"드디어 왔구나!"

필립이 환한 얼굴로 외쳤다.

사람들이 의아하게 여겼지만 그는 신경 쓰지 않았다. 오히려 자리에서 일어나 막사를 나섰다.

막사 앞에는 길게 기른 갈색머리를 단정하게 빗어 넘긴, 30대 중반의 사내가 서있었다. 사내는 필립을 보자 한쪽 무릎을 굽히고 고개를 숙였다.

"신 제르달 폰 카본, 휘하의 기사단과 함께 전하를 따르고자 합니다. 이제야 온 죄인을 벌해주십시오."

그러자 필립은 황급히 사내에게 다가가 그를 일으켜 세웠다.

"아닐세, 아니야. 지금이라도 그대가 합류해서 얼마나 기쁜지 모를 걸세, 제르달 폰 카본 백작."

제르달 폰 카본.

에렌시아 제국의 소드마스터 중 한 사람이자 '철벽의 기사'라 불리는 사내. 본래 그는 중립파로 이제까지 내전을 관망하고 있었다. 그런 그가 마침내 필립의 세력에 합류한 것이다.

"늦게 온 만큼, 최선을 다해 공을 세우도록 하겠습니다."

"그거면 충분하네. 자, 어서 들어오게나."

필립은 흡족한 얼굴로 제르달과 함께 막사로 들어갔다. 막사 안에서 앞으로의 계획에 대해 언급하고 있던 지휘관들도 활짝 웃으며 자리에서 일어났다. 그 때, 올리비아가 입을 열었다.

"현명한 선택을 해줘서 고맙군, 카본 백작."

"아닙니다. 처음부터 이리 해야 했는데 망설여서 죄송할 따름입니다."

올리비아가 환대하자 제르달은 고개를 저으며 말했다. 하지만 올리비아는 필립과 마찬가지로 그를 탓할 생각은 없었다. 중립파였던 그가 합류해준 것만으로 고마울 따름이었다.

"자아, 자리에 앉게."

필립의 말에 제르달은 올리비아 건너편에 앉았다. 다른 이들도 모두 자리에 앉자, 제르달이 입을 열었다.

"그런데 페르난도 백작, 웰링턴 백작, 제이드 남작은 어디에 있습니까? 특히 제국의 영웅이라 불린 제이드 남작은 꼭 만나고 싶었습니다."

"지금 세 사람은 별동대를 이끌고 서부와 북부의 영지들을 휘젓고 있다. 반란군이 제도에 합류하지 못 하도록 말이다. 나중에 만날 수 있을 것이다."

"그렇군요."

제르달은 아쉬움을 감추지 못 했다. 새롭게 소드마스터가 된 클라우드를 꼭 만나고 싶었기 때문에.

"자아, 그럼 현재 우리의 상황에 대해 말하도록 하겠다. 과인은 이제 제도를 공략할 것이다."

"제도를 말씀이십니까? 아직 아군이 합류하지 않았는데 괜찮겠습니까?"

제르달이 놀란 얼굴로 물었다. 부대가 네 개로 나눠진 상태에서 제도를 공격할 것이라고 전혀 생각하지 못 했다. 그러자 필립은 자신만만한 얼굴로 대답했다.

"각지에서 과인을 따르는 이들이 합류했다. 거기에 그대까지 왔으니 반란군을 압도한다고 해도 과언이 아닐 것이다. 게다가 그대의 합류로 이제 소드마스터의 숫자도 같아졌다. 안 그런가?"

필립 쪽에는 올리비아와 제르달이, 이안 쪽에는 칼리안과 카젠트가 있었다. 이에 더해 서부와 북부의 귀족들이 제도에 합류하지 못 했다. 이 순간, 이 승부는 끝났다고 해도 과언이 아니었다. 필립은 괜히 시간을 끌 생각이 없었다.

"예, 그렇습니다."

"이 이상 시간을 끌면 크로얀 공화국을 비롯해 다른 국가들이 움직일 여지를 주게 된다."

필립의 말을 들은 이들의 안색이 어두워졌다. 에렌시아 제국이 대륙 2강이라 불릴 정도로 강력한 국가인 것은 사실이다. 하지만 크로얀 공화국의 전쟁과 내전으로 인해 국력이 소모된 상태였다.

 '해볼 만하다고 생각하겠지.'

 올리비아가 다른 국가들을 떠올렸다.

 지금은 크로얀 공화국이 대륙의 공적으로 찍혔지만 그 전까지는 에렌시아 제국이 공적이었다. 대륙일통이라는 이름하에 많은 국가를 침략했고 영토를 얻었다. 제국이 약해진 지금, 필립의 말대로 다른 국가들이 움직일 가능성이 높았다.

 "이 이상 내전으로 국력을 소모할 수 없다. 얼른 반란군을 제압하고 제국이 여전히 건재함을 알릴 것이다!"

 "전하의 명을 받듭니다!"

 필립이 선언하자 모든 이들이 고개를 숙이며 외쳤다. 제국의 운명이 자신들의 어깨에 달려있다는 사실이 그들로 하여금 전의에 불타오르게 만들었다.

 "전하!"

 철도경비대의 군복을 입고 있는 사내가 막사 안으로 들어왔다. 사내의 얼굴은 잔뜩 굳어 있었다.

 "무슨 일이냐!"

 "제도에 있던 반란군들이 움직였습니다! 현재 반란군들이 남하하여 본진을 향해 진격했다고 합니다!"

 "뭐라고!?"

 사내의 외침에 몇 명의 지휘관들이 자리에서 벌떡 일어났다. 하지만 필립은 당황하지 않았다. 오히려 피식 웃었다. 그만큼 어이가 없었기 때문에.

"자세히 말하라."

"제도를 감시하고 있던 철도경비대의 대원들에게 연락이 왔습니다. 제도의 반란군들이 모두 남쪽으로 향했다고 말입니다. 현재 반란군은 마장기 55기 및 2만의 병력으로 이루어져 있습니다."

"겨우 그 정도 전력을 가지고 먼저 제도에서 나왔다……. 이안이 드디어 미쳤구나. 아니 그러한가, 아르젠트 백작?"

"전하의 말씀대로입니다. 카본 백작이 합류하면서 아군의 총 소드마스터의 숫자가 네 명으로 늘어났습니다. 거기다가 각지에서 아군이 합류하지 않았습니까? 반란군이 이길 가능성은 없습니다."

필립이 묻자 올리비아가 자신감을 드러냈다. 그러자 옆에 있던 제르달도 웃으며 입을 열었다.

"회전에서 승부를 걸면 저희가 유리합니다. 그 뿐만 아니라 제도에 아무런 피해도 주지 않아도 될 수 있으니 더욱 좋습니다."

"그대의 말이 옳다, 카본 백작. 제도의 산업 시설이 파괴되면 전쟁에서 승리한다 해도 문제가 된다. 그걸 알아서 피해주니 이안에게 고마워해야겠군."

필립이 말하자 다른 지휘관들도 활짝 웃었다. 하지만 그 미소는 오래 가지 않았다.

"전하! 큰일 났습니다!"

"제도에서 반란군이 움직였다는 소식은 이미 들었다."

철도경비대의 군복을 입은 여장교가 다급한 얼굴로 외치자 필립이 대답했다. 하지만 여장교의 이어지는 대답은 필립을 당황하게 만들었다.

"예? 제도의 반란군이 움직였단 말입니까?"

"제도의 이야기를 하는 것이 아니었나?"

"예, 그렇습니다. 혀, 현재 서부와 북부의 귀족들이 아군을 향해 진격중인 것을 확인했습니다! 서부 귀족군 마장기의 숫자는 총 45기! 병력은 1만 5천 명입니다! 또 북부 귀족군의 마장기 숫자는 총 40기, 병력은 2만 명입니다!"

여장교의 말에 처음으로 필립의 안색이 굳었다.

"웰링턴 백작과 페르난도 백작의 별동대가 서부와 북부에 진입하지 않았나?"

필립이 여장교를 보며 되물었다. 해럴드는 이미 예전에 북부에서 날뛰고 있었다. 또 카일이 서부에 진입했다는 보고를 얼마 전에 받았다. 분명히 별동대를 상대하기도 바쁠 귀족군이 왜 이곳으로 온단 말인가?

"예. 웰링턴 백작은 현재 스타이너 영지에, 페르난도 백작은 현재 포비아 영지에 있다고 연락을 받았습니다. 다만 웰링턴 백작은 스타이너 영지에 도착할 때까지 한 번도 적을 만난 적이 없으며, 페르난도 백작 역시 최근 며칠 동안 적을 만나지 못 했다고 합니다."

"현재 적군의 위치는?"

"방금 전, 서부 귀족군이 타밀라 요새에 머무르고 있으며 북부 귀족군은 이루스 영지에 있다고 합니다."

필립은 눈을 감았다.

스타이너 영지에서 프레데릭 요새까지 일주일, 포비아 영지에서 프레데릭 요새까지 열흘은 걸렸다. 이에 반해 타밀라 요새에서 프레데릭 요새까지는 나흘 밖에 걸리지 않았고 제도에서도 닷새면 충분히 올 수 있었다. 이루스 영지에서 꽤 걸린다고 하지만 그래봐야 일주일이었다.

"아무래도 반란군은 영지를 희생하는 한이 있더라도 과인을 죽이려고 마음먹은 것 같군. 과인만 죽으면 이 전쟁은 끝이니 말이다."

"하지만 귀족들이 영지를 포기하게 하다니, 도대체 무슨 대가를 지불하기에……."

올리비아는 지금의 상황을 이해할 수 없었다. 영지 귀족이 영지를 포기하다니, 절대 있을 수 없는 일이었다.

"과인만 죽일 수 있다면 이안은 뭐든 지불할 것이다. 무엇보다 저기에는 니콜라스 놈이 있다. 그러면 귀족들에게 이런 영향력을 행사할 수 있다. 이번에도 과인이 그에게 한 방 먹었구나."

"별동대가 합류할 때까지 잠시 뒤로 물러나야 하지 않겠습니까?"

필립은 올리비아의 질문에 대답하지 않았다. 대신 제르달에게 질문했다.

"카본 백작. 그대를 따라온 기사들은 모두 몇 명인가?"

"총 20명입니다. 마장기의 숫자도 같습니다."

그 말을 들은 필립은 완전히 침착함을 되찾았다. 반란군의 움직임을 예상하지 못 했지만 그렇다고 아예 상대할 수 없을 정도는 아니었다.

"현재 아군의 전력은 120기. 북부 귀족군이 합류하기 전까지 반란군의 마장기는 100기군."

"예, 그렇습니다."

"아직 원군은 있다. 제도 남서쪽의 카르다 요새에 제이드 남작이 이끄는 별동대가 있지 않나? 얼른 그에게 연락해 제도로 진격하라고 해라!"

"전하의 명을 받듭니다!"

여장교는 고개를 숙인 뒤 다급하게 막사를 빠져나갔다. 필립은 다시 지휘관들을 응시했다.

"지금부터 아군은 제도로 진격한다. 북부 귀족군이 합류하기 전에 반란군의 주력군을 완전히 박살낸다!"

필립이 명령을 내렸다. 서부의 병력과 제도의 병력이 합류하는 것은 막을 수 없다. 그러나 북부 귀족군이 합류하기 전까지는 지금 아군의 전력이 적을 압도했다. 북부 귀족군이 합류하기 전에 승부를 내면 충분히 승산이 있다고 생각했다.

"명을 받듭니다!"

"또 웰링턴 백작과 페르난도 백작에게 통신을 보내라! 당장 제도로 오라고 말이다. 이 전투에서 모든 것을 끝내겠다!"

필립이 외치자 모두 본능적으로 느꼈다. 이번 전투야말로 내전을 가르는 최후의 전투가 될 것이라고 말이다. 그렇기에 다들 전의를 불태웠다.

카르다 요새.

간신히 루시아와 다른 가족들을 데리고 온 클라우드에게 비보가 전달됐다.

"영주님, 본진으로부터 연락이 왔습니다! 현재 제도의 반란군과 서부, 북부 귀족군이 프레데릭 요새를 향해 진격 중이라고 합니다!"

한 통신관이 헐레벌떡 뛰어나 클라우드에게 말했다. 전혀 예상치 못한 상황이었기 때문에 그의 안색이 어두워졌다.

"현재 적의 위치는?"

"서부 귀족군은 스타이너 영지에, 북부 귀족군은 이루스 영지에 있습니다. 제도의 반란군은 이제 막 출발했다고 합니다!"

"아군과 적의 병력 규모는 어떻게 되나?"

"현재 황태자 전하 휘하에는 120기의 마장기와 5만의 병력이, 반란군에는 140기의 마장기와 5만 5천의 병력이 있다고 합니다!"

다른 이들의 얼굴이 그대로 굳었다. 별동대가 합류하지 않는다면 본진이 밀릴 것이 분명했기 때문이다. 하지만 클라우드는 아직 침착함을 잃지 않았다.

"북부 귀족군을 뺐을 때, 반란군의 병력이 어떻게 되지?"

"마장기 100기와 병사는 4만 명입니다!"

"그렇다면 황태자 전하께서 이미 움직이셨을 거다."

북부 귀족군이 합류하기 전까지는 본진의 전력이 반란군보다 강했다. 게다가 제르달이 합류했으니 필립의 휘하에는 두 명의 소드마스터가 있었다. 필립의 성향을 생각하면 북부 귀족군이 합류하기 전에 끝을 내려고 할 게 분명했다.

그렇게 되면 오히려 아군이 승리를 거둘 수 있었다. 다만 그래도 한 방 먹었다는 기분은 어쩔 수 없었다.

'누군지는 모르지만 이 싸움의 핵심을 잘 짚었군.'

필립과 이안만이 이 내전의 운명을 결정할 수 있다. 그 외의 전투는 전부 다 곁다리다. 황제가 될 자격을 가진 사람은 두 사람밖에 없기 때문이다. 그것을 깨달은 귀족파가 먼저 승부수를 던진 것이다. 필립을 끝장내기 위해서 말이다.

'귀족들에게 영지를 포기하게 할 줄이야, 지독한 놈들.'

자신도 독종이다 싶었지만 상대는 더했다.

"황태자 전하께서 남작님께 회군을 명하셨습니다. 그리고……."

"프레데릭 요새가 아니고 제도로 바로 오라 했겠지. 전하의 명을 따르겠다고 전해라."

"예!"

통신관이 대답하고는 막사를 나갔다. 그리고 클라우드는 루시아, 로렌스, 윌리스를 비롯한 지휘관들을 바라보았다.

"조금도 지체할 틈이 없다. 힘들겠지만 제도로 갈 채비를 하도록 한다."

"각하. 황녀 저하는 어떻게 하시겠습니까? 요새에 두고 갈 수는 없지 않습니까?"

"그렇다고 전장에 데려갈 수는……."

"저도 가겠어요, 제이드 남작."

루시아의 말에 대답하려던 클라우드는 입을 다물 수밖에 없었다. 어느새 레베카가 막사 안으로 들어왔기 때문에. 그녀의 안색은 상당히 창백해져 있었다. 클라우드는 그녀가 통신 내용을 들었다는 걸 바로 눈치 챘다.

"저하. 그건 안 될 말씀입니다. 전장은 지옥이나 다름없는 곳. 저하께서 가실만한 곳이 아닙니다."

"하지만 저도 황족이에요. 황족으로서 반란군의 최후를 볼 의무가 있어요."

"저하의 뜻은 충분히 이해하고 있습니다. 하지만 저하. 황태자 전하께서 절대 저하께서 전장에 오게 하지 말라는 명을 내리셨습니다. 그것도 자신의 이름을 걸고 말입니다."

"오라버니께서요?"

레베카의 눈동자가 크게 흔들렸다. 어렸을 때부터 서녀 출신의 자신을 자상하게 대해준 필립이었다. 그런 그가 자신의 이름까지 걸었다고 한다. 그 말을 어찌 어길 수 있겠는가.

"오라버니께서 그렇게까지 말했다니 어쩔 수 없네요."

"죄송합니다, 저하. 발렌타인 중위."

"예!

엘리스가 앞으로 나섰다.

"저하를 데리고 동부 요새로 가도록."

"명을 받듭니다!"

엘리스가 레베카에게 다가갔다. 레베카는 그녀를 보며 한숨을 내쉬었다. 그리고는,

"모두가 힘든 길을 걷고 있다는 건 잘 알고 있어요. 부디 이 자리에 있는 모두에게 무운이 깃들기를."

승리를 기원했다.

그 말을 끝으로 막사를 빠져나가는 레베카. 그녀가 나가자 클

라우드를 비롯하여 다른 이들도 움직임을 개시했다. 더 이상 지체할 여유는 없었다.

'잠깐.

막사를 나간 클라우드의 얼굴이 일그러졌다. 직접 나서겠다고 한 필립의 말이 마음에 걸렸기 때문에.

'제발 아무 사고도 치지 말기를.'

클라우드로서는 그리 빌 수밖에 없었다.

필립은 자신의 모든 군세를 제도로 나아갔다. 그리고 이틀이 지났을 때, 황실 직속 도시인 라르고에서 이안의 군세와 마주쳤다. 양측은 3km의 간격을 두고 대치했다.

"드디어 기회만 보던 쥐새끼가 모습을 드러냈군."

"이제 사냥만 하면 그만 아니겠습니까?"

이안의 뒤에 서있던 니콜라스가 대답했다. 그러자 이안의 입가에 살벌한 미소가 떠올랐다.

"그렇지. 필립만 잡으면 이 전쟁은 끝난다. 그리고 지금 놈은 죽을 자리에 왔다. 이 모든 것은 그대의 공이다, 알레시오 후작. 그대가 없었다면 놈을 여기까지 끌고 오지 못 했을 것이다."

"귀족들의 피해를 보상해주겠다는 폐하의 결단이 아니었다면 이 작전은 결코 성공하지 못 했을 것입니다."

"어차피 반역자들을 처리하면 막대한 재산이 나올 것이다. 그걸 나눠주는 것뿐인데 뭐가 어렵겠느냐?"

이안은 니콜라스의 작전을 떠올렸다.

필립만 잡으면 된다는 그의 말은 인상적이었다. 서부 귀족군과 북부 귀족군이 뭉그적거리는 건 영지의 모든 피해를 황실이 보상하겠다는 말로 해결했다. 또한 주요 귀족들의 가족들이 포로로 잡히지 않도록 손을 써줬다.

"북부 귀족군은 언제 합류한다고 하던가?"

"하루는 더 걸릴 것 같습니다. 북쪽의 반란군과 서쪽의 반란군이 이곳에 도착하려면 아직 이틀은 더 걸리니 그 전에 반란군의 주력을 궤멸시킬 수 있을 것입니다."

"후방은 걱정하지 않아도 되겠군. 배치는 이미 완료됐겠지?"

"예, 그렇습니다. 하오나 폐하. 직접 나서겠다는 말만큼은 거둬주십시오. 혹여나 옥체에……."

"그만. 필립이 마장기를 타고 전장에 나섰다. 놈이 나섰는데 짐이 가만히 있을 수는 없지 않은가?"

이안이 절대 마음을 바꾸지 않겠다는 것을 깨달은 니콜라스는 더 이상 말리지 않았다. 그리고 이안은 자신의 마장기, 화이트울프에 올라탔다. 황제가 타는 기체라 그런지 같은 기체보다 생김새가 화려했지만 신경 쓰는 사람은 아무도 없었다.

'정말 필립 놈을 끝내는 일만 남았군.'

이안은 필립을 떠올렸다.

기사로서의 역량은 엇비슷하지만 딱 거기까지였다. 정치, 군략, 리더십 등 그 무엇도 필립을 이길 수 있는 게 없었다.

"전부 다 과거의 일이다. 이 전투가 끝나면 그 누구도 짐이 제국의 황제라는 것을 부정하지 못 할 것이다."

이안은 각오를 다졌다.

-전군, 돌격하라!-

이안의 명령이 확성기를 통해 울려 퍼졌다. 그리고 세 부대로 나눠진 100기의 마장기들이 앞으로 나아갔다.

❖

필립이 아무 사고도 치지 않기를 원했던 클라우드. 하지만 그의 바람은 수포로 돌아갔다.

-전하. 부디 생각을 바꿔주시면 안 되겠습니까? 군주가 직접 전장에 나서는 것이 옛적부터 금기였던 건 다 이유가 있습니다-

화면 속의 클라우드가 굳은 얼굴로 말했다. 필립이 반란군과 전면전을 펼칠 것이라는 건 짐작했다. 하지만 필립이 마장기를 타고 전선에 나설 줄은 예상하지 못 했다.

"아니다, 제이드 남작. 과인이 직접 이안을 베지 못 하면 억울하게 돌아가신 폐하의 원한을 갚을 수 없다. 그리고 아르젠트 백작이 과인을 지켜주는데 뭐가 문제가 되겠는가?"

-하오나……. 알겠습니다, 전하. 더욱 빨리 갈 테니 그때까지만 버텨주십시오-

"페르난도 백작하고 웰링턴 백작 중 누가 더 빨리 도착하는지 내기하는 것도 괜찮겠군. 안 그런가? 자네는 곧 올 테니까."

필립이 물었지만 클라우드는 그저 굳은 얼굴로 필립을 바라볼 뿐이었다.

"하하하! 과인을 걱정해주는 것은 고맙지만 괜찮다, 제이드 남작. 과인은 이제까지 이안에게 진 적이 한 번도 없다. 그리고 앞으로도 그럴 것이다."

-그래도 조금만 기다려주십시오. 내일이면 라르고 시에 도착할

것입니다. 그 때 싸워도 늦지 않습니다-

현재 클라우드의 부대는 루미니크 시에 있었다. 마장기가 전력을 질주하면 하루 만에 도착할 수 있는 거리였다.

"과인을 믿어라, 제이드 남작."

단호한 의지를 드러내는 필립. 클라우드는 그가 마음을 바꾸지 않을 것임을 깨달았다.

-알겠습니다, 전하. 승전보를 기다리겠습니다-

"꼭 들려주도록 하겠다."

그 대화를 끝으로 필립은 통신을 끊었다. 적이 움직이려는 게 느껴졌다.

"아르젠트 백작. 각 지휘관들은 모두 자신의 자리에 갔나?"

-예. 전하의 명령대로 카본 백작의 자신의 기사들을 이끌고 우익을 담당합니다. 그리고 좌익은 중앙기사단과 근위기사단이 맡았습니다-

자신의 지시대로 배치가 됐다고 하자 필립은 고개를 끄덕였다. 이제 자신이 생각한 작전대로 움직이며 적을 이기는 일만 남았다.

-전군, 돌격하라!-

그 때, 이안의 목소리가 전장을 뒤흔들었다. 그러자 필립 역시 배에 힘을 주고 있는 힘껏 외쳤다.

"전군, 돌격하라!"

쿵! 쿵! 쿵!

필립이 명령을 내리자 120기의 마장기들이 일제히 적을 향해 달려들었다. 총 220기의 마장기가 움직였고 마침내 격돌했다.

그 모습을 보며 필립은 눈을 빛냈다.

'전쟁이 끝날 날도 얼마 남지 않았다.'

그는 이안을 꺾고 제도를 탈환할 것이라 믿어 의심치 않았다. 그렇게 내전이 끝나면 자신의 사람을 챙겨야 했다.

'처리해야할 사람도 있지만.'

필립은 클라우드를 떠올렸다. 개인적으로 마음에 든 친구였다. 자신을 계속 신경 써주는 것도 그렇고. 하지만 클라우드와 영원히 함께 할 수 있을 것이라 생각하진 않았다.

'제국에 두 명의 영웅은 필요 없지.'

계속 승리를 거둔 탓에 클라우드의 이름은 굉장히 높아졌다. 문제는 그에게 군대가 생겼다는 거다. 필립이 붙인 두 귀족이라는 족쇄도 둘 모두 사망해 의미가 사라졌다. 영웅에게 군대가 더해진 것만큼 위험한 건 없었다. 공명심에 취해 나중에 반란을 일으킬지 누가 장담하는가?

"미안하네, 클라우드. 이런 생각을 하는 날 용서해주게."

사냥을 끝낸 사냥개는 삶아먹어야 한다. 그리고 그건 클라우드라고 해서 다를 바 없었다. 필립의 눈이 살벌하게 빛났다.

타타타탕!

수백 발에 달하는 마력탄이 서로를 향해 쏟아졌다. 그 사이에서 마장기들은 자신의 적을 끝장내기 위해 달리고 또 달렸다. 필립의 군세 가장 앞에는 올리비아의 블루라이거가 있었다.

쿠쿠쿠쿵!

그 때, 블랙이글 두 기가 올리비아의 블루라이거를 향해 달려들었다. 다만 블랙이글 두 기는 마장기의 상반신 전체를 가릴 정도로 커다란 방패를 앞세우고 있었다.

"꺼져라!"

올리비아는 자신의 마력을 끌어 올렸다.

우웅!

녹색의 오러 블레이드가 블루라이거의 검을 휘감았고 올리비아는 곧바로 조종간을 움직였다. 주인의 의지를 이어받아 블루라이거가 오른쪽 상단에서 왼쪽 하단으로 검을 내리그었다.

콰아앙!

폭발과 함께 블랙이글의 몸을 보호하고 있던 방패가 박살났다. 충격을 감당하지 못한 블랙이글의 팔이 바닥에 떨어졌다. 블루라이거는 한 번 더 검을 휘둘렀고 검은 두 블랙이글의 허리를 갈랐다.

콰아앙! 콰아아앙!

큰 폭발이 일었지만 반란군들의 마장기들은 물러나지 않았다. 오히려 더욱 거리를 벌리면서 적절하게 올리비아의 앞길을 막았다.

'전하의 작전을 읽은 것인가?'

올리비아는 적들을 보며 얼굴을 찌푸렸다. 필립의 작전은 간단했다. 군대를 자신과 올리비아, 제르달이 이끄는 부대로 나눴다. 올리비아와 제르달은 적들의 소드마스터를 붙잡고 그 사이, 필립이 적의 본진을 강타할 작정이었다.

그런데 적들이 이렇게 걸리면 섣불리 포위를 할 수 없었다. 자연스럽게 제대로 작전을 수행할 수 없게 된다.

그런데 그 때,

"네놈들!"

올리비아가 소리 질렀다. 그의 눈에 필립의 화이트울프를 노리고 달려오는 적의 마장기가 들어온 것이다. 그러자 녹색의 기류가 블루라이거를 휘감았고 대지를 박찼다.

콰아아앙!

하지만 블루라이거가 마장기를 채 공격하기도 전에 필립의 화이트울프가 먼저 검을 내질렀다. 푸른 오러에 휘감긴 검은 섬광이 되어 적 마장기의 조종석을 관통했다.

-겨우 그 정도로 호들갑을 떨 필요 없다, 아르젠트 백작. 한때 자네에게 검을 배웠던 제자의 실력을 너무 얕보는 거 아닌가?-

"전하는 제가 가르친 제자들 중에서 가장 재능이 떨어졌습니다."

-냉철한 스승이로군-

필립이 투덜거리자 올리비아는 웃었다. 말은 그렇게 했지만 필립은 가르칠만한 가치가 있는 제자였다. 좀 더 정진했으면 소드마스터는 아니더라도 뛰어난 기사가 될 수 있었다.

'잡념은 버린다.'

과거를 떠올린 올리비아는 고개를 흔들었다. 과거를 추억하는 것은 나중에 해도 늦지 않았다. 지금은 적의 방벽을 뚫어야 했다.

-카젠트 폰 마르가스의 레드라이거가 적의 우측에 나타났습니다!-

꾸욱!

통신을 들은 올리비아는 조종간을 세게 움켜쥐었다. 대외적으로 알려지지 않았지만 클라우드를 제외한 제국의 모든 소드마스터가 카젠트에게 패했다.

즉, 카젠트 폰 마르가스야말로 명실상부 제국 최강의 기사였다.

'소드마스터의 격을 뛰어넘었지.'

타국의 소드마스터들과 싸운 적이 없어서 그렇지 올리비아 본인이 생각하기에 카젠트는 이미 대륙 최강의 기사나 다름없었다. 그가 있는 이상, 약간의 우위는 없다고 봐도 무방했다.

마침내 제국 최강의 기사가 나선 것이다.

-카본 백작의 블랙라이거가 요격에 나섭니다!-

제르달만 나선 게 아니었다. 그의 휘하에 있는 기사들이 전부 나섰다. 게다가 필립은 그를 배려해 근위기사단의 단원들을 일부 붙여줬다. 카젠트 마르가스를 상대하기 위해서는 그럴 필요가 있었다.

'부탁하네, 카본 백작. 그대가 그를 반드시 붙잡고 있어야 우리가 이길 수 있네.'

상대측 소드마스터를 이기려면 아군도 소드마스터를 보내는 게 정석이다. 허나 제르달이 카젠트를 이기는 건 불가능했다. 최대한 붙잡아 놓는 것만으로도 제르달은 자신의 역할을 충분히 하는 것이었다. 아니, 붙잡는 것도 굉장히 어려운 역할이었다.

그러나 이는 위기면서도 동시에 기회였다.

-기회다, 올리비아!-

새로운 통신이 왔고 통신을 보낸 이는 바로 필립이었다. 그의 목소리는 기쁨으로 가득 했다.

"그렇습니다, 전하!"

카젠트가 이안의 곁을 지키고 있으면 곤란했다. 그의 보호를 받고 있는 이안을 죽이는 것은 사실상 불가능했기 때문이다. 하지만 카젠트가 전선에 나온 것을 안 이상, 문제될 건 없었다.

-이안에게 남은 소드마스터는 칼리안 폰 스타이너뿐. 그가 상대라면 자네가 이길 수 있겠지-

"물론입니다."

올리비아는 자신만만하게 말했다. 칼리안은 스타이너 가문의 가주였지만 일대일로 질 것이라 생각한 적은 한 번도 없었다. 서열도 더 높았고. 게다가 지금 그녀의 곁에는 중앙기사단과 근위기사단의 기사들이 붙어 있지 않은가. 휘하 기사들의 질로도 적들을 압도하는데 어찌 질 수 있을까.

제르달이 카젠트를 붙잡고 있을 동안, 그가 칼리안을 쓰러뜨린다. 그리고 필립과 싸우고 있는 이안의 뒤를 공격하면 포위진을 완성할 수 있다.

-적의 좌익을 붙잡는데 성공했다. 이제는 적의 본진을 격파하고 이안을 잡는다!-

"명을 받듭니다, 전하!"

올리비아는 마력을 끌어올렸다. 블루라이거의 마나 드라이브가 그의 마력과 동조하자 블루라이거의 전신이 녹색 기류로 휘감겼다.

쿵! 쿵! 쿵!

반란군의 중앙에 있던 마장기들이 달려들었지만 블루라이거를 막지 못 했다. 블루라이거가 검을 휘두를 때마다 제대로 대항하지 못 하고 쓰러지기 바빴다.

'찾았다!'

올리비아는 몸을 떨었다. 금색 마장기 곁에 있는 화이트울프가 보였다. 그 어깨에 새겨진 문장은 바로 이안의 문장이었다. 마침내 적의 중앙을 돌파하는데 성공한 것이다.

-역적 이안! 선황을 대신하여 반역자인 그대를 벌하리라!-

쉬에엑!

블루라이거가 검을 휘두르자 녹색의 오러 블레스트가 허공을 가르며 쇄도했다. 그러자 가만히 있던 금색 마장기, 골든라이거가 앞으로 나서서 오러 블레스트를 날렸다.

콰아아아앙!

녹색의 오러 블레스트와 푸른색의 오러 블레스트가 한 지점에서 부딪쳤다. 그리고 충격을 이기지 못 한 블루라이거가 다섯 발자국이나 뒤로 물러났다.

"무슨!?"

올리비아는 당혹감을 감추지 못 했다. 자신은 분명 칼리안보다 반수는 앞섰다. 그런데 지금은 마치 자신보다 월등한 적을 만난 것처럼 허망하게 뒤로 밀린 것이 아닌가?

-걸렸군, 올리비아 폰 아르젠트-

골든라이거에서 익숙한 목소리가 울려 퍼졌다. 올리비아는 물론 뒤따르던 필립과 다른 라이더들의 얼굴이 그대로 굳었다.

"네놈이 어째서 거기에 있는 것이냐!"

-전용기가 있다고 해서 무조건 전용기를 조종하라는 법은 없지 않나?-

카젠트 폰 마르가스, 제국 최강의 기사가 비웃었다.

'당했다!'

올리비아는 크게 당황했다. 설마 상대가 마장기를 바꿔 탈 것이라고는 꿈에도 생각하지 못 했다. 하지만 악재는 이게 끝이 아니었다.

-반란군 수괴 이안 폰 에렌시아의 병력 일부가 아군의 방어선을 돌파! 현재 전하가 있는 곳으로 향해 달려가고 있습니다!-

통신관의 보고를 들은 올리비아는 이를 갈았다. 최대한 적의 소드마스터를 붙잡고 중앙을 단숨에 돌파하여 이안을 베는 작전이 순식간에 무너진 것이다. 이제는 오히려 적에게 포위당하게 생겼다.

-후퇴는 힘들 것 같은데, 안 그런가?-

"예, 그렇습니다. 여기서 후퇴하면 모든 게 끝입니다."

필립의 말에 대답한 올리비아는 힘을 끌어올렸다. 이런 상황에서 질서정연하게 후퇴하는 것은 불가능했다. 후퇴하는 순간, 이 전투는 끝이 날 것이고 그렇게 되면 필립이 황제가 되는 것은 영원히 불가능했다.

'카젠트만 베면 전황을 뒤집을 수 있다!'

상대가 자신보다 강하다는 것은 알고 있다. 하지만 상대는 지금 자신의 전용기를 타지 않았다. 이미 주인이 정해진 전용기를 타인이 조종하는 것은 매우 어려웠다. 이 기회를 잘 살려야만 했다.

"내가 상대해주겠다, 카젠트!"

-자네를 상대하기에 적당한 핸디캡이군. 오라!-

고수가 하수에게 사용할 법한 말이었지만 올리비아는 분노하지 않았다. 실력의 차이는 잘 알고 있었다. 상대는 괴물 중의 괴물이었다. 지금은 그저 자신의 검을 보여주는 것만이 중요했다.

쿠오오오오!

블루라이거와 골든라이거의 전신에서 각각 녹색과 푸른색의 흘러나왔다. 그와 동시에 올리비아의 블루라이거가 카젠트의 골든라이거를 향해 달려들며 검을 내리그었다.

콰아앙!

하지만 골든라이거는 가볍게 검을 세워 블루라이거의 공격을 막았다. 그와 동시에 레드라이거의 양쪽 어깨에 장착된 소형 마력포에 불빛이 모여들었다.

"이런!"

올리비아는 당황하면서도 재빨리 조종간을 잡아당겼다. 주인의 의지에 따라 블루라이거가 뒤로 물러났고 그와 거의 동시에 마력탄이 날아왔다.

콰쾅!

폭발과 함께 지면이 내려앉았다. 그러자 카젠트는 개의치 않고 조종간을 밀었다. 골든라이거가 땅을 박찼고 단숨에 거리를 좁힌 뒤, 벼락처럼 검을 내리그었다.

콰앙!

올리비아가 필사적으로 조종간을 움직여 공격을 막아 내는데 성공했다. 하지만 블루라이거는 충격을 버티지 못하고 무려 4발자국이나 뒤로 밀려났다.

'기체의 성능은 분명히 동일할 터.'

올리비아가 이를 갈았다.

전용기의 기반이 되는 마장기는 똑같았다. 그런데도 자신이 밀린다는 것은 그만큼 카젠트와의 실력 차이가 크다는 것을 의미했다.

-이런 이런, 이래서야 지난번하고 차이가 없지 않은가?-

카젠트의 비아냥거리는 목소리가 확성기를 통해 퍼졌다. 그 말을 들은 올리비아의 얼굴이 더욱 크게 일그러졌다. 몇 년 전, 그는 카젠트의 도전을 받았고 그 자리에서 패했었다. 그 때의 굴욕감은 여전히 그를 괴롭혔다.

"웃기는 소리!"

올리비아가 분노 어린 외침을 토하고 골든라이거에게 달려들었다. 그러나 카젠트는 전혀 두려워하지 않고 조종간을 움직일 뿐이었다.

쾅! 쾅! 콰쾅!

두 개의 오러 블레이드가 부딪칠 때마다 폭음이 울리고 빛이 번쩍였다. 처음에는 대등하게 싸우나 싶었지만 얼마 지나지 않아 골든라이거가 블루라이거를 몰아붙였다.

콰드득!

골든라이거의 검이 블루라이거의 왼쪽 허벅지 부근의 장갑을 파괴했다. 그 순간, 블루라이거가 왼발을 축으로 몸을 틀고는 원심력을 담아 검을 휘둘렀다.

-하하! 확실히 그 때에 비해 강해졌군, 올리비아!-

즐겁다는 듯 크게 웃으며 카젠트는 몸을 비틀었다. 이에 반응한 골든라이거는 재빨리 옆으로 움직이고는 검을 세워 블루라이거의 공격을 막아냈다. 아니, 막아낸 것으로 모자라 그대로 밀어 붙였고 힘을 이기지 못한 블루라이거가 뒤로 물러났다.

-아직이다! 이 정도로는 만족할 수 없다!-

쉬에에엑!

골든라이거가 허공을 향해 검을 내리그었다. 그러자 푸른 오러 블레스트가 블루라이거를 향해 날아갔다. 하지만 거기서 끝이 아니었다. 골든라이거는 끊임없이 검을 휘둘렀고 총 6개의 오러 블레스트가 쏟아졌다.

'말도 안 되는 마력량이군.'

압도적인 힘이 자신을 짓눌렀지만 올리비아는 기죽지 않았다. 오히려 더욱 마력을 끌어올렸다. 그리고 온힘을 다해 상대의 오러 블레스트를 맞받아치는데 성공했다.

'이대로 가면 확실히 진다.'

인정해야 했다. 온 힘을 다해 싸우고 있지만 여전히 카젠트에게 밀렸다. 허나 짊어진 것이 많았기에 이대로 당할 생각은 없다.

쿠오오오오!

자신의 모든 힘을 끌어낸 올리비아가 무차별적으로 검을 휘두르기 시작했다. 방어를 버리고 오직 공격에만 치중한 것이다.

-같이 죽을 생각인가!-

올리비아의 의도를 읽은 카젠트가 얼굴을 찌푸리며 외쳤다. 하지만 올리비아는 아무 말 없이 조종간을 움직였고 처음으로 블루라이거가 골든라이거를 밀어붙이기 시작했다.

"끝이다!"

올리비아의 외침이 울려 퍼지기 무섭게 블루라이거가 골든라이거의 품을 파고들었다. 블루라이거가 밑에서 위로 검을 쳐올렸고 골든라이거가 벼락처럼 검을 내리그었다.

콰콰쾅!

오러 블레이드가 실린 검이 밀고 밀렸다.

－강력한 공격이지만 이 정도로는……. 앗!－

카젠트가 처음으로 기겁했다. 블루라이거의 검이 골든라이거의 검을 밀어내는데 성공한 것이다.

"전용기를 바꾼 네놈의 자만이 오늘 너를 끝낼 것이다!"

검이 녹색 궤적을 그리며 골든라이거의 조종석을 쇄도했다. 그에 반해 골든라이거가 휘두른 검은 허공으로 빗겨났고 회수할 시간도 부족했다.

'잡았다!'

승기를 잡았다고 생각한 올리비아는 마력을 더욱 검에 불어넣었다. 녹색의 오러 블레이드가 더욱 짙어졌고 그 일부가 골든라이거의 흉갑에 닿았다.

올리비아가 그대로 검을 밀어 넣으려는 순간,

타타탕!

골든라이거의 어깨에 장착되어 있던 소형 마력포가 불꽃을 토해냈다. 두 발의 마력탄은 정확히 블루라이거의 흉갑 아랫부분과 왼쪽 견갑에 작렬했다.

"크으윽!"

올리비아가 신음을 내뱉었다. 조종석의 계기판 일부가 폭발했고 파편이 올리비아의 몸을 꿰뚫었다. 정신을 잃을 정도로 강한 충격을 받고 연기 때문에 앞이 보이지 않았다. 하지만 올리비아는 이에 굴하지 않고 있는 힘을 다해 블루라이거를 움직였다.

콰드득.

'닿았다!'

자신이 내지른 검이 골든라이거의 동체를 꿰뚫은 게 느껴졌다. 검은 끊임없이 골든라이거의 틈을 파고들었고 올리비아는 적을 양단하기 위해 검을 위로 올렸다.

콰아앙!

큰 폭발이 났다. 하지만 올리비아의 표정은 좋지 않았다.

"거기서 피할 줄이야……."

골든라이거를 베는데 성공했지만 완전히 조종석을 꿰뚫지 못했다. 검을 내지르는 찰나, 골든라이거가 몸을 비틀면서 피한 것이다. 검을 쥐었던 오른팔이 떨어졌지만 이 정도로는 부족했다.

-대단하군, 올리비아. 정말 오랜만에 죽을 뻔 했다. 꽤나 가슴 떨리는 경험이었다. 내 전용기를 탔으면 더 좋았을 뻔 했군-

골든라이거를 뒤로 물린 카젠트가 입을 열었다. 그의 전신은 피로 물들어 있었다.

골든라이거의 상태도 좋지 않았다. 검을 쥐고 있던 오른팔이 잘려나갔다. 무엇보다 조종석 안이 보일 정도로 흉갑이 깊게 베였다. 중간에 마력포를 쏘지 않았다면 자신도 위험해질 뻔 했다.

-나는 여기서 물러나도록 하지-

"도망치게 내버려둘 것 같은가!"

쿠쿵!

올리비아는 골든라이거를 쫓았다.

카젠트를 상대로 우위를 거둘 수 있었던 것은 어디까지나 운이었다. 그가 레드라이거를 타고 처음부터 자신과 싸웠다면 이미 자신은 죽었을 게 분명했다. 그렇기 때문에 반드시 지금 그를 죽여야 했다.

-그대가 상대할 적은 나 말고도 많지 않나?-

카젠트가 자신을 쫓는 올리비아를 비웃었다. 그 순간, 20기가 넘는 마장기가 필립측 군세의 허리 부분을 강타했다.

"배신자들이!"

적의 정체를 확인한 올리비아는 욕설을 내뱉었다. 근위기사단 중 필립과 전 황제를 배신하고 이안에게 붙은 이들이 모습을 드러낸 것이다.

하지만 지금은 분노보다 안타까움이 더 컸다. 조금만, 조금만 더 쫓으면 카젠트를 죽일 수 있었다. 하지만 물러나야 했다. 필립 주변의 마장기들이 벽을 쌓았지만 기세를 탄 이안의 부대를 막을 가능성은 희박했다. 자신이 나서야만 했다.

팟!

결국 올리비아는 조종간을 틀고 필립 쪽으로 조종간을 돌렸다. 필립이 죽는다면 카젠트를 죽여도 의미가 없었다.

"벽을 쌓아라! 반역자들이 전하에게 다가가게 내버려둬서는 안 된다!"

올리비아가 있는 힘껏 외쳤다. 그러자 더 많은 마장기들이 모였다. 그 역시 블루라이거를 몰고 필립에게 향하려고 했지만 그럴 수 없었다. 반역자들이 모두 그녀에게 달라붙었기 때문에.

필립은 굳은 얼굴로 자신의 눈앞에 펼쳐진 광경을 바라보았다. 올리비아의 블루라이거를 포위한 수십 기의 마장기도 마음에 걸렸지만 그 자신을 향해 다가오고 있는 마장기도 있었기 때문에.

"제대로 당했군."

반란군이 소드마스터를 앞세워 아군을 유린할 것이라고는 이미 예상했다. 그래서 두 소드마스터를 붙잡고 그 사이에 적의 중앙을 돌파해 이안을 잡으려 했다. 이안이 자신을 죽이려고 하듯, 자신 역시 이안만 잡으면 끝이었다.

그런데 야심차게 세운 작전은 완전히 실패했고 오히려 적의 작전에 말려 포위당할 위기에 처했다. 자신이 죽을지 모른다는 공포가 필립을 사로잡았다. 그러나 필립은 의연함을 잃지 않았다.

-전하! 물러나야 합니다!-

"아니다. 지금 과인이 물러나면 더 많은 아군이 죽을 것이다."

한 기사가 통신을 보냈지만 필립은 받아들이지 않았다. 대신 전황을 살폈다. 그는 아직 자신이 끝났다고 믿지 않았다.

'아직 기회가 있을 것이다.'

카젠트가 전장에서 이탈한 이상, 소드마스터의 숫자는 이제 이쪽이 우위였다. 단지 전장이 혼란에 빠져서 그럴 뿐, 아직 아군의 전력은 이안의 전력보다 우위였고.

"전군, 돌격하라! 아르젠트 백작이 카젠트를 물리치고 카본 백작이 칼리안을 붙잡고 있는 지금이 기회다!"

필립은 아군의 라이더들에게 통신을 보냈다. 그리고 벽을 뚫고 선두에 나서 달리기 시작했다.

-전하, 위험합니다!-

적들을 상대하던 올리비아가 다급하게 외쳤다.

"최대한 놈들을 붙잡고 있어라, 올리비아. 죽일 필요도 없다. 붙잡고만 있으면 우리가 이긴다."

올리비아의 통신에 대답한 필립은 이번에 제르달에게 통신을 보냈다.

"카본 백작, 칼리안을 상대로 이길 필요 없다. 그의 발만 붙잡고 있도록 하라."

답변은 기다리지 않았다. 칼리안이 조종하는 레드라이거를 상대로 격렬하게 싸우고 있었기 때문이다. 모든 안배를 마친 필립은 정면을 바라보았다. 수많은 마장기에 보호를 받고 있는 이안의 마장기가 눈에 들어왔다.

"이안! 언제까지 겁쟁이처럼 숨어 있을 것이냐!"

필립이 배에 힘껏 힘을 주고 외쳤다. 자신에게 열등감을 느끼고 있는 이안이라면 이 도발에 당할 게 분명했다.

"너는 항상 그랬다! 귀족들에게 의존할 뿐, 혼자서 할 수 있는 건 아무 것도 없었지! 너는 귀족들의 꼭두각시다!"

-절대 용서하지 않겠다, 필립! 네놈만큼은 반드시 내 손으로 죽일 것이다!-

필립의 도발에 넘어간 이안이 살기를 뿜어냈다. 그의 화이트울프가 앞장섰고 다른 마장기들이 황급히 그런 이안을 보호하며 나아갔다.

콰아아아앙!

필립의 부대와 이안의 부대가 부딪쳤다.

'반드시 이긴다!'

이 주변에는 자신이나 이안을 도와줄 소드마스터는 없었다. 자신의 지휘와 힘만으로 적을 돌파한 뒤, 이안을 죽여야 했다.

"하아아앗!"

필립이 기합을 질렀다. 그의 의지를 이어받은 화이트울프가 검을 휘둘러 자신을 향해 검을 내지른 블랙이글의 공격을 튕겨냈다. 그것을 본 필립은 더욱 빠르게 조종간을 움직였다.

콰드득!

양손으로 검을 쥔 화이트울프가 검을 크게 휘둘렀다. 검은 정확하게 블랙이글의 두부와 몸통을 베는데 성공했다. 화이트울프는 그 상태의 블랙이글을 다른 마장기 쪽으로 걷어찼다.

쾅! 쾅!

반쪽이 된 마장기가 커다란 폭발을 일으켰다. 폭발의 여파 때문에 반란군의 마장기들의 움직임이 순간 느려졌다. 그 틈을 놓치지 않은 필립과 휘하의 라이더들이 적을 몰아붙였다.

콰콰쾅!

열기가 넘는 마장기들이 폭발을 일으키며 바닥에 쓰러졌다. 마침내 이안을 지켜주고 있던 벽을 뚫는데 성공했고 이안의 마장기가 코앞에 있었다.

"맨날 귀족들 뒤에 숨어있던 것치고는 제법이구나!"

필립이 다시 소리 질렀다. 혹시라도 이안이 도망치면 곤란했다. 한 번 더 도발을 해서 도망칠 여지를 봉쇄했다.

-네놈을 죽일 수 있는데 당연히 나서야지!-

필립의 도발에 넘어간 이안이 외쳤다. 그리고 자신의 마장기를 움직여 필립의 화이트울프를 향해 달려들었다.

"패륜을 저지른 대가를 치를 시간이다, 이안!"

-패륜이라고? 무슨 말인지 모르겠군! 아버지를 시해하고 도망친 이는 아이젠이 아닌가! 그리고 너는 그 반역자를 받아줬지-

이안이 능글맞게 말하자 필립은 조종간을 힘껏 밀었다.

콰앙!

필립의 화이트울프가 롱소드를 내리그었다. 그러자 이안의 화이트울프가 시미터를 쳐올려 필립의 공격을 막아냈다.

"이렇게 쉽게 막아내다니……."

필립의 얼굴이 어두워졌다. 단 한 합이었지만 이안과 자신 사이에 실력 차이가 있다는 것을 느꼈다.

-형편없는 동생한테 밀리니 어떤가?-

"한 번도 그렇게 생각한 적 없다. 모든 건 다 네 열등감 때문이겠지."

-웃기는 소리! 아버지는 항상 네놈과 나를 비교했다. 그리고 나를 무시했지! 그 때문에 나는 제대로 네놈과 경쟁을 해보지도 못 하고 황태자 자리를 빼앗겼다!-

이안이 울분을 토하며 조종간을 움직였다. 주인의 의지에 따라 화이트울프가 무차별적으로 검을 휘둘렀다. 방어라고는 전혀 찾아볼 수 없는 공격이었지만 날카로움은 굉장히 매서웠다. 필립은 반격을 포기하고 최대한 방어에 힘썼다.

"그렇다고 이 나라를 좀먹는 귀족들에게 손을 내미는 것이 정상적인 일인가! 시대가 바뀌고 있다는 것을 왜 모르는 것이냐, 이안! 이대로라면 귀족은 크로얀 공화국에 밀려 역사 속으로 사라질 것이다!"

이안의 심정은 이해할 수 있다. 하지만 귀족들의 농간에 놀아나고 있는 모습은 받아줄 수 없었다. 크로얀 공화국의 등장으로 시대가 바뀌고 있었다. 이안이 권좌에 오르면 바뀌는 시대를 견디지 못하고 그대로 무너지리라. 그 사태만큼은 반드시 막아야 했다.

쾅! 콰쾅!

처음으로 필립의 화이트울프가 검을 찔러 넣었다. 검은 무차별적으로 휘둘러지는 이안의 공격을 파고들었고 시미터가 튕겨져 나갔다.

-그 정도로 날 이길 수 있을 거라 생각하나!-

이안의 화이트울프가 오른발을 휘둘렀다. 오른발은 정확히 필립이 타는 마장기의 왼쪽 다리를 강타했다.

"크윽!"

강력한 충격에 필립이 신음을 내뱉었다. 화이트울프가 균형을 잃고 비틀거렸다. 그러자 검을 회수한 이안이 다시 검을 무차별적으로 휘둘렀다.

'검술 수련을 더 했어야 했나……'

분명히 예전에 부딪쳤을 때만 해도 대등했다. 첫 합을 나눴을 때, 자신이 밀린다고 생각했지만 그래도 이렇게까지 쉽게 밀릴 줄은 몰랐다. 자신이 검술 수련을 등한시하는 동안, 이안은 계속 검술에 매진한 것이다.

그러나 필립은 포기하지 않았다. 아군의 마장기가 적들을 밀어붙이고 있었다. 자신만 더 버티면 이안을 포위할 수 있으리라.

팟!

그 때, 두 기의 화이트울프가 이안에게 다가가 창을 찔렀다.

'됐다!'

마침내 수적 우위를 잡은 것이다. 하지만 기쁨도 잠시, 필립은 눈앞에 펼쳐진 광경을 보고 할 말을 잃어버렸다.

콰아앙!

이안이 검을 휘둘러 두 개의 창을 바닥에 떨어뜨렸다. 그리고 재빨리 회수하여 두 마장기를 동시에 베어버려 쓰러뜨린 것이다.

-떨거지들은 꺼져라!-

그렇게 외친 이안은 다시 필립을 향해 달려들었다.

-필립! 네놈이 말한 바뀐 시대에서는 사람을 함부로 무시하고 억압해도 되는가!-

이안의 시미터가 반월을 그리며 쇄도했다.

쾅!

"크윽!"

고통스러웠지만 필립은 조종간을 놓지 않았다. 계속 이안의 움직임을 잡기 위해 전면시각판에 눈을 고정했다.

'절대 지지 않는다!'

아군이 계속 적을 처리하고 이안과의 거리를 좁히고 있는 지금, 최대한 버텨야 했다.

"폐하는! 아버지는 너를 무시하지 않았다! 모든 것은 네 열등감 때문이라는 것을 왜 모르느냐! 지금 이 행사에 네 의사가 있느냐? 귀족들에게 놀아나는 네 한심한 꼴을 보거라!"

-끝까지 네가 잘났다는 거군. 그런데 필립, 이상하지 않으냐?

이미 널 압도하고 있는 내가 왜 널 계속 내버려두고 있는지?-

그 말을 듣는 순간, 필립은 피가 싸늘하게 식는 것만 같은 기분을 맛보았다. 이와 동시에 통신 하나가 필립에게 보내졌다.

-죄, 죄송합니다, 전하! 칼리안을 막지 못 했습니다! 현재 그가 전하에게 가고 있습니다. 지금 쫓고 있지만 역부족입니다. 얼른 물러나십시오! 그곳은 위험합니다!-

통신을 보낸 사람은 제르달이었다. 그는 창백하게 변한 얼굴로 다급히 외쳤다.

-이제까지 매번 승승장구했겠지? 네놈은 처음부터 내 손바닥 안에 놀고 있었다! 그 오만함, 오늘 짓밟아주마!-

이안이 자신만만하게 외쳤고 필립은 한숨을 내쉬었다. 마지막 기회라고 생각했는데 이것마저 무위로 돌아간 것이다.

'제르달을 원망하는 건 웃기는 짓이지.'

칼리안은 제국 최강의 무가인 스타이너 가문에 군림하고 있는 강자였다. 졌다고 해서 무조건 비난할 수 없었다. 그저 자신이 부족했을 뿐이다.

그러나,

"네놈은 죽이고 죽을 것이다!"

필립이 모든 마력을 끌어올리고 이안에게 달려들려 했다. 자폭이라도 해도 놈과 함께 죽을 생각이었다.

그런데 그 때,

콰쾅! 쾅쾅쾅!

수십 발의 마력탄이 이안의 부대 뒤쪽에서 날아왔다. 마력탄에 얻어맞은 마장기들이 비틀거리더니 바닥에 쓰러졌다.

-뭐야!-

이안이 기체를 틀었고 그의 얼굴이 크게 일그러졌다.

"왔구나!"

갑작스러운 상황이 얼떨떨했지만 잠시뿐이었다. 필립은 그 어느 때보다 활짝 웃었다. 적의 후방에는 수십 대의 마장기가 달려오고 있었다. 그리고 선두에 있는 하얀 마장기는 전 세계에 단 하나뿐인 전용기였다.

화이트라이거, 마침내 클라우드가 전장에 도착한 것이다.

-전부 다 조져!-

클라우드의 명령이 떨어졌다.

전황이 뒤바뀌었다.

제도에 가겠다는 필립의 말을 들은 클라우드는 보병은 내버려두고 마장기만 움직였다. 식사는 전투 식량으로 때웠고 잠도 마장기 조종석에서 잤다.

그 결과, 훨씬 빨리 도착할 수 있었다. 하지만 클라우드는 그 이상 나아가지 않았다. 오히려 필립에게 하루 정도 걸릴 것이라는 거짓 보고를 올렸다.

-괜찮겠나, 클라우드? 지금 합류해야 반란군을 더 수월하게 격파할 수 있을 텐데 말이야-

"지금 우리가 합류하면 반란군은 싸움을 미루고 북부군과 합류하겠지. 괜히 적의 규모를 늘려 아군의 피해를 늘릴 필요 없다. 이번 전투에서 이안을 비롯한 반란군을 전멸시킬 것이다."

루시아가 이해할 수 없다는 얼굴로 묻자 클라우드가 대답했다. 그러자 이번에는 로렌스가 질문했다.

-황태자 전하께서 위험에 빠지지 않겠습니까? 적들이 전력이 적은데도 전투에 나선 것을 보아 무슨 계책을 준비한 게 분명합니다-

"적들의 패가 다 드러났을 때 공격해야 효과가 크다. 그리고 황태자 전하 곁에는 웰링턴 백작님과 제르달 백작님이 있으니 크게 위험에 빠질 일은 없을 것이다."

반란군 측과 아군의 소드마스터의 숫자는 같았다. 카젠트가 기존의 강자들보다 한층 더 강하지만 버티고자 하면 못 버틸 것도 없었다. 그렇게 되면 초조해진 적이 자신의 계책을 드러낼 것이고 그 때, 공격하면 그만이었다.

-이해했습니다만 괜히 도박을 하는 게 아닌가 싶습니다-

"도박이 맞다. 하지만 우리는 이 전황을 뒤집을 수 있는 힘이 있다. 그런 우리가 적의 계략에 휘말리면 모든 게 끝장난다. 안 그런가?"

-맞습니다-

-그것도 그렇군-

로렌스와 루시아 모두 납득했다. 적이 뭔가를 꾸미고 있는 게 분명한 이상, 함부로 움직이는 것은 피해야 했다.

두 사람이 납득한 걸 본 클라우드는 통신을 껐다. 그리고 전면 시각판 너머에 있는 이안의 진지를 바라보았다.

"자아, 판을 깔아줬는데 아무 것도 못 하고 당하는 것은 아니겠지, 반란군?"

클라우드는 확신했다. 자신이 없는 한, 이 전투는 무조건 필립이 질 것이다. 이안은 그가 생각해도 답이 없지만 저쪽에는 니콜라스가 있다.

'그 인간이 그냥 당할 리 없지.'

니콜라스는 속에 능구렁이를 수십 마리 숨겨뒀다. 그 때문에 게임에서 그에게 당한 플레이어들이 부지기수였다. 그러면 필립을 박살낼 계획을 짠 게 분명했다.

'부디 나를 대신해 제대로 손을 써줬으면 싶군.'

그리고 전황은 클라우드의 예측대로 돌아갔다. 자신만만하게 적을 돌파하려 했던 필립이 오히려 적의 포위에 갇혔다. 그나마 올리비아의 블루라이거가 골든라이거를 물리쳤고 병사들이 벽을 쌓았지만 얼마 버티지 못 할 게 눈에 보였다.

-남작님! 지금 나서지 않으면······!-

"알고 있다."

클라우드가 로렌스의 말을 끊었다.

그리고,

"돌격 개시!"

클라우드의 명령이 떨어졌다.

그와 동시에 화이트라이거가 앞으로 튀어나갔다. 그런 화이트라이거를 따라 50기의 마장기가 달려들었다. 별동대는 무시무시한 속도로 전장과 거리를 좁혔다.

"전군, 사격 개시!"

타타타탕!

클라우드의 명령이 내려지자 라이더들이 일제히 방아쇠를 당겼다. 그러자 수백 발에 달하는 마력탄이 이안의 반란군을 덮쳤다.

쾅! 쾅! 쾅!

반란군의 라이더들은 갑자기 쏟아진 마력탄에 제대로 대응하지 못 했다. 그만큼 별동대의 출현이 갑작스러웠다. 결국 마력탄에 얻어맞은 마장기들이 폭발을 일으키며 바닥에 쓰러졌다.

"전부 다 조져!"

-우와아아아!-

클라우드의 명령을 들은 라이더들이 일제히 함성을 질렀다. 클라우드는 조종간을 앞으로 밀었고 화이트라이거는 더 빠른 속도로 나아갔다. 이에 맞서 세 기의 화이트울프가 달려들었다.

우우우웅.

화이트라이거의 검에 선연한 빛 무리가 아로새겨졌다.

"꺼져!"

클라우드가 크게 외치며 조종간을 움직였다. 화이트라이거에서 붉은 빛이 나오는 것과 동시에 우측 상단에서 좌측 하단으로 검을 휘둘렀다.

붉은 오러 블레스트가 날아갔다. 화이트울프에 탄 라이더들도 가만히 있지 않았다. 각자 오러를 일으키며 클라우드가 날린 오러 블레스트를 향해 발사했다.

불꽃처럼 타오르는 불꽃의 검이 순간적으로 막혔지만 딱 거기까지였다. 대략 3초 정도 버틴 순간, 오러 블레스트는 세 개의 검을 모두 박살내는 것으로 모자라 화이트울프를 강타했다.

콰아앙!

오러 블레스트에 잘려나간 세 대의 화이트울프가 동시에 폭발했다. 하지만 클라우드는 긴장의 끈을 놓지 않았다. 자신을 향해 다가오는 거대한 힘을 느꼈기 때문이다.

"레드라이거? 카젠트……는 아니군."

클라우드는 바로 레드라이거에 카젠트가 타지 않았다는 것을 알아차렸다. 상대의 힘은 거대했지만 카젠트처럼 압도적이지 않았다. 남은 소드마스터는 하나밖에 없었다.

"오랜만이다, 스타이너 백작. 이제는 반란군이니 백작이라 부르는 것은 그른가?"

-눈에 뵈는 것이 없구나!-

쉬에에엑!

화이트라이거의 사이트가 더 짙은 빛을 뿜어내며 사선으로 검을 휘둘렀다. 두 개의 붉은 오러 블레스트가 시간차를 두며 날아갔다.

-여기에 나타난 것을 후회하게 해주마!-

칼리안이 포효와 함께 레드라이거가 검을 내질렀다. 푸른 오러 블레이드가 날아오는 오러 블레스트를 모두 다 베었다.

그 사이, 단단한 금속으로 이루어진 건틀릿을 들어올렸다. 건틀릿의 틈에서 날카로운 갈고리 달린 쇠사슬이 레드라이거에게 날아갔다. 섬전처럼 날아든 갈고리는 붉은 오러에 완전히 휘감겨 있었다.

-어디서 잔재주를 부리는 것인가!-

레드라이거가 몸을 틀며 갈고리를 향해 검을 휘두르려 했다. 하지만 칼리안은 자신의 뜻을 이루지 못 했다.

콰아앙!

검을 휘두르려고 하는 순간, 두 발의 마력탄이 날아와 레드라이거의 동체에 작렬했다. 충격을 이기지 못 한 레드라이거가 세 발 자국 뒤로 물러났다.

화이트라이거가 쇠사슬을 움켜쥔 왼쪽 팔을 휘둘렀다. 쇠사슬의 궤도가 바뀌었고 그대로 레드라이거의 견갑 부분에 작렬했다. 클라우드는 갈고리가 제대로 꽂힌 것을 느끼고 쇠사슬을 거뒀다.

차르르륵!

쇠사슬의 길이가 줄어드는 것과 동시에 레드라이거가 화이트라이거를 향해 딸려왔다.

타타탕!

하지만 레드라이거도 가만히 있지 않았다. 어깨에 장착된 소형 마력포를 쏴서 화이트라이거를 견제했다. 클라우드는 일일이 마력탄을 받아쳤고 레드라이거가 다가오자 검을 휘둘렀다. 레드라이거 역시 화이트라이거의 조종석을 노리며 검을 내질렀다. 두 마장기의 검이 부딪쳤고 강력한 충격파가 퍼져나갔다.

"당신 같은 겁쟁이가 전용기도 없이 잘도 나섰군!"

-네놈 따위 전용기를 타지 않아도 충분하다!-

"되도 않는 자존심은 집어치우시지!"

쿵!

화이트라이거의 힘을 이기지 못한 레드라이거가 뒤로 밀려났다. 클라우드는 칼리안을 비웃으며 외쳤다.

"겨우 이 정도인가, 칼리안! 스타이너의 이름이 울겠군!"

-네 이놈!-

클라우드의 계속 되는 도발에 칼리안의 얼굴이 크게 일그러졌다. 하지만 그가 아무리 공격을 해도 클라우드에게는 전혀 통하지 않았다. 레드라이거는 칼리안의 힘을 제대로 받아들지 못 했고 그 상황이 지금의 결과를 만들어냈다.

'물러나야 하는가!'

칼리안은 이를 갈았다. 클라우드가 소드마스터에 된 지 얼마 안 됐기 때문에 전용기를 타지 않아도 이길 수 있을 것이라 생각했다. 하지만 그것은 오만이었다. 전용기에 타지 않는 이상, 클라우드를 이길 수 없었다.

'하찮은 서자 따위를 상대로 물러나야 한다니!'

분노가 치밀어 올랐지만 이런 곳에서 죽을 생각은 없었다.

그렇게 그가 후퇴를 결심한 순간,

-안 돼!-

누가 처절하게 울부짖었다.

그와 동시에,

콰드드득!

강철이 우그러지고 잘려나가는 소리가 전장을 뒤흔들었다. 자연스럽게 모두의 시선이 소리의 진원지로 향했다.

"이건……."

500m 정도 떨어진 곳에서 놀라운 일이 일어났다. 그 광경을 본 클라우드의 안색이 굳었다.

'결국 이렇게 되는군.'

드디어 족쇄가 떨어져나갔다. 이제 더 이상 자신을 구속하는 것은 없었다.

"복수는 해주겠다, 필립."

클라우드가 조종간을 움켜쥐었다.

"뭐라 고마워해야할지 모르겠군."

필립은 환하게 웃으며 별동대를 바라보았다. 클라우드를 비롯한 별동대는 닥치는 대로 반란군의 마장기를 베었다. 갑작스러운 등장과 기습 때문에 반란군은 제대로 대응하지 못 하고 있었다.

"무리하지 말라니까, 하여튼 참 말 안 듣는 친구야."

필립은 별동대의 마장기가 엉망진창이라는 것을 놓치지 않았다. 급하게 달려 먼지로 뒤덮여 지저분했고, 마장기의 다리에 여기저기 균열이 생긴 상태였다. 무리해서 달려온 게 분명했다.

'나도 내 역할을 다해야지.'

부하에게 얹혀갈 생각은 추호도 없었다.

"아무래도 전황이 뒤바뀐 것 같구나, 이안?"

-비천한 서자 놈이 또! 도대체 얼마나 짐을 방해해야 직성이 풀리는가!-

필립이 빈정거리자 이안이 발끈했다.

도대체 클라우드 때문에 몇 번이나 물 먹었던가? 그런데 이번에 또 방해하니 분노가 머리끝까지 치솟았다.

그런데 그 때, 필립의 화이트울프가 움직였다. 필립의 움직임에 맞춰 주변에 있던 세 기의 화이트울프와 한 기의 블랙이글이 달려들었다.

콰앙!

이안은 어렵지 않게 필립의 공격을 막아냈다. 하지만 이안의 옆에 있던 세 기의 마장기들은 기습을 막아내지 못 하고 바닥에 쓰러졌다. 네 기의 마장기는 일제히 이안에게 달려들어 검을 내질렀다.

-네놈들이 감히!-

이안의 포효와 함께 화이트울프가 시미터를 휘둘렀다. 시미터는 단숨에 블랙이글의 견갑과 흉갑을 갈랐지만 거기까지였다.

콰드득! 콰쾅!

세 기의 화이트울프가 양쪽 견갑과 오른쪽 허벅지 부분을 꿰뚫었다. 양팔은 본체와 분리되어 바닥에 떨어졌다.

"방심하면 안 되지, 이안."

-필립! 이 따위 짓거리를!-

"나 역시 너만 죽이면 된다. 항복해라, 이안. 이 이상 네 욕망 때문에 제국의 병사들을 희생시키지 마라."

-하하하하하! 항복이라고!? 웃기는 소리를 다 하는구나, 필립. 저 서자 놈의 등장은 확실히 예상 밖이었다. 하지만 네놈이 오늘 이곳에서 죽는다는 사실은 변함없다, 필립-

이안은 미친 듯이 웃었다. 필립은 얼굴을 찌푸렸다. 사태가 이 지경에 이르렀는데도 자신의 욕망을 내세우는 이안을 용서할 수 없었다.

"내 손으로 끝내주마."

필립은 각오를 다졌다.

혈연을 떠나 이안은 반역자였다. 그것도 모자라 아버지의 죽음을 방조하는 패륜을 저질렀다. 이는 도저히 용서할 수 없었다.

그 때, 검은 마장기가 필립의 곁으로 다가왔다. 제르달 백작의 블랙라이거였다. 칼리안 백작과의 격전으로 여기저기 파손되었지만 아직 건재했다.

"무사해서 다행이다, 카본 백작."

－전하 역시 무사해서 다행입니다. 이제 내전이 끝나겠습니다－

"그래. 이제 내전은 끝이다."

제르달 백작의 말에 대답한 필립은 조종간을 움켜쥐었다.

그렇게 모든 것을 끝내려고 하는 순간,

－늦어서 죄송합니다, 폐하－

제르달의 목소리가 확성기를 통해 퍼졌다.

"폐하?"

갑자기 폐하라니 이게 무슨 말인가?

필립이 의문을 느낀 순간,

콰드득!

제르달의 블랙라이거가 필립이 타고 있던 화이트울프의 조종석을 향해 검을 찔러 넣었다.

"쿨럭!"

필립이 피를 토했다. 조종석 대부분이 블랙라이거의 검에 의해 파괴되었다. 뒤에서 이루어진 공격이었기 때문에 필립은 제대로 대응하지 못 했다. 그나마도 제르달이 일부러 어느 정도 봐줬기 때문에 살아남은 것이었다.

쿵!

결국 필립의 화이트울프가 바닥에 쓰러졌다. 블랙라이거는 연거푸 검을 휘둘렀다. 이안의 화이트울프를 구속하고 있던 세 기의 마장기가 파괴되었다.

-전하!-

-네 이놈!-

필립의 주변에 있던 기사들이 분노를 토해내며 블랙라이거에게 쇄도했다. 하지만 제르달은 무심하게 조종간을 움직여 달려드는 모든 마장기들을 파괴했다. 그야말로 소드마스터다운 압도적인 위용이었다.

-안 돼!-

적들과 싸우고 있던 올리비아가 울부짖었다. 그녀는 바로 필립에게 다가가려 했다. 하지만 적들은 그에게 길을 내주지 않았다. 죽음의 공포마저 뛰어넘은 채 계속 달라붙었다.

-비켜라!-

올리비아가 외쳤지만 적들은 그녀의 바람을 외면했다.

"이, 이건 도대체······."

필립이 힘겹게 입을 열었다. 지금 도대체 무슨 일이 일어나고 있는지 이해가 되지 않았다.

-반역자들을 제도에서 쫓아낸 직후, 카본 백작이 알레시오 후작에게 연락을 했다. 짐에게 충성을 맹세하겠다고 말이다-

"그럴 수가······."

-그를 기다리는 바람에 네놈은 제도를 공격할 기회를 놓쳤다. 그에 반해 짐은 아군의 세력을 하나로 모으는데 성공했지. 저 서자 놈이 나타났을 때는 심장이 철렁거렸지만 결국 네놈은 짐의 손바닥 위에서 놀아난 거다-

이안의 화이트울프가 시미터를 높게 들어올렸다.

"이, 이안······."

-네놈이 짐을 죽이려 했듯, 짐 역시 네놈을 죽일 것이다. 잘 가라, 형제여. 반역자의 이름을 등에 지고 사라져라-

콰직!

이안의 화이트울프가 시미터를 내리찍었다. 시미터는 필립의 화이트울프를 마나 드라이브를 관통했다.

"이안!"

필립이 마지막 힘을 담아 울부짖었다.

콰아아앙!

커다란 폭발과 함께 화이트울프는 흔적도 없이 사라졌다.

에렌시아 제국의 황태자 필립 폰 에렌시아의 최후였다.

-반역자 필립은 죽었다!-

필립을 죽인 이안이 크게 외쳤다. 필립을 따르던 병사들과 기사들은 당혹감을 금치 못 했다. 이래서는 정말 반역자로 낙인찍힐 수밖에 없었다.

그렇게 사람들이 혼란에 빠졌을 때,

-정당한 제국의 후계자, 이안의 이름으로 항복하는 자들은 생명을 보장한다! 반역자를 따른 죄를 묻지 않겠다! 항복하라!-

이안이 자신만만하게 외쳤다.

필립의 병사들의 사기가 바닥으로 떨어졌다. 믿고 따르던 필립이 죽은 이상, 그들에게는 가망이 없었다. 일부 라이더들은 조종석을 열고 두 손을 머리에 올린 채 조종석으로 나왔다.

이대로 항복을 할 것인가? 아니면 계속 저항을 해야 하는가?

남아 있는 사람들은 혼란스러워하면서 결론을 내리지 못 했다.

그런데 한 사람이 있는 힘을 다해 외쳤다.

"개소리 집어 치워! 제국의 주인을 암살하고 정당한 후계자를 비겁한 수단으로 살해한 반역자에게 죽음을!"

클라우드의 목소리가 확성기를 타고 울러 퍼졌다. 그의 목소리를 들은 대부분의 라이더들이 몸을 떨었다. 스킬 '용의 혈통'이 발현하며 목소리에 용의 기운이 담긴 것이다.

팟!

순식간에 레드라이거와의 거리를 좁힌 화이트라이거가 검을 내리쳤다. 레드라이거가 검을 위로 그어 화이트라이거의 공격을 막아냈다.

쿠쿵!

있는 힘껏 검을 휘둘렀음에도 레드라이거는 두 발자국 밀려냈다. 화이트라이거가 섬전처럼 검을 내질렀고 검은 정확하게 레드라이거의 왼쪽 옆구리 장갑을 꿰뚫었다. 그 상태에서 화이트라이거가 검을 올렸다.

쿵!

레드라이거의 왼팔이 바닥에 떨어졌다. 충격을 이기지 못한 레드라이거가 균형을 잃었다. 화이트라이거는 그런 레드라이거의 흉갑을 향해 발을 날렸다.

콰앙!

레드라이거가 검을 쥔 팔을 올려 흉갑과 조종석을 보호했다.

"빌어먹을."

칼리안 폰 스타이너는 욕설을 내뱉었다. 거들떠보지도 않았던 서자 놈을 상대로 밀린다는 사실이 치욕스러웠다. 하지만 인정해야 했다. 전용기를 타지 않고서는 클라우드를 이길 수 없었다. 이제는 물러나야만 했다.

'아직 제르달이 있으니 괜찮겠지.'

제르달은 이안의 곁에 있었다. 카일이 남아있지만 카젠트와의 격전으로 지친 그가 할 수 있는 일은 거의 없었다. 그러니 자신이 빠져도 문제는 없으리라.

팟!

결론을 내린 칼리안은 조종간을 움직였다. 그러자 레드라이거가 뒤로 물러나 마장기들 사이로 사라졌다. 하지만 클라우드는 칼리안을 쫓지 않았다. 지금 해야 할은 정해져 있었다.

"당신을 죽이는 건 나중이다, 칼리안. 최대한 고통스럽게 죽여주지."

마음만 먹으면 그를 죽일 수 있었다. 하지만 그에게 편안한 죽음을 내릴 생각은 추호도 없다. 그가 이룬 모든 것을 무너뜨리고 최대한 절망을 맛보게 한 뒤에, 그 생명을 거둘 생각이었다.

그리고 사적인 감정을 떠나, 지금 해야 할 가장 중요한 일은 따로 있었다. 칼리안을 죽여 원한을 갚는다 해도, 이 일을 지금 이루지 못 하면 칼리안을 100번 죽인 것만 못 했다.

'원한에 사로잡혀 할 일을 못하면 그건 병신이지.'

클라우드는 그런 병신이 되고 싶지 않았다. 그리고 다시 한 번 있는 힘껏 외쳤다.

"전군! 반역자들을 공격하라! 절대 용서하지 마라!"

필립의 죽음에 절망했던 라이더들이 조종간을 움켜쥐었다. 몸에서 힘이 흘러넘쳤다. 클라우드의 스킬 '카리스마'와 '지휘관'의 영향을 받은 결과였다.

-황태자 전하의 원한을 갚자!-

-반역자를 죽여라!-

로렌스를 비롯한 휘하의 가신들이 일제히 외쳤다. 그 외침은 황태자를 잃은 절망에 빠졌던 사람들의 마음을 다잡았다.

-복수하자!-

-반역자를 용서해서는 안 된다!-

전의를 불태운 라이더들이 외쳤다.

팟!

화이트라이거가 대지를 박찼다. 이안 측의 마장기들이 재빨리 움직여 화이트라이거를 가로막았다. 하지만 클라우드는 무심한 얼굴로 조종간을 움직였다. 주인의 뜻에 따라 화이트라이거는 불꽃처럼 타오르는 오러 블레이드를 휘둘렀다.

쾅! 콰쾅!

화이트라이거가 검을 휘두를 때마다 마장기들이 파괴되었다. 방패를 앞세우고 벽을 만들었지만 그 뿐이었다. 화이트라이거는 자신을 가로막는 적을 향해 검을 내질렀다.

-뭐야, 저 괴물은!-

-도, 도망쳐! 못 막는다!-

클라우드의 압도적인 활약에 두려움을 느낀 라이더들이 울부짖었다. 쓰러지는 마장기들이 바닥에 쌓일 때마다 극심한 공포가 그들을 휘감았다. 그 때문에 그들은 화이트라이거의 뒤를 따라오는 마장기들을 제대로 보지 못 했다.

콰콰쾅!

네 명의 가신들이 화이트라이거의 뒤를 따라 적을 들이쳤다.

윌리스는 클라크 용병단의 단원들을 이끌고 본대의 옆구리를 후려쳤다. 사방에서 휘몰아치는 적으로 인해 이안의 라이더들은 제대로 대응하지 못 하고 무너졌다.

정작 클라우드는 적들에게 신경 쓰지 않았다. 그의 시선은 전면시각판 너머로 보이는 이안의 화이트울프에 고정되어 있었다.

'저놈만큼은 반드시 잡는다!'

촤아아악!

화이트라이거가 검을 휘두를 때마다 마장기들이 떨어져 나갔다. 반역자이기는 하지만 제국이 자랑한 근위기사단도, 귀족들이 심혈을 기울여 키운 가신들도 클라우드의 검을 막아내지 못 했다.

"언제까지 뒤에 숨어 있을 생각이냐, 이안! 꼭두각시 황제여!"

클라우드가 마장기들에 둘러싸인 이안을 보며 외쳤다. 분노한 이안이 더 많은 마장기를 보냈다. 하지만 어떤 기체도 화이트라이거를 막아내지 못 했다. 화이트라이거의 검에 검을 맞대는 순간 부러졌다.

콰아앙! 쾅!

20기가 넘는 마장기가 달려들었지만 그들이 모두 화이트라이거를 포위할 수 있는 것은 아니었다. 클라우드는 착실하게 한 기, 한 기 줄여나가며 나아갔다.

마침내 이안까지 가기 위한 길이 열렸다. 그러나 아직 거대한 장애물이 남아있었다.

쉬에에엑!

녹색의 오러 블레스트가 날아왔다. 화이트라이거는 재빨리 몸을 틀어 검을 휘둘러 오러 블레스트를 쪼갰다. 쉽게 공격을 막아 냈지만 클라우드는 차분한 시선으로 자신에게 달려드는 검은 마 장기, 블랙라이거를 노려보았다.

－그대를 만나는 건 처음이군, 클라우드 폰 제이드. 제르달 폰 카본이라 한다－

"비열한 반역자와 할 말은 없다."

클라우드가 싸늘한 어조로 말했다. 화이트라이거의 전신에서 붉은 기류가 흘러나와 화이트라이거의 동체를 휘감았다.

－반역자는 필립 폰 에렌시아가 아니던가? 그리고 그를 따른 그 대 역시 반역자지. 하지만 황제 폐하는 자비로운 분이다. 그대가 항복을 하고 충성을 맹세하면 죄를 묻지 않겠다고……－

제르달은 더 이상 말을 잇지 못 했다. 화이트라이거가 움직인 것이다. 하지만 제르달 역시 이미 마력을 끌어올린 상태였고 어렵 지 않게 화이트라이거의 공격을 막아냈다.

"제르달 폰 카본! 네놈만큼은 절대 용서하지 않겠다!"

－그 선택을 후회할 것이다!－

블랙라이거가 검을 휘둘렀다. 소드마스터의 힘과 그 전용기의 힘이 더해진 검격은 풍압만으로도 대기를 뒤흔들 정도였다.

번쩍!

철과 철이 부딪치자 마찰이 일며 빛이 번쩍였다. 화이트라이거 가 블랙라이거의 공격을 검면으로 비껴 흘리면서 생긴 현상이었 다. 블랙라이거의 검은 궤적을 잃고 바닥에 부딪쳤다. 화이트라이 거는 곧장 블랙라이거의 무릎 부분을 발로 걷어차려 했다.

타탕!

하지만 그 전에 블랙라이거의 어깨에 장착된 소형 마력포가 마력탄을 토해냈고 화이트라이거는 재빨리 뒤로 물러났다. 검을 회수한 블랙라이거가 질풍처럼 쇄도하며 다시 한 번 검을 내질렀다. 블랙라이거의 팔이 무시무시한 속도로 움직였고 달리던 힘이 더해져 한층 더 강력한 위력을 내포했다.

콰아앙!

블랙라이거의 검은 이번에도 대지를 갈랐다. 검이 날아오기 무섭게 화이트라이거가 옆으로 움직이며 피한 것이다. 옆으로 빠지는데 성공한 화이트라이거가 검을 연거푸 찔렀다.

블랙라이거의 두부와, 흉갑을 향해 공격이 쏟아졌다. 블랙라이거는 검을 움직여 공격을 막아냈다. 오히려 블랙라이거는 검을 위로 쳐올려 화이트라이거를 밀어냈다.

'확실히 강하군.'

주인의 힘을 온전히 감당할 수 있는 전용기는 확실히 강력했다. 하지만 클라우드는 상대를 전혀 두려워하지 않았다.

투투퉁!

블랙라이거가 다시 한 번 마력포를 쐈다. 화이트라이거는 검을 휘둘러 자신을 노리는 마력탄을 튕겨냈다. 공격을 막아낸 화이트라이거는 양 허벅지의 마력포를 쏘았다. 완벽한 대응사격이었지만 블랙라이거 역시 검만으로 마력탄을 막아냈다.

"그런 힘을 가지고 있으면서 황태자 전하의 믿음을 저버린 것인가! 황태자 전하는 네놈을 믿었다!"

-전장에서 적을 속이는 게 뭐가 문제인가!-

제르달은 클라우드의 말을 맞받아쳤다. 클라우드는 입을 다물었다. 그리고 마력을 있는 대로 끌어올렸다.

쿠오오오오!

클라우드가 마력을 일으키자 용의 혈통이 다시 동조했다. 강력한 기세가 전장을 휘감았고 화이트울프를 감싸고 있던 붉은 기류가 더욱 짙어졌다. 화이트울프가 다시 달렸다.

마나 드라이브의 출력이 최고점을 찍었고 거기에 소드마스터의 힘과 용의 힘이 더해졌다. 그 모든 힘을 담은 검은 마력탄보다더 빠른 속도로 날아들었다.

-주제를 모르는구나!-

강력한 공격이라 생각했지만 제르달은 피하지 않았다. 오히려바위처럼 단단한 자세를 잡고 검을 내질렀다. 계속 자신을 비꼬는클라우드를 상대로 물러날 생각은 없었다.

콰카캉!

두 개의 오러 블레이드가 한 지점에서 격돌하자 오러의 파편이사방으로 튀어나갔다. 강대한 힘을 버티지 못한 강철이 뒤틀렸다.그 상태에서 두 기체는 서로의 검을 맞대었다.

거대한 힘의 격돌이 이어지자 두 기체를 중심으로 100m의 땅이 움푹 꺼졌다.

쾅! 쾅!

100m 안쪽에 있던 마장기들이 압력을 버티지 못하고 터졌다.

"크윽."

조종석을 짓누르는 압력에 클라우드는 이를 악물었다. 입과코, 귀에서 피가 흘러내리기 시작했다. 체력이 다른 소드마스터에비해 상대적으로 낮은 그에게 지금의 압력은 버티기 힘들었다.

'아직이다!'

클라우드는 남은 마력을 끌어올렸다. 용의 마력이 그의 몸을 압력으로부터 보호했다. 한결 나아지자 그는 더욱 조종간을 세게 움켜쥐고 밀었다.

콰콰콰!

천천히 회전하는 블랙라이거의 오러 블레이드와 직선적으로 나아가는 화이트라이거의 오러 블레이드. 두 개의 거대한 힘은 밀고 밀리기를 반복했다.

카카칵!

금속이 갈리는 소리가 전장을 뒤흔들었다. 블랙라이거의 검이 힘을 견디지 못 하고 검신 여기저기에 균열이 생겼다.

-말도 안 돼!-

이제 막 소드마스터가 된 클라우드에게 힘에서 밀리자 제르달은 경악을 금치 못 했다. 하지만 그의 경악에 상관없이 화이트라이거의 검은 앞으로 나아갔다. 붉은 오러 블레이드는 녹색 오러 블레이드의 틈을 파고들었고 마침내 오러 블레이드를 끊었다.

-안 돼!-

비명을 지르듯 외치는 제르달. 그런 그의 눈앞으로 붉은 오러 블레이드가 날아들었다. 블랙라이거의 두부가 날아갔다. 화이트라이거는 그 상태에서 검을 내리그었고 검은 블랙라이거의 견갑을 시작으로 흉갑 및 조종석까지 모두 다 베었다.

콰아아앙!

상반신이 잘려나간 블랙라이거가 커다란 폭발을 일으켰다. 블랙라이거는 약간의 파편을 남긴 채 사라졌고 그 안에 있던 제르달 폰 카본은 시체도 남기지 못 했다.

에렌시아 제국의 소드마스터 중 한 명이었으며 반역의 쐐기를 박는데 성공한 자 치고는 굉장히 허망한 죽음이었다.

> 처음으로 소드마스터를 사살했습니다.
> 보상으로 체력 포인트가 2 상승합니다.
> 오러 블레이드의 레벨이 2 상승합니다.
> 현재 오러 블레이드의 레벨은 3입니다.

> 제르달 폰 카본을 죽이는 데에 성공해,
> 주군의 원한을 일부 갚았습니다.
> 칭호 '복수의 기사'가 주어집니다.

클라우드는 눈앞에 떠오르는 창을 무시했다. 부족한 체력의 수치가 상승했지만 전혀 내색하지 않았다. 그저 이안의 화이트울프를 노려볼 뿐이었다. 놈의 기체는 지금 빠르게 도망치고 있었다.

게다가 클라우드가 그에게 접근하지 않도록 그의 부하들이 길목을 단단히 막았다. 놈을 잡을 가능성은 없었다.

"부하가 죽었는데 도망치다니, 그러고도 감히 황제를 논하는가! 그렇기에 네놈은 꼭두각시인 거다."

우렁찬 목소리로 외치는 클라우드. 기계를 통해 전달됐음에도 사람들은 살기를 느끼고 몸을 떨었다.

"네놈만큼은 반드시 내 손으로 죽일 것이다!"

복수를 천명하는 클라우드. 그는 자신의 앞을 가로막는 적들에게 달려들었다.

———◆———

ㅡ네놈만큼은 반드시 내 손으로 죽일 것이다!ㅡ

클라우드의 외침이 전장에 퍼졌다.

"비천한 잡종이 감히 누구에게!"

도망치는 와중에서 크게 외치는 이안. 하지만 겉모습과 달리 그의 내면은 공포가 가득 찼다. 처음 칼리안이 패퇴했을 때만 해도 그러려니 했다. 전용기를 바꿔 탔으니 제 실력을 못 내는 것이 당연했으니까. 다만 설마 제르달까지 죽을 것이라고는 전혀 상상하지 못 했다.

"죽여라! 놈을 죽여라!"

이안이 명령을 내렸지만 마장기들은 길목만 막을 뿐, 정작 화이트라이거에게 달려들지 못 했다. 클라우드와 화이트라이거의 동체에서 흘러나오는 기세가 너무 강력했기 때문에. 그렇게 그들이 망설이는 사이, 화이트라이거가 기동을 개시했다.

"빌어먹을! 놈을 막아라! 장군, 아니 귀족이 될 기회다!"

이안의 독려는 효과가 있었다. 욕망에 사로잡힌 라이더들이 일제히 클라우드의 화이트라이거에게 달려들었다. 하지만 불꽃에 날아드는 부나방과 다를 바 없었다.

화이트라이거가 검을 휘두를 때마다 마장기들은 허망하게 쓰러졌다. 게다가 별동대와 살아남은 필립의 라이더들이 몰아붙이니 이안을 지키고 있던 벽이 점차 얇아졌다.

팟!

이안은 기체를 틀고 달아나기 시작했다. 하지만 기체가 상당히 파손된 상태라 화이트울프가 달리는 속도는 굉장히 느렸다. 그래도 부하들의 분전이 의미가 있었는지 클라우드 역시 더 이상 그에게 다가오지 못 했다.

"니콜라스!"

이안은 본진에 있는 니콜라스에게 통신을 보냈다. 그러자 화면에 니콜라스의 얼굴이 나타났다.

-예, 폐하. 부르셨습니까?-

"후퇴 준비를 하라! 필립을 죽인 이상, 여기에 있을 이유가 없다!-

이안이 외쳤다.

-예, 폐하! 조금만 기다려 주십시오!-

그것을 끝으로 통신이 끝났다. 그제야 이안은 안심했다. 니콜라스라면 이제까지 그랬던 것처럼 자신을 잘 도와줄 것이다.

그러나,

촤아아악!

붉은 오러 블레스트가 날아와 화이트울프의 멀쩡한 왼팔을 잘랐다. 균형을 잃은 화이트울프는 그대로 쓰러지려고 했지만 이안은 어떻게든 버텼다.

"빌어먹을 놈이!"

이안은 다시 욕설을 내뱉었다. 끝까지 자신을 방해하는 클라우드를 갈가리 찢어버리고 싶었다.

하지만 감정에 사로잡혀 놈에게 달려드는 건 자살행위였다. 그는 온 힘을 다해 도망쳤고 결국 아군에 합류하는데 성공했다. 그러자 미리 대기하고 있던 니콜라스는 그대로 군을 후퇴시켰고 그렇게 전투는 끝났다.

피해 자체는 이안을 따르는 이들이 더 많이 입었다. 하지만 이 전쟁의 승자는 명확했다.

이안 폰 에렌시아.

유일한 직계 황족이 된 그만이 이제 황좌에 앉을 수 있게 됐으니까.

혼란에 빠진 부하들을 잘 다독여 전황을 뒤집는 데 성공했습니다. 이에 따라 카리스마 및 지휘관의 레벨이 각각 1씩 상승합니다.
현재 카리스마의 레벨은 17, 지휘관의 레벨은 16입니다.

클라우드는 산산조각 난 마장기들을 내려다보았다. 이로써 필립을 죽음으로 이끈 최대 원흉인 제르달을 죽이는데 성공했다. 하지만 아직 이안이 남아있었다.

"외롭지는 않을 거다, 필립. 제르달 정도로는 네가 편히 눈을 감지는 못 하겠지만 말이다."

클라우드는 보이지 않은 필립을 향해 말을 걸었다.

자신이 미리 나섰으면 그는 살 수 있었다. 하지만 클라우드는 그 가능성을 버렸다. 필립이 이대로 살아나 황제가 된다면 그걸로

끝이었다. 자신이 왕이 될 가능성은 없었다. 무엇보다,

"오히려 네가 나를 버렸겠지."

티를 내지 않았지만 필립은 계속 자신을 견제했다.

그리고 내전이 끝났다면 자신의 세력을 전부 다 거두려고 할 게 분명했다. 그 상황에서 저항하면 반역자라는 오명을 벗어날 수 없다. 가만히 세력을 갖다 바쳐도 황제의 권력을 위협할 공신이라는 사실은 여전했다. 그렇게 된 신하의 운명은 한결같았다.

사냥을 끝난 사냥개가 삶아지듯, 사라지는 것뿐이었다.

"그래서 내버려뒀다. 네가 죽을 것을 알면서도 말이다. 거기다가 제르달까지 죽였으니 누구도 너에 대한 내 충성심을 의심하지 못 할 것이다."

영웅의 이미지로 국민들의 마음을 사로잡았다. 거기에 충신의 이미지가 더해진 것이다. 무엇보다 자신에게는 레베카가 있었다.

"이안이 유일한 직계지만 그를 인정하는 사람은 굉장히 적지. 나라를 위하는 애국지사들은 레베카를 중심으로 모일 것이다."

난세는 이제 막 시작됐을 뿐이었다.

운명의 수레바퀴는 돌아갔고 이제 누구도 그 흐름을 막을 수 없다.

"방해하는 자들을 모두 꺾고 내가 군림할 것이다."

클라우드는 각오를 다졌다.

"그러니 잘 자라, 필립. 네 이상은 내가 대신 이뤄주도록 하마."

그 말을 끝으로 클라우드는 기체를 틀었다.

제4장 새로운 희망

-후퇴하라! 후퇴하라!-

이안을 따르던 라이더들과 병사들이 일제히 후퇴를 시작했다. 이안이 먼저 도망치는 바람에 여기저기서 빈틈이 생겼지만 전반적으로 질서를 유지하고 있었다.

-추격할까요?-

"그럴 필요 없다. 저렇게 퇴각하는 적을 공격해봤자 아군의 피해만 커질 뿐이다. 그리고 황태자 전하께서 승하하셨으니 아군 역시 충격이 클 것이다. 이 이상의 전투는 피한다."

클라우드는 로렌스의 질문에 대답했다. 아직 전력의 우위를 점하고 있지만 이쪽은 대의명분인 필립을 잃었다. 게다가 그의 영향력이 굉장히 컸던 걸 생각하면 아군이 제대로 싸울 가능성은 없었다.

-우리가 조금만 더 빨리 도착했더라면 전하께서 그런 일을 당하지 않으셨을 텐데……-

루시아는 죄책감을 느꼈다.

필립은 소드마스터의 전력에서 밀리는 것을 만회하기 위해 단숨에 전투를 끝내려 했다. 숫자는 같아도 카젠트가 워낙 강력했기 때문에.

만약 별동대가 본진과 더 빨리 합류했다면 어떻게 됐을까? 소드마스터의 숫자는 물론 전력까지 적을 완전히 압도하게 된다. 그러면 필립이 무리할 필요가 없었다.

"전부 다 내 잘못이야. 혼전 중인 전장에서 정확히 전황을 파악하려고 한 게 이런 사단을 일으킬 줄이야. 게다가 제르달이 배신할 지도 몰랐고. 이제 와서 변명을 해봤자 무의미하지만."

─아무도 그대의 잘못이라고 생각하지는 않는다, 클라우드. 그대의 작전 덕분에 적에게 큰 타격을 줬을 뿐만 아니라 반란군의 수괴중 하나를 처리할 수 있었다. 그러니 그대는 너무 자책할 필요가 없다─

클라우드는 루시아의 말에 대답하지 않았다. 대신 고개를 돌려 올리비아의 블루라이거를 바라보았다. 기체의 대부분이 파손된 블루라이거는 움직일 생각을 하지 않았다.

'충격이 크겠지.'

올리비아는 필립의 후원자이자 스승이었다. 그녀는 필립을 친동생처럼 아꼈다. 이 자리에 있는 누구보다 큰 충격을 받을 수밖에 없다.

─클라우드……. 자네가 나를 대신해서 후퇴 명령을 내리도록 하라─

"알겠습니다, 각하. 전군, 모두 루미니크 시로 후퇴한다!"

올리비아의 통신을 받은 클라우드가 병사들에게 명령을 내렸다. 그러자 필립을 따르던 이들과 별동대의 병사들이 루미니크 시로 이동했다.

약 한 달 동안의 내전은 그렇게 끝이 났고 승자가 결정됐다.

이안 폰 에렌시아.

그는 스스로 자신이 유일무이한 제국의 황제임을 피력했다. 하지만 클라우드의 예견대로 그를 황제로 인정하지 않는 이들은 굉장히 많았고 자연스럽게 제국을 집어삼킨 혼란은 더욱 커졌다.

필립을 따르던 귀족들과 지휘관들이 한 자리에 모였다. 예상하지 못한 사태가 일어났다. 이번 전투에 대한 시시비비를 가릴 필요가 있었고 앞으로 어떻게 해야 할지 대책을 짜야 했다.

"이게 도대체 무슨 참변이란 말이오! 전하가! 전하가!"

"그렇게 돌아가실 분이 아니었거늘! 도대체 이 일을 어찌하면 좋단 말인가!"

다들 필립의 죽음이 준 충격에서 빠져나오질 못 했다. 이 자리에 모인 이들 모두 필립의 재지에 반했고 그가 제국 명군이 될 것이라 믿어 의심치 않았다. 그런데 자신의 능력을 전부 발휘하지 못한 채 전사하고 만 것이다. 그야말로 재앙이었다.

그렇게 모두가 슬픔에 잠겨 있을 때,

"전하께서 전사하심은 통탄할 일입니다. 허나 지금은 비탄에만 빠져있을 때가 아닙니다."

클라우드가 막사 안으로 들어와 말했다. 그러자 자리에 있던 이들이 반발했다.

"불경하다, 제이드 남작!"

"그대가 조금만 더 빨리 왔다면 전하께서 돌아가는 참사가 일어나지 않았을 것이다. 그런데 감히 그런 망발을 지껄이다니!"

귀족들이 하나같이 클라우드에게 적대적인 시선을 보냈다. 그렇게 하지 않으면 지금의 충격에서 도저히 벗어날 자신이 없었다. 귀족들의 질타가 쏟아졌지만 클라우드는 무심한 얼굴로 그들의 말을 묵묵히 들을 뿐이었다.

"다들 그만하도록."

가만히 지켜보고 있던 올리비아가 입을 열었다. 그러자 귀족들은 입을 다물었다. 필립이 죽은 이상, 현재 최고 지휘관은 바로 올리비아였다. 올리비아는 십 년은 늙은 것 같은 얼굴로 한숨을 내쉬었다. 그리고 말을 이었다.

"루미니크 시에서 이곳은 하루 정도 걸린다. 그런데 제이드 남작은 반나절 만에 도착했지. 그가 오지 않았다면 우리는 살아서 이렇게 대화를 나누지 못 했을 것이다."

"으음."

"그건……."

올리비아의 말을 들은 귀족들은 침묵했다. 확실히 그들은 적군에 포위당해 전멸당할 위기에 처해 있었다. 클라우드가 나서지 않았다면 그녀의 말대로 이 자리에 있는 이들 모두 살아남지 못 했으리라.

"그 뿐만이 아니다. 제이드 남작은 위기를 자처하면서 적을 향해 돌격했고 배신자 제르달을 베는데 성공했다. 아직 반란군 수괴, 이안이 남아있지만 그는 황태자 전하의 복수를 해냈다."

"하지만 아르젠트 각하, 제이드 남작의 등장은 의심스럽습니다."

올리비아의 말을 들은 한 귀족이 입을 열었다. 올리비아 다음으로 귀족들 중에서 서열이 높은 알시온 폰 도데 자작이었다. 한때, 근위기사단의 부단장이었던 그는 이안이 제도를 점령한 이후, 가까스로 탈출해 필립에게 합류하는데 성공했다. 처음부터 클라우드를 좋아하지 않았던 그는 지금 클라우드를 노려보고 있었다.

"무슨 말인가?"

"그는 아군이 제일 위기에 처했을 때가 되서야 나타나지 않았습니까? 저는 그것이 우연이라고 생각하지 않습니다. 안 그런가, 제이드 남작?"

"자작! 아무리 그래도 그건……."

"말도 안 되는 의심입니다."

알시온의 말을 들은 귀족들이 그에게 눈총을 줬다. 클라우드는 지금 이 자리에 있는 어떤 이들보다 큰 공을 세웠다. 의심으로 아군끼리 다툼이 일어나는 것은 최대한 피해야 했다.

"생각해보시오! 아군이 위기에 빠지자마자 딱 맞춰오다니, 기다리지 않는 이상, 이게 가능한 일이오?"

알시온은 자신의 의견을 굽히지 않았다. 그에 반해 다른 사람들은 모두 침묵했다. 알시온의 주장은 아무리 들어도 억지였다.

"휴식도 제대로 취하지 못 하고 식사도 제대로 못 했습니다. 오직 전하를 위해 달렸고 닷새거리를 나흘 만에 왔습니다. 그보다 더 빨리 오는 게 상식적으로 말이 된다고 생각하십니까?"

"하지만 상황 자체가 의심스럽지 않나?"

클라우드가 담담한 어조로 묻자 알시온이 클라우드의 얼굴을 외면한 채, 대답했다. 그제야 자신이 너무 막나갔다고 생각했다. 하지만 클라우드는 알시온을 봐주지 않았다.

"무리한 행군으로 아군은 잔뜩 지친 상황이었습니다. 적이 별동대를 보냈다면 저희가 패해도 이상하지 않았을 겁니다. 그 상황에서 전 적의 소드마스터를 물리치고 배신자를 베었으며 반역자를 처형했습니다. 그런데 그런 말도 안 되는 억측으로 저를 의심하다니, 자작이 무슨 생각을 하는지 모르겠습니다."

"아, 아니 그게 아니라……."

당황하는 알시온.

그런데 그 때였다.

"제이드 남작의 말이 맞아요. 남작이 전하의 원한을 갚는 동안, 자작께서는 도대체 뭘 하셨습니까?"

"화, 황녀 저하!"

"저하를 뵙습니다!"

알시온을 비롯해 모든 이들이 고개를 숙였다. 클라우드는 슬쩍 눈을 돌렸다. 그곳에는 레베카 폰 에렌시아가 서있었다. 뒤에는 엘리스가 있었는데 그녀의 얼굴에는 당혹감이 가득 했다.

'결국 멀리 안 갔나 보군.'

그럴 가능성이 있다고 생각했기 때문에 클라우드는 놀라지 않았다. 그가 직접 본 레베카는 굉장히 현명했고 상식 밖의 행동을 많이 하는 여인이었으니까.

"제가 묻고 있지 않나요, 알시온?"

"그, 그건……."

할 말을 잃은 알시온은 고개를 푹 숙였다. 이 이상 이 문제를 이어나가봤자 자신에게 좋을 것이 하나도 없었다.

'이 비천한 서자 놈이! 내 반드시 이 수모를 갚을 것이다!'

대신 알시온은 속으로 이를 갈았다. 황녀 앞에서 자신에게 망신을 준 클라우드를 도저히 용서할 수 없었다. 하지만 지금은 나설 때가 아니었다.

"제이드 남작, 그대를 의심하는 사람은 아무도 없어요. 누구도 그대에게 책임을 지라고 할 수 없고. 안 그런가요, 아르젠트 백작?"

레베카의 시선이 올리비아를 향했다.

"저하의 말씀이 옳습니다. 전하를 잃은 건 그의 책임이 아닌, 저희의 책임입니다. 제르달을 기다리는 게 아니라 바로 제도를 공격했으면 우리는 반란군을 제압하고 제도를 탈환했을 겁니다."

"……."

올리비아가 한탄하자 다들 침묵했다. 그의 말은 정론이었다. 일주일이라는 시간을 아깝게 날렸고 그 때문에 적이 합류할 기회를 줬다. 사실상 가장 큰 패인이라 해도 과언이 아니었다.

"개개인의 잘못을 따질 생각은 없어요. 황태자 전하를 잃은 이상, 저희 모두 죄인이니까요. 안 그런가요?"

"……."

레베카의 질문에 대답하는 사람은 아무도 없었다. 지켜야할 주군을 지키지 못 했다. 과정이야 어찌 되었든 모두 다 죄인인 건 분명했다.

"게다가 처리해야 할 문제는 또 있어요. 황태자 전하께서는 후사를 남기지 않으셨죠. 덕분에 저희는 구심점을 잃었고요."

루시아가 지적하자 올리비아를 비롯한 귀족들의 안색이 어두워졌다. 그제야 현실을 깨달은 것이다. 이대로라면 그들은 반란군이 될 수밖에 없었다. 아직까지 충성스러운 신하들이 남아있을 때, 구심점을 찾아 이안을 좇아내야 했다.

"반역자에게 계속 권좌를 맡겨둘 수는 없어요."

"하루빨리 가장 서열이 높은 황위 계승권자를 찾아야겠군요."

올리비아가 말을 마치자 다시 사람들의 시선이 레베카를 향했다. 서녀 출신이지만 황제는 그녀를 직계로 인정했다. 명목상 그녀의 황위 계승 서열은 3위로 이안 다음이었다.

그 다음으로 필립과 이안의 고종 사촌인 리처드 폰 하워드 백작이 있었다. 허나 직계가 아닌 그를 구심점으로 삼을 수는 없는 노릇이었다.

"황녀 저하. 황녀 저하께서 권좌에 오르십시오. 황제 폐하를 시해하고 황태자 전하를 죽음으로 내몬 반역자에게 권좌는 어울리지 않습니다."

그 때, 클라우드가 입을 열었다. 여자를 황제로 내세우기 싫어하는 이들도 있었지만 상황이 상황인 만큼, 쉽게 주장할 수 없었다. 하지만 클라우드의 주장은 다른 의미로 위험했다.

"지금 제국을 두 개로 쪼개자는 것인가?"

"말도 안 되는 소리!"

"어찌 제국을 둘로 나누려 한단 말인가?"

올리비아가 말하기 무섭게 다른 이들이 크게 반발했다. 제국을 둘로 나눈다, 그들로서는 단 한 번도 생각해본 적이 없는 문제였다. 하지만 클라우드는 자신의 주장을 철회할 생각이 없었다.

"그럼 이대로 이안을 인정하겠습니까? 그가 과연 저희들을 용서할까요?"

대답하는 사람은 아무도 없었다. 이 자리에 있는 이들 모두 이안이 굉장히 잔인하고 그러면서도 속이 좁다는 사실을 잘 알고 있었기 때문에. 지금 돌아간다 해도 죽이지 않으면 다행이었다.

"저희가 살아남기 위해서라도 황녀 저하를 옹립해야 합니다."

"그건 알겠네. 하지만 가장 중요한 건 황녀 저하의 뜻이지. 저하께서는 이제까지 권좌에 앉기 위한 교육을, 마음가짐을 전혀 배우지 못 했습니다. 제국을, 이 땅에 살아가는 모든 이들을 짊어질 수 있겠습니까?"

올리비아가 레베카를 응시했다. 소드마스터의 강렬한 시선이 향했는데 그녀는 전혀 개의치 않았다.

'원래 이런 분이었던가?'

처음 발견한 레베카의 새로운 면모 때문에 올리비아는 왠지 기분이 오묘해졌다.

"아직 자신은 없어요. 그래도 이것만큼은 말하고 싶어요. 이안 오라버니에게 권좌에 앉을 자격은 없어요. 무엇보다 국민들을 구하고 싶어요."

"황녀 저하를 따르겠습니다!"

레베카의 마지막 말이 가슴을 울렸다. 올리비아는 가장 먼저 한쪽 무릎을 굽히고 외쳤다. 이에 질세라 막사에 있던 이들 모두 올리비아와 같은 자세를 취했다.

"모두의 뜻을 저버리지 않기 위해 최선을 다할게요. 단, 권좌에 앉을 때까지는 이 직위를 유지하겠어요. 그러면 명령을 내리죠.

우선 제도를 탈환하세요."

"명을 받듭니다!"

올리비아를 비롯하여 지휘관들이 다시 외쳤다. 그리고 모두 자리를 떠났다. 클라우드 역시 막사를 나서려고 할 때,

"제이드 남작, 잠시만 기다려주세요."

"예, 저하."

레베카가 말했다.

클라우드는 나가는 것을 멈추고 몸을 돌렸다.

"오라버니의 죽음은 애석하지만 그래도 그대 덕분에 원한을 어느 정도 갚을 수 있었어요. 정말 고마워요."

"아직 제대로 갚았다고 할 수 없습니다. 제르달을 포섭한 이는 니콜라스로 알고 있습니다. 무엇보다 반란군의 수괴 이안이 남아 있고 말입니다."

"당신이라면 오라버니의 원한을 갚아주겠죠. 그런 당신을 위해서라도 저는 열심히 할 거예요. 누구도 차별받지 않는 나라를 만들고 싶거든요."

"저하라면 분명 잘 할 것입니다."

"솔직히 말해 자신은 없어요. 그대도 알겠지만 저한테 개인적인 세력은 없잖아요?"

클라우드는 레베카의 말을 부정하지 않았다. 이곳에 있는 귀족들이 레베카를 따르는 건 어디까지나 이안의 잔악한 성격 때문이었다.

"이안 오라버니가 손을 내밀면 저를 버리고 도망갈 이들이 많을 거예요. 그들을 막기 위해서라도 제대로 된 힘을 차지할 필요

가 있어요."

"무엇을 바라십니까?"

"혼인을 하자고 하면 받아들일 수 있나요?"

"……."

절대 침착함을 잃지 않는 클라우드였지만 이번만큼은 달랐다. 그의 눈동자가 파르르 떨렸고 식은땀이 흘러내렸다.

"죄송합니다, 저하. 저는 이미 혼인을 약속한 여인이……."

아직 약속은 하지 않았다. 하지만 루시아와 결혼할 것은 기정 사실이었다. 이제 와서 그녀를 배신하고 싶지 않았다. 여황의 부 군이 되면 대공의 자리에 오르게 되는데 대공에게 축첩은 허락되 지 않은 점도 한몫 했다.

"확실히 대공은 한 사람만 봐야 하죠? 그럼 이건 어때요? 제이 드 남작, 그대가 황제가 되는 건?"

"제가 어찌 감히!"

화들짝 놀라는 클라우드. 수많은 사람들의 속을 읽은 그였지 만 레베카가 뭘 노리는지 전혀 알 수 없었다. 그래서 더 답답했고.

"농담이에요, 농담. 오라버니가 돌아가셨고 생각지 못한 걸 짊 어지게 돼서 힘들었거든요. 어쨌든 저를 지지해주는 것만큼은 생 각해줘요. 웰링턴 백작은 원칙주의자라 너무 고지식하거든요."

"그렇습니까."

장난스럽게 웃는 레베카를 보며 클라우드는 한숨을 내쉬었다.

"그래도 힘든 건 사실이에요? 그리고 저는 제이드 남작을 엄청 좋아하거든요. 개선식 파티에서 저한테 춤을 신청했을 때, 반했답 니다. 아, 저번에 절 구해준 모습에도 반했죠."

"······."

갑작스러운 그녀의 고백. 클라우드의 눈동자가 더 크게 떨렸다. 대체 이게 무슨 일인가 싶었다. 그렇다고 그녀의 마음을 받아줄 수도 없는 노릇이었고.

"그래도 그대에게 억지를 부리지는 않겠어요. 다만 제 힘이 되어주세요. 그건 안 될까요?"

"······최선을 다하겠습니다."

"고마워요!"

클라우드에게 손을 흔들어준 그녀는 그걸 마지막으로 막사를 나갔다. 혼자 남게 된 클라우드는 한숨을 내쉬었다.

"여자는 요물이라더니."

루시아를 만난 이후로 이렇게 마음이 흔들린 건 처음이었다. 윌리스나 다른 사람에게 했던 왕이 되겠다는 결심마저도 순간 희박해질 정도였다. 폭풍에 시달린 기분이었다.

'쉬자.'

지금은 그냥 그러고 싶었다.

레베카와 이야기를 마친 클라우드는 자신의 막사로 돌아갔다. 막사 앞에는 윌리스가 서 있었다.

"잠시 시간 좀 내주시겠습니까?"

"물론이지. 들어오게."

클라우드가 승낙하자 윌리스는 클라우드의 뒤를 따라 막사 안으로 들어갔다. 클라우드는 윌리스에게 의자를 내주고 자신의 의자에 앉았다.

"정말 남작님의 수완에는 못 당하겠습니다."

"무슨 말이지?"

"저한테까지 시치미 떼실 필요 없습니다. 지금까지 일어난 일 모두 남작님께서 계획하던 것 아닙니까?"

"나를 너무 과대평가하는군, 윌리스."

"설마요? 전 여기에 있는 그 어떤 사람들보다 남작님을 객관적으로 바라보고 있다고 생각합니다."

윌리스는 자신만만하게 말했다.

그는 이미 클라우드의 꿈을 알고 있었다. 그래서 이번 사태를 통해 클라우드가가 무엇을 노리는지 알아차렸다.

"계속 해보게."

"황태자 전하가 권좌에 올랐다면 남작님의 꿈은 이룰 수 없습니다. 안정된 체제에서 세력을 일으키면 좋든 싫든 반역자의 오명에서 벗어날 수 없게 되니 말입니다. 즉, 남작님의 꿈이 이루어지려면 제국이 혼란에 빠져야 합니다."

"이제 이안이 유일한 적자가 되었다. 혼란에 빠질 가능성은 적지 않나?"

"이안은 제국을 이끌 그릇이 못 됩니다. 황녀 저하가 나선 건 좋지만 그녀는 여인. 제국이 딱히 여인을 차별하지 않는다 해도 서녀라는 한계가 그 분의 발목을 붙잡을 겁니다. 안 그렇습니까?"

윌리스가 단호한 어조로 말하자 처음으로 클라우드는 웃었다. 윌리스는 그런 클라우드를 보며 따라 웃었지만 그 와중에 떨리는 손을 움켜쥐었다.

'정말 무서운 남자다.'

처음 이 사실을 깨달았을 때, 얼마나 놀랐던가? 내전 자체는 이안을 비롯한 반란군이 일으켰지만 내전의 흐름을 조율하고 가장 큰 이득을 얻은 사람은 바로 클라우드였다.

당장 자신의 사병 부대를 온전히 손에 넣지 않았는가. 현재 대부분의 귀족들이 내전으로 세력을 잃은 지금, 어떤 귀족도 이제 그를 무시할 수 없었다.

"하지만 남작님이라도 당장 왕이 되겠다고 나설 수는 없습니다. 이안과 황녀 저하가 남아있는 한 말입니다."

"자네의 말이 맞다. 두 사람이 남아 있는 이상, 나설 수 없지. 내가 어떻게 하면 좋을 거 같나?"

"이미 다 생각하고 계신 거 아닙니까?"

"자네의 의견을 들어보고 싶군."

클라우드는 흥미롭다는 표정으로 말했다. 윌리스는 고개를 끄덕였다. 클라우드가 자신의 식견을 알아보려 한다는 것을 눈치 챘기 때문이다. 시험을 보는 기분이었지만 그는 개의치 않았다.

"우선 남작님이 해야 할 일은 황녀 저하를 지지하는 겁니다. 군대와 소드마스터라는 힘을 가진 상태에서 황족의 지지가 더해지면 남작님의 위치는 공고해집니다."

"그야 그렇지. 하지만 그 정도로 왕이 될 수는 없을 텐데?"

"맞습니다. 하지만 앞서 말했다시피 이안은 제국을 경영할 그릇이 못 됩니다. 게다가 그에게는 치명적인 한계가 있습니다. 바로 사자의 인장이 없다는 겁니다."

사자의 인장.

에렌시아 제국의 국새라 할 수 있는 이 반지는 천년이라는 시간 동안 제국과 함께 했다. 그 시간은 국민들에게 사자의 인장을 가진 자만이 황제가 될 수 있다는 인식을 주기에 충분했다.

그리고 사자의 인장은 필립의 죽음과 동시에 행방불명됐다.

"내전은 계속 될 겁니다. 그 사이, 황녀 저하는 황제든 뭐든 황태자 전하의 파벌을 이어받을 겁니다. 그 때부터 귀족들은 남작님을 견제할 것입니다."

"난 뭘 하면 되겠나?"

"남작님은 국경을 보호한다는 이유로 동부로 돌아가신 뒤, 더 세력을 키우고 민심을 얻으면 그만입니다. 그 사이, 황녀 저하나 이안이 서로 치고 박아 전력이 깎일 거고, 남작님은 그 때 나서면 큰 피해 없이 모든 걸 차지할 수 있을 겁니다."

짝짝짝.

월리스의 말이 끝나자 클라우드는 박수쳤다. 자신의 마음속에 들어왔다 나왔다는 생각이 들 정도였다.

"훌륭하네. 내 생각과 그대로 일치하고 있어. 확실히 자네를 내 가신으로 받아들인 건 잘한 일이었군."

"아직 가신인 건 아닙니다."

월리스가 단호하게 말했지만 말과 달리 그의 얼굴은 웃고 있었다. 이제 그도 자신의 미래에 대해 결론을 내렸다.

"방금 이야기를 들으니 더더욱 잡아야겠다는 생각이 들어서 말이야."

"하하. 좋게 봐주셔서 감사합니다. 저 역시 남작님이라면 제 염원을 이루어줄 수 있다는 생각이 들었습니다."

"그건 걱정하지 말게. 가문의 원한을 갚겠다는 자네의 염원은 잘 기억하고 있으니 말이야. 자랑은 아니지만 약속 하나는 철저하게 지키네. 그러니 이제 그만 빼고 가신으로 들어왔으면 싶군."

윌리스는 대답하지 않았다. 대신 클라우드를 향해 한쪽 무릎을 굽혔다.

"저 윌리스 클라크는 클라우드 폰 제이드를 주군으로 모시고자 합니다."

"받아들이겠다. 그대는 나를 위해 검을 휘둘러라. 나는 그대의 염원을 이루어주겠다."

> **윌리스 클라크가 가신으로 임명되었습니다.**

클라우드가 환하게 웃으며 말했다.

정식으로 윌리스를 가신으로 받아들였다. 아직 갈 길이 멀었지만 그래도 순조로운 출발이었다.

그런데 그 때,

"제이드 남작님! 급보입니다!"

통신관이 크게 외치며 클라우드의 막사 안으로 들어왔다.

"무슨 일인가?"

"해럴드 페르난도 백작님께서 북부 귀족군와 교전, 반란군을 대파하는데 성공했다고 합니다! 카일 웰링턴 백작님 역시 서부를 휘젓는데 성공, 현재 제도로 오고 있다고 합니다!"

"오! 정말 다행입니다."

"페르난도 백작님이 북쪽에서, 웰링턴 백작님이 서쪽에 제도를 압박한다. 그리고 우리가 남쪽에서 제도를 치고 올라가면 제도 함락은 금방이다!"

통신관의 보고를 들은 윌리스와 클라우드는 기쁨을 감추지 못 했다. 제도 탈환을 목표로 한 지금, 해럴드의 대승과 카일의 귀환은 아군에게 호재였다.

몇 마디 더 대화를 나눈 뒤, 윌리스는 물러났다. 클라우드는 앞으로의 계획에 대해 생각했다.

제도에서는 할 일이 많았다. 아니, 정확히 말하면 챙길 게 많았다.

에렌시아 제국의 역사는 천 년이나 되었고 팔칸은 그 기간 동안 계속 제국의 수도였다. 당연히 각종 유물들이 많았다. 어차피 오래 안 지내고 떠날 생각이었기 때문에 챙길 건 다 챙기고 떠나는 게 지금으로서는 최선이었다. 전쟁으로 혼란스러워질 테니 다른 사람의 눈치를 볼 필요도 없었다.

"싹 다 챙겨야지."

혹시 누가 의문을 느껴도 적들이 그랬다고 뒤집어 씌우면 그만이었다. 제도에 있는 각종 유물들을 떠올린 클라우드의 입가에 미소가 떠올랐다.

전리품을 챙기는 건 언제나 기분 좋은 일이었다.

라르고 시의 전투에서 전력을 보존하는데 성공한 니콜라스 폰 알레시오 후작은 이안과 함께 제도로 돌아왔다. 하지만 그 이후 들려온 소식들은 하나같이 그의 눈살을 찌푸리게 만들었다.

"북부 귀족군이 대패를 당했다고?"

"그, 그렇습니다! 반란군 해럴드 페르난도가 이끄는 철도경비대와 교전 후, 북부 귀족군은 패퇴하고 산산히 흩어졌습니다! 그리고 철도경비대는 현재 제도로 진격 중입니다!"

니콜라스가 질문하자 소식을 들고 온 기사가 굳은 얼굴로 외쳤다. 그러자 대전에 있던 모여 있던 귀족들이 탄식했다.

"이럴 수가!"

"그들이 없다면 제도를 지키는 것은 불가능하거늘!"

이안의 신속한 명령과 니콜라스의 재빠른 실행 덕분에 전력을 어느 정도 보존하는데 성공했지만 그 뿐이었다. 적군에 비하면 전력이 부족했는데 유일한 희망인 북부 귀족군이 괴멸했다. 이제는 제도의 방위를 장담할 수 없었다.

"알았다. 자리로 돌아가라."

"예!"

기사는 재빨리 대전을 빠져나갔다. 니콜라스는 한숨을 내쉬고는 고개를 돌렸다.

"황제 폐하께 알려드려야 하는 거 아닙니까?"

"지난 전투의 여파로 현재 휴식을 취하고 계십니다. 만약 이 일을 알리면 건강에 좋지 않을 겁니다."

이안은 도망치는 와중에 클라우드에게 정말 죽을 뻔 했다. 간신히 살아남는데 성공했지만 그 때의 일은 그에게 큰 충격을 느끼게 만들었다. 그 때문에 제도에 돌아온 뒤, 국정을 제대로 운영하지 못 했고.

니콜라스는 칼리안과 카젠트를 바라보았다.

"스타이너 백작, 마르가스 백작. 전용기의 수리는 아직 멀었소?"

"미안하지만 시간이 걸릴 것 같군."

"마찬가지다."

칼리안과 카젠트가 바로 대답했다. 니콜라스는 눈을 감았다.

'정말 되는 게 없군.'

적진에는 소드마스터가 무려 네 명이나 있었다. 그에 비해 이쪽은 둘 밖에 남지 않았다. 합류해야할 제르달 폰 카본이 지난 전투에서 전사했기 때문에. 이런 상황에서 적과 싸워봤자 피해만 늘어날 것이고 결국 제도는 함락당할 게 분명했다.

'어쩔 수 없다.'

생각을 마친 니콜라스가 눈을 떴다.

"제도를 버립시다."

"예!?"

"그런!?"

니콜라스의 갑작스러운 말에 귀족들은 경악을 금치 못 했다. 심지어 두 명의 소드마스터들도 놀란 얼굴로 니콜라스를 바라보았다.

제도 팔칸은 에렌시아 제국의 상징이었다. 제도까지 잃으면 더이상 그들은 권좌를 내세울 구실이 없었다.

"제 정신인가, 후작?"

"물론이네. 어차피 필립 폰 에렌시아는 죽었네. 레베카 황녀가 저쪽에 합류했다고 했지만 서열은 밀리지. 게다가 서녀 출신이고. 이미 이 전쟁은 우리가 이겼네. 그런 상황에서 전력을 상실해봤자 적들만 이롭게 할 뿐이다."

칼리안이 어처구니없다는 얼굴로 물었지만 니콜라스는 전혀 개의치 않았다.

"그러면 어디로 갈 계획이오?"

가까스로 침착함을 유지한 칼리안이 니콜라스를 보며 물었다. 다들 니콜라스의 대답을 듣기 위해 귀를 기울였다.

"라이덴 시로 가겠소. 그곳이라면 새로운 수도로 삼기 적합하지."

라이덴 시는 서부의 중심 도시이자 제국의 제2 도시로 불리는 곳이었다. 현재 귀족파의 핵심 세력이라 해도 과언이 아니었다.

"라이덴 시면 확실히 우리에게 좋은 곳이군."

카젠트는 바로 동의했다. 서부 지역의 귀족들은 대부분 그들을 지지하고 있었다. 라이덴 시를 중심으로 서부를 굳건히 지키면 반란군도 쉽게 공격할 수 없었다.

"허나 팔칸은 제국의 핵심 공업 지대 중 하나다. 그런 곳을 쉽게 넘기면……."

"걱정하지 않아도 되오. 쉽게 넘길 생각은 없으니까."

칼리안이 걱정하자 니콜라스가 웃으며 말했다. 다른 귀족들 모두 그 미소를 보고 흠칫 했다.

굉장히 불길한 미소였다.

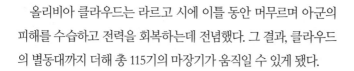

올리비아 클라우드는 라르고 시에 이틀 동안 머무르며 아군의 피해를 수습하고 전력을 회복하는데 전념했다. 그 결과, 클라우드의 별동대까지 더해 총 115기의 마장기가 움직일 수 있게 됐다.

전력을 재정비하는데 성공한 올리비아는 제도 팔칸을 향해 진군을 명령했다. 115기의 마장기가 힘차게 나아갔다. 이에 맞춰 해럴드가 이끄는 철도경비대가 진군을 개시했고 총 165기에 달하는 마장기가 제도 전체를 포위했다.

올리비아는 남문을 맡고 해럴드는 북문을 지켰다. 그리고 카일과 클라우드는 각각 동문과 서문을 포위했다. 반란군에게 도망칠 구석은 없었다.

-기습이라도 걸어올 줄 알았는데 생각보다 조용하군-

"반란군으로서는 조금이라도 더 전력을 아껴야 하니 어쩔 수 없을 겁니다."

클라우드가 막사에 펼쳐진 화면 속의 올리비아를 보며 대답했다.

-장기전으로 가면 확실하게 이길 수 있겠지만 내일 아침이 되면 바로 공격을 개시하겠다. 더 이상 반란군들이 제도를 장악하고 있는 것을 두고 볼 수가 없으니까-

"저 역시 최선이라고 생각합니다. 현재 사자의 인장이 사라진 이상, 제도를 장악해야 권좌에 오를 명분을 얻을 수 있으니 말입니다."

-후우. 사자의 인장을 그렇게 잃을 줄이야……. 고대의 마법이 적용된 물건인 만큼, 파괴되지는 않았겠지만 그래도 잃은 것은 안타깝군-

올리비아가 한숨을 내쉬었다. 황제를 상징하는 사자의 인장은 필립의 죽음과 함께 사라졌다. 병사를 남겨 찾고 있지만 찾을 가능성은 희박했다. 그렇기 때문에 제도의 가치는 더 중요했다.

천년이라는 기나긴 역사 동안 제국의 수도는 언제나 팔칸이었다. 팔칸을 얻는 것만으로도 권좌의 오를 명분이 될 수 있었다.

"지금은 제도 함락에 집중하는 게 좋을 것 같습니다."

-반드시 함락시켜야지. 그래야 니콜라스 놈의 목을 벨 수 있으니 말이다-

올리비아는 각오를 다졌다.

그런데 그 때,

콰아아아앙! 콰아아아아앙!

거대한 폭음이 하늘과 땅을 뒤흔들었다. 게다가 그 충격파가 어찌나 컸던지 올리비를 비롯한 소드마스터들을 제외하고는 다들 균형을 잃고 비틀거렸다.

팟!

클라우드는 재빨리 막사를 나갔다. 그리고 그는 어둠으로 뒤덮여야할 하늘이 화광으로 빛나고 있음을 볼 수 있었다.

천년고도 팔칸.

에렌시아 제국 최대의 도시가 불타오르고 있었다.

"전 라이더들은 마장기에 탑승하라!"

믿을 수 없는 광경이었지만 클라우드는 충격에 빠지지 않았다. 그는 니콜라스가 어떤 인간인지 잘 알고 있었다.

'미친 또라이 새끼가!'

니콜라스라면 팔칸에서 버틸 수 없다는 것을 알고 있을 게 분명했다. 당연히 팔칸에서 빠져나올 수밖에 없었고 또 팔칸의 가치를 잘 알기 때문에 날려버릴 수밖에 없었다.

그래서 일부러 서문을 택했다. 놈들의 본거지라 할 수 있는 서부 지역으로 향하는 길목을 막기 위해서였다.

'그래도 이건 아니지.'

예측은 했지만 그래도 실제 상황이 되자 입맛이 썼다. 클라우드는 각오를 다지며 화이트라이거에 올라탔다.

쿠쿵.

때마침 서문이 열렸다.

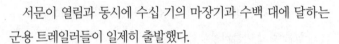

서문이 열림과 동시에 수십 기의 마장기과 수백 대에 달하는 군용 트레일러들이 일제히 출발했다.

"이러면 적들이 팔칸을 얻어도 아무런 힘을 얻을 수 없지. 오히려 복구하느라 가진 힘을 쏟아 부어야 할 것이다."

군용 트레일러에 타고 있던 니콜라스는 웃으며 불타는 팔칸을 바라보았다.

-정말 이렇게 수도를 파괴해도 되는 것인가, 후작? 누군가 반드시 책임져야할 텐데.-

통신기 화면 속의 이안이 굳은 얼굴로 말했다. 그에 반해 니콜라스는 여전히 웃고 있었다.

"파괴한 것은 공업 지구 뿐입니다. 황궁과 민간인 구획은 어디에도 손대지 않았는데 뭐가 문제가 되겠습니까?

-그걸 말이라고 하는가? 눈이 있으면 보라! 제도가 불길에 휩싸이고 있다! 제도를 불태운 자가 어떻게 명분을 말하겠는가!-

"제도의 공업 지대는 마장기 생산의 절반 이상을 차지하고 있

습니다. 이대로 제도가 반란군의 손에 넘어가면 모든 게 끝이라는 것을 폐하께서도 알고 계시지 않습니까?"

니콜라스의 반문에 이안은 이를 갈았다. 그 역시 현대전에서 물량의 중요성을 잘 알고 있었다. 특히 마장기의 숫자는 많으면 많을수록 좋았고 제도가 적들에게 넘어가면 불리해지는 것은 사실이었다.

"그리고 고대부터 전해진 보물들은 모두 챙기지 않습니까? 지켜야 할 것은 충분히 지켰고 챙겨야 할 것도 챙겼습니다. 저 불은 황제폐하를 거부한 반란군 때문에 일어난 것입니다. 사서에 제도를 불태운 책임은 저들에게 있다고 기록될 테니 안심하십시오."

니콜라스가 그리 말했지만 이안의 표정은 편치 않았다.

'빌어먹을.'

가시 같았던 선황과 형을 죽이는데 성공했다. 이제 권좌에 앉아 제대로 황제 노릇을 해보려고 했지만 다 글렀다. 황도를 불태웠는데 자신이 어찌 황도에 발을 내딛을 수 있겠는가.

또 다른 문제는 니콜라스의 말이 심정적으로 납득할 수 없어도 전략적으로 옳았다는 점이다. 결국 이안은 통신을 껐다.

"괜찮겠나? 괜히 황제 폐하의 신뢰만 잃는 게 아닌가 모르겠군."

말은 그렇게 한 카젠트였지만 그는 웃고 있었다. 전혀 걱정하는 기색이 아니었다. 그의 눈동자에는 타오르는 제도의 불길과 전장의 광기가 함께 일렁거렸다.

"뭐 시간이 날 때 달래면 그만이지."

니콜라스는 카젠트의 말에 아랑곳하지 않았다.

"라이덴 시의 공업 지대는 건재하오. 시간이 지나면 분명히 반란군의 세력을 압도할 수 있겠지. 모든 건 반란군을 이긴 뒤에 생각하도록 하지."

"이렇게까지 한 이상, 반드시 이겨야겠군."

"그러기 위해 이런 미친 짓을 저지른 거 아니겠소?"

니콜라스의 입가에 미소가 떠올랐다. 그런 그를 보는 카젠트는 고개를 흔들었다. 자신도 막 나간다고 생각했지만 눈앞의 인간은 더했다.

"그대도 알겠지만 반란군은 일종의 연합 세력이오. 기존의 귀족들, 서자들, 평민들 등 원래라면 뭉치지 않는 세력들이 필립의 이름으로 뭉쳐 있었지. 그리고 필립이라는 구심점이 사라진 이상, 흔들릴 수밖에 없소. 레베카 황녀는 애초에 권좌에 앉을 그릇이 못 되고."

"그러니 우리는 황제 폐하를 중심으로 세력을 집결시킨다. 그리고 저들이 흩어질 때, 공격한다. 맞나?"

"바로 그렇소. 그러니 지켜보도록 하지. 저들이 과연 얼마나 버틸지."

콰콰쾅!

그런데 그 때, 귀족군의 마장기 두 기가 쓰러졌다. 깜짝 놀란 니콜라스는 전면을 바라보았다. 그곳에는 클라우드의 화이트라이거와 수십 기에 달하는 마장기가 달려오고 있었다.

"음."

"역시 가만히 놔두지를 않는군. 뭐 잘 됐나? 실력을 한 번 구경하고 싶었는데 말이다."

니콜라스가 신음을 흘린 반면, 카젠트는 웃으며 중얼거렸다. 마장기가 고장나서 지금은 싸울 수 없다는 게 아쉽지만 클라우드가 어디까지 성장했는지 지켜보는 것만으로 의미가 있었다.

-다 죽여주마!-

클라우드의 목소리가 퍼졌다.

쿵! 쿵! 쿵!

수십 기에 달하는 마장기들이 일제히 귀족군을 향해 달렸다.

쉬에에엑!

선두에 섰던 화이트라이거가 검을 내리그었다. 그러자 붉은 오러 블레스트가 귀족군을 향해 날렸다. 뒤따라온 다른 마장기들 역시 일제히 소구경 마력포를 발사했다.

콰아아앙! 콰아앙!

폭발과 함께 세 기의 마장기가 바닥에 쓰러졌다. 그러자 귀족군 역시 클라우드가 이끄는 부대를 향해 소구경 마력포를 쐈다. 그렇게 교전이 시작됐다.

"트레일러부터 노려라! 지금은 트레일러가 우선이다!"

중요한 것은 니콜라스를 비롯한 지휘관이었다. 그들이 절대 서부로 가게 내버려둬서는 안 됐다. 명령을 내린 클라우드는 사방으로 퍼지는 트레일러를 쫓으려 했다.

하지만 클라우드는 그렇게 하지 못 했다.

타타탕!

기다렸다는 듯이 그에게 마력탄을 퍼붓는 마장기들 때문에. 클라우드는 화이트라이거를 조종했고 화이트라이거는 검을 휘둘러 마력탄을 튕겨냈다.

'빌어먹을.'

클라우드는 이를 갈았다. 이렇게 대치를 하고 있는 상황에도 적들은 계속 도망치고 있었다. 트레일러뿐만 아니라 마장기들도 전투보다 도주를 우선했다.

'쫓는 건 무리군.'

자신을 가로막고 있는 놈들 때문에 수뇌부를 쫓는 것은 사실상 불가능했다. 무엇보다 팔칸을 이대로 내버려둘 수는 없었다.

클라우드는 곧장 기체를 움직였다.

"젠장."

제도로 들어간 클라우드는 남문 쪽을 보며 다시 욕설을 내뱉었다. 남쪽에 있는 공장들이 전부 불타오르고 있었다.

단순히 불타오르는 게 아니라, 곳곳에서 폭발이 일어나고 있었고 불어오는 남풍에 시민들은 물론 귀족들이 살던 구획까지도 불길이 끝없이 퍼지고 있었다. 황궁 남문으로 불길이 닿는 것도 오랜 시간이 필요 없을 듯한 기세였다.

불길을 피해 쏟아져 나온 시민들은 얼마 안 되는 재물을 끌어안고 우왕좌왕하며 골목길로 도망치고, 이런 기회를 틈탄 범죄자들이 빈집을 약탈했다. 불이 붙기 시작한 집에 물을 끼얹으며 소리를 지르는 사람도 있었고 모든 것을 포기하고 밀려드는 불길 앞에서 실성한 듯 자리에 주저앉아 울부짖는 시민도 있었다.

팔칸은 지상에 도래한 불지옥이었다.

-제이드 남작, 왔는가?-

"죄송합니다, 백작님. 적을 놓쳤습니다."

올리비아가 통신을 보내자 클라우드가 바로 대답했다.

-지금은 적들보다 시민들이 우선이다. 자네 역시 부하들과 함께 화재를 진압하라-

"명을 받듭니다."

통신을 끝나자 클라우드는 부하들에게 소리쳤다.

"흙이든 물이든 전부 다 가지고 와! 불을 꺼야 한다! 아직 불길이 닿지 않은 지역에서는 화재 지역에 인접한 건물들을 무너뜨려서 방화선을 만들어라."

제도에서 밖에 얻을 수 없는 보물과 유물이 많지만 지금은 인명 구조가 우선이었다. 클라우드는 조종간을 움직였다. 제도의 서문 쪽에는 상수도 시설이 있다는 것을 알고 있었다.

'유물은 다른 곳에서 얻을 수 있다!'

어차피 유물을 얻으려는 이유는 자금을 확보하기 위해서였다. 아직 가지 못한 던전은 많았고 그곳을 뒤지면 그만이었다. 지금은 제도에 사는 100만 시민들의 안위가 우선이었다.

'어차피 다 챙겨갔겠지.'

이렇게 용의주도하게 움직인 이상, 돈 되는 건 자기들이 먼저 챙겨갔을 게 분명했다.

'이 빚은 반드시 갚아주겠다, 니콜라스.'

제도에 있는 수많은 보물을 못 챙기게 됐지만 그보다 니콜라스라는 인간 자체에 대한 분노가 더 컸다. 사람인 이상, 해야 할 것과 하지 말아야할 것이 정해져 있었다. 그리고 그 선을 넘은 니콜라스는 절대 살려둘 수 없었다.

그렇게 클라우드는 반드시 응징할 것이라 다짐하며 화이트라이거를 조종했다.

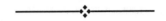

"팔칸이 박살났다고!?"

"예, 그렇습니다! 팔칸의 남문에 위치한 공업 지대에서 거대한 화재가 발생, 공업 지대는 물론 팔칸의 절반 이상이 사라졌습니다!"

공화국 철갑기사단의 에이스 라이더이자 왕정 복고파의 핵심 인사 중 한 사람인 엘레나 메디시스는 부관의 말에 경악을 금치 못 했다.

"누가 저지른 짓이냐?"

"더 알아봐야겠습니다만 정보부는 니콜라스 폰 알레시오 후작이 후퇴를 하면서 화재를 일으킨 것이라고 판단했습니다."

"아무리 불리해져도 그렇지 설마 그런 미친 짓을 저지를 줄이야……."

엘레나는 고개를 절레절레 흔들었다. 미래를 전혀 생각하지 않고 지금의 상황에만 전념하는 니콜라스를 도저히 이해할 수 없었다. 하지만 지금 그녀에게 중요한 문제는 따로 있었다.

"일이 이렇게 된 이상, 공화파의 주장을 따를 수밖에 없겠어."

"안 그래도 프란츠 통령이 엘넌 램브란트를 비롯한 공화파의 주요 인사들을 소집했습니다."

엘레나의 안색이 급격하게 어두워졌다. 아르곤을 비롯한 공화주의자들이 필립에게 대패를 당하면서 왕정 복고파는 주도권을 잡는데 성공했다. 남은 것은 숙청을 통해 확실하게 권력을 장악하는 것뿐이었다.

그런데 갑자기 에렌시아 제국에서 내전이 발생했다. 그러자 공화파들은 다시 제국을 공격해야한다고 주장했다. 엘레나를 비롯한 왕정 복고파들은 패배한 지 얼마 안 됐는데, 어떻게 다시 군대를 일으킬 수 있냐고 하며 막았지만 이제는 불가능했다.

누가 봐도 에렌시아 제국은 흔들리고 있었다. 이 기회를 놓치는 지도자는 역사에서 바보로 남을 게 분명했다.

"필립 황태자가 죽고, 제국의 핵심 공업 지대가 파괴된 이상, 이제라도 공화파의 주장을 따를 수밖에 없습니다. 정보부에 따르면 다른 국가들도 이미 제국을 공격할 기미를 보이고 있다고 합니다."

"확실히 지금이 잃어버린 영토를 되찾을 적기지. 공화파가 나서려는 것도 다 그런 이유고. 하지만 공화파가 전장에서 이기면 다시 주도권을 빼앗기게 된다. 그러면 복고파는 그대로 끝이야."

"어떻게 해야 할까요?"

부관이 불안감을 감추지 못 했다. 이미 한 번 주도권을 빼앗긴 공화파는 왕정 복고파에 강렬한 증오를 드러내고 있었다. 다시 저들이 권력을 장악하면 절대 왕정파를 가만히 놔두지 않을 게 뻔했다.

"우리가 먼저 제국의 동부를 공격한다. 다행히 우리는 전력을 온전히 보전했으니, 동부 요새와 카힐 산맥을 이번 기회에 확실히 우리 영토로 만들겠어."

"그건 약속이……."

"황태자는 이미 죽었어. 죽은 사람과의 약속을 지킬 필요는 없는 거지."

엘레나는 결론을 내렸다.

필립은 이미 죽은 지 오래였고, 제국은 더 이상 복고파를 지원할 수 없었다. 상황이 그런데 그녀가 제국과의 인연에 매달릴 필요는 없었다.

"그리고 이미 제국은 지는 해야. 내전이 어떻게 끝나든 산업 시설을 저렇게 많이 잃은 이상, 타국과 경쟁하는 것은 불가능해. 동부를 점령하고 카힐 산맥의 자원을 확보하면 공화파라도 더 이상 함부로 움직이지 못 할 거야."

"정말 그렇습니다!"

엘레나의 말을 들은 부관의 얼굴이 밝아졌다. 그녀의 말이 실현된다면 공화파로부터 주도권을 지킬 수 있었다. 아니, 더 나아가 그들을 확실하게 숙청할 수 있었다.

"사람들을 불러."

"예!"

부관은 우렁찬 목소리로 대답하고 그녀의 집무실을 나갔다.

"나를 원망하지 말아요, 전하. 먼저 죽은 당신 탓이니까요."

필립을 존중했지만 이미 죽은 그를 배려할 이유는 없었다. 그러니 이제는 왕정파가 살 길만 모색해야 했다.

엘레나는 각오를 다졌다.

    에렌시아 제국의 남서부에는 레이너드 왕국이 존재한다. 한 때는 제국과 비견할만한 국력을 가지고 있었다. 하지만 제국이 한창 정복 전쟁에 열을 올리던 시기, 자국의 영토를 1/3 이상 잃고 굴욕적으로 항복을 맺었다.

    그 이후, 레이너드 왕국 사람들은 제국에게 증오를 품게 되었고 언제나 잃어버린 영토를 되찾기를 희망했다.

    "팔칸의 공업지대가 다 사라졌다……. 이건 기회군."

    "특히 남부 쪽의 전력이 공백이 크다고 들었습니다."

    레이너드의 왕세자, 제피르 폰 레이너드가 활짝 웃으며 말하자 레이너드 왕국의 소드마스터 중 한 사람인 루벤 폰 오스틴 역시 웃으며 대답했다.

    "하늘이 아직 왕국을 버리지 않았다는 거겠지. 기회다. 이번에 제국의 남부를 공격해 잃어버린 영토를 회복하겠다."

    "제국 남부에도 공업지대가 있으니, 저희가 그곳을 얻으면 제국의 균열은 더욱 커질 것입니다."

    "두 가지 전부를 얻을 수 있으니 더 좋은 거지."

    "저하라면 분명히 왕국의 숙원을 이룰 수 있을 것입니다."

    루벤 폰 오스틴은 확신했다.

    뛰어난 수완으로 자국의 귀족들을 모두 따르게 했을 뿐만 아니라, 지휘관으로서의 능력도 뛰어났다. 에렌시아 제국 사관학교로 유학을 떠나, 당시의 생도들을 상대로 모의 전쟁에서 전부 승리를 거둔 것은 왕국의 자랑 중 하나였다.

"하하하! 어찌 나 혼자만의 힘으로 할 수 있겠나? 왕국의 모든 이들이 힘을 합쳐야 할 것이다. 아무리 흔들리고 있다지만 제국은 제국이니까."

"모두가 기꺼이 저하를 따를 것입니다."

루벤의 말을 들은 제피르는 고개를 끄덕였다. 그의 두 눈은 이미 야망으로 활활 타오르고 있었다.

쿵.

화이트라이거의 조종석에서 클라우드가 뛰어내렸다. 화재를 진압한다고 몰랐지만 어느새 황궁에 와있었다.

"후우."

가빠진 숨을 가다듬자 클라우드의 얼굴이 일그러졌다. 매캐한 냄새와 따가운 연기가 숨 쉬는 것을 방해했다. 결국 고개를 흔든 그는 화이트라이거의 다리에 몸을 기댔다. 소드마스터가 되면서 초인이 된 그도 지금의 피로만큼은 버티기 힘들었다.

"그래도 어떻게 끄긴 껐습니다."

"조금이라도 더 늦었다가는 모든 게 끝이었을 거다."

클라우드를 뒤따라 마장기에서 내린 로렌스가 말했다. 하루 종일 사투를 벌인 끝에 간신히 화재를 진압하는데 성공했다. 잔불은 아직 많이 남아있었지만 그래도 더 이상 제도를 위협할 정도는 아니었다.

"그래도 제도는 끝났지만."

클라우드가 단언하자 로렌스의 얼굴이 어두워졌다. 하지만 그 역시 클라우드의 말에 동의했다.

"마장기 공장은 물론 다른 공장들까지 전부 다 사라졌으니…….내전이 일어나는 상황에서 다시 세울 수도 없으니 확실히 제도는 끝났다고 봐야겠습니다. 그리고 장기적으로 봤을 때, 제국 전체에도 타격일 거고요."

다른 곳에도 공업지대가 많이 있었지만 핵심은 어디까지나 제도였다. 그런 제도의 공업 지대가 전부 날아간 이상, 제국이 흔들릴 것은 불 보듯 뻔했다.

"게다가 사상자도 발생했다. 그들에게 피해를 보상해주는 것만으로도 재정이 위태로워질 거다. 새롭게 권좌에 오르실 분들도 고민이 많겠어."

갑작스럽게 불어온 남풍 때문에 화재는 크게 퍼졌고 그 때문에 민간인 사상자도 엄청 났다. 최소 삼천 명 이상의 사람들이 목숨을 잃었고 만 단위에 이르는 사람들이 부상을 입었기 때문이다.

"황궁 역시 반쯤 전소됐고 말입니다."

로렌스는 자신의 뒤편에 있는 황궁을 바라보았다. 팔칸을 빛내던 황궁의 절반 이상이 잿더미가 되어 사라졌다. 그나마 대전을 비롯해 몇몇 건물들은 버텼지만 황궁의 찬란한 위상은 이미 사라진 지 오래였다.

"아무리 그래도 그렇지, 설마 이렇게까지 막 나갈 줄은 몰랐습니다."

로렌스의 말에 클라우드는 고개를 끄덕였다. 니콜라스 후작의 행동은 광기라는 말 외에는 표현할 방도가 없었다.

"그나저나 이런 상황에서도 멀쩡한 저 동상을 보니 신기하군."

클라우드는 500m 정도 떨어져 있는 동상을 보며 웃었다. 초대 황제를 기리기 위해 만들어진 동상으로, 마법 때문에 천년 동안 그 빛을 잃지 않고 있었다.

"선조들이 보면 기겁하겠습니다. 후손들이 이렇게 미쳐 날뛰고 있으니 말입니다."

"권력이라는 게 다 그렇지."

그렇게 말한 클라우드는 초대 황제의 동상에게 다가갔다. 황궁의 반을 날려버린 화재가 덮쳤는데도 동상은 멀쩡했다. 하지만 여전히 빛나는 그 모습이 엉망이 된 황궁을 더 초라해 보이게 만들었다.

'천년 동안 이어진 제국이 이렇게 망하는 것을 보면, 어떤 기분이려나?'

비록 동상이라지만 자신이 쌓아온 것들이 모두 무너지는 광경을 보는 것은 상상만 해도 끔찍했다.

'내 왕국은 이렇게 만들지 않겠다.'

클라우드는 다짐했다. 에렌시아 제국은 처음 건국되었을 때부터 귀족들에게 막강한 권한을 주었다. 그 폐해가 천년 동안 이어져 결국 중앙집권을 이루지 못 하게 막았다. 그렇기 때문에 자신이 왕국을 세운다면 지금의 제국처럼 허술한 국가로 만들지 않을 것이라고 다짐했다.

그런데 그 때,

번쩍!

초대 황제의 동상에서 밝은 빛이 피어올랐다. 그 뿐만이 아니었다. 클라우드의 허리춤에 차고 있던 열쇠검에서도 똑같이 빛이 뿜어져 나왔다.

"남작님!?"

깜짝 놀란 로렌스가 클라우드에게 다가왔다. 하지만 클라우드는 손을 내밀어 로렌스가 다가오는 것을 막았다. 그러자 로렌스는 더 이상 클라우드에게 다가가지 않았지만 걱정이 가득한 얼굴로 바라보았다. 하지만 로렌스가 걱정하는 것과 달리 클라우드는 환희로 몸을 떨었다.

'여기에 있었을 줄이야……'

열쇠검이 요동치고 있었다.

클라우드가 손을 움직여 초대 황제의 동상을 어루어 만졌다.

쿠오오오!

초대 황제의 동상으로 어마어마한 마력이 집중됐다. 그러나 아주 잠시 뿐이었고 다시 한 번 빛을 뿜었다. 그러자 클라우드의 앞에 새로운 열쇠검이 모습을 드러냈다. 마침내 마지막 열쇠검이 나타난 것이다!

스윽.

클라우드는 자연스럽게 열쇠검을 뽑아 마지막 열쇠검에게 내밀었다. 두 개의 검은 클라우드의 앞에서 더 강렬하게 빛을 토해냈다. 그리고 빛이 사라졌을 때, 하나의 열쇠검만 남았다.

이전처럼 여전히 형태는 똑같았다.

하지만 무기로서의 능력은 더 뛰어나진 게 느껴졌다. 단순히 보는 것만으로도 검에서 엄청난 힘을 느낄 수 있었다. 클라우드는 조심스럽게 하나가 된 열쇠검을 움켜쥐었다.

그러자,

> 최후의 열쇠검을 합치는데 성공했습니다.
> 열쇠검의 진정한 모습이 드러납니다.

> 클라우드 폰 제이드가 열쇠검의 진정한 주인으로 인정받았습니다. 이에 따라 클라우드 폰 제이드에게 '라이더'의 자격을 부여합니다. 이제부터 당신은 신화형 마장기 '펜리르'의 유일한 라이더입니다.

반투명한 창이 떠올랐다.

이전과는 완전히 다른 내용을 보며 클라우드는 전율했다.

신화형 마장기.

마장기는 고대 문명의 유물이었고 그 정점에 있는 게 바로 신화형 마장기였다.

'성능 자체는 전용기하고 비슷하지만.'

클라우드는 게시판에서 봤던 정보를 떠올렸다. 처음 게시판에서 펜리르를 얻었다고 한 플레이어의 글을 보고 신화형 마장기에 대해 조사했다.

그 결과, 신화형 마장기에 대해 많은 것을 알게 됐다.

우선 이름에 거창하게 '신화형'이라 붙었지만 성능 자체는 소드마스터들이 타는 전용기를 약간 상회하는 정도였다. 그런데도 클라우드가 신화형 마장기를 얻으려고 한 이유는 있었다.

'현재 마도 공학 기술로 재현할 수 없는 특수한 힘이 있지.'

지금 대륙에 확실하게 알려진 신화형 마장기는 레이너드 왕국의 '페가수스'가 있었다. 페가수스는 지금도 마도 공학 기술로 전혀 구현하지 못 하고 있는 '비행'을 할 수 있는 유일무이한 마장기였다.

비록 제국의 정복 전쟁 때 파괴됐지만 그 활약은 널리 알려졌다. 그래서 각국의 마도공학자들은 지금도 비행 기술을 개발하기 위해 연구에 전념하고 있었다.

그처럼 모든 신화형 마장기는 특별한 능력을 가지고 있다. 그때문에 펜리르 역시 어떤 미지의 능력을 가졌을지는 모르지만 전장의 판도를 바꿀 것이다. 반드시 찾아야할 이유로는 충분했다.

"거참."

클라우드는 웃었다. 유물을 얻는 것을 포기하고 사람들을 구조하는데 애썼는데 설마 다른 유물보다 훨씬 중요한 열쇠검을 여기서 얻을 줄이야, 역시 세상일은 알 수가 없었다.

"도, 도대체 무슨 일이 일어난 겁니까?"

크게 당황한 로렌스는 말을 더듬었다. 그만큼 눈앞에서 일어난 현상은 이해하기 힘들었다.

"나중에 말해주도록 하지. 지금은 우리를 찾는 사람이 있는 것 같군."

쿠쿵!

클라우드의 말이 끝나기 무섭게 윌리스의 슈발츠티거가 클라우드가 있는 곳에 다가왔다.

-남작님, 큰일 났습니다! 이안 폰 에렌시아가 저희를 반역자로 규명지었습니다!"

"그런!"

윌리스의 말에 로렌스는 다시 당황했다. 갑작스러운 사태가 연거푸 일어나자 상황 판단이 느려졌다.

"라이덴 시로 갔나? 확실히 거기라면 귀족파들에게 안전하지."

당황하는 윌리스나 로렌스와 달리 클라우드는 침착함을 유지했다. 이미 예정되어 있던 일들이 일어나는 것에 지나지 않았기 때문이다. 하지만 이어지는 윌리스의 말에는 그도 얼굴을 찌푸릴 수밖에 없었다.

-이안 폰 에렌시아는 저희를 제도를 불태운 범인이라고 비난하며 반드시 응징하겠다고 국민들을 선동하고 있습니다!-

"그렇게 나온단 말이지. 우리가 한 발 늦었군."

클라우드는 고개를 흔들었다. 하지만 어쩔 수 없었다. 정치 공세를 해야 한다고 죽어가는 사람들은 내버려둘 수 없지 않은가.

-황녀 저하께서 남작님을 부르셨습니다-

"알았다."

클라우드는 다시 화이트라이거로 향했다.

'어떻게 움직여야 할 지 고민이군.'

서부는 무조건 가야했다. 당장 펜리르가 위치한 던전은 에렌시아 제국 서부에 존재했다. 그리고 반란군 역시 제국의 서부에 위치했다. 서부로 가는 것은 필연이라 봐도 무방했다. 다만 언제 갈지가 중요할 뿐이었다.

클라우드가 남문에 있는 레베카를 찾았다. 레베카의 곁에는 올리비아도 있었는데 화재를 진압하기 위해 노력한 그녀의 얼굴에는 지친 기색이 역력했다.

"소식은 들었죠, 제이드 남작?"

"예, 들었습니다."

"설마 반역자들이 벌써 황제시해죄를 우리에게 죄를 덮어씌울 거라고는 생각하지 못 했어요. 게다가 저들이 미리 포섭해둔 계승 권자들이 계속 이안 오라버니를 지지하고 있죠."

클라우드는 속으로 웃을 뻔 했다. 레베카가 그 정도 일을 예측 하지 못 할 리 만무했으니까.

"그건 걱정하지 않으셔도 됩니다. 저들은 자충수를 뒀으니 말 입니다."

"무슨 말인가?"

클라우드가 단언하자 가만히 있던 올리비아가 의문을 드러냈 다. 클라우드는 그런 그녀를 보며 웃었다.

"반란군이 가진 가장 좋은 명분은 오직 하나, 제도를 장악하는 것뿐이었습니다. 그런데 스스로 그 명분을 걷어찼습니다. 사자의 인장도 없는 상황에서 말입니다."

"저들도 명분을 잃었다는 거군."

"대신 내전은 더 길어질 겁니다. 아니, 자칫 잘못했다가는 나라 가 둘로 갈라질 수 있습니다."

"그렇다고 저들의 행위를 이대로 묵과할 수는 없다. 우리 역시 황녀 저하를 옹립해야 한다."

올리비아는 한탄했다. 필립이 죽었지만 남은 반역자들을 제거 하고 레베카를 옹립하면 모든 게 다 끝날 거라 생각했다. 하지만 니콜라스 폰 알레시오가 제도를 파괴하면서 모든 계획이 물거품 으로 돌아갔다.

"저 역시 동의합니다."

"권좌만큼은 당분간 안 앉고 싶었는데 더 이상 고집을 부릴 수가 없겠네요."

레베카의 표정이 달라졌다. 당분간 좀 더 사태를 지켜보고 싶었지만 제도가 불타오르면서 상황이 달라졌다. 이안을 벌하기 위해서는 그녀가 나설 필요가 있었다.

"결단을 내려주셔서 감사합니다, 황녀 저하. 그리고 제이드 남작, 한 가지 문제가 또 있네. 저들은 화재의 범인이 우리라고 누명을 씌웠다. 가만히 있을 수 없겠지?"

"물론입니다."

적들이 먼저 선동을 시도한 이상, 가만히 있을 수 없다. 자신들이 아무리 떳떳해도 세상은 진실을 알아주지 않기 때문이다. 괜히 각 국가에서 정보부를 만들고 정보 조작과 선전 작업에 매진하는 게 아니었다.

"얼른 반박 성명문을 작성해야겠군."

"제가 힘을 써 봐도 되겠습니까?"

클라우드가 재빨리 올리비아를 말렸다. 가만히 놔두면 엄청 복잡하고 기나긴 반박문을 쓸 게 분명했다. 하지만 대중들에게 그런 반박문은 아무런 의미가 없었다. 제대로 읽지도 않을뿐더러 읽어봤자 구구절절한 변명, 딱 그뿐이었다.

"무슨 방법이 있나요?"

"그건……"

호기심이 가득한 얼굴로 묻는 레베카. 그녀를 보며 클라우드가 말을 이어나갔다.

그리고 설명을 모두 다 들은 올리비아와 레베카는,

"하하하하하!"

"와아!"

크게 웃었다.

"그것 참 걸작이군! 도대체 어떻게 하면 그런 생각을 할 수 있는가?"

"진짜 그래요. 그런 방법이 있을 거라고는 정말 생각하지 못 했어요."

"간단한 게 가장 효율적이라는 것을 알면 누구나 할 수 있습니다."

"하하하, 이걸로 놈들도 한 방 먹겠지. 얼른 발표를 해야겠어."

"아닙니다. 황녀 저하께서 권좌에 오를 때 발표하는 게 더 효과적일 겁니다."

클라우드의 말을 들은 올리비아는 고개를 끄덕였다. 자신이 생각해도 그 때 발표하는 게 가장 효과적일 것 같았기 때문이다.

"역시 자네가 있어서 다행이군. 저 빌어먹을 귀족놈들은 벌써부터 자신들이 어떤 자리를 차지할지 논의하기 바쁘다네. 반역자들이 눈 시퍼렇게 뜨고 살아있는 지금 말일세."

"그러게 말이에요. 아직 그럴 때가 아닌데."

올리비아와 레베카가 한숨을 내쉬었다.

간신히 화재를 진압했다. 큰 피해를 본 시민들을 위로하기 바쁜데 귀족들은 그러지 않았다. 그들에게 중요한 것은 정권이 세워진 이후, 자신들이 어떤 요직을 오르느냐에 관한 것뿐이었다.

"그뿐만이 아닙니다. 평민들과 서자 출신의 인사들을 대놓고 따돌리고 있더군요."

"황태자 전하의 뜻을 알면서도 감히 그딴 짓거리를 하고 있단 말인가!"

"하지만 아직 저들의 도움이 필요한 것은 사실입니다."

"그건 그렇지, 하아."

클라우드가 냉정히 대답하자 올리비아는 한숨을 내쉬었다. 귀족들의 지지를 얻지 못 한다면 레베카가 아무리 권좌에 올라도 무의미했다. 그만큼 귀족들이 차지하는 힘은 컸다.

"거기에 관련해서 한 가지 부탁드릴 게 있습니다."

"뭔가?"

"저를 동부요새 사령관으로 임명해주지 않겠습니까?"

"말도 안 돼요. 남작이 없으면 어떻게 반란군을 토벌할 수 있겠어요!?"

올리비아를 대신해 반발하는 레베카. 모든 게 혼란스러운 상황에서 클라우드가 있었기 때문에 버틸 수 있었다. 물론 헤럴드와 카일도 건재하지만 두 사람은 전형적인 맹장에 가까웠다. 작전을 세우거나 정치적인 감각 같은 부분은 클라우드에게 비할 바가 아니었다.

'별동대도 아직 그에게 남아있지.'

레베카는 클라우드의 부대를 떠올렸다. 그 별동대 때문에 귀족들이 쉽게 준동하지 못 했다. 이런 상황에서 클라우드가 떠나면 새로운 정권은 시작부터 귀족들에게 휘둘릴 수밖에 없다. 그것을 잘 알기 때문에 올리비아는 반대했다.

"제가 군부에 남아 있으면 귀족들은 자기들끼리 똘똘 뭉칠 것이고 저에 대한 견제는 더욱 심해질 겁니다. 자칫 잘못하면 반란군을 상대하기 전에 아군이 먼저 내분으로 위기에 빠질 수 있습니다."

"그건…… 그렇지."

"부정할 수 없는 게 안타깝네요."

"그리고 제국은 이미 약한 모습을 너무 많이 보였습니다. 상처입은 제국을 향해 이빨을 드러낼 사방의 소국들이 국경을 어지럽힐 게 분명합니다."

"후우. 확실히 황태자 전하도 그 부분을 걱정하셨네. 그래서 무리하게 이안을 잡으려고 하셨던 건데…."

올리비아는 머리를 부여잡으며 클라우드의 말에 대답했다. 지금 에렌시아 제국은 건국된 이래, 가장 큰 위기를 겪고 있었다. 타국이 움직일 기회는 충분하고도 넘쳤다.

"특히 공화국은 현재 가장 큰 위협입니다. 지난 전쟁에서 대패를 당했지만 남부요새 방면에 집결했던 병력을 잊어서는 안 됩니다."

클라우드는 확신했다.

시간이 바뀌기는 했지만 게임을 플레이할 때도, 공화국은 제국의 빈틈을 노렸다. 자기들끼리 치고받는다고 적극적으로 들어오지 못 했지만 가장 큰 위협이라는 사실은 여전했다.

"그리고 이제 반란군을 즉각적으로 토벌하는 건 포기해야 합니다."

"그건 무슨 말이죠?"

"지금 저들을 공격하면 저들이 결집할 명분만 주게 됩니다. 자기 욕심밖에 모르는 무리인 만큼, 서로 물어뜯기 시작하면 그때가 바로 움직일 시점입니다."

클라우드의 말을 이해한 올리비아가 고개를 주억거렸다.

"그 전에 타국이 공격할지 모르니 막는다는 것이고. 내 말이 맞나?"

"예, 그렇습니다. 제가 동부로 가서 크로얀 공화국을 확실하게 막겠습니다. 그렇게 공을 세우고 돌아가면 귀족들을 찍어 누를 수 있을 겁니다."

레베카와 올리비아는 클라우드의 말을 따를 수밖에 없다는 것을 깨달았다. 지금으로서는 클라우드 외에 공화국을 막을 사람을 떠올리기 힘들었다.

"그리고 로이스 자작이 있지 않습니까? 지금쯤이면 상처가 나았을 것이니, 그 분이 귀족들의 대항마가 되어주시면 됩니다."

"그렇군! 로이스 자작이 있었어!"

올리비아가 반색했다. 동부요새에는 아이젠 로이스가 남아있었다. 클라우드와 달리 신분의 한계도 없는 그라면 귀족파와 맞서 싸울 능력이 충분했다.

"그대의 말을 따라야겠군. 로이스 자작의 공백이 클 테니 이그레트 남작을 붙여주겠네. 그러면 되겠지?"

"감사합니다."

클라우드는 고개를 숙였다.

'됐다.'

속으로 그는 크게 웃었다. 드디어 모든 퍼즐이 맞아떨어지는 순간이었다.

화재가 발생한 지 이틀이 지났을 때, 레베카는 제도 안으로 들어갔다. 그리고 그녀는 제도에 도착하자마자 바로 파격적인 행보를 선보였다.

그는 피해가 가장 극심한 제도의 남문 지역에 제도의 시민들을 부르고 그 자리에서 즉위식을 거행한 것이다. 물론 귀족들은 기겁하며 반대했다.

그러자,

"진짜 즉위식은 반역자들을 모두 토벌하고 한 이후에 해도 늦지 않아요! 그리고 제도 시민들이 괴로워하고 있는데 화려한 즉위식이 무슨 의미가 있나요!"

레베카가 귀족들을 향해 일갈했다. 이 말은 곧 제도 전역에 퍼졌고 시민들은 열렬히 환영했다. 결국 그의 의견은 받아들여졌고 에렌시아의 성을 얻는데 성공했다.

새로운 황제, 레베카 폰 에렌시아는 남문에 모인 시민들을 보며 외쳤다.

"선황 카이사르 에렌시아의 장녀인 저, 레베카는 누란의 위기에 빠진 제국을 지키기 위하여 적법한 제국의 후계자였던 황태자 전하의 유지를 받듭니다. 그리하여 오늘에 이르러 하늘에 고하니 제국황제의 관을 받겠어요."

그리고 스스로 머리에 황관을 올렸다.

"우와아아아아!"

그 모습을 본 시민들이 함성을 질렀다. 레베카는 시민들을 보며 다시 외쳤다.

"불과 사흘 전, 제도에는 끔찍한 참사가 발생했다. 몇몇 무도한 자들이 헛소문을 퍼뜨리고 있다, 하지만 이는 거짓이다!"

황제가 됐기 때문에 말투를 바꾼 레베카. 그런 그녀의 변화는 지극히 자연스러웠고 또 기세 역시 강렬했다. 그녀를 내심 반기지 않던 사람도 당황할 정도였다.

짝.

레베카가 박수를 치자 그녀의 뒤쪽으로 하나의 영상이 떠올랐다. 첫 화면은 팔칸을 둘러싸고 있는 성벽이었다. 그리고 잠시 뒤, 붉은 화광이 피어오르며 여기저기서 폭발이 일어났다.

"보아라! 짐의 군대가 반역자를 응징하기도 전에 저들은 먼저 제도를 불태웠다!"

"니콜라스 개새끼!"

"꼭두각시 놈은 지옥에나 떨어져라!"

영상을 본 시민들이 분노를 토해냈다. 가족, 친구, 이웃 등 소중한 사람을 잃은 시민들의 분노는 매우 컸다. 그 때, 레베카가 손을 들어 올리자 시민들은 바로 입을 다물었다. 그러자 새로운 영상이 떠올랐다. 필사적으로 불을 끄는 군인들과 시민들의 피난을 유도하는 사람들의 모습이 드러났다.

"보아라! 짐의 군대는 죽음을 불사하고 사람들을 살렸다. 이런데도 짐의 군대를 의심하는가!"

"우와아아아!"

시민들이 함성을 내질렀다. 그들 역시 누가 화재를 일으킨 범인인지 잘 알고 있었다. 올리비아가 재빨리 명령을 내리지 않았으면 사상자는 더 늘어났을 게 분명했다.

"끌고 와라!"

레베카가 명령을 내리자 사람들 앞으로 포박된 사내들이 모습을 드러냈다.

"이들은 공업지대에 폭약을 설치한 죄인들이다!"

"우우! 죽어라!"

"절대 편히 죽지 못 할 것이다!"

시민들이 사내들에게 증오와 저주를 퍼부었다. 수십만에 달하는 사람들이 일제히 그러자 사내들은 그 공포를 이기지 못 하고 몸을 떨었다. 하지만 그 때, 한 사내가 울부짖었다.

"분명히 우리는 니콜라스 후작으로부터 공업지대를 불태우라는 명령을 받았습니다! 하지만 이렇게 제도 전체가 불바다가 될 거라고는 믿지 않았습니다."

"니콜라스는 그것을 당연하게 여기는 듯, 저희를 버리고 미리 도망쳤습니다! 이는 제도가 불바다가 될 것을 알면서도 우리를 희생양으로 던지고 끔찍한 일을 벌인 것이 틀림없습니다!"

한 사람이 억울하다는 듯 크게 외치자 다른 사람이 뒤따라 외쳤다. 사내들의 외침은 시민들의 니콜라스에 대한 원망을 한층 더 크게 만들었다. 이제 니콜라스는 영원히 팔칸에 발을 붙일 수 없을 정도였다.

"이안 폰 에렌시아가 이리 주장했다. 천 년의 영화를 자랑하는 제도를 불바다로 만든 범인은 반드시 단죄하여야한다고 말이다! 짐은 이안 폰 에렌시아의 주장에 심히 공감하는 바이다!"

웅성웅성.

갑자기 이안의 이름을 꺼낸 황제의 모습에 사람들은 크게 당황했다. 황제를 참칭한 이안을 결코 인정하지 않겠다는 뜻을 드러냈고 이는 두 세력이 반드시 부딪칠 수밖에 없다는 것을 의미했다.

"이안 폰 에렌시아는 즉시 제도에 대화재를 일으키고 도주한 니콜라스 폰 알레시오 후작과 그 일파를 제국에 대한 반역죄로 처벌하라! 우리는 적법한 제국의 후예 황태자 전하의 뜻을 받들어 제도를 파괴한 자들에 대한 처벌을 적극적으로 도울 것이다!"

"와아아아아!"

시민들이 일제히 환호성을 질렀다. 쌓인 울분이 순식간에 가라앉는 기분이었다. 그 모습을 보며 클라우드는 피식 웃었다.

자신의 각본과 연출에 따라 흘러가고 있는 상황을 보니 정말 신기했다.

'정정당당하게 선동과 날조로 승부하는 것보다는 역시 팩트 폭력이 최고지.'

영상과 녹화하는 기술이 있는데 왜 가만히 내버려둔단 말인가? 물론 니콜라스가 그걸 모를 거라 생각하지는 않는다. 다만 그에게는 증거를 조작할 시간이 없었다. 도망치느라 바빴으니 어쩔 수 없었지만 말이다. 그게 그가 저지른 큰 실수 중 하나였다.

'자기들이 먼저 말할 줄이야, 고맙기도 하지.'

분명히 저쪽이 먼저 말했다. 제도를 불바다로 만든 범인을 죽여야 한다고 말이다. 그러니까 친절하게도 범인은 네놈들이라고 알려주면 그만이었다.

그리고 클라우드의 의도는 정확하게 맞아떨어졌다.

레베카의 즉위식 영상은 제국 전역으로 퍼져나갔다. 그녀는 자신의 위엄을 증명했지만 그녀를 반기는 이들만 있는 게 아니었다. 아직 내전에 참전하지 않은 몇몇 황위계승권자들이 이안에게 전격적으로 합류한 것이다.

그렇게 제국은 둘로 갈라졌다. 서부와 북부를 차지한 이안의 서제국과 남부, 동부, 중부를 차지한 레베카의 동제국으로.

혼란은 이제 막 시작됐을 뿐이었다.

"클라우드 폰 제이드 남작. 그대는 제국의 수많은 명장들과 비견되는 엄청난 공을 세웠다. 이에 따라 그대를 중장으로 진급시키는 것과 동시에 동부요새의 사령관으로 임명하겠다. 크로얀 공화국의 마수를 차단하며 나아가 제국의 적을 응징하라!"

> 클라우드 폰 제이드가 중장으로 임명받았습니다.
> 이에 따라 그의 직업이
> 에렌시아 제국 준장에서
> 에렌시아 제국 중장으로 바뀝니다.

> 동부요새의 사령관이 되었습니다. 이에 따라 카리스마
> 및 지휘관의 레벨이 각각 1씩 상승합니다.
> 현재 카리스마의 레벨은 19, 지휘관의 레벨은 18입니다.

"폐하의 명을 받듭니다."

클라우드는 고개를 숙인 채 대답했다. 그러자 레베카는 검을 내밀었고 클라우드는 검을 받았다. 레베카는 클라우드를 일으켜 세웠고 그의 손을 붙잡은 채, 높게 들어올렸다.

"황제 폐하 만세!"

"에렌시아 제국 만세!"

"제국이여, 영원 하라!"

귀족들이 일제히 소리쳤다.

그렇게 동부요새의 사령관으로 임명된 클라우드는 자신의 군세를 전부 이끌고 동부요새로 향했다.

'거참.'

계획대로 모든 일이 착착 진행됐지만 마음이 편치 못 했다. 원래는 레베카가 귀족들에 휘둘려 권력에 사로잡힐 걸 기대했다. 그러다보면 자신을 견제하게 되어 적이 될 거라 믿어 의심치 않았다.

그러나 자신을 향해 마음을 드러낸 레베카를 보며 생각이 바뀌었다. 그녀가 자신에게 이빨을 들이댈 가능성은 굉장히 낮았기 때문에.

'일단 지금 일부터 생각하자.'

클라우드가 중장으로 진급하면서 군부의 개편이 이루어졌다. 올리비아, 해럴드, 카일은 대장이 되어 각각 군부, 철도경비대, 기사단을 총괄했다.

로렌스와 엘리스, 그리고 루시아도 기사단에 배속되면서 특진했다. 로렌스는 중령이, 엘리스는 대위로 진급했다. 무엇보다 루시아는 준장이 됐다. 월리스 역시 이번에 정식으로 군인이 되었고 중령으로 임명됐다. 이들 모두 클라우드의 휘하에 배속되었고 함께 동부요새로 향했다.

클라우드가 기존에 데리고 있던 35기의 마장기와 클라크 용병단의 20기로 총 55기였다. 기존의 병사들은 대부분 고향으로 돌아갔고 동부 출신의 병사 2천 명만 남았다.

하지만 클라우드는 바로 동부로 떠나지 않고 병사들을 이끌고 라르고 시로 향했다. 그곳에서 그는 필립의 죽음을 애도했고 반드시 제국의 평화를 되찾겠다고 맹세했다.

클라우드의 평판이 좋아진 것은 두 말할 것도 없었다.

-역시 제이드 남작밖에 없다니까요-

"말씀을 낮춰주십시오, 폐하."

-에이. 우리 사이에 뭘 그래요? 당장이라도 제이드 남작을 부군으로 삼고 싶은 기분이에요. 지금 발표해도 될까요?-

정말 그러면 루시아에게 칼 맞아 죽으리라. 클라우드는 침을 꿀꺽 삼켰다.

-농담이에요, 농담. 그나저나 왜 이렇게 욕심쟁이들이 많은지 모르겠네요. 하잘 것 없는 권력에 매달린 채, 필립 오라버니의 이상을 잊은 사람이 너무 많아요-

"그렇습니까?"

-그렇다니까요. 그래도 제이드 남작이 지금 정권의 정당성을 강화해줬어요. 그런데 어떻게 고마워하지 않을 수 있을까요?-

클라우드는 아무 말도 하지 않고 그저 웃었다. 그런 클라우드를 보며 레베카도 웃었다. 다만 그 미소는 쓴웃음에 가까웠다.

-그대에게 너무 많은 것을 맡긴 것 같아 미안해요-

레베카는 진심을 담아 클라우드에게 사과했다. 그의 얼굴에는 미안한 기색이 역력했다.

클라우드의 임무는 단순히 동부요새를 지키는 것이 아니었다. 동부요새를 비롯하여 동부 전체를 관장하는 것이 그의 역할이었다. 다만 동부에도 황제를 자처한 계승권자들과 다른 반란군이 준동하고 있었다. 그리고 그들을 정리하는 것 역시 클라우드의 일이었다.

"그런 말씀 마십시오, 폐하. 다 감안하고 동부요새에 가겠다고 한 것입니다."

-그렇게 말해주니 더 그대를 볼 면목이 없네요. 남작은 국가를 위해 헌신하고 있는 마당에 저는 남작에게 아무 것도 해주지 못하고 있으니까요. 작위도 높여주고 싶었는데-

"괜히 분란을 일으키는 것보다는 낫다고 생각합니다."

-아무리 그래도 그렇죠! 이미 소드마스터가 된 지가 얼마나 지났는데 아직까지 남작이란 게 말이나 돼요! 그 동안 남작이 얼마나 많은 전공을 세웠는데! 이래서 귀족놈들은 안 된다니까요!-

레베카는 클라우드의 승작을 반대한 귀족들을 향해 욕설을 내뱉었다. 귀족들은 클라우드가 필립을 제대로 지키지 못 했다는 이유로 승작을 반대했다.

클라우드가 세운 공 자체는 인정했다. 다만 그들은 클라우드에게 귀족에 대한 예우를 보이지 않고 철저히 군인으로만 취급했다.

"동부요새에서 전공을 좀 더 쌓으면 승작시켜주겠다고 여황 폐하께서 약속하지 않았습니까? 그 정도면 충분합니다."

-후우-

클라우드의 말을 들은 레베카는 한숨을 내쉬었다. 그리고 좀 더 밝게 웃으며,

–제 이름을 걸고 맹세할게요. 다음에 남작이 전공을 세워서 돌아오면 반드시 승작을 건의 하겠어요–

"감사합니다."

–아니에요. 이것밖에 해줄 수 없는 게 미안할 뿐이이죠. 그럼 건투를 빌게요–

그 말을 끝으로 통신이 끊어졌다.

그러자 막사 안으로 루시아, 로렌스 그리고 윌리스가 들어왔다. 세 사람 모두 안색이 굳어있었다. 클라우드가 이번에 승작하지 못했다는 사실이 그들로 하여금 분노하게 만든 것이다.

"제대로 된 귀족 대우를 하기 싫은 것은 황태자파 귀족들이나 귀족파 귀족들이나 다를 것이 하나 없는 족속들입니다."

"새삼스러울 것도 없지."

로렌스가 싸늘한 어조로 말하자 클라우드가 웃으며 대답했다. 중장으로 승진한 것 자체는 분명히 큰 보상이었지만 에렌시아 제국은 귀족의 나라였다. 군인으로서의 계급보다 귀족으로서의 작위가 더 큰 영향력을 발휘하고 있었다.

"맨날 참아라! 기다려라! 도대체 언제까지 남작님이 이런 대우를 받아야 하는 겁니까!"

"지금 제국의 장군들 중 그대보다 큰 공을 세운 사람이 누가 있는가."

엘리스가 분통을 터뜨리자 루시아가 동조했다.

괴수 토벌부터 제르달을 벨 때까지, 클라우드가 쌓은 전공은

눈이 부셨다. 제국에 여전히 뛰어난 장군들이 많지만 클라우드와 비견될 전공을 세운 사람은 없었다. 그런 클라우드가 이번에도 승작을 하지 못 했다는 것은 도저히 납득할 수 없었다.

"지금 여황 폐하는 너무 유약합니다."

"엘리스!"

엘리스의 말이 끝나기 무섭게 소리 지르는 로렌스. 윌리스나 루시아 역시 크게 당황했다. 누가 엘리스의 말을 들었다면 바로 반역을 저지른다고 생각해도 이상하지 않았다. 하지만 엘리스는 자신의 주장을 철회하지 않았다.

"제가 틀린 말 했습니까? 황태자 전하가 돌아가시자마자 귀족이란 새끼들은 자기들끼리 자리를 독차지하고 평민들과 서자 출신들을 밀어내고 있습니다!"

"······."

루시아는 아무 말도 하지 못 했다. 엘리스의 말대로 지금 대부분의 요직은 귀족들이 차지하고 있었다. 필립이 있었다면 결코 일어나지 않았을 일이었다.

"새로운 여황 폐하는 정말 좋으신 분입니다. 다만 지지기반이 부족해 여기저기에 휘둘릴 수밖에 없습니다. 그나마 대장 세 분이 계셨기 때문에 어떻게든 버티고 있습니다만 그들은 군인이지 정치인이 아닙니다."

엘리스의 지적은 신랄했다.

"엘리스. 나도 그대의 심정은 동의한다. 클라우드가 이런 수모를 당할 이유는 없지."

루시아는 차분한 어조로 말했다. 그녀 역시 이전처럼 제국을 사랑하지 않았다. 아니, 가문이 한 번 멸망했을 때, 제국에 대한 마음을 버렸다. 하지만 사랑하지 않는 것과 대놓고 거역하는 건 차원이 다른 문제였다.

"다들 무슨 생각을 하는지 알았으니 이제 그만 해."

가만히 듣고 있던 클라우드가 입을 열었다. 그제야 자신들의 잘못을 깨달은 두 사람은 고개를 숙였다.

"죄송합니다, 남작님."

"미안하다, 클라우드."

"신경 쓸 필요 없어. 다들 무슨 생각을 하고 있는지 알았으니까. 다만 작위 문제는 그냥 잊어줘."

"하지만……."

"그만."

엘리스가 뭐라고 말을 하려 하자 클라우드는 고개를 흔들었다. 결국 그녀는 입을 다물었다.

"네 생각은 이해한다. 하지만 이제 와서 제국의 작위 따위가 무슨 소용일까? 사자의 인장이 찍히지 않은 작위 따위, 허울에 지나지 않는다. 지금 중요한 것은 우리의 임무를 충실히 이행하는 것뿐이다."

"하지만 남작님이 공을 세울 때마다 저들의 견제는 더욱 심해질 겁니다. 그런데도 저들과 함께 가야하는 겁니까?"

윌리스가 묻자 지도에 표시된 제도를 바라보던 클라우드의 오른쪽 입가가 살짝 올라갔다. 그 얼굴에는 짙은 경멸과 비웃음이 묻어나고 있었다.

"물론 아니지."

오히려 제발 저들이 그렇게 해주기를 바라고 있었다. 그래야 명분을 얻을 수 있기 때문이다.

'여황 폐하에게는 미안하지만.'

자신을 처연하게 바라보던 레베카가 떠올랐다. 클라우드는 고개를 저었다. 그녀의 마음을 알아도 거기에 휘둘릴 마음은 없었다.

산책하기 위해 클라우드는 막사 밖으로 나섰다. 그리고 루시아가 자신의 막사로 다가오는 것을 볼 수 있었다.

"어디 가는 것인가, 클라우드?"

"산책 좀 하려고. 너는?"

"다행이군. 같이 산책을 하려고 했었는데 말이다."

그러자 클라우드는 루시아를 향해 손을 내밀었다. 루시아는 활짝 웃더니 클라우드의 손을 움켜쥐었다. 두 사람은 그대로 진지 주변을 돌아다녔다. 며칠 전 전투로 주변 지형은 엉망진창이 되어 있었지만 신경 쓰지 않았다.

"그런데 그대는 왜 이곳에 온 것인가? 굳이 이곳에 올 필요가 있었느냐? 괜히 그대만 괴로워하는 게 아닌가 싶어 걱정이다."

루시아는 진심으로 클라우드를 걱정했다. 그녀는 클라우드가 누구보다 많은 짐을 지고 있다는 것을 잘 알고 있었다. 그리고 그게 항상 불만이었다.

지금도 마찬가지였다. 굳이 자신의 나쁜 기억을 떠올리게 만드는 이곳에 올 필요가 있나 싶었다.

"한 번쯤 다시 와보고 싶었어. 어쨌든 내가 조금만 더 노력했으면 전하를 지킬 수 있었을 테니까."

"이전에도 말했지만 그건 그대의 책임이 아니다. 오히려 당시 전하를 보좌하지 못했던 이들의 책임이지. 그대가 아니었다면 아군이 전멸당할 뻔한 것은 애들이라도 알 것이다. 그런데도 그대의 승작을 방해한 귀족들의 행태는 도저히 이해할 수가 없지만 말이다."

루시아 역시 클라우드를 견제한 귀족들을 보며 크게 분노했다. 클라우드가 없었으면 진즉에 무너졌을 이들이 그 사실을 외면했다는 것 자체를 용납할 수 없었다.

"그래서 발렌타인 대위의 주장에는 내심 동의하고 있고."

"무서운 소리를 다하네?"

"그대는 제국에 대해 어떻게 생각하지?"

"군부는 몰라도 정치인들에 대한 미련은 없어. 마음에 걸리는 사람 때문에 제국을 아예 저버릴 수는 없지만."

"여황 폐하 말인가?"

루시아가 재미있다는 얼굴로 반문하자 클라우드는 자기도 모르게 세게 기침을 했다. 그의 얼굴은 당혹감으로 물든 지 오래였다.

"무, 무슨 소리야?"

"여황 폐하는 굉장히 아름다운 분 아닌가? 그런 분을 멋지게 구했지. 그 분이 그대에게 마음을 둬도 안 이상한데?"

"그런 말 하지마. 나한테는 너 뿐이니까."

"흥."

코웃음을 치는 루시아. 그런 태도와 달리 그녀의 입가에 미소가 떠올랐다. 이런 말을 아무렇지 않게 하는 클라우드가 좋았다. 자신을 얼마나 사랑하고 있는지 느껴졌기 때문이다.

클라우드는 그녀의 목을 감싸 안았다. 그녀의 입술에 입을 맞추었다. 루시아는 클라우드의 허리를 끌어안고 입맞춤에 응했다. 입술을 뗀 클라우드는 얼굴이 잔뜩 붉어진 루시아를 볼 수 있었다.

"가, 갑자기 이러지 마라."

부끄러움을 이기지 못한 루시아는 그 말을 끝으로 후다닥 달렸다. 그 모습이 귀여워 클라우드의 입가에 환한 미소가 떠올랐다.

"이제는 모두에게 말해야겠어."

지금까지 윌리스에게만 자신의 목적을 밝혔다. 로렌스는 어느 정도 알고 있었지만 자세히는 몰랐다. 엘리스는 아예 자신의 뜻조차 몰랐고. 무엇보다 그에게 제일 중요한 루시아에게는 정작 아무 말도 하지 않았다는 게 마음이 걸렸다.

그러나 이제는 밝힐 때라고 판단했다. 한 번도 망설인 적이 없지만 자신이 제대로 의견을 밝히지 않으면 다른 이들의 불안감이 더 커질 게 분명했다.

"사실 내가 이곳에 온 건 너에게 마지막 사과를 하기 위해서다, 필립. 다음에 내가 다시 이곳에 온다면 더 이상 제국은 없을 테니 말이다."

레베카에 대한 미련은 여전히 남아있다. 하지만 귀족들의 작태는 그 미련마저 희미하게 만들었다. 이 나라는 유지될 가치가 없었다.

"그래도 이전에 말했다시피 네 이상은 내가 이어갈 것이다. 그건 걱정하지 않아도 좋다."

그렇게 말한 클라우드는 열쇠검을 꺼내고 필립이 죽은 자리에 꽂았다.

"비록 네가 나를 이용하려 했었지만 너의 백성들에 대한 진심을 잘 알고 있다. 나는 이제 이 검을 통해 너의 복수를 하고 제국을 새로운 길로 인도하마."

번쩍.

클라우드의 말이 끝나기 무섭게 갑자기 열쇠검이 빛을 뿜어냈다. 그리고 허공으로 치솟은 열쇠검이 허공을 가르며 어딘가를 향해 날아갔다.

"뭐, 뭐야!?"

당황한 클라우드는 황급히 열쇠검을 쫓았다. 열쇠검은 필립이 죽은 곳과 500m 정도 떨어진 곳에서 멈췄다.

"이건……?"

열쇠검을 움켜쥔 클라우드는 당황한 얼굴로 바닥을 내려다보았다. 바닥에서 빛이 흘러나오고 있었다. 그리고 그 빛은 열쇠검에서 흘러나오는 빛과 공명하고 있었다.

클라우드는 본능적으로 땅을 팠다. 수많은 군인들이 일진일퇴를 거듭했던 전장이어서 그런 것일까, 굳어있는 땅바닥에서 올라오는 빛은 그다지 깊은 곳에 있지 않았다.

그리고 빛을 발하고 있는 물체의 정체를 확인한 순간,

"하하하하하!"

크게 웃었다.

땅바닥에 파묻혀 있는 것은 다름 아닌 '사자의 인장'이었다. 클라우드는 손을 뻗어 사자의 인장을 움켜쥐었다.

"네 선물이냐, 필립? 아니면 운명의 안배인가?"

뭐가 되든 상관없었다.

나라를 세우기 위해 가장 중요한 것은 바로 명분이다. 그리고 지금 이 순간, 명분이 손에 들어왔다.

사자의 인장.

천년이라는 시간 동안 제국과 함께 해온 반지이자 국새. 오직 이 반지를 낀 자만이 제국의 황제로 인정받을 수 있었다. 괜히 이안이 사자의 인장을 얻지 못한 분노로 선황을 죽인 게 아니었다.

그렇기 때문에 사자의 인장은 그 자체로 건국의 명분이 될 수 있다.

'이걸로는 부족하지.'

사자의 인장을 얻은 건 기뻤다. 하지만 클라우드는 크게 내색하지 않았다. 명분만으로는 나라를 세울 수 없다는 것을 잘 알고 있었다. 지금은 명분을 뒷받침하기 위한 힘과 세력이 더 중요했다.

'일단 다른 것부터 정리한다.'

힘과 세력을 쌓기 전에, 루시아에게 진심을 말할 필요가 있었다. 그렇게 생각한 클라우드는 진지로 돌아갔다. 그리고 어떻게 하면 조심스럽게 이들을 불러모을 수 있을까 고민할 때,

"남작님?"

누가 자신을 부르자 클라우드는 고개를 돌렸다.

그곳에는 엘리스가 서있었다.

"엘리스? 잘 됐군."

"무슨 일이십니까?"

"지금 당장 루리사에게 막사로 오라고 전해라. 로렌스와 월리스에게도 전하고 자네도 오게. 다만 절대 다른 귀족들에게 들키면 안 된다. 알겠나?"

"저만 믿으십시오."

엘리스가 자신만만하게 말했다. 클라우드는 먼저 자신의 막사로 돌아갔다.

그리고 잠시 뒤, 가신들이 조심스럽게 막사 안으로 들어왔다. 다만 루시아는 방금 전의 키스를 잊지 못 했는지 여전히 얼굴을 붉힌 채, 클라우드와 눈을 못 마주치고 있었다. 그 모습이 귀여웠지만 클라우드는 내색하지 않고 모두를 바라보았다.

"늦은 시간에 모두를 불러 미안하다. 정말 중요한 일이 있어서 불렀다."

클라우드는 품 속에 있는 사자의 인장을 만졌다. 하지만 바로 꺼내지 못 하고 망설였다.

'여기까지 와서 뭘 더 망설이는 거냐? 함께 가기로 다짐하지 않았던가?'

스스로 고민을 떨쳐낸 클라우드 사자의 인장을 꺼내 모두에게 보여줬다.

"사자의 인장!"

"그게 어떻게 남작님의 손에 들어온 겁니까!?"

사자의 인장을 확인한 네 사람 모두 경악을 금치 못 했다.

"산책을 하다가 주웠다. 폭발 때문에 땅에 박혀서 병사들이 찾지 못한 것 같다."

"거참, 뭐라 말을 해야 할지 모르겠습니다."

윌리스가 툴툴거리자 다른 사람들이 고개를 끄덕였다. 아직 공식적으로 발표되지 않았지만 대부분의 사람들은 이미 사자의 인장이 사라졌다는 것을 알았다. 그런데 사자의 인장이 다시 나타난 것이다. 현재 갈가리 찢겨져 나간 제국의 상황을 완전히 뒤바꿀 수 있었다.

"여황 폐하께서 좋아하겠습니다. 이제 누구도 정통성 측면에서 자신을 따르지 못 할 테니 말입니다. 당장 이안 폰 에렌시아를 반역자라 단정 짓는 것도 쉽겠고, 안 그렇습니까?"

"그리고 국민들의 지지도 확실히 확보할 수 있을 겁니다. 이러니저러니 해도 정말 저들은 남작님 없으면 어떡했나 싶습니다."

로렌스와 엘리스가 자신들의 의견을 밝혔다.

"아니. 나는 여황 폐하에게 사자의 인장을 주지 않을 것이다."

"예!?"

"남작님, 설마!?"

클라우드가 말하자 다들 다시 한 번 경악했다. 사자의 인장을 얻었다는 말을 들었을 때보다 더 큰 충격이 그들의 뇌리를 강타했다. 클라우드는 자리에 모인 사람들을 한 명씩 바라보고는 다시 말을 이어나갔다.

"이 자리에서 모두에게 확실히 말하겠다. 나는 에렌시아 제국을 뒤엎고 새로운 나라의 왕이 될 것이다."

왕이 되고자 하는 꿈은 옛날부터 꿨다. 그러나 일부러 가장 소중한 사람들에게는 말하지 않았다. 괜히 자신의 꿈에 휘말려도 되나 싶었다. 하지만 이제는 아니었다. 자신의 진심을 말하고 그들과 함께 나아갈 생각이었다. 끝까지 자신을 믿고 따르는 이들에 대한 예의였다.

"……."

다들 아무 말도 하지 못 했다. 오직 한 번 클라우드의 꿈을 들은 적 있는 윌리스만 굳은 얼굴로 클라우드를 바라보았다.

"모두 잘 알고 있을 것이라 생각한다. 에렌시아 제국이라는 나라가 얼마나 썩어빠졌는지 말이다. 이제 와서 밝히지만 나는 처음부터 왕이 되고 싶었다."

"스타이너 가문만 노리고 있다고 생각했는데 그보다 더 큰 꿈을 꾸고 계실 거라고는 전혀 생각하지 못 했습니다."

"단순히 스타이너 가문만 차지하는 것으로는 우리 같은 피해자가 계속 생기는 것을 막을 수 없으니 말이다."

로렌스가 묻자 클라우드는 바로 대답했다. 로렌스는 그런 클라우드를 보며 고개를 저었다. 처음 만났을 때부터 클라우드에게 특이하다고 느꼈다. 같이 엘카른 산맥을 돌아다니면서 그가 특별하다는 것도 알았다.

'그래도 설마 왕이 되려고 하실 줄이야…….'

1000년.

에렌시아 제국은 무려 1000년 동안 이어진 유서 깊은 나라였다. 그 과정에서 크고 작은 흔들림이 있었지만 에렌시아 제국은 결코 무너지지 않았다. 그렇기 때문에 그 누구도 에렌시아 제국을 대신할 수 있다고 믿지 못 했다.

당장 지금 제국의 상황만 봐도 에렌시아 제국에 대한 사람들의 인식을 잘 알 수 있었다. 자신들의 세력을 가진 귀족들은 도처에 널려 있었지만 그 누구도 스스로 왕이 되겠다고 나서지 않았다. 황실 계승권자를 내세우고 권력을 차지하려고 할 뿐이었다. 그런 상황에서 클라우드는 제국 자체를 뒤집겠다고 말한 것이다.

덜덜덜.

로렌스는 자신의 팔이 떨리는 것을 느꼈다. 자신은 역사의 흐름 한복판에 서게 된 것이다. 다른 사람들을 살펴보니 자신처럼 몸을 떨고 있었다.

"솔직히 말하지. 현실성이 없는 꿈이라는 것은 누구보다 잘 알고 있었다. 그래서 마음속에 품어두고만 있을 뿐 내색하지 않았지. 그러다가 황태자 전하를 만났다. 그 분이라면 내 염원을 이뤄줄 수 있을 것이라 믿었다."

"그 분이라면 확실히 좋은 황제가 됐을 겁니다."

엘리스가 재빨리 클라우드의 말에 동조했다. 다른 이들도 고개를 끄덕였다. 이러니저러니 해도 필립은 특별한 인간이었다. 그걸 부정할 사람은 이곳에 아무도 없었다.

"하지만 황태자 전하는 이제 없다. 그 분의 이상은 이상으로 끝나고 말았지."

클라우드는 아무런 죄책감을 느끼지 않았다. 자신이 필립이 죽는 것을 방관했지만 그 전에 한 번 필립에게 살 수 있는 기회를 줬다. 하지만 필립은 조급함을 이기지 못 하고 먼저 나섰고 결국 목숨을 잃었다.

"여황 폐하는 정말 좋은 분이다. 평시였다면 분명 성군이 되셨겠지. 하지만 지금은 난세다. 그 분의 역량이 발휘하기 힘들다는 거지. 게다가 더 큰 문제가 있고."

"귀족들 말입니까?"

"맞다. 지금 귀족들은 황태자 전하의 이상을 이룰만한 역량이 없다고 생각한다. 그들을 보며 결심했다. 더 이상 누구에게 맡기지 말고 스스로 나서자고 말이다."

"그럼 당장 여기 있는 놈들을 다 죽이고 제도로 가는 게 어떻겠습니까, 남작님? 안 그래도 감시하려고 온 주제에 전력강화니, 뭐니 하면서 끼어든 게 마음에 들지 않았습니다."

살벌하게 웃으며 건의하는 윌리스.

현재 클라우드의 군대는 클라우드가 직접 모은 이들뿐이었지만 지휘관은 달랐다. 전력 강화라는 명목 하에 몇 명의 귀족들과 그들의 가신들이 끼어든 것이다. 말이 전력 강화지, 클라우드를 감시하기 위한 인원이라는 것은 모두 다 알고 있었다.

"그건 안 될 말이다, 윌리스. 지금 당장 저들을 처리하면 여황 폐하와 척을 지게 된다."

"남작님이라면……!"

"세 대장님을 잊지 마라. 클라우드 혼자서는 무리다."

루시아가 윌리스의 말을 끊고 자신의 의견을 밝혔다. 세력 자체도 열세였지만 세 명의 소드마스터를 보유한 레베카의 정권을 상대로 이기는 것은 불가능했다.

"나도 루시아의 의견에 동의한다. 지금 저들과 굳이 척을 질 필요 없다. 애초에 동부요새에 부임하겠다고 한 것도 그런 이유다. 동부를 확실하게 내 손에 넣으려고 말이지."

"동부의 반역자들과 가짜 황제들을 정리해서 세력을 더 키울 생각이군요? 남부에서 했던 것처럼 말입니다."

로렌스가 눈을 빛내며 물었다. 남부에서 비어있는 적의 본진을 습격하고 마장기를 비롯한 전력을 강탈하는 건 어떤 전투보다 재미있었다. 다시 할 수 있다고 생각하니 몸이 절로 떨렸다.

"하하, 비슷하기는 하지만 꼭 그렇지는 않겠지. 이번에는 다들 각오를 하고 있을 테니까."

"남작님이 있는데 뭐가 문제입니까? 남작님은 무적입니다."

윌리스가 주먹을 불끈 쥐며 외쳤다. 클라우드에 대한 그의 믿음은 신앙과 비교해도 부족함이 없었다.

"하지만 저놈들하고 함께 갈 수는 없지 않습니까?"

"그건 걱정하지 않아도 좋다. 저들은 모두 명예롭게 전사할 테니 말이야."

윌리스가 아쉬움을 감추지 않자 클라우드가 그런 그를 위로하듯 대답했다. 그제야 윌리스의 얼굴에 환한 미소가 떠올랐다.

"역시 남작님만큼 제 마음을 아는 사람이 없습니다! 제가 직접 저들을 정리하겠습니다."

클라우드는 가볍게 고개를 끄덕였다. 그리고 모두를 둘러보았다.

"그래서 모두에게 묻고 싶다. 나와 함께 가겠는가?"

"저는 오직 남작님을 따르겠습니다!"

"저 역시 남작님만 바라보고 있답니다."

로렌스가 우렁찬 목소리로 외치며 한쪽 무릎을 굽혔다. 엘리스도 뒤따라 한쪽 무릎을 굽힌 뒤, 고개를 숙였다. 클라우드의 시선이 이번에는 윌리스를 향했다.

"이미 맹세했지만 다시 한 번 이 자리에서 맹세하겠습니다. 저 윌리스 클라크는 언제나 당신만을 따르겠습니다."

"잘 부탁한다, 윌리스. 더 이상 따로 놀 필요 없다."

"하하, 알겠습니다. 모두 앞으로 잘 부탁드립니다."

마침내 윌리스가 '공식적으로' 클라우드의 가신이 된 순간이었다.

"나 역시……."

"너한테는 아까 전에 들었으니까 안 해도 돼. 나중에 다른 방식으로 해줘."

"클라우드!"

클라우드가 능글맞게 말하자 루시아가 얼굴을 붉히며 외쳤다. 다른 사람들도 루시아를 보며 즐거워했다. 그렇게 잠시 분위기가 환기시킨 클라우드는 모두를 보며 선언했다.

"처음부터 사람 위에는 그 누구도 서 있지 않았다. 그저 주어진 것에 만족하는 귀족놈들과 함께 할 생각은 없다. 시대는 바뀌고 있고 세상은 더 혼란스러워질 것이다. 그렇기에 나는 내 손으로 혼란을 바로잡겠다. 모두 잘 부탁한다."

"예!"

모두가 한 마음, 한 뜻으로 외쳤다.

다른 가신들은 모두 조심스럽게 막사를 나갔다. 윌리스 역시 다른 사람들을 따라 나가려고 하던 찰나, 갑자기 몸을 돌렸다. 그리고 클라우드를 바라보았는데 그의 입가에는 어느새 장난스러운 미소가 새겨져 있었다.

"결국 황태자 전하에 관한 진실은 밝히지 않았군요."

"가끔은 모르는 게 좋을 때가 있지. 지금이 그 때라 생각하네."

자신의 말에 전혀 아랑곳하지 않는 클라우드를 보며 월리스는 고개를 흔들었다.

"참 할 말이 없게 만드는군."

아이젠 로이스는 자신에게 전달된 보고서를 읽고는 고개를 흔들었다. 보고서에는 클라우드가 세운 전공들이 적혀 있었는데 내용 하나, 하나가 그저 경이로울 뿐이었다.

니콜라스 폰 알레시오와 연을 맺고 있는 귀족들이 전부 다 쓸려나갔다. 지난 내전에서 전투를 피해 전력의 소모가 거의 없었는데도 클라우드는 아무렇지 않게 그들을 격파하고 전력을 모조리 흡수했다.

그러나 이건 약과였다.

가장 놀라운 것은 이안을 지지했던 드라이 폰 달루크 백작의 패배였다. 드라이 백작은 동부에서 이름 높은 장군이었고 그 이름을 바탕으로 귀족들 사이에서는 절대 무시할 수 없는 세력을 쌓은 상태였다.

그런데 클라우드가 침공한 지 정확히 하루가 지났을 때 그의 세력은 완전히 궤멸했다. 달루크 백작 본인은 클라우드와의 결투를 하다가 목숨을 잃었고.

"전쟁의 신이라도 되는 건가, 정말?"

분명히 요새를 떠날 때 까지만 해도 대위였는데 쌓은 전공으로 중장이 되어 있었다. 역사 속의 명장들과 비교해도 결코 꿀리지 않았다. 아니, 그들과 비교해도 선두에 있다고 자신할 수 있었다.

"각하, 클라우드 폰 제이드 장군님께서 곧 도착한다고 합니다."

"알았다. 준비하고 나가도록 하겠다."

부관의 말을 들은 아이젠은 고개를 끄덕였다. 오랜만에 정복을 갖춰 입은 아이젠은 곧장 동부요새의 성문으로 향했다. 그리고 그는 선두에서 다가오는 화이트라이거를 볼 수 있었다.

쿠쿵.

마침내 화이트라이거가 요새의 성문 앞에서 멈췄다.

철컥.

조종석이 열리자 클라우드가 모습을 드러냈다. 조종석에서 뛰어내린 클라우드는,

"충성."

아이젠에게 경례를 했다.

"충성."

아이젠은 진지한 얼굴로 클라우드의 경례를 받았다. 그리고 활짝 웃으며 클라우드에게 다가가서는 그를 한 번 안았다.

"자네의 활약은 많이 들었다, 제이드 남작. 비록 슬픈 일이 많았지만 잘 이겨낸 것 같아 기쁘군. 동부요새의 사령관으로 임명된 것 역시 진심으로 축하한다."

"감사합니다, 로이스 자작님. 자작님께서도 제도방위사령부의 사령관으로 복권된 것을 진심으로 축하드립니다."

"선황을 지키지 못한 죄인이 다시 맡아야하는 게 그렇지만, 최선을 다하겠네. 공화국의 동태가 심상치 않으니 경계를 늦추지

말게. 물론 자네가 알아서 잘하겠지만 말이야."

"맡겨주십시오."

클라우드가 자신만만하게 말하자 아이젠은 고개를 끄덕였다.
그를 믿지 않는다면 이 세상 그 누구도 믿을 수 없었다. 클라우드
와 인사를 나누는 아이젠은 고개를 돌려 루시아를 바라보았다.

"루시아. 더 아름다워졌구나. 역시 여자는 사랑을 해야 아름다
워지는 게 사실이었어."

"자, 자작님!"

수많은 병사들이 보는 앞에서 아이젠이 대놓고 말하자 루시아
는 크게 당황했다. 하지만 아이젠은 아랑곳하지 않고 그녀를 포용
했다. 루시아도 저항을 포기하고 아이젠의 품에 안겼다.

'많이 약해지셨구나.'

예전에 비해 힘이 많이 빠지고 야윈 게 느껴졌다. 그게 못내 안
타까운 루시아였다.

"과거 괴수 대전 때의 영웅들이 이렇게 장성했구나. 제국이 비
록 혼란스럽지만 그대들 때문에 결국 안정될 것이다. 너희들을 믿
고 나는 제도로 가겠다."

"최선을 다하겠습니다."

클라우드는 예의바르게 대답했다.

하지만,

'혼란을 잠재울 거지만, 그 때까지 제국이 남아있을 거 같지는
않습니다. 정말 죄송합니다, 자작님.'

속으로는 사과했다.

이제 자신에게 돌아갈 나라는 없었다.

제5장 세력을 키우다

"클라우드 폰 제이드가 동부요새의 사령관으로 임명됐다고!?"

"예, 그렇습니다!"

크게 경악한 엘레나 메데시스가 반문하자 부관은 굳은 얼굴로 대답했다. 그 말을 들은 엘레나는 이를 갈았다.

"하필이면 왜 지금인거지? 반란군을 제압하기도 바쁠 텐데 대체 왜!?"

"정보부는 레베카 황제를 따르는 귀족들이 그를 견제하기 위해 외지로 쫓아낸 것이라 판단하고 있습니다."

"젠장! 간신히 병사를 움직일 수 있는데 하필이면!"

부관의 말을 들은 엘레나는 욕설을 내뱉었다. 그녀는 며칠 동안 공화파의 인사들과 정쟁을 벌였다. 누가 흔들리는 에렌시아 제국을 공격할까에 대한 문제였다. 정권을 잡기위한 내전으로 난장판이 된 에렌시아 제국이었기 때문에 누가 침공하던 이길 거라 믿었고 그랬기 때문에 경쟁은 치열했다.

그리고 간신히 왕정복고파가 제국을 공격할 기회를 얻었는데 하필이면 클라우드가 사령관으로 임명된 것이다.

클라우드의 활약은 이미 크로얀 공화국에까지 퍼진지 오래였다. 처음에는 괴수를 토벌하고 아르곤 크로티아르를 물리쳤기 때문에 다들 그를 맹장으로 평가했다. 하지만 클라우드가 군세를 세 개로 나눠 전력이 압도적이었던 귀족파를 물리친 이후, 평가는 바뀌었다.

클라우드는 수많은 전투에서 단 한 번도 패배하지 않았고 종국에는 이안을 벴다. 그 과정에서 그가 보인 전략은 크로얀 공화국의 장교들도 감탄하게 만들었다.

"중령님. 그가 분명히 대단한 인물인 것은 맞지만 그래도 너무 두려워하는 것 같습니다."

"두려워하지는 않아. 단지 거저먹을 수 있는 승부에서 전력을 다해야 하는 게 마음에 들지 않아서 그렇지."

아이젠도 무서운 상대였지만 큰 부상을 입은 상황이었다. 그래서 걱정하지 않았지만 상대가 클라우드로 바뀐 이상 전력을 다해야 했다. 클라우드는 그럴 만한 적이었다.

"지금 제국의 동부에서 가장 큰 세력을 가진 이가 누구지?"

"랄프 폰 테슬러 백작입니다. 현재 아이기스 시에서 병력을 모으고 있는 중으로 알려져 있습니다. 때가 되면 니콜라스와 합류한다고 합니다."

아이기스 시는 동부에서 가장 번성한 도시였다. 그만큼 강력한 군세가 모여 있었기 때문에 클라우드도 바로 아이기스 시를 공격하지 않고 다른 군소 세력부터 먼저 정리한 것이다.

"그에게 사람을 보내. 클라우드 폰 제이드를 공격하면 큰 사례를 주겠다고 말이야. 아무리 그가 대단해도 양쪽에서 공격하면 못 당하겠지."

"괜찮겠습니까? 잘못해서는 전공이 깎일 수가……."

"쓸데없이 피해를 키우는 것보다는 그게 나아. 그리고 클라우드를 꺾는다면 왕당파의 위상은 더욱 높아지겠지."

"알겠습니다. 그러면 바로 사람을 보내도록 하겠습니다."

부관은 그 말을 끝으로 집무실을 나갔다. 홀로 남은 엘레나는 주먹을 강하게 움켜쥐었다.

"반드시 이기겠어."

클라우드가 한 때 필립을 따랐던 인간이라는 것은 더 이상 의미 없었다. 왕당파를 위해, 나아가 왕국의 부활을 위해서라면 누가 되든 반드시 이길 생각이었다.

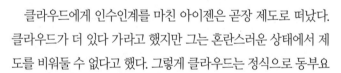

클라우드에게 인수인계를 마친 아이젠은 곧장 제도로 떠났다. 클라우드가 더 있다 가라고 했지만 그는 혼란스러운 상태에서 제도를 비워둘 수 없다고 했다. 그렇게 클라우드는 정식으로 동부요새의 사령관으로 취임했다.

그런 그가 가장 먼저 한 일은 바로 로이안 영지에 있는 미카엘과 소니아에게 연락한 것이었다.

-남작님, 동부요새 사령관에 취임하신 것을 축하드립니다. 남작님의 활약은 언제나 잘 듣고 있습니다-

활짝 웃으며 말하는 소니아.

"하하! 제대로 연락하지 않았다고 혼내는 것 같은데?"

-저는 그렇게 생각한 적이 없는데 말이죠?-

웃으며 반문하는 소니아를 보며 클라우드는 고개를 절레절레 흔들었다. 원래대로라면 정기적으로 연락을 보내야했는데 처리해야 할 일이 워낙 그러지 못 했다.

"미안하다, 그대의 주군으로서 제대로 의무를 다하지 못 했군. 그래도 고마워하고 있다. 내가 자리를 비운 대신, 로이안 영지를 깔끔히 다스렸으니 말이야."

감찰관의 계급은 여전히 유효했다. 그 때문에 로이안 영지에 계속 영향력을 행사할 수 있었고, 소니아는 계속 작업을 했고 이제 로이안 영지는 클라우드의 개인 영지와 다를 바 없었다.

-해야 할 일을 했을 뿐이니까요-

"그리 생각해주면 고맙고. 그런데 미카엘은 어디에 있지?"

-음-

소니아는 바로 대답하지 않았다. 딱 봐도 눈치를 살피고 있었기 때문에 클라우드는 의아함을 감추지 못 했다.

"무슨 일이 있나?"

-그건 아닙니다. 다만……-

-클라우드 폰 제이드!-

소니아가 뭐라 말을 하려 할 때, 커다란 목소리가 통신기를 뒤흔들었다. 울분이 가득한 외침에 클라우드는 자기도 모르게 흠칫했다.

쾅!

소니아가 있는 방문이 활짝 열리는 것과 동시에 미카엘이 안으로 들어왔다.

"하하하."

미카엘을 본 클라우드는 크게 웃었다. 자신이 이제까지 만난 사람들 중에서 세 손가락 안에 들 수 있을 정도로 잘 생긴 미카엘은 없었다. 날씬하다 못 해 말라비틀어졌고 안색이 창백해질 대로 창백해진 상태였다.

"살아 있었군, 미카엘?"

-클라우드 폰 제이드! 너는 내 손으로 죽인다!-

미카엘이 울부짖었지만 클라우드는 어깨를 으쓱일 뿐이었다. 그 모습이 미카엘의 분노를 더욱 키웠다.

-이 개새끼야! 전권이양이라더니 모든 업무를 나 혼자 하라는 거냐! 죽을 뻔 했잖아!-

미카엘이 일갈했다.

클라우드가 처음 일을 떠맡겼을 때도 분노했지만 중요한 건 그다음부터였다. 일을 아무리 처리해도 전혀 줄어들지 않았다.

그 이유는 간단했다.

-관료란 관료는 죄다 쓰레기지! 업무는 10년 동안 해놓은 게 하나 없는 이런 쓰레기장을 나보고 혼자 다 치우라는 거냐! 이런 양심을 지옥에다 팔아먹은 새끼야!-

클라우드 이전 영주였던 이안은 업무는커녕 영지 자체를 제대로 찾은 적이 없었다. 영지의 고위 관리들이 모든 일을 결정했고 그들은 방만하게 영지를 운영했다.

즉, 미카엘은 과거부터 쌓인 적폐를 청산해야 했다.

"전권을 맡았으면 일이 많은 게 당연한 거 아닌가?"

미카엘이 해골에 가까운 모습으로 독기를 토해냈지만 클라우드는 아무렇지 않게 대답했다. 소니아 역시 그런 클라우드의 의견에 동의했다.

　-왜 남작님한테 무례한 언사를 내뱉는 건가요? 입을 꿰매드릴
까요?-

　-이런, 시발! 넌 내 옆에서 일하는 꼴을 봐놓고 그런 말이 나
와!? 나 같은 사람이 세상에 어디 있냐!?-

　-아무리 생각해도 당신한테 입은 필요 없는 것 같네요-

　스르릉.

　소니아가 소매 속에 있던 단검을 뽑았다. 그리고 미카엘에게 다
가가자 미카엘은 양손을 높게 들어올렸다.

　-알았어! 안 그럴게! 안 그런다고!-

　미카엘이 거의 울듯이 외치고 나서야 소니아는 단검을 집어넣
었다.

　-툭하면 폭력이야. 그러니까 애인이 없지-

　-뭐라고요?-

　-아, 아무 것도 아니다!-

　소니아가 싸늘하게 말하자 미카엘이 황급히 고개를 저었다. 그
는 과로만 하다가 여자한테 목 따여 죽고 싶지는 않았다.

　-후우, 그래서 무슨 일입니까? 단순히 동부요새의 사령관이
됐다고 연락할 분은 아니지 않습니까?-

　"중요한 일이 있어서 연락했다."

　-당연히 중요한 일이 있으니까 연락했겠죠. 빨리 본론으로 들
어가십시오. 더 일을 늘리겠다는 말만 아니었으면 좋겠습니다-

　"미안하지만 일은 늘어나야겠네. 자네가 아니면 맡을 사람이
없거든."

-너는 반드시 내 손으로 죽인다, 이 개새끼야!-

클라우드의 말을 들은 미카엘이 울부짖었다. 안 그래도 잠을 줄여가며 일에 매진하고 있다. 그런데 여기서 일을 더 늘린다니, 아무리 전권을 맡긴다 해도 너무하다 싶었다.

-일단 당신은 내 손에 죽어야겠네요-

소니아가 싸늘하게 말했지만 이번만큼은 미카엘도 가만히 있지 않았다.

-싫어! 싫다고! 전권이고 나발이고 다 필요 없어! 일만 하다가 죽으라는 거냐! 새로 사람 안 뽑으면 나갈 겁니다! 정말입니다!-

이 이상의 과로는 정말 사양이었다. 그 의지만큼은 변함이 없었다. 그런 미카엘을 보며 클라우드는 웃으며 말했다.

"나는 이제 앞으로 나아가기로 했다. 다른 가신들에게는 이미 밝혔다."

클라우드의 말을 들은 미카엘은 발광하는 것을 멈췄다. 그리고 굳은 얼굴로 클라우드를 응시했다.

-정말입니까?-

"자세히 이야기 할 수는 없지만 믿어도 좋다. 그리고 잃어버린 사자가 나에게 왔다."

-헉!-

클라우드의 말을 들은 미카엘이 몸의 균형을 잃고 비틀거렸다. 간신히 책상을 붙잡고 버틴 그였지만 그의 눈동자는 여전히 흔들리고 있었다.

-다들 도대체 무슨 말을 하는 겁니까?-

이야기의 흐름을 전혀 따라가지 못 하고 있는 소니아가 물었다.

하지만 두 사람 모두 그녀의 의문에 답하지 않았다. 그저 서로를 바라본 채, 이야기를 이어나갈 뿐이었다.

"쓸데없는 운명론을 논할 생각은 없다. 하지만 그대와의 약속은 확실히 지킬 테니 걱정하지 않아도 된다."

ㅡ어쨌든 끝까지 부려먹겠다는 거군요ㅡ

"그러기 위해 자네를 초빙한 거니까. 이제 시작이야. 그리고 자네가 잘할 거라 믿고 있다."

ㅡ믿어주는 건 좋지만 진짜 사람이 필요합니다. 소니아 빼면 여기에 있는 놈들은 죄다 쓰레깁니다!ㅡ

미카엘은 로이안 영지의 관리들을 떠올렸다. 다들 부모의 인맥과 뇌물로 등용된 이들이었기 때문에 굉장히 무능했다. 그런 무능력한 인간들을 끌어안아야 할 정도로 로이안 영지에는 사람이 부족했다.

"알았다. 최대한 빠른 시일 내에 사람을 파견하도록 하겠다. 그러니 조금만 더 버텨줬으면 좋겠군."

ㅡ네네. 알겠습니다ㅡ

미카엘은 건성으로 대답했지만 클라우드는 그런 그를 믿었다. 아직 정식으로 가신 관계가 아닌데도 자신이 맡은 일에 최선을 다했다. 저런 남자를 믿지 않는다면 앞으로 그 누구도 믿을 수 없었다.

"그럼 잘 부탁한다. 그리고 소니아에게는 자네가 잘 말해줬으면 좋겠군."

클라우드는 그 말을 끝으로 통신을 끊었다. 그리고 피식 웃었다.

"한 번 당해봐라."

언제 도청 당할지 모르기 때문에 소니아에게 모든 사실을 밝힐수 없었다. 그래서 미카엘에게 맡겼다. 그러면 잘 해줄 것이라 믿었다. 물론 쉽게 끝나지 않을 것은 분명했다.

'사람은 당연히 더 모아야지.'

굳이 미카엘의 요구가 없더라도 사람을 모을 생각이었다. 제도로 돌아가기 전까지 최대한 세력을 키울 계획이었고 그러기 위해서는 뛰어난 인재들이 많이 필요했다.

똑똑.

"들어와라."

그 때, 노크 소리가 들렸고 클라우드가 말했다. 그러자 알렌이문 안으로 들어왔다.

"각하, 하프너 상사에서 사람이 왔습니다. 로버트 하프너라고하더군요."

"드디어 왔나?"

클라우드의 입가에 미소가 떠올랐다.

로버트 하프너.

클라우드가 새롭게 영입하려는 인재의 이름이었다. 그리고 영입하지 않더라도 제대로 대우해야할 사람이었다.

'그래야 더 비싸게 팔아먹지.'

드디어 인벤토리에 잠들어있던 유물들을 모조리 팔 시간이 왔다. 최대한 뽕을 뽑겠다고 다짐한 클라우드는 자리에서 일어났다.

-그리고 소니아에게는 자네가 잘 말해줬으면 좋겠군-

그 말을 끝으로 통신은 끊어졌다.

"저 인간이 진짜…… 끝까지 사람 귀찮게 하네."

다음에 클라우드를 만나면 반드시 한 방 먹이겠다고 다짐한 미카엘은 소니아를 바라보았다. 그녀는 냉기를 풀풀 날리고 있었고 미카엘은 절대 이 상황을 쉽게 해결 할 수 없다는 것을 깨달았다.

"당장 말해. 지금 남작님하고 무슨 이야기를 나눈 거야?"

"아이고."

반말을 쓰며 위협하는 소니아를 보며 미카엘은 고개를 저었다.

"당장 말하라고!"

"알았어! 알았다고!"

미카엘이 버럭 소리를 지르자 소니아는 더 이상 따지지 않았다. 하지만 여전히 무시무시한 눈빛으로 미카엘을 노려보았다.

"남작님의 꿈에 대해 알고 있나?"

"처음 들어."

"나는 남작님을 만났을 때, 남작님의 꿈에 대해 들은 적이 있다. 그래서 남작님과 함께 하기로 했지."

"남작님이 너한테만 말했다고?"

되묻는 소니아의 말에는 서운함이 가득했다. 아직 정식으로 가신이 되지 않은 미카엘에게는 말하고 자신에게는 말하지 않았다는 사실에서 온 서운함이었다.

"그런 얼굴 하지 마. 남한테 쉽게 말하기 힘든 꿈이었으니까. 어처구니없기도 하고."

자신도 처음 들었을 때 얼마나 놀랐던가? 다른 사람이 같은 말을 했다면 술병으로 머리를 찍었을 것이다. 그만큼 어처구니가 없는 꿈이었다.

"도대체 무슨 꿈인데?"

"그 인간은 제국을 무너뜨리고 새로운 국가를 세우려고 한다."

"……."

소니아는 아무 말도 하지 못 했다. 그만큼 충격적인 이야기였던 것이다.

"너한테만 말 안 한 게 아니야. 다른 가신들한테도 전부 숨겼다는군. 괜히 너희들이 엮이기를 원하지 않았다나 뭐라나?"

"그, 그건 반역이잖아!"

"지금 황제 중 정식으로 인정받은 황제가 있던가? 한 명은 선황을 죽인 뒤에 권좌에 앉았고, 한 사람은 아예 자기 멋대로 앉았지. 계승권이 있다 해도 멋대로 황제를 참칭했으니 두 사람 모두 반역자 아닌가? 그리고 그 인간이 잃어버린 사자를 되찾았다고 했지? 그건 사자의 인장을 의미한다. 무슨 말인지 알겠어?"

"사자의 인장이…… 남작님한테 있다고?"

충격을 받은 소니아의 몸이 비틀거렸다. 미카엘은 그런 그녀의 손을 잡아 넘어지지 못 하게 막았다.

"물론 사자의 인장만으로는 나라를 세울 수 없어. 하지만 지금의 황제들보다 더 큰 힘을 얻으면? 그리고 황제들을 전부 다 박살내면 어떻게 될까?"

더 말할 것도 없었다.

클라우드가 새로운 황제가 될 것이다.

"어차피 에렌시아 제국은 끝이야. 설령 하나로 합쳐져도 다른 국가들이 게걸스럽게 달려들어서 전부 물어뜯겠지. 그럴 바에는 남작님이 나라를 세우는 게 낫다고 생각하는데? 물론 마음에 들지 않으면 떠나도 좋아. 남작님한테는 내가 잘 말하지."

"웃기지 마! 나는 남작님을 평생 따르겠다고 맹세했어! 설령 그분이 어떤 길을 가더라도 반드시 따라갈 거야!"

소니아가 큰 소리로 외쳤다.

자신에게 베푼 클라우드의 은혜를 기억하고 있다. 그가 어떤 꿈을 꾸든 함께 갈 생각이었다.

"그러면 아무 문제도 없네. 뭐 아직은 준비 단계니까 너무 부담을 가질 필요는 없을 거야."

미카엘의 말에 소니아는 고개를 끄덕였다. 그렇게 어느 정도 정신을 수습한 그녀의 입가에 조소가 떠올랐다. 미카엘은 그런 그녀를 보며 왠지 모를 불쾌감을 느꼈다.

"나야 부담을 가질 필요 없지. 아무리 일이 힘들어져도 당신만 할까?"

"……그건 그렇지, 젠장. 밑에 놈 들어오면 반드시 굴려주겠어! 반드시!"

자신의 처지를 떠올린 미카엘은 이를 갈았다. 누가 밑으로 오든 자신이 했던 일의 10배 이상을 맡길 생각이었다. 그렇게 하지 않으면 지금 쌓인 분노를 도저히 해소할 수가 없었다.

그렇게 악덕 상사가 탄생했다.

하프너 상사.

에렌시아 제국 최대이며 라인디아 대륙에서도 1,2위를 다투는 거대 중공업 메이커다. 현 회장은 클린트 폰 하프너 후작이며 주요 임원진은 하프너 가문의 사람들이었다.

중세 시대의 무기 공방으로 시작한 하프너 상사는 던전에서 마장기를 발견한 이후, 마장기 전문 공방으로 바뀌었다. 그리고 마도혁명으로 인해 급성장을 이루어 철강, 철도, 총화기 등의 분야에서도 절반 이상을 점유하는데 성공했다.

다만 최근 몇 년 동안은 블랙이글을 생산한 타프렌 상사에 밀리고 있었다. 새로운 마장기를 개발하지 않고 탐욕스러울 정도로 고대 문명의 기술을 모으는데 집중했기 때문이다.

다른 기업들도 고대 문명의 기술에 집중하고 있지만 하프너 상사는 유독 그 경향이 강했다. 그래서 다들 하프너 상사는 마장기 부문에서는 끝이라 평가받았는데 이번 에렌시아 제국의 신형 마장기로 화이트울프가 채택되면서 그 의견을 완전히 뒤집었다.

"오랫동안 노력해서 간신히 경쟁자들을 다 밟아놨는데 그딴 식으로 초를 치다니. 아무리 생각해도 니콜라스, 그 빌어먹을 인간은 용서가 안 돼."

선혈을 연상하게 만드는 머리카락과 그에 비견되는 붉은 눈동자를 가진 미청년, 로버트 하프너가 이를 갈았다. 그러자 로버트의 옆에 있는 흑발의 여인, 제니 하에넬이 굳은 얼굴로 고개를 끄덕였다.

"제도의 공업 지대가 날아가서 회사가 입은 피해가 정말 큽니다. 반드시 이번 거래를 성사시켜야 합니다, 도련님.”

“알고 있어. 그러니까 내가 직접 온 거잖아. 타프렌 상사 놈들한테 밀려서는 안 되지. 그리고 후계자 자리를 확정짓기 위해서도 이번 거래는 절대로 성공시킬 거야.”

로버트는 각오를 다졌다.

이번 거래는 굉장히 중요했다. 제도의 공업 지대가 파괴되면서 입지가 크게 흔들렸다. 그 사이, 과거 블랙이글을 생산했던 타프렌 상사가 무섭게 치고 올라오고 있었다.

게다가 어렸을 때부터 뛰어난 수완을 보였지만 셋째로 태어난 그는 후계자 구도에서 두 형들에 비해 뒤쳐져 있었다. 두 가지 목적이 걸려 있었기 때문에 꼭 거래를 성사시켜야 했다.

“그건 그렇고 드디어 제국의 영웅을 만나네. 21살의 나이에 소드마스터라니, 어떤 사람인지 정말 궁금하단 말이야.”

“그 나이에 소드마스터가 된 건 분명히 대단합니다. 다만 나머지 이야기는 부풀려진 게 아닌가 싶습니다. 곁에 유능한 부관이 있을 거 같은데 그 사람을 주의하는 게 좋을 것 같습니다.”

“그렇긴 해. 검술에만 매진해도 힘들 텐데, 그 나이에 다른 거까지 다 잘하는 건 불가능하지.”

아무리 천재라 해도 소드마스터의 경지에 오르는 것은 어려웠다. 그렇기 때문에 21세의 클라우드가 다른 거까지 다 잘한다고 생각하는 것은 상식적으로 믿기 어려웠다.

저벅저벅.

그 때, 엘리스가 두 사람에게 다가왔다.

“각하께서 기다리고 계십니다. 저를 따라오십시오.”

"알겠습니다."

로버트가 말하자 엘리스가 앞장섰다. 엘리스를 뒤따르는 로버트는 자연스럽게 병사들을 살펴볼 수 있었다. 이제까지 수많은 영지와 요새를 돌아다녔지만 이렇게 병사들이 군기가 잡혀 있는 곳은 많지 않았다. 게다가 병사들은 하나같이 자신만만했다.

'자부심을 느끼고 있는 건가?'

그렇지 않다면 저런 표정을 할 수가 없었다. 로버트는 클라우드에 대한 호기심이 커지는 것을 느꼈다. 최소한 자기 검술에만 매진하는 인간은 아닌 게 분명했다.

"각하, 손님을 데려왔습니다."

-모시게-

문 안에서 목소리가 들렸다. 그러자 엘리스는 문을 열고는 두 사람에게 고개를 숙였다.

"들어가십시오."

"알겠습니다."

로버트는 제니와 함께 클라우드의 집무실로 들어갔다. 그리고 그는 볼 수 있었다. 검처럼 예리한 기세를 뿜어내고 있는 은발의 청년을 말이다.

"처음 뵙겠습니다, 각하. 로버트 하프너라고 합니다. 그리고 이 여인은 제 비서인 제니 하에넬이라 합니다."

로버트는 예의를 갖춰 클라우드에게 인사했다. 어리다 해도 상대는 불패의 명장이자 제국의 영웅이라 불리는 존재였다. 설령 부관의 도움을 받아 이룬 공이라 해도 인정할 만한 가치가 있었다.

'과연 어떤 사람이려나?'

굉장히 기대됐다.

❖

앞으로 세력을 키우기 위해서는 하프너 상사 같은 거대 기업의
도움이 반드시 필요했다.

'도움만 받는 걸로 끝낼 생각은 없지만.'

클라우드는 자신을 향해 고개를 숙이는 로버트 하프너를 응시
했다. 그는 기업을 경영하는데 천부적인 자질을 가지고 있었다. 다
만 위의 두 형 때문에 후계자 구도에서 뒤처지는 상황이었다.

그래서 로버트를 선택했다.

그를 통해 단순히 하프너 상사의 도움을 얻는 게 아닌, 완전히
자신의 세력으로 끌어 들이는 게 이번 목표였다. 시간이 걸리겠지
만 상관없었다. 이미 패는 준비해놨으니 말이다.

"클라우드 폰 제이드라고 한다. 자리에 앉도록 하게. 엘리스, 자
네는 원래 자리로 돌아가도 좋다."

"예, 각하."

공손하게 고개를 숙인 엘리스는 곧바로 집무실을 나갔다. 그
모습을 본 로버트는 속으로 크게 당황했다.

'혼자라고?'

집무실에는 클라우드와 자신 그리고 제니밖에 없었다. 당연히
뛰어난 부관이 함께 이야기를 나눌 거라 생각했는데 빗나갔다.
곁에 있던 제니 역시 당황한 기색이 역력했다.

'허세인가? 아니면 진짜인가?'

쉽게 판단을 내릴 수 없었다.

"그럼 이제 사업 이야기를 해보도록 할까?"

"예, 각하. 우선 각하께서 말씀하신 동부요새에 마장기를 추가 배치하는 것은 어려울 것 같습니다."

"왜지?"

"여황 폐하께서 제도에서 공업지대 재건에 대한 비용 등을 지원해주는 대가로 마장기의 우선공급을 요구했습니다. 게다가 제도의 공업지대를 잃으면서 마장기 생산 능력이 많이 떨어져서 동부요새에는 공급하기가 어려운 상황입니다."

로버트가 난감하다는 얼굴로 말하자 클라우드는 속으로 웃었다.

'이게 어디서 약을 팔아?'

처음부터 마장기를 팔려고 왔으면서 말을 돌리는 로버트의 모습이 웃겼다.

"내전을 대비해서 미리 생산해둔 물량이 있을 텐데? 이미 다 알고 있으니 괜한 거짓말은 하지 않았으면 좋겠군. 만약 한 번만 더 거짓말을 하면 나는 이 거래를 그만두겠다."

그 말을 들은 로버트의 눈동자가 흔들렸다.

'무력만 뛰어난 인간이 아니란 말인가?'

부관이 없을 때 이상함을 느꼈는데, 눈앞의 인간은 홀로 협상을 주도할 능력이 있었다.

'어쩔 수 없군.'

이제부터 거짓말은 피해야 했다. 어쨌든 그의 첫 번째 목적은 니콜라스와 이안 폰 에렌시아를 지원하는 타프렌 상사의 몰락이었다. 가장 도움이 될 클라우드의 심기를 거스르는 것은 피해야만 했다.

"후우, 물량이 있는 건 사실입니다. 다만 그 수량이 많지 않아 최우선적으로 받기를 원한다면 대당 8000만 브리커는 받아야할 것 같습니다."

"그건 너무 비싸지 않은가? 원래 6000만 브리커에 팔고 있는 걸로 알고 있는데 말이다."

"여황 폐하께서 문제를 제기할 수 있습니다. 그 대가를 감수하려면 가격을 올릴 수밖에 없습니다."

로버트가 단호하게 말했다. 거래를 맺어야 했지만 그렇다고 손해를 볼 생각은 추호도 없었다.

"어쩔 수 없군. 그러면 이건 어떤가?"

"뭘 말씀입니까?"

"자네, 내 밑으로 들어올 생각이 없나?"

"무슨!"

가만히 듣고 있던 제니가 처음으로 입을 열었다. 그녀는 황당하다는 얼굴로 클라우드를 응시했다.

"이 분은 하프너 가문을 이끌 분입니다. 실례가 되는 말은 피하주시면 감사하겠습니다."

"두 형들과의 경쟁에서 뒤처지고 있는 걸로 알고 있다. 그대가 내 밑에 들어와 마장기를 제대로 공급해준다면 자네가 경쟁에서 이길 수 있게 해주지."

"그런 말도……"

제니가 발끈하며 뭐라 말하려 했지만 곧 입을 다물었다. 로버트가 손을 들어 그녀의 말을 끊은 것이다. 그리고 그는 굳은 얼굴로 클라우드를 바라보았다.

"저는 사업에서 농담하는 것을 좋아하지 않습니다."

"나 역시 이런 자리에서 농담할 정도로 한가한 인간은 아니네. 하프너 상사가 고대 문명의 유물을 얻기 위해 엄청 노력하고 있다지?"

"그렇습니다만 그건 갑자기 왜……?"

클라우드가 로버트의 말을 다 듣지 않고 허공에 손짓했다. 그러자 공간이 갈라지며 한 자루의 검이 모습을 드러냈다.

쾅!

로버트와 제니는 자기도 모르게 자리에서 일어났다. 두 사람은 경악하며 클라우드를 응시했다.

"아, 아공간? 가, 각하께서 어떻게 그 마법을? 이미 실전된 마법인데!"

"아공간 마법은 아니네. 비슷하지만 말이야. 다만 지금 중요한건 그게 아닌 거 같군."

클라우드는 인벤토리에서 꺼낸 검에 마력을 불어넣었다. 그러자 검이 빛에 휘감기며 허공에 떠올랐다.

"비행 마법! 서, 설마 그 검은?"

제니가 비명을 지르듯 외쳤다.

"자네들의 생각대로지. 던전에서 찾은 고대 문명의 유물이네. 자네가 내 밑으로 들어오면 던전의 유물을 제공하겠네. 따로 던전 탐험가를 둘 정도로 유물을 찾는데 열심인데 내가 제공하면 가문 내에서 자네의 입지도 올라가지 않겠나?

"한 자루 정도로는 어림도 없습니다."

"나는 한 자루라고 한 적이 없네."

우웅! 우웅!

클라우드가 손짓하자 허공에서 다섯 자루의 검이 모습을 드러냈다. 검을 본 로버트와 제니는 입을 떡 벌렸다. 검에서 느껴지는 강력한 마력의 흐름을 느낄 수 있었다. 하나같이 고대 문명의 유물들이었다.

"참고로 이것도 약과네. 지금 집무실 10개 정도는 채울 수 있을 정도로 많이 가지고 있으니까."

"도, 도대체 어떻게 얻으셨습니까?"

로버트는 말을 더듬었다.

"내가 어디서 이걸 얻었냐는 사실은 별로 의미 없을 텐데? 자네한테 중요한 건 가문의 숙원을 이루는 거겠지."

"……."

로버트는 아예 입을 다물고 클라우드를 바라보았다. 하지만 그의 머릿속은 복잡하게 돌아가고 있었다.

'도대체 이 남자는 뭐란 말인가?'

이제까지 외부인에게 가문의 숙원이 알려진 적은 한 번도 없었다. 그런데 아무렇지 않게 숙원을 운운하는 클라우드를 보고 있자니 어이가 없었다.

하지만 한 가지는 분명했다.

'괴물이다.'

무력이 뛰어나고 협상을 주도할 수 있는 능력을 넘어 클라우드는 자신을 압박할 정도의 능력을 갖춘 사람이었다. 자신보다 어린 나이에 어떻게 이 정도 능력을 얻었는지 의심스러웠다. 하지만 나이라는 편견은 버리고 그를 상대해야만 했다.

"어떻게 아신 겁니까? 저희 가문의 숙원을……. 신화형 마장기를 제작하려는 것을 말입니다."

그 말을 들은 순간, 클라우드의 입가에 미소가 떠올랐다.

'역시 그거였군.'

하프너 상사의 연표를 숙지하고 있었다. 그래서 하프너 상사가 무언가를 만들려고 하는 건 알고 있었다. 하지만 뭘 정확히 만들려고 하는지 공식적으로 안 밝혀진 상태였다. 그래서 추론하고 찍듯이 말했는데 다행히 맞아떨어졌다.

"누가 처음 마장기를 발견했는지는 확실히 알 수 없지만 그 중에서 하프너 가문이 손꼽히지. 그리고 그대의 선조들은 항상 최고의 마장기를 만들었다는 자부심으로 살아갔다. 하지만 한 마장기를 보고 그 자부심이 철저히 파괴됐다. 그래, 대륙 최초의 신화형 마장기 '페가수스' 때문에 말이지."

"하아."

로버트는 크게 한숨을 내쉬었다. 이 협상은 철저히 클라우드에게 끌려갈 수밖에 없었다. 하지만 물러날 수 없었다.

'패가 너무 매력적이야.'

클라우드의 제안을 받아들인다면 분명히 경쟁 구도를 뒤흔들 수 있었다. 로버트는 옆에 있는 제니를 바라보았다. 그러자 그녀는 고개를 끄덕였다.

"제대로 이야기를 나누고 싶습니다."

"기꺼이 그러도록 하겠다."

클라우드의 입가에 승자의 미소가 떠올랐다.

'유물 따위로 로버트와 하프너 상사를 얻을 수 있다니, 확실히 남는 장사군.'

어차피 자신에게 던전의 유물을 얻는 것은 식은 죽 먹기였다.

'이게 바로 윈윈이지.'

클라우드는 자신의 선택에 만족했다.

사실 미카엘도 그렇고 로버트 같이 똑똑한 놈들은 개인적으로 상대하기 힘들었다. 스테이터스 상으로만 보면 자신의 지력은 정말 높지만 지력은 플레이어에게 가장 체감하기 힘든 능력치였다.

로버트 하프너		상인/마장기 엔지니어	
계급	준 귀족	지력	94
체력	46	마력	0
근력	48	민첩	33

'역시 높네.'

미카엘에 비하면 지력이 2 떨어지지만 90만 넘어도 천재 중의 천재였다. 공부에 전념한 미카엘과 달리 그는 마장기 엔지니어로서 활약하고 있었다. 하프너 상사 자체가 원래부터 공방을 기원으로 한 만큼 당연한 일이었다.

그는 분명히 천재였다.

'하지만 세상은 능력이 전부가 아니지.'

협상의 주도권을 움켜쥐고 상대에게 갑질을 하는데 능력은 필수 조건이 아니었다. 상대가 원하는 게 뭔지 아는 것만으로도 우위를 점할 수 있으니 말이다.

그렇기 때문에 지금 자신이 로버트 같은 천재를 압박할 수 있었다.

"하나만 경고하지. 이제부터 되도 않는 말을 꺼내면 좋을 게 없을 거다. 바로 자네의 형들한테 연락할테니. 그러면 자네한테도 좋을 건 없겠지?"

"그 점은 걱정하지 않으셔도 됩니다."

클라우드의 경고를 들은 로버트는 자세를 바로 했다. 그는 본능적으로 느끼고 있었다. 이 거래가 자신의 인생까지 바꿀 수 있다는 것을 말이다.

"각하께서 정확히 뭘 원하는지 알고 싶습니다."

"그 전에 자네의 비서는 밖에 나가줬으면 좋겠군. 그만큼 중요한 이야기니 말이다."

"저는……."

제니가 클라우드의 말에 반발하려 했다. 하지만 그녀는 바로 입을 다물어야 했다. 로버트가 그녀를 보며 고개를 저었기 때문이다.

"이번만큼은 따라줘, 제니."

"도련님, 아무리 그래도……."

"내 감이 말하고 있어. 이번 거래가 나한테 정말 중요하다고 말이야. 그러니까 한 번만 따라줘."

"알겠습니다, 도련님. 부디 주의하고 또 주의하셔야 합니다."

로버트의 각오를 읽은 제니는 결국 고개를 끄덕였다. 그리고 자리에서 일어난 그녀는 집무실을 나갔다.

"좋은 비서를 뒀군."

"저한테 과분한 사람입니다. 그러면 이제 각하께서 무엇을 원하는지 알고 싶습니다."

"그 대답을 듣기 전에 내가 자네한테 하나 질문하고 싶군. 지금 자네는 제국의 상황에 대해 어떻게 생각하는가?"

"개판입니다."

로버트는 바로 대답했다. 더 생각할 것도 없다는 모습이었다. 그 단호한 모습을 본 클라우드는 만족스러운 얼굴로 고개를 끄덕였다. 예민한 문제였는데도 자신의 소신대로 대답을 하는 게 마음에 들었다.

"자세히 말해보게."

"제국의 질서는 이미 무너진 지 오래입니다. 더 큰 문제는 이 질서를 바로잡을 이가 없다는 겁니다. 이안 폰 에렌시아와 여황 폐하의 세력이 크지만 서로를 압도하지는 못 합니다. 서로를 견제하기 바쁜 만큼, 먼저 공격을 하는 건 쉽지 않을 겁니다."

"하프너 가문도 고민이 많겠어. 어디에 줄을 대야할지 말이야."

"그렇지는 않습니다. 저희는 이안 폰 에렌시아와는 함께 할 수 없기 때문입니다. 아, 정확히는 알레시오 후작과 함께 할 수 없습니다."

니콜라스를 언급한 로버트는 주먹을 움켜쥐었다. 제도의 공업지대 중 가장 거대한 규모를 가지고 있던 하프너 상사의 공장이 전부 날아갔다. 그로 인한 손실은 떠올리는 것만으로도 몸서리를 칠 정도였다.

"확실히 그럴 수밖에 없겠군."

"그런데 각하, 제국의 상황과 저를 받아들이는 것과 무슨 관계가 있습니까? 아니, 그보다 저를 받아들인다는 건 도대체 어떤 의미입니까?"

"말 그대로다. 자네를 내 가신으로 받아들이고 싶다. 그 대가로 나는 자네를 하프너 가문과 하프너 상사의 주인이 되게 도와줄 것이다. 서로에게 이득이 되는 거래 아니겠나?"

"……."

로버트는 멍한 얼굴로 클라우드를 바라보았다. 그냥 손을 잡는 정도로 생각했다. 설마 자신을 가신으로 받아들이고 싶어 할 줄은 전혀 몰랐다.

"가, 각하? 각하께서 모를 거라고 생각하지 않지만 저희 집안은 후작 가문입니다. 설령 각하의 도움을 받아 가문을 이을지라도 가신이 되는 건 불가능합니다."

"내가 남작일 때는 그렇겠지. 하지만 남작이 아니면 어떻게 되겠는가?"

"도대체 지금 무슨 말씀을 하시는 건지……."

"난 이 나라를 차지할 것이다. 그러면 후작이 될 그대를 가신으로 받아들이는 데 아무 문제없지 않겠나?"

클라우드가 웃으며 말했다. 하지만 그 말을 듣는 로버트는 도저히 웃을 수 없었다. 그만큼 클라우드의 말은 무서운 의미를 담고 있었기 때문이다.

"농담이 과합니다, 각하."

"나는 진심이다, 로버트. 나는 자네를 하프너 가문을 잇게 해주겠다. 그 대가로 자네는 나에게 협력해 새로운 나라를 건국하는데 돕는 거다. 이 정도면 공평한 거래 아닌가?"

"각하가 대단한 사람이라는 것은 저도 인정합니다. 하지만 건국은 전혀 다른 문제입니다."

"왜 불가능하다고 생각하는지 모르겠군. 방금 전에 자네가 말하지 않았나? 서로 견제하기 바쁘다고 말이다. 나는 동부를 기반으로 세력을 쌓을 것이다."

"더 이상 이런 허무맹랑한 이야기를 들을 이유가 없군요."

벌떡.

로버트는 자리에서 일어났다. 되도 않는 망상을 하는 사람과 어울릴 생각은 없었다.

"아직 내 이야기는 끝나지 않았네."

"죄송합니다, 각하. 더 이상 들을 이유를 못 찾겠습니다."

"내가 그대에게 신화형 마장기를 보여줄 수 있는데도?"

클라우드가 웃으며 말했다. 이에 반해 로버트의 얼굴은 분노로 붉게 달아올랐다. 로버트는 사나운 눈빛으로 클라우드를 노려보며 간신히 입을 열었다.

"각하께서 하프너 가문의 숙원을 어떻게 알았는지, 그리고 던전의 유물을 어디서 얻었는지는 모르겠습니다. 하지만 고작 유물 몇 점 얻었다고 저를 속일 수 있을 거라 믿으면 큰 착각입니다."

그 말을 끝으로 로버트는 몸을 돌렸다. 더 이상 눈앞의 인간과는 이야기를 나누고 싶지 않았다.

'이번만큼은 내 감이 틀렸구나.'

능력과 별개로 허풍과 망상이 심한 인간이었다. 말하는 꼴을 보니 유물이 많다는 것도 믿을 수 없었다. 애초에 한 사람이 그렇게 많은 유물을 가지고 있는 건 불가능했다. 클라우드의 말에 혹한 자신이 이렇게 한심할 수가 없었다.

그렇게 로버트가 자책할 때,

짝.

클라우드가 박수쳤다.

우우웅!

그러자 공간이 일그러지며 검, 창, 도끼 등 수십 여 가지의 무기들이 모습을 드러냈다. 무기 한 자루, 한 자루에서 강력한 마력이 흘러나오고 있었다. 클라우드가 앞서 보여줬던 유물들처럼 말이다.

"헉!"

로버트는 크게 경악했다.

설마 정말로 클라우드가 수십 점의 유물을 가지고 있을 거라고는 생각하지 못 했다. 허풍이라 생각했는데 진실로 드러났으니 놀랄 수밖에 없었다.

"집무실이 좁아서 이 정도밖에 못 보여주지만 아직 더 많다는 것을 알아줬으면 좋겠군. 그리고 로버트, 나는 자네한테 거짓말을 한 적이 단 한 번도 없다네."

"지, 진짜였다고……? 어떻게 개인이 그 정도 유물을 가질 수 있습니까!?"

"영업 비밀이네. 그리고 하나 이상하게 생각한 적이 없나? 왜 나는 이 많은 유물을 가지고 있는데 전혀 사용하지 않는 것일까?"

로버트는 창백하게 질린 얼굴로 클라우드를 바라보았다. 확실히 그 말 대로였다. 이 정도의 유물을 가지고 있으면서 전혀 사용하지 않는다는 게 이해가 되지 않았다. 클라우드는 허리춤에 매고 있는 열쇠검을 들었다.

"나에게는 많은 유물이 있지만 그 어떤 무기도 지금 이 검에 비할 수 없다. 하지만 이 검의 진정한 가치는 그 정도가 아니야. 이 검은 신화형 마장기의 열쇠다. 그렇기 때문에 검의 이름도 열쇠검이지."

"!"

"나는 하프너 가문의 숙원을 이루어줄 수 있다. 자네가 나를 따르면 가문의 숙원을 이룬 사람은 자네가 되겠지. 그러면 아무리 자네 형들이 잘나도 가문을 잇는 사람은 자네가 될 거 같은데, 안 그런가?"

털썩.

로버트가 다시 자리에 주저앉았다. 열쇠검과 다른 무기들을 바라보는 그의 눈동자가 크게 흔들리고 있었다.

"가, 각하는 도대체 정체가 뭡니까! 도대체 어떻게 이 모든 것을 꿰뚫어보고 계시는 겁니까!?"

"이 혼란을 수습하고 새로운 나라의 왕이 되고 싶은 사람이지. 자네가 하프너 가문을 장악하고 나를 도와준다면 충분히 가능하다고 생각하는데 말이지."

로버트는 아무 말도 하지 못 했다.

클라우드가 한 말과 지금 이 상황 등 모든 게 혼란스러웠다.

"정말 가능하다고 믿습니까?"

"이안은 폭군의 길을 걸을 것이고 여황 폐하는 성군이 될 자질이 있지만 이를 살릴 시대가 아니지. 둘 다 난세에 적합하지 않다는 거다. 이런 상황에서 나라고 왕이 되지 말라는 법이 어디에 있는가? 내가 이런 말을 하기는 그렇지만 두 황제보다 내가 더 인기가 많고 말이야."

그건 사실이었다.

제국의 영웅, 불패의 명장이라 불리는 클라우드의 인기는 세력에 상관없이 굉장히 높았다.

"생, 생각할 시간을 주십시오."

"그러도록 하지. 단, 사흘 안에 결정하게. 안 그러면 나는 자네형들이나 로버트 후작님께 연락하겠네."

"아, 알겠습니다."

그 말을 끝으로 대화는 끝났다. 로버트는 충격을 받은 얼굴로집무실을 나갔다.

"도련님, 안색이 안 좋습니다. 무슨 일이 있었던 겁니까?"

제니가 굳은 얼굴로 물었다. 하지만 로버트는 아무 말도 하지못 했다. 그만큼 그가 받은 충격은 컸다.

'도대체 어떻게 하면 좋단 말인가?'

아무리 생각해도 답은 나오지 않았다.

혼자 남은 클라우드는 피식 웃었다.

"자네는 받아들일 수밖에 없을 거다, 로버트."

가문의 숙원과 자신의 미래가 걸려있는 만큼, 그가 선택할 여지는 없었다.

"한 명 얻었고."

그렇게 클라우드가 기뻐할 때,

똑똑.

노크 소리가 울려 퍼졌다.

-들어가도 되겠나, 클라우드?-

연인의 목소리가 들리자 클라우드는 자세를 바로잡았다.

"응, 들어와도 돼."

그러자 문이 열리고 루시아가 안으로 들어왔다. 루시아는 미소를 지으며 클라우드를 바라보더니 입을 열었다.

"어렸을 때부터 천재라고 불린 로버트 하프너가 저렇게 충격을 받았다니, 신기하군. 도대체 무슨 말은 한 거지, 클라우드?"

"그냥 이런저런 이야기지."

일부러 말을 돌리려 한 클라우드였지만 루시아는 그냥 넘어가지 않았다. 그녀는 이미 자신의 연인이 어떤 사람인지 잘 알고 있었다.

"이번에도 그대는 상대에게 분명히 매력적인 제안을 했겠지? 그 때문에 저렇게 혼란스러워하는 것이고."

"하하하. 너는 못 속이겠네."

"그대를 만난 지 이미 꽤 시간이 흘렀다. 그건 그렇고 또 한 사람이 자네에게 휘말리고 말았군. 애도를 표해야 하려나?"

루시아는 진심으로 로버트에게 애도를 표했다. 클라우드의 제안은 그 누구도 벗어날 수 없다는 것을 잘 알고 있었다. 항상 그 사람이 가장 간절히 원하는 것을 제시하기 때문이다. 그가 뭘 제시했는지 모르겠지만 로버트도 결국 그의 제안을 받아들일 운명이었다.

"그렇게 말하니 꼭 악마 같잖아?"

"그대의 제안은 악마의 속삭임과 똑같다. 그러니 악마라 봐도 무방하지."

"아무리 그래도 그건 아니지. 그런데 갑자기 무슨 일이야?"

"이런 내 정신도 참. 항상 그대만 만나면 페이스에 휘말려 본론을 말하지 못하는군. 아이기스 시에 숨겨둔 요원으로부터 보고가 올라왔다. 마장기 다섯 기가 움직였다고 한다. 정찰이 목적인 것 같다."

루시아가 말하자 클라우드의 얼굴에서 미소가 사라졌다.

"테슬러 백작이 먼저 움직였다⋯⋯. 그건 의외인데?"

사실 대치 상태에서 정찰을 보내는 건 당연한 일이다. 다만 랄프 폰 테슬러 백작은 아이기스 시에서 병력을 모으고 방어에 전념하고 있는 상황이었다. 마장기 한 기가 아쉬운 상태에서 다섯 기나 움직이는 건 이해하기 힘들었다.

"지휘관들을 불러야 할까?"

"그래봤자 마장기 다섯 기야. 괜히 요란하게 움직일 필요는 없겠지. 그것보다는 놈들이 뭘 알아내는지가 중요해."

"그건 알아보기 위해서라도 회의를⋯⋯."

"어차피 우리끼리 모여도 할 수 있는 건 추측밖에 없잖아? 직접 알아보는 게 빠르지."

클라우드가 다시 웃었다. 장난기가 가득한 미소였다. 반면, 루시아는 굳은 얼굴로 바라보았다.

"클라우드, 설마?"

"우리가 직접 알아보자, 루시아. 괜히 과잉 대응을 하는 것보다 그게 더 효율적이잖아?"

"후우."

루시아는 한숨을 내쉬었다. 저런 표정을 짓는 클라우드를 말릴 수 없다는 것을 잘 알고 있었다.

그렇게 클라우드와 루시아의 저녁 데이트가 시작되었다.

제니는 침대에 걸터앉은 로버트를 바라보았다. 여전히 큰 충격을 받았는지 로버트는 멍한 얼굴로 허공만 응시했다.

'도대체 무슨 일이 있었던 거지?'

로버트의 비서로 활동한지 10년이 넘었다. 하지만 그런 그녀도 그가 이렇게 크게 충격을 받은 모습은 처음 봤다.

"무슨 일이십니까, 도련님?"

"……."

"도련님, 제가 그렇게 못 미덥나요? 그래서 계속 저에게 말을 하지 않는 건가요?"

"……그건 아니야."

로버트가 클라우드의 집무실을 빠져나온 이후, 처음으로 입을 열었다. 그러자 제니는 그에게 다가가 무릎을 꿇고는 손을 잡았다.

"말씀해주세요, 도련님. 각하께서 뭐라고 말했나요? 뭐라고 해서 도련님께서 이렇게 고민하는 건가요?"

"후우."

로버트가 한숨을 크게 내쉬었다.

그러더니,

짝!

제니의 손을 놓더니 양손바닥으로 자신의 뺨을 때렸다. 그러자 방금 전과 달리 그의 눈빛이 또렷해졌다.

"이제 좀 낫네. 미안해, 제니. 못 볼 모습을 보여줬네."

"아닙니다. 그런데 정말 무슨 일이 있었는데 도련님께서 그렇게 충격을 받은 건가요?"

"이제까지 하프너 가문의 이름을 걸고 많은 이들과 마주했고, 내 손바닥 위에서 춤추는 많은 이들을 보며 이익을 얻었어. 제이드 남작이 나를 보는 시선도 아마 똑같지 않았을까. 그렇게 생각하니 좀 충격이 컸어."

"예?"

제니가 반문했다. 로버트의 말이 전혀 이해되지 않았다.

"제이드 남작이 나보고 가신이 되면 하프너 가문과 상사를 주겠다고 하더라. 정말 재미있지 않아?"

"후작가가 어떻게 남작가의 가신이 될 수 있나요?"

"그의 머릿속에서 그 자신은 이미 남작이 아니야. 왕국, 아니 어쩌면 제국 그 자체겠지."

"그건……."

제니는 크게 당황했다. 그만큼 어이가 없는 말이었다. 하지만 그녀는 곧바로 침착함을 되찾았다. 로버트 역시 그게 얼마나 말도 안 되는 말인지 알고 있었다. 그런데도 이렇게 고민하는 것은 뭔가 있다는 것을 의미했다.

"반역……. 아닌가요?"

"반역이라, 그럴지도 몰라. 아무튼 그는 분명 내가 바라는 것을 줄 능력을 증명했어. 그리고 나에게 선택을 강요했지."

"증명이라니요, 그걸 어떻게?"

"자기 집무실을 10개 이상 채우고도 남을 정도로 많은 유물이 있다는 말은 사실이었어. 이것만 해도 가문이 숙원을 이루는데 큰 도움이 되겠지. 그런데 말이야, 그 사람 정말 어처구니없는 걸 가지고 있더군. 신화형 마장기의 열쇠를 말이야."

"네!?"

제니의 안색이 창백하게 질렸고 그녀의 눈동자는 크게 요동쳤다. 그만큼 로버트의 말은 충격적이었다.

"어이없지?"

"거, 거짓말을 할 가능성이 더 높지 않나요?"

"모르겠어. 하지만 아버님과 최측근만이 품고 있는 신화형 마장기를 만들고자 하는 우리 가문의 숙원을 알고 있는 사람이야. 게다가 개인이 모았다고는 도저히 믿을 수 없을 정도로 많은 유물을 가지고 있지. 그런 사람이 속이려 든다면 속을 수밖에 없어."

"그래도 괜찮을까요??"

"유물 수집에 혈안이 된 아버님께 저 유물 중에 1/10만으로도 가져다 드린다면 후계자의 자리를 꿰찰 수 있을 테니까. 그것만으로도 해볼 만한 도박이 아닐까?"

제니는 로버트의 말에 고개를 끄덕일 수밖에 없다.

하프너 가문의 선조가 심혈을 기울여 만든 마장기가 신화형 마장기 '페가수스'에 의해 철저하게 박살난 이후, 신화형 마장기를 만드는 것은 하프너 가문의 숙원이 됐다. 그리고 당대의 클린트 폰 하프너 후작은 누구보다 숙원에 집착했다.

"그걸 알고 저희에게 유물을 보여준 거겠죠?"

"그렇겠지. 완전히 손바닥 위에서 놀아난 기분이야."

"도련님의 고민은 이해했습니다. 일생일대의 도박이군요."

"그래. 아무리 갈가리 찢겨져 나갔지만 제국은 제국이야. 역성혁명에서 성공한다면 꿀은 달디 달겠지만 실패한다면……."

천년.

제국은 자그마치 천년이나 이어졌다. 천 년 동안 대륙을 호령하는 국가를 뒤집고 새로운 나라를 건국하겠다는 이를 따라도 되는 것인가? 로버트는 확신할 수 없었다.

"언제까지 답을 해야 한다고 했습니까?"

"사흘을 줬어. 내가 거절하면 바로 형님들이나 아버지께 찾아간다고 하더군."

제니는 머리를 부여잡았다. 클라우드는 퇴로까지 막아버린 것이다.

"하이 리스크 하이 리턴이라지만, 하프너 가문의 후계자를 노리는 사람이라면 누구나 군침을 흘리겠지요. 마치 악마 같습니다."

"후우, 내 생각도 그래."

"일단 우리 측 사무원들을 통해서 제이드 남작에 대한 조사 자료를 보내라고 지시하겠습니다. 먼저 남작에 대한 정보를 명확히 한 다음에 결정하면 좋겠지요."

"그래야지."

그것 외에는 답이 없었다. 그렇게 두 사람은 함께 한 이후, 처음으로 난관을 만났다.

클라우드와 루시아는 자신의 마장기를 타고 동부요새를 빠져나갔다. 현재 적들의 정찰 부대는 동부 요새로 오고 있다고 하니 바로 잡을 생각이었다. 로렌스를 비롯하여 지휘관들이 반발했지만 클라우드는 간단히 일축했다.

"이렇게 임무에 같이 가는 건 정말 오랜만이네."

-확실히 포플러 시 이후로 처음이구나.-

클라우드가 말하자 화면 속의 루시아도 웃으며 대답했다.

-그런데 이대로 우리끼리 나가도 정말 괜찮겠나?-

그래도 여전히 불안한 루시아가 걱정이 가득한 얼굴로 물었다. 물론 클라우드는 전혀 걱정하지 않았다.

"윌리스하고 로렌스가 있다면 충분히 내 빈자리를 채울 수 있어. 엘리스도 이제 에이스 라이더를 칭해도 될 정도고."

윌리스와 로렌스의 군사를 다루는 능력은 자신과 비교해도 결코 부족하지 않았다. 게다가 실력이 일취월장한 가신들도 있는데 뭐가 문제겠는가?

'이러려고 가신들을 모은 거지.'

자신이 자리를 오래 비우는 것도 아니고, 가신들 모두 그 정도 공백을 채우고도 남을 정도의 능력을 가지고 있었다. 그 때문에 클라우드는 여유로웠다.

-그건 그렇더군. 확실히 내전 이전에 비해 훨씬 강해졌어. 특히 엘리스의 성장은 놀라울 정도였다. 엘카른 산맥에 있을 때의 나는 이길 수 있을 정도야.-

"하하하! 지금의 너는 이길 수 없다는 거네?"

-당연한 말을 하는 이유가 뭔가?-

루시아가 반문하자 클라우드의 입가에 미소가 떠올랐다.

"엘리스에게 미안하지만 확실히 너를 상대할 정도는 아니지. 윌리스 정도는 돼야 하려나?"

-안 그래도 그대가 로버트와 이야기를 나누고 있을 때, 한 번 붙어봤다.-

"오! 어떻게 됐어?"

클라우드는 깜짝 놀라 바로 질문했다. 자신이 생각하기에 루시아와 윌리스는 대등했다. 그런 두 사람의 대련을 보지 못한 게 아쉽기는 했지만 그래도 결과만큼은 궁금했다.

-100합을 나눈 끝에 내가 이겼다. 오러는 사용하지 않고 말이야. 확실히 그는 강하더군.-

"대단하네. 대륙 각지에서 승승장구한 윌리스를 이기다니 말이야."

-의식을 뛰어넘으라는 그대의 조언이 있기 때문에 이길 수 있었다. 그게 아니었다면 승패를 장담할 수 없었을 것이다.-

"그, 그걸 벌써 깨달았다고?"

그 말을 들은 클라우드는 자기도 모르게 기겁했다. 설마 벌써 그녀가 소드마스터가 되기 위한 실마리를 잡았을 거라고는 생각하지 못 했다.

'역시 천재는 천재구나.'

공식적으로 소드마스터에 오른 사람은 확실히 뭔가가 달랐다.

-너무 놀랄 필요는 없다. 아직 확실히 깨닫지는 못 했으니까. 하지만 결정적인 순간, 윌리스보다 반 박자 더 빠르게 움직일 수 있

었고 그게 승패를 갈랐다.-

"그 정도면 언제 벽을 넘어도 이상하지 않겠는데?"

-그랬으면 좋겠다. 그래야 그대의 부담감을 줄여줄 수 있을 테니까.-

"……."

루시아가 해맑게 웃으며 말했다. 클라우드는 입만 뻐끔거릴 뿐, 결국 말을 하지 못했다. 그만큼 그녀의 말이 가슴을 크게 휘저었다.

-그대는 부하들의 피해를 줄이기 위해 항상 위험을 자처한다. 부하로서 그 선택과 자세를 존중한다. 하지만 연인으로서는 도저히 가만히 지켜볼 수 없다.-

"루시아……."

-강해질 것이다. 그대 혼자서 짐을 짊어지지 않도록 말이다.-

"설마 그렇게 생각하고 있을 줄은 몰랐어. 좀 더 조심해야겠네."

클라우드는 루시아를 안심시키기 위해, 그리고 자신에게 다짐하듯 말했다. 루시아는 그런 클라우드의 대답에 만족했다.

-그대는 좀 더 부하들을 믿을 필요가 있다. 그런 이유로 오늘 그대를 즐거운 마음으로 따를 수 있었다. 이제 부하들을 믿고 그들에게 일을 맡기니까.-

"앞으로도 자주 그래야겠네. 그래야지 너랑 함께 할 시간을 낼 수 있으니까."

-그, 그것까지 바란 건 아니다!-

루시아가 얼굴을 붉히며 외쳤다. 그리고 통신을 꺼버렸다.

하지만 클라우드는 꺼진 화면을 계속 바라보았다. 화면 속의 자신이 웃고 있는 게 보였다.

"나도 참 좋은 사람을 만났구나."

이미 알고 있었던 사실이다. 하지만 루시아에 대해 알면 알수록 자신이 얼마나 좋은 사람을 만났는지 느꼈다.

"진짜 시간 좀 제대로 내봐야겠네."

이런 가짜 데이트 말고 제대로 된 데이트를 해야 할 필요성을 느꼈다.

그런데 그 때,

팟!

루시아가 다시 화면 속에 나타났다. 다만 그녀의 얼굴은 굳어 있었다.

-요원으로부터 다시 정보가 들어왔다. 아이기스 시에서 빠져나 간 정찰부대가 동부요새가 아닌 카힐 산맥으로 향하고 있다고 한 다.-

"카힐 산맥에 갔다고? 정말이야?"

-여러 요원들이 확인했다고 한다. 거짓일 가능성은 없겠지.-

그 말을 들은 클라우드는 화이트라이거를 멈춰 세웠다. 그리고 눈을 감고 생각에 잠겼다.

'뭐지? 갑자기 왜 카힐 산맥으로 가는 건지?'

카힐 산맥의 주변은 레베카를 따르는 영주들의 영역이었다. 이 안 폰 에렌시아를 따르는 테슬러 백작의 정찰 부대가 올 이유가 없었다.

-배신자가 생긴 것 같은데 그대는 어떻게 생각하나?-

"가능성은 있다고 생각해. 속단할 수는 없지만 말이야."

이 지역의 영주들이 필립을 누구보다 지지한 것은 맞지만 이미 그는 죽은 지 오래였다. 무조건 레베카를 따르라는 법은 없었다.

'정말 배신자가 생긴 건가? 그래도 큰 타격은 못 줄 텐데?'

테슬러 백작의 본대도 가볍게 상대할 자신이 있었다. 그런데 고만고만한 영주들이 뒤통수를 때리려고 해봤자 큰 영향을 끼칠 거라고는 생각하기 힘들었다.

'우리한테 가장 큰 피해를 줄 수 있는 적. 그건……'

그런 적은 하나밖에 없었다.

"크로얀 공화국."

-공화국이 테슬러 백작과 손을 잡았다고? 하지만 공화국은 이미 카힐 산맥에서 손을 떼기로 하지 않았나?-

"제국이 이렇게 혼란스러운데 협정 따위가 무슨 소용이야? 그리고 그가 우리를 흔드는 사이, 공화국이 움직이면 우리로서도 큰 피해를 볼 수밖에 없어."

-정말 그렇게 되면 위험하겠군.-

"바로 카힐 산맥으로 가야겠어. 루시아. 계속 요원들의 말을 전해줘."

-알았다.-

클라우드가 다시 화이트라이거를 움직였다. 그리고 방금 전과는 비교도 할 수 없을 정도로 빠른 속도였다.

'역시 공화국은 귀찮다니까.'

언제든 움직일 거라고 생각했지만 정말 그렇게 될 기미가 보이니 짜증이 치밀어 올랐다.

-클라우드, 나퍼렌에 있던 요원들이 적을 확인했다고 한다.-

"후우, 더 복잡해지네. 그래도 가까운 곳에 있어서 다행이야. 얼른 박살내자."

팟!

화이트라이거와 화이트울프가 대지를 박찼다.

-찾았다.-

"그래."

루시아의 말 대로였다. 카힐 산맥에 도착한 클라우드와 루시아는 아이기스 시에서 나온 다섯 기의 블랙이글을 발견했다. 랄프 백작의 문양이 새겨져 있었기 때문에 확실했다.

문제는 그들만 있는 게 아니었다.

-RCM-1······.-

크로얀 공화국의 주력 마장기, RCM-1 여섯 기가 있었다. 들키지 않기 위해 녹색과 갈색 페인트로 칠해진 상태였다.

-랄프 백작은 정말 공화국과 접촉하고 있었군.-

"이안 폰 에렌시아가 동부를 장악하려면 우리를 없애야 하니까. 하지만 전력이 딸리는 만큼 공화국에 손을 내밀 수밖에 없겠지. 그리고 네 말대로 배신자가 있을 지도 모르겠어."

클라우드는 나퍼렌 시의 영주를 떠올렸다. 공화국 측이야 몰래 숨어들어왔으니 그렇다 해도 적이 이곳까지 왔는데 전혀 보고를 올리지 않았다. 굉장히 의심스러웠다.

–정말 사람은 믿을 수가 없구나. 특히 랄프 백작은 더더욱 용서할 수 없다. 아무리 내전이라도 공화국에게 도움을 요청하다니!–

루시아가 전의를 드러내자 클라우드는 고개를 저었다. 싸울 때 싸우더라도 여기서 적을 다 제거하는 건 의미가 없었다.

"테슬러 백작 쪽은 박살내도 되는데 공화국 쪽은 제압으로 끝내야 해. 심문해서 그들이 뭘 원하는지 알아야겠어. 그리고 루시아."

–왜 그러지?–

"아직 소드 마스터가 되기 위한 실마리가 보이지 않는다고 했지? 내가 제대로 보여줄게."

클라우드의 입가에 자신만만한 미소가 떠올랐다. 소드마스터가 있다면 모를까, 상대는 전부 잔챙이들뿐이었다. 이왕 이렇게 된 이상, 그녀에게 소드마스터가 어떤 존재인지 보여줘도 괜찮지 싶었다.

쿠오오오!

그와 동시에 화이트라이거의 전신에서 붉은 오러가 피어올랐다.

"오빠, 이런 사람이야!"

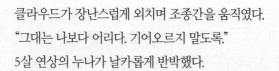

클라우드가 장난스럽게 외치며 조종간을 움직였다.

"그대는 나보다 어리다. 기어오르지 말도록."

5살 연상의 누나가 날카롭게 반박했다.

-크흠, 지금부터 내가 너한테 보여줄 것들은 모두 네가 할 수 있는 것들이야. 그걸 명심해-

"알았다."

클라우드의 말을 듣는 순간, 루시아는 자신의 가슴이 요동치는 것을 느낄 수 있었다.

한 발자국, 앞으로 한 발자국만 나아가면 원하던 것을 손에 넣을 수 있었다. 하지만 그 앞을 가로막고 있는 벽이 너무 커서 다가갈 수 없었다. 그런데 이제 클라우드가 설명해준다고 하니, 흥분될 수밖에 없었다.

'이러면 안 돼.'

루시아는 마음을 가라앉히고 자세를 바로잡았다. 그리고 클라우드의 화이트라이거에 시선을 고정시켰다.

파밧!

화이트라이거가 모습을 드러내자 다섯 기의 블랙이글들은 검에 오러를 피우고 달려들었다. 뒤에 있는 RCM-1은 후방에서 소형 마력포를 난사했다.

투투투투!

마력탄의 빛이 주변의 어둠을 날리며 화이트라이거를 향해 쏟아졌다. 화이트라이거는 붉은 잔영을 남긴 채 사라졌다. 대신 화이트라이거 옆에 있던 나무들이 부러졌고 커다란 구덩이가 형성되었다.

화이트라이거가 유령 같은 움직임을 보이자 적들은 우왕좌왕했다. 그래도 개중에서 뛰어난 라이더들이 화이트라이거의 움직임을 포착했지만 이미 늦었다.

콰드득.

어느새 원래 있던 곳과 좌측으로 500m 떨어진 곳에 모습을 드러낸 화이트라이거가 블랙이글 한 기를 향해 검을 찔렀다. 검은 정확하게 블랙이글의 흉갑과 조종석을 꿰뚫었다.

콰아앙!

검은 윤활유가 흘러나오더니 곧 커다란 폭발이 일었다.

"아!"

그 광경을 본 루시아는 자기도 모르게 신음을 내뱉었다. 그녀에게는 화이트라이거가 폭발에 휘말린 것처럼 보였다.

하지만 그녀의 걱정은 기우였다. 어느새 화이트라이거는 다른 블랙이글의 등 뒤에 서있었다. 검은 어둠을 가르며 궤적을 그렸다.

콰아앙!

화이트라이거의 검이 블랙이글의 허리를 베었고 양단된 기체가 폭발을 일으켰다. 그 사이, 세 기의 블랙이글이 화이트라이거에게 다가와 검을 찔렀다. 다양한 색상의 오러가 검을 휘감고 있었고 세 자루의 검 모두 화이트라이거의 급소를 노렸다.

꾸욱.

루시아는 자기도 모르게 조종간을 움켜쥐었다. 클라우드가 저 정도에 당할 리 없다는 것을 알면서도 걱정이 된 것이다. 하지만 걱정도 잠시, 그녀는 눈앞에 펼쳐진 광경에 할 말을 잃었다.

번쩍!

숨을 한 번 들이마시는 것보다 짧은 그 순간, 빛이 다섯 번 번쩍였다. 그리고 달려든 세 기의 블랙이글이 다리와 견갑이 잘려나간 채, 지면에 처박혔다.

"이 짧은 시간에 마장기로 저렇게 검을 빨리 휘두를 수 있다니……."

루시아는 경악을 금치 못 했다. 자신이 만약 클라우드와 같은 상황에 있었다면 두 번의 공격을 막아내고 마지막 공격은 그저 버텨냈을 것이다.

하지만 클라우드는 달랐다.

눈 한 번 깜빡할 시간에 두 기의 마장기를 단숨에 베어냈다. 그것도 오러 블레이드를 사용하지 않은 채 말이다.

'저걸 내가 할 수 있다고?'

연인의 말이었지만 전혀 신뢰할 수 없었다. 자신이 저렇게 움직일 수 있다는 생각 자체가 떠오르지 않았다.

-어때? 할 수 있겠어?-

평소의 루시아였다면 전투 중에 한눈 팔지 말라고 했겠지만 지금은 그럴 수 없었다. 클라우드가 보여준 모습이 뇌리에 각인이 된 상태였다.

"모르겠다. 숨을 한 번 내쉬기 전에 그렇게 빠르게 검을 휘두를 수 있다니, 놀랍다는 말밖에 안 나오는군. 그걸 내가 할 수 있다니…… 나를 너무 과대평가한 거다, 클라우드."

루시아가 자신이 느낀 바를 솔직하게 말했다. 아무리 생각해도 자신이 클라우드처럼 검을 휘두르는 모습이 떠오르지 않았다.

-왜 못 한다고 생각해?-

"그건 소드마스터의 힘이 아닌가? 내가 따라할 수 있을 거 같지 않다."

-너하고 윌리스하고 대련했을 때, 분명히 너는 반 박자 더 빠르

게 검을 휘둘러 이겼다고 했잖아. 이것도 같은 이치야-

콰아앙!

그렇게 말한 클라우드는 공화국 마장기의 공격을 막아냈다. 하지만 그런 클라우드의 얼굴에 다급함은 찾아볼 수 없었다.

"더 자세히 설명해줬으면 좋겠다."

-일반적으로 검술은 한 호흡에 담아 펼치잖아? 그 호흡들을 연결할 때, 물 흐르듯이 자연스럽게 검을 펼칠 수 있게 되고. 그리고 반 박자 빠르게 움직였다는 건…-

"그건 알 것 같다. 다른 때보다 호흡이 조금 더 길겠지."

-바로 그거지. 의식 하에 검을 휘두른다는 건 것은 결국 호흡을 제대로 통제하는 것과 똑같아. 즉, 호흡의 흐름을 뛰어넘을 때, 의식을 넘어 무의식의 세계로 진입할 수 있게 되지-

"아!"

그 말을 듣는 순간, 루시아는 머릿속의 안개가 사라지는 것만 같은 기분을 맛보았다. 하지만 클라우드의 말은 아직 끝나지 않았다.

-단순히 힘이 전부라고? 힘만 있으면, 경지가 높으면 무조건 상대를 이길 수 있어?-

클라우드가 질문했다.

루시아는 몸을 떨었다.

하얗게 펼쳐진 세상.

그 안에는 오직 루시아, 그녀밖에 없었다. 혼자밖에 없는 세상에서 그녀는 클라우드의 질문을 떠올렸다. 정말 힘이 전부인가? 그에 대한 해답을 그녀가 내놨다.

"아니다. 힘의 크기보다 더 중요한 것은 힘을 어떻게 다루는 것이다! 그러기 위해서는 내 몸을 제대로 통제할 수 있어야 한다."

파르르!

환희와 함께 몸을 떠는 루시아. 그녀의 전신에서 강력한 힘이 흘러나왔다. 세상 전체를 마음대로 할 수 있을 것만 같은 힘이었다.

그녀는 검을 뽑았다. 그리고 마력을 끌어올렸다. 그 순간, 강렬한 빛이 뿜어져 나오는 것과 동시에 그녀의 의식이 원래 세상으로 돌아왔다.

그 순간, RCM-1 한 기가 루시아의 화이트울프를 노리고 달려들었다. 단숨에 거리를 좁힌 RCM-1은 샛노란 오러를 형성하고는 있는 힘껏 검을 내리그었다.

온 힘을 다해는 적을 상대로 루시아의 화이트울프는 검을 들어올릴 뿐이었다. 검을 휘감고 있는 푸른 오러는 굉장히 희미했다. 누가 봐도 상대의 공격이 우세했다.

콰득!

하지만 검과 검이 부딪치는 순간, RCM-1의 검이 반 토막 났다. 그리고 검은 RCM-1의 견갑과 흉갑 사이의 관절 파츠를 꿰뚫었다.

-뭐라고!-

공화국 라이더의 경악이 산을 뒤흔들었다. 방금 전까지 화이트울프의 검을 휘감고 있던 오러는 사라지고 있었다. 검을 휘감고 있는 빛은 소드마스터의 전유물, 오러블레이드였다.

지금 이 순간, 또 한 사람의 소드마스터가 탄생했다.

"됐구나."

클라우드는 화이트울프의 검을 휘감고 있는 오러블레이드를 보며 웃었다. 마침내 루시아가 소드마스터가 되니 감회가 새로웠다. 계속 자신에게 가르침을 구하고 스스로 노력하는 것을 잘 알고 있었다. 그 노력이 보답받는 것을 보니 정말 기뻤다.

쿵!

그런데 그 때, 화이트울프가 주저앉았다. 화면 속에서 의식을 잃고 쓰러진 루시아가 보였다.

"아직 힘을 받아들이고 있는 과정이구나. 뭐 상관없지. 나는 나머지 일을 끝내볼까?"

클라우드는 조종간을 움직였다. 붉은 오러의 기류가 양 옆으로 퍼져나갔다. 화이트라이거가 먼저 노린 적은 화이트울프 곁에 있는 놈이었다. 왼손으로 주먹을 움켜쥐고 내질렀다.

콰직!

흉갑의 일부가 그대로 일그러졌다. 단지 그 뿐이었지만 상대 기체는 땅바닥에 주저앉았다. 일부러 충격만 전달해 라이더의 정신을 잃게 만드는 수법이었다.

"죽일 수 없다는 건 참 귀찮은 짓이지."

어쩔 수 없었다. 심문을 해야 했으니 말이다.

콰카앙!

순식간에 여섯 기의 마장기가 전부 쓰러졌다. 블랙이글과 달리 완파된 기체는 한 기도 없었다. 전부사지이 파괴되고 흉갑 부분만 조금 일그러진 게 끝이었다.

"별 것 없군."

화이트라이거는 여섯 기의 RCM-1의 흉갑을 모두 뜯고 조종석에 기절한 채 쓰러져있는 공화국의 라이더들을 움켜쥐었다.

팟!

클라우드는 조종석을 나와 화이트라이거의 양손에 갇힌 라이더들에게 다가갔다. 그리고 입안에 독약이 있는지 확인했다.

"하여튼 지독한 새끼들."

이빨과 혓바닥 밑에 독약 캡슐이 있는 것을 확인한 클라우드는 전부 다 꺼냈다. 그리고 그들의 품속을 전부 뒤졌고 마침내 그는 한 장의 서신을 발견했다.

"호오?"

클라우드는 서신에 찍혀 있는 십자가와 검이 교차된 문양을 보며 피식 웃었다. 아직 현실에서는 한 번도 본 적이 없지만 저 문양이 무엇을 뜻하는지 잘 알고 있었다.

"철갑기사단이군."

특무대와 함께 크로얀 공화국이 자랑하는 정예 기사단이었다. 그리고 클라우드는 철갑기사단을 장악한 세력이 누구인지도 알고 있었다.

"왕정복고파가 움직였다……."

과거를 잊지 못 하고 어떻게든 왕국을 되살리기 위해 노력하는 옛 귀족들의 후예, 그들이 움직인 것이다. 그게 의문이었다.

"내부에서 권력 장악하기 바쁜 놈들이 왜 갑자기 니콜라스와 이야기를 나누려하는 거지?"

서신을 열어봤지만 내용은 없었다. 특수한 약품이 없으면 내용을 읽을 수 없게 만들어놓은 게 분명했다.

'뭐 이러려고 살려둔 거니까.'

그렇게 생각한 클라우드는,

짝! 짝! 짝!

손바닥으로 철갑기사단 단원들의 뺨을 후려쳤다.

"으아악!"

"아아악!"

처절한 비명이 울려 퍼졌다. 기사들은 그렇게 정신을 차렸고 서로를 보며 당혹감을 금치 못 했다.

"헉!"

"뭐, 뭐야!"

분명히 적과 싸우고 있었는데 깨어나니 동료들과 함께 포박됐으니 당황할 수밖에 없었다. 클라우드는 그런 그들을 보며 양팔을 활짝 벌렸다. 입가에는 부드러운 미소가 떠올라 있었다.

"안녕하신가, 철갑기사단 여러분. 공화국이 자랑하는 기사단원들을 보니 반갑군. 이미 알 거라고 생각은 한다만 클라우드 폰 제이드라 한다."

"크, 클라우드 폰 제이드!"

"저 자가 어째서 여기에 있는 것인가!"

다들 경악을 금치 못 했다. 절대 걸려서는 안 될 사람에게 붙잡힌 것이다. 게다가 자신들이 복고파라는 것을 바로 알아볼 줄이야, 그들은 경악을 금치 못 했다.

'그렇다면!'

상황을 마친 그들은 재빨리 입 안에 있는 독약 캡슐을 깨물려 했다. 클라우드에게 단 하나의 정보도 알려줄 생각이 없었다. 하지만 입 안 어디에도 독약 캡슐이 없는 것을 깨닫자 그들의 안색이 창백하게 질렸다. 클라우드는 미리 빼낸 독약 캡슐을 그들에게 보여줬다.

"자살은 못 할 것이다. 그렇다고 혀를 깨물 생각은……. 그 걸로는 사람 안 죽지, 참. 하여튼 자살은 추천하지 않는다."

최후의 도피 수단인 자살까지 못 하게 되자 기사들의 경악은 더 커졌다. 이제는 정말 돌이킬 수 없다는 것을 깨달은 것이다.

"어떻게 알았는지 궁금하다고? 반역자들을 따라오니 너희들이 나오더군. 동부는 이미 내 손바닥 안인 걸 모르는 네놈들의 멍청함을 탓해라."

"……."

"대륙법에 따라 포로를 제대로 대우할 필요가 있지만 지금 그법을 여기서 찾지 않았으면 좋겠군. 쥐새끼를 정식으로 포로 취급할 수는 없으니까."

"……."

여섯 명 모두 클라우드를 노려보았다. 눈빛으로 사람을 죽일수 있다면 그는 이미 갈가리 찢어졌으리라.

"하지만 나는 자비로운 사람이다. 제대로 정보를 말하면 살려주지. 그리고 공화국으로 보내주겠다."

"죽여라! 네놈에게 해줄 말은 없다!"

클라우드의 말이 끝나기 무섭게 한 사람이 외쳤다.

"그럼 죽던가."

그 순간, 클라우드가 검을 휘둘렀고 라이더의 목이 잘려나갔다. 피가 분수처럼 뿜어져 나왔고 다른 라이더들과 화이트라이거의 손을 붉게 물들였다.

"아직 입은 다섯 개 있다. 이번에는 얌전하게 죽여줬지만 다음부터는 차라리 죽고 싶다고 울부짖게 해주지. 다시 한 번 묻겠다. 왕정복고파는, 엘레나 메디시스는 도대체 뭘 노리고 있는 거지?"

"!"

클라우드가 말하는 순간, 살아남은 이들의 얼굴이 창백해졌다. 클라우드는 만족스러운 얼굴로 고개를 끄덕였다.

"역시 그년이 노린 거였군."

"뭐, 뭐라고!"

"유도심문을 걸다니! 이런 치졸한!"

그제야 라이더들은 자신들이 클라우드의 유도심문에 걸렸다는 것을 깨달았다.

"쉬운 일이지."

원래라면 쉽게 걸리지 않겠지만 그럴 줄 알고 단숨에 동료를 죽였다. 아무리 훈련이 잘 되어 있어도 인간인 이상, 흔들림을 보일 수밖에 없었다. 그리고 그걸 찌르는 건 쉬운 일이었다.

"뭘 노리는지는 예상이 가지만 그래도 제대로 말해줬으면 좋겠군. 곱게 죽고 싶으면 말이야."

클라우드의 입가에 걸린 미소가 더욱 짙어졌다.

그 모습을 본 기사들은 자기 의지와 상관없이 몸을 떨었다.

악귀와 같은 미소였다.

◆

자신의 집무실에 홀로 남은 엘레나는 부하들의 연락이 오기를 기다렸다.

　"테슬러 백작이 제이드 영지를 공격하면 아무리 제국의 영웅이라 불린 인간도 지원을 갈 수밖에 없다. 그 사이, 우리가 동부요새를 공격하면 끝이야."

　이를 위해 왕정복고파의 모든 힘을 끌어 모았다. 두 명의 소드 마스터와 100기에 달하는 마장기, 그리고 간신히 손에 넣은 신형 마장기까지 전부 말이다.

　"지지 않을 거야."

　잃어버린 왕국의 옛 영광을 되찾기 위해서라도 질 수 없었다.

　그 때,

　우우웅.

　그녀가 가지고 있던 통신기가 진동했다. 엘레나는 책상의 장치를 만졌고 그러자 벽에 걸린 화면이 밝게 빛났다.

　"그래, 어떻게 됐……."

　엘레나는 말을 잇지 못 했다. 화면에 나타난 사람은 그녀의 부하들이 아니었다.

　-처음 보는군, 엘레나 메디시스. 내 이름은 클라우드 폰 제이드. 당연히 들어봤겠지?-

　클라우드가 웃으며 엘레나를 바라보았다.

　벌떡!

　화면 속의 엘레나 메디시스가 자리에서 일어났다. 클라우드를 바라보는 그녀의 눈동자가 크게 떨리고 있었다.

　'확실히 예쁘네.'

클라우드는 화면 속의 엘레나를 보며 그녀의 미모를 인정했다. 흑백 영상 속에서도 그녀의 미모는 빛을 발하고 있었다. 괜히 그녀가 기간토마키아에서 가장 아름다운 여성 캐릭터 투표를 할 때마다 최상위권에 드는 게 아니었다.

'지금은 쓸모없지만 말이야.'

클라우드의 입가가 비웃음이 떠올랐다. 얼굴이 예쁜 걸로 지금의 상황을 주도할 수는 없었다.

-다, 당신이 어떻게 그 통신기를 가지고 있는 거죠!?-

"당연한 걸 묻는군. 네 부하들한테 좀 빌렸다. 아, 혹시나 싶어서 말하는데 함부로 끊으면 재미없을 거다. 왕정복고를 위해 노력할 소중한 부하들을 잃고 싶지 않다면 말이야."

파르르.

흑백 영상에다가 화질도 좋지 않았지만 그녀가 격동하고 있는 게 눈에 보였다. 애써 동요하는 모습을 숨기려 하지만 소드마스터인 자신의 눈을 속일 수는 없었다.

대화를 끊으면 그만이겠지만 지금의 그녀로서는 그럴 수 없었다.

그도 그럴 것이 철갑기사단의 라이더 하나를 육성하기 위해 소모되는 비용은 엄청났다. 자신 정도 되니까 수월하게 제압한 것이지 상대적으로 공화파에 비해 인재가 부족한 왕정복고파에게 라이더 다섯 명의 가치는 컸다.

-후우-

엘레나는 호흡을 가다듬고 클라우드를 노려보았다.

'어차피 한 번은 만나야했어.'

싸우기로 결심한 이상, 적에 대해 알아볼 필요가 있었다. 그녀는 그 기회가 빨리 온 것이라 생각하기로 마음먹었다.

'문제는 저 자가 어디까지 알고 있냐는 건데……'

철갑기사단만 만났다면 딱히 문제될 것은 없었다. 그들이 가지고 있는 서신에는 당사자가 아닌 사람은 읽을 수 없게 조치를 미리 취했기 때문이다. 하지만 테슬러 백작에게 손을 내밀었다는 것을 알면 끝장이었다.

"머리 굴리는 소리가 여기까지 들리는군. 어렵게 생각할 거 없다. 이미 네가 어떤 계획을 짰는지는 전부 다 파악했으니까. 테슬러 백작이 동부를 흔들어서 동부요새의 병력이 출전하면 그 틈에 요새를 공략할 계획이었겠지?"

털썩.

클라우드의 말을 들은 엘레나는 자리에 주저앉았다.

'다 끝났어.'

클라우드가 그 사실을 어떻게 알았는지는 중요하지 않았다. 그가 자신의 계획을 꿰뚫어보고 있는 이상, 더 이상 먹히지 않을 것이라는 게 중요했다. 상대는 그만한 능력을 가지고 있었다.

'역시 저거였군.'

클라우드의 입가에 희미한 미소가 떠올랐다. 이제 그녀는 자신의 손바닥 안에서 놀 수밖에 없었다.

"너무 그렇게 충격 받지 말라고? 대화를 하다 보면 또 기회가 생길 수도 있는 거니까."

-기회라니, 무슨 말이죠?-

"내가 궁금한 건 하나야. 왕정복고파는 사실 외부에 전혀 관심이 없잖아? 너희가 원하는 건 오직 하나, 크로얀 왕국을 되찾는 것뿐이지. 안 그래?"

-당신, 어디까지 알고 있는 거죠? 아니, 어떻게 그렇게 자세히 알고 있는 거죠?-

공화파는 그저 왕정복고파가 좀 더 많은 권리를 되찾으려는 정도로만 알고 있었다. 만일 왕정복고파의 숙원을 알았다면 공화파는 진즉에 관직에 있는 모든 왕정복고파를 숙청해버렸을 것이 분명했다. 그런데 오늘 처음 만난 클라우드가 왕정복고파의 숙원을 알고 있으니, 엘레나로서는 경계할 수밖에 없었다.

"지금 우리 사이에서 '왜', '어떻게' 같은 건 중요하지 않다고 생각한다. 그저 서로 원하는 바를 취하면 되는 거지. 한 가지 거래를 제안하고 싶다, 엘레나 메디시스. 너로서도 나쁘지 않을 거다."

-거래라고요?-

"그래, 거래."

클라우드의 말은 엘레나는 고민에 빠졌다. 하지만 고민은 길지 않았다. 클라우드가 지금까지 있었던 일을 공화파에게 알리면 모든 게 끝이었다. 지금은 그의 제안에 따라갈 수밖에 없는 신세였다.

-뭘 원하나요?-

"왕정복고파가 권력을 장악할 수 있도록 도와주겠다."

클라우드는 자신의 말에 엘레나의 얼굴이 굳는 것을 볼 수 있었다. 그러나 그녀의 입장에서는 받아들일 수밖에 없다. 저들이 숙원이라는 이름의 망집을 버리지 않는 한, 선택지는 없었다.

-무슨 말인가요?-

"크로얀 공화국을 수립한 공화파의 거두들은 에렌시아 제국을 내부에서부터 흔든 다음 누적된 공세를 통해 무너뜨리고 대륙에 공화주의를 퍼뜨리려고 했지. 그렇게 함으로써 대륙에 공화주의가 퍼지면 대륙회의라도 설립하여 의장이자 선구자로 우월한 지위를 거두고 실질적으로는 대륙의 주도권을 쥘 계획 아니었나?"

－당신……

"하지만 제국과의 전쟁이 제대로 풀려나가지 않아 공화파의 주장은 실현 가능성에 의심을 받으며 상당히 위축되었을테고 왕정복고파에게는 기회였겠지."

－……－

엘레나는 침묵했다. 하지만 그녀의 등 뒤에서는 식은땀이 흘러내렸고 움켜쥔 주먹은 진동을 일으키듯 덜덜 떨고 있었다.

"그런데 하필 왕정복고파들이 정국을 주도할 이 기회에 제국에서 내전이 일어났지. 공화파로서는 이번이야말로 자신들의 주장을 이뤄낼 기회라며 목소리를 높이기 시작했을 거고. 당연히 왕정복고파는 이 상황을 이용해 공화파가 세력을 키우는 꼴은 볼 수 없을 것이다. 그래서 공화파가 박살났던 동부요새를 먹어서 정국을 통제하려고 시도한 것 아니겠나?"

그 말까지 듣자 엘레나는 전신에 소름이 돋는 것을 느꼈다.

'이 사람은 도대체 뭐야!?'

제국이 혼란스러워지면서 정보부의 힘도 줄었을 텐데, 공화국의 상황을 모두 알고 있었다. 거기에 자신의 상황을 꿰뚫어보니 말이 나오지 않았다.

'필립, 아니 그 이상이야.'

상대는 괴물이었다. 자칫 잘못하면 잡아 먹힐 수도 있었다.

"너무 겁먹지 말라고. 내가 원하는 건 간단하다. 너희는 전쟁을 포기하고 공화파에게 넘겨. 그러면 내가 대신 공화파를 박살내주지. 공화파의 잔존 세력까지 박살낸다면 너희의 숙원을 이루기도 쉬울 거 같은데, 안 그런가?"

엘레나는 고민했지만 고민 자체는 길지 않았다.

'이 사람이라면 할 수 있어.'

애초에 왕정복고파가 직접 제국을 공격하려는 것은 공화파에게 공을 넘기지 않기 위해서였다. 그만큼 제국은 혼란스러웠으니 말이다. 하지만 눈앞의 남자가 나선다면?

'분명히 군부에 남은 공화파를 끝장낼 수 있어.'

공화파의 남은 전력은 왕정복고파보다 적었다. 클라우드라면 분명히 이길 수 있었다. 하지만 그렇다고 그냥 넘어갈 생각은 없었다.

"어때? 좋은 거래 아닌가?"

-나보고 아군을 팔라는 소리군요. 그 정도로 공화파 전력을 박살낼 자신이 있나요?-

"공화파 잔당들의 전력 따위 걱정하지도 않는다. 지금까지 나는 전투에서 패한 일이 없으니까. 그리고 말에 어폐가 있군. 공화파가 왕정복고파의 아군이었나?"

클라우드가 엘레나를 향해 미소 지으며 말했다. 비긴 적은 있어도 진적은 없으니 패한 일이 없다는 말은 사실이기도 했다. 클라우드의 말을 들은 엘레나는 크게 한숨을 내쉬었다. 상대를 속이는 것은 불가능했다.

-알았어요. 그런데 그러면 당신은 뭘 원하는 거죠? 우리한테

너무 유리하지 않나요?-

"군대를 움직이면 돼. 아, 싸우라는 건 아니니까 안심해도 좋다."

-남부 접경지역에서 무력시위를 해달라는 소리군요-

"그렇지. 공화파와 교대하고 남부지역에 전력을 집중시키고 제국 남부에 대해서 주도권 경쟁을 하는 시늉만 해도 레이너드 왕국에게는 위협적이겠지. 잘만 정리해주면 남부지역에서 어느 정도 이권은 보장해 줄 수 있다."

엘레나는 숨을 삼켰다. 미래를 예언하는 것과 같은 그의 모습을 보니 아무 말도 나오지 않았다.

"나는 공화파를 박살내고 너희는 레이너드 왕국을 견제하고 제국 남부에서 이권을 획득한다. 이 정도면 서로한테 제일 좋다고 생각하는데?"

-확실히 당신 말 대로에요-

고민을 하던 엘레나는 결국 클라우드의 말을 따르기로 결심했다. 정말로 클라우드가 공화파를 박살낸다면 충분히 따를 이유가 있었다.

"처음 만남이 이런 건 아쉽지만 어쨌든 당신을 존경하고 있다. 불가능한 숙원에 평생을 바치며 이루려고 노력하고 있으니."

-되도 않는 말은 사양이에요. 어쨌든 당신의 통신 번호도 알려주세요. 이왕 거래를 하게 된 이상, 앞으로 서로에게 이득이 될 만한 길을 찾아보죠-

"알았다. 그런데 하나 사과할 게 있다. 싸우던 도중 한 사람을 죽였으니 양해해줬으면 좋겠군."

-후, 알았어요. 나머지만 어떻게든 살려서 보내주세요-

엘레나가 한숨을 내쉬자 클라우드는 웃었고 그렇게 통신이 끝났다. 그러자 클라우드는 주먹을 움켜쥐며 크게 기뻐했다.

"좋았어! 화근은 하나 제거했고."

지금은 최대한 전력을 모아야 할 때였다. 지난 전쟁 때 아무런 피해도 입지 않은 왕정복고파와 싸우는 것은 피할 필요가 있었다.

'이겨도 피해가 크면 말짱 꽝이니까.'

그리고 제국의 남부 지역 쪽에 깔짝댈 게 분명한 레이너드 왕국을 견제할 수 있다는 점에서도 의미가 있었다. 남부에 있는 공업 지대까지 잃으면 그 타격은 상상하기도 싫을 정도였다.

"그리고 복고파가 득세해야 공화국이 힘을 잃지."

과거에 사로잡힌 망령들은 받아들이지 못 하겠지만 공화주의가 대두하는 것은 이미 정해진 사실이었다. 앞으로 더 강해지면 강해졌지 결코 과거로 돌아갈 일은 없었다. 하지만 복고파로서는 그 사실을 절대 인정할 수 없을 게 분명했다. 당연히 국민들은 반발할 것이고 지금 공화파와의 권력 다툼보다 더 큰 혼란이 일어날 게 분명했다.

'이권을 준다는 건 그 때 가서 무시하면 되고.'

이권은 어디까지나 그녀가 움직이게 만들 미끼에 지나지 않았다. 처음부터 줄 생각이 없었다.

'공화국의 혼란이 극에 달할 때 박살내면 간단하지.'

현재 가장 중요한 목표는 제국을 확실하게 장악하고 새로운 나라를 건국하는 것이었다. 하지만 새로 건국된 나라의 초기는 항상 위태로웠다. 그 위기를 극복하기 위해서는 외부로 나아가야 했다. 그리고 그 대상으로는 제국의 가장 큰 적인 크로얀 공화국이 합당했다. 크로얀 공화국까지 박살내면 자신을 위협할 놈들은 더 이상 존재할 수 없었다.

'숙원을 품고 노력하는 모습은 존경스럽지만 거기까지지. 과거와 함께 사라져라.'

그녀의 꿈은 이루질 수 없었다.

그것을 잘 아는 클라우드의 입가에는 미소가 피어올랐다.

-클라우드?-

클라우드가 미래를 상상할 때, 루시아의 목소리가 외부 스피커를 통해 울려 퍼졌다. 클라우드는 마침내 소드마스터의 경지에 오른 연인을 축하하기 위해 몸을 돌렸다.

팟!

그런 그의 눈에 조종석에서 뛰어내린 루시아의 모습이 들어왔다. 루시아는 착지하자마자 클라우드를 향해 몸을 날렸고 클라우드는 황급히 그녀를 끌어안았다.

"정말 고맙다, 클라우드!"

"으윽! 루시아, 목! 목!"

루시아가 강하게 목을 조이자 클라우드가 다급하게 외쳤다. 소드마스터의 경지에 오르면서 육체적 능력이 비약적으로 상승했기 때문에 굉장히 아팠다.

"아아, 미안하다 클라우드. 그래도 정말 고맙다는 말 외에는 달리 할 말이 없구나. 나는 아무 것도 해주는 게 없는데 그대는 항상 나에게 많은 것을 주니 오히려 미안할 정도다."

"연인 사이에 그런 말을 하는 게 어디 있어? 네가 좋으면 나도 좋아."

"아니, 나는 그렇게 말로 넘어가는 것을 좋아하지 않는다. 그대의 검으로서 그대가 짊어지고 있는 부담감을 나눠지겠다. 그리고 누구보다 앞장서서 그대의 적을 벨 것이다."

루시아는 각오를 다졌다.

아무리 생각해도 클라우드에게 받은 은혜를 보답할 길이 없었다. 그렇기 때문에 줄 수 있는 것은 자신의 검밖에 없었다. 평생 클라우드를 위해 헌신하기로 그녀는 다짐했다.

"하하하. 그렇게 생각하면 나는 고맙지. 아, 맞다. 한 가지 부탁할 게 있어."

"뭔가?"

"요새 사람들한테는 알려도 상관없는데 대외적으로는 알리지 말자. 다른 귀족들이 알면 분명히 나와 너를 따로 두려고 할거야."

"그래야겠지. 나 역시 그대와 더 이상 떨어지고 싶지 않다."

그렇게 말한 루시아는 클라우드의 어굴에 자신의 얼굴을 가까이 댔다. 그녀의 얼굴은 어느새 붉게 달아올랐다. 클라우드는 그녀의 허리를 부드럽게 안고는 그녀의 입술에 입을 맞추었다.

두 연인은 따뜻한 입맞춤을 나누었다.

요새로 돌아온 클라우드는 곧바로 로버트 하프너를 불렀다.

"늦은 밤에 갑작스럽게 호출하다니, 아무리 각하라지만 너무 무례한 거 아닙니까?"

"아아, 그건 사과하지. 하지만 공화국이 전쟁을 준비하고 있다는 정보를 입수했다. 그래서 빨리 그대에게 확답을 들어야겠다 싶어서."

"정말입니까?"

로버트가 굳은 얼굴로 반문했다.

"이런 걸로 거짓을 말해봤자 무슨 의미가 있겠는가? 중앙에서 지원을 제대로 해줄 수 없는 지금 나는 하프너 상사의 힘이 필요하다. 힘을 빌려줄텐가?"

"……"

아직 사원들을 통해 클라우드에 대한 정보를 제대로 모으지 못 했다. 그 때문에 로버트는 바로 대답하지 못했다.

"사업가에게 필요한 덕목 중 하나가 결단력이지. 자네는 확실히 그런 부분에서 소심하군."

"확실한 정보가 있을 때에야, 결단도 내릴 수 있는 법입니다."

로버트는 바로 클라우드의 말을 맞받아쳤다. 그러자 클라우드가 웃으며 고개를 끄덕였다.

"그러면 확실한 정보를 주지. 내 연인이자 이그레트 영지의 영주, 루시아 폰 이그레트 남작이 소드마스터의 경지에 올랐다. 즉, 동부요새에는 두 명의 소 드마스터가 있다는 것이다. 이 정도면 할 만하지 않나?"

"저, 정말입니까? 아, 아직 그 소식은 못 들었는데!"

"당분간 대외적으로 발표할 생각은 없다. 하지만 자네에게 증명할 수는 있지. 그런데도 확답을 주지 않겠다면 우리의 이야기는 끝이네."

로버트는 눈을 감았다. 이제는 정말 결론을 내려야 했다.

'이건 운명인가?'

이미 엄청난 세력을 이루고 있는 클라우드였다. 그런 그의 세력에 소드마스터 한 사람이 추가 됐다. 이쯤 되면 그가 독립하는 것은 운명이라고 봐도 될 정도였다. 그만큼 그에게는 힘이 모이고 있었다.

'시대는 바뀔 것이다. 그리고 그 중심에는 저 남자가 있을 거다.'

이제는 느낄 수 있었다. 눈앞의 남자는 태풍이었다. 그런 태풍을 거스르는 건 불가능했다.

"각하를 따르도록 하겠습니다. 저를 가신으로 받아주십시오."

"좋은 선택이다, 로버트."

우웅.

활짝 웃은 클라우드가 손을 움직였다. 그러자 공간이 갈라지며 다섯 자루의 검이 모습을 드러냈다.

"계약의 대가라 하기에는 뭣 하지만 일단 이것부터 받게. 처음부터 전부 주는 것은 그러니 나눠서 주는 게 좋겠지?"

"예, 저도 그게 좋다고 생각합니다."

클라우드가 나눠준 유물을 바탕으로 아버지의 환심을 사고 영향력을 키울 생각이었다. 나눠서 보여주는 게 지금으로서는 최선이었다.

"그리고 한 가지 부탁할 게 또 있네."

"말씀하십시오."

"루시아를 위한 전용기를 만들어줬으면 좋겠군. 이제까지 전용기를 만든 건 황실 공방의 역할이었지만 이제는 그럴 형편이 안 되니까."

루시아는 처음부터 싸우겠다고 다짐했고 클라우드 역시 그녀를 놀게 할 생각은 없었다. 그녀는 자신을 위해 싸워야했고 그 힘을 극대화하기 위해서는 반드시 전용기가 필요했다.

"그렇게 하도록 하겠습니다. 아, 그리고 이왕 이렇게 된 거 각하의 전용기도 살핀 뒤, 개조하도록 하겠습니다."

"고맙군."

어차피 신화형 마장기를 얻으면 의미 없어지지만 아직 서부에 가려면 시간이 필요했다. 그래서 로버트의 호의를 받아들였다.

그렇게 이야기가 끝나자 클라우드는 그에게 손을 내밀었다. 그러자 로버트는 망설임 없이 클라우드의 손을 움켜쥐었다.

"앞으로 잘 부탁한다, 로버트. 나를 따르기로 한 이상, 반드시 자네에게 가문과 하프너 상사의 주인이 될 수 있도록 도와주겠다."

"저 역시 최선을 다해 각하의 대업을 돕겠습니다."

새로운 가신, 새로운 소드마스터, 새로운 동맹을 모두 얻었다. 이제 하나의 세력을 자칭해도 충분했다.

'아직 힘을 더 키워야 하지만.'

지금은 군벌에 불과하다. 독립을 선포하기 위해서는 앞으로 더 많은 준비가 필요했다.

'이번 전쟁이 시작이다.'

공화국과의 전쟁을 통해 나라를 세우기 위한 기반을 닦아야만 했다. 반드시 해낼 것이다.

제6장 전쟁과 매듭

크로얀 공화국 국방부.

그곳에서 두 사람이 걸어 나왔다. 한 사람은 크로얀 공화국의 소드마스터 중 한 사람인 아르곤 크로아티르와 기갑특무대 대위 엘넌 램브란트였다.

"정말 괜찮겠느냐? 아무리 참모라고 하지만 네가 참전할 것이라고는 전혀 생각하지 못 했다. 네 능력은 누구보다 잘 알고 있지만 말이다."

"공화파가 위기에 빠졌는데 저라도 참전하지 못 할 게 어디 있습니까? 아버님 역시 흔쾌히 동의하셨습니다."

"통령께서도 허락했다니, 내가 더 이상 말려도 의미가 없겠구나. 그건 그렇고 그 계집이 설마 공을 세울 기회를 포기할 줄은 몰랐다."

아르곤은 방금 전 회의에서 있었던 일을 떠올렸다. 엘라나를 비롯한 왕정복고파들은 이번 전쟁에 끼어들지 않겠다는 의사를 밝혔다. 공화파에게 기회를 넘긴 것이다. 이 유리한 기회를 왜 스스로 버렸는가? 아르곤은 그 점을 이해할 수 없었다.

"포기한 게 아닐 겁니다."

엘넌이 굳은 얼굴로 대답했다. 그러자 아르곤이 자리에서 멈췄다.

"포기가 아니라니, 그런 무슨 생각으로 저들이 우리에게 기회를 준단 말이냐?"

"어떻게든 자기들의 전력을 지키는데 혈안이 되어 있는 놈들입니다. 이번에도 마찬가지겠지요. 다른 말로 하면 저희가 이번 전투에서도 질 것이라 생각하는 게 분명합니다."

쿠오오오!

엘넌의 말이 끝나기 무섭게 아르곤의 전신에서 무시무시한 기세가 피어올랐다. 강대한 기세를 전면에서 받은 엘넌은 얼굴을 찌푸렸다. 자신의 실수를 깨달은 아르곤은 재빨리 기세를 거둬들였다. 하지만 그의 분노는 여전했다.

"웃기는 소리! 그 빌어먹을 놈들이 미친 게 분명하군."

"이번에 참전하는 공화국의 전력은 RCM-1 70기와 카마드 하르트 중장 각하, 그리고 각하뿐입니다. 아, 복고파에게 갈 특별기를 양도받았지만 딱 거기까지입니다."

"……."

"게다가 상대는 불패의 명장이자 제국의 영웅으로 한창 이름을 날리고 있는 클라우드 폰 제이드입니다. 복고파 놈들이 저희의 패배를 확신하는 것도 무리는 아닙니다."

"클라우드 폰 제이드, 그 놈만큼은 반드시 내 손으로 벨 것이다."

아르곤이 분노를 담아 외쳤다.

아직도 잊을 수 없었다. 동부요새의 함락을 거의 앞뒀을 때, 갑자기 나타나 모든 것을 뒤집은 그 남자를 말이다. 지휘관들이 한 번의 전투에서 모두 사망하는 대참사가 일어났다. 그것으로 모자라 자신 역시 그에게 패배하고 굴욕적으로 항복을 택해야만 했다.

화려한 경력이 박살났다. 소드마스터가 아니었다면 진즉에 옷을 벗어야 했을 것이다. 그 때문에 클라우드에 대한 아르곤의 분노는 매우 컸다.

"각하의 분노는 충분히 공감합니다. 하지만 쉽지 않을 겁니다."

"……무슨 말이지?"

"그는 이미 단순한 기사가 아닙니다. 뛰어난 지휘 능력을 지녔으며 작전을 기획 및 수행하는 능력도 압도적입니다. 오죽하면 현재 에렌시아 제국의 황제들보다 국민들 사이에서 더 지지를 받고 있을 정도니, 절대 쉽게 볼 상대가 아닙니다."

엘넌은 심각한 얼굴로 말했다. 상대는 역사 속에서나 등장할 법한 명장이었다. 게다가 전력 역시 공화파와 비교해도 결코 뒤떨어지지 않았다. 복고파가 왜 전쟁을 포기하고 상황을 지켜보기로 결심했는지 이해할 수 있었다.

"음."

엘넌이 말하자 아르곤은 침착함을 되찾았다. 이대로 분노에 사로잡혀봤자 아무 것도 할 수 있는 것은 없었다.

"하지만 그래도 우리는 이겨야 한다. 물러날 곳이 없지 않나?"

"각하의 말씀대로입니다. 저희는 싸워야 합니다. 이번에도 패배한다면 공화파는 군부에서 완전히 영향력을 잃어버리게 될 겁니다."

그게 문제였다.

공화파에겐 물러날 곳이 없었다. 복고파의 압력은 계속 유지되고 있었다. 그나마 제국에서 내전이 일어나 숨을 한 번 고를 수 있게 됐지만 이번에도 지면 모든 게 끝장이었다.

"소드마스터가 한 명인 저쪽과 달리 우리 쪽은 카마드 하르트와 내가 있다. 전용기도 있고 말이다. 무엇보다 엘넌, 네가 참전하지 않느냐?"

"과찬입니다, 각하."

"과찬은 무슨. 과거 아제르 왕국 공략전에서 네가 내놓은 작전 덕분에 왕국의 정규군을 농락하여 나흘 만에 전멸시키고 열흘 만에 수도를 함락시키지 않았느냐? 너라면 할 수 있다."

아르곤은 엘넌 램브란트의 능력을 믿었다. 그가 기갑특무대의 대위까지 간 것은 단순히 통령의 아들이라서가 아니었다.

"최선을 다하겠습니다, 각하."

"그래. 염원을 이루기 위해서라도 우리는 반드시 이겨야 한다."

"명심하겠습니다."

엘넌이 진지한 얼굴로 대답했다.

'클라우드 폰 제이드, 당신을 반드시 뛰어넘겠습니다.'

엘넌은 주먹을 움켜쥐었다. 이번 전쟁에서 진다고 공화파가 사라지는 것은 아니다. 하지만 군부의 영향력을 모조리 잃는 것은 공화파가 사라지는 것과 다름없었다. 그만큼 현 상황에서 군대를 누가 장악하고 있느냐는 중요한 문제였다.

'우선 손발을 끊겠다.'

엘넌은 뭘 할지 결정했다. 지난번처럼 지원군이 변수가 되는 것부터 막을 생각이었다.

'니콜라스 후작에게 연락해야겠군.'

지금은 이용할 수 있는 건 전부 다 이용해야 했다.

그렇게 일주일이라는 시간이 흘렀다.

그리고 크로얀 공화국은 제국 전역을 향해 선전포고를 했다.

-협정을 맺은 지 얼마나 됐다고 벌써 파기하고 선전포고라니, 역시 놈들은 도리라고는 전혀 몰라. 자네에게 또 무거운 짐을 맡기게 됐군-

"괜찮습니다. 다 감안하고서 자원한 겁니다."

클라우드는 화면 속의 올리비아를 보며 대답했다. 하지만 올리비아는 고개를 저었다.

-아니야. 하늘이 자네를 제국에 보낸 게 정말 다행이지. 당장 아이기스 시를 함락시켜 후방의 안전을 도모하지 않았나?-

올리비아가 칭찬하자 클라우드의 입가에 미소가 떠올랐다.

삼일 전, 클라우드는 윌리스와 로렌스를 파견해 아이기스 시를 공격했다. 클라우드가 없다는 것을 안 랄프 폰 테슬러 백작은 자신만만해하며 나섰지만 결과는 참담했다. 윌리스의 유인책에 빠진 사이, 로렌스는 병력을 이끌고 단숨에 아이기스 시를 함락시켰다. 그리고 테슬러 백작은 윌리스와의 싸움에서 패배했다.

그 결과, 동부에서 가장 번화한 도시인 아이기스 시가 순식간에 클라우드의 손에 들어왔다.

"아직 반역자 랄프 폰 테슬러를 잡지 못 했습니다. 그 자의 영향력을 생각하면 잡을 때까지 절대 안전을 확신할 수 없습니다."

-그건 그렇지. 황제 폐하는 가급적 그를 회유하라고 명령하셨네. 어쨌든 니콜라스 놈을 따르던 놈들 중에서는 가장 동부에 큰

영향력을 행사하던 놈이었으니까-

"명심하겠습니다."

클라우드가 고개를 숙였다. 그런 클라우드를 보며 올리비아는 크게 한숨을 내쉬었다. 이제까지 계속 말을 돌렸지만 이제는 본론으로 들어갈 때였다.

-미안하다, 클라우드. 아무래도 지원은 어려울 것 같다. 이안 폰 에렌시아가 아군을 노리고 있다는 정보를 입수했다-

"걱정하지 않으셔도 됩니다. 어차피 지난 번 전쟁 에서 박살나고 남은 잔당 아닙니까? 굳이 지원을 하지 않아도 됩니다."

올리비아가 잔뜩 굳은 얼굴로 사과했다. 하지만 클라우드는 여유로웠다. 아직 외부에는 알려지지 않았지만 그의 전력은 이미 누구에게도 지원을 받지 않아도 될 정도로 강해진 상태였다.

'로버트가 약속은 참 잘 지켰지.'

가신이 되기로 맹세한 로버트는 즉각 약속을 지켰다. 남부의 공업지대에서 생산하고 있는 화이트울프 20기를 즉각 보낸 것이다. 그 때문에 현재 동부요새의 마장기는 80기에 달했다. 거기에 15기가 추가로 조립중이라니 전력은 넘쳤다.

'그리고 괜히 지금 상황을 들켜봤자 좋을 건 없다.'

중앙 쪽은 최대한 동부에 관심을 가지지 않는 게 자신에게 좋았다. 그런 클라우드의 심정을 모르는 올리비아의 얼굴에는 죄책감이 그대로 남아있었다.

-그렇게 말해주니 고맙다. 그러나 여태까지 계속 도와주기로 하겠다고 말했는데도 정작 한 번도 약속을 지킨 적이 없구나-

"동부요새도 중요하지만 제도의 안위도 중요합니다. 다 감안하고 이곳에 자원한 거니 너무 신경 쓰지 마십시오."

-후우. 정말 뭐라 할 말이 없군. 여건이 되면 꼭 지원군을 보내 도록 하겠네-

"하하. 괜찮습니다. 동부 쪽은 걱정하지 마시고 반역자들에게 제국의 진정한 주인이 누구인지 보여주는 게 더 중요하다고 생각 합니다."

클라우드가 자신만만하게 웃으며 말하자 올리비아는 끄덕였 다. 그렇게 통신은 끝났다.

"후우. 보고할 때가 제일 살 떨리는군."

가볍게 숨을 가다듬은 클라우드는 고개를 돌렸다. 방 구석에 는 한 명의 사내가 전신에 피멍이 든 채 포박되어 있었다. 그리 고 그의 옆에 있는 소파에는 윌리스가 앉은 채, 그를 감시하고 있 었다.

랄프 폰 테슬러 백작.

동부에서 가장 번화한 도시인 아이기스 시를 바탕으로 세력을 쌓고 있는 사내였다. 니콜라스 폰 알레시오와 연계하여 동부를 흔들려고 했던 그가 클라우드 앞에 포박된 채 무릎을 꿇고 앉아 있었다.

클라우드는 그에게 다가가 그의 눈과 귀, 입을 막고 있던 천을 끊었다. 감각이 돌아온 랄프 백작은 클라우드를 향해 울부짖듯 외쳤다.

"사, 살려주게, 남작! 내 여황 폐하를 위해 최선을 다하겠네! 내 말이면 여황 폐하에게 충성을 바칠 영주들이 많네!"

"확실히 백작님은 동부에서 상당한 영향력을 행사하고 계신 걸로 알고 있습니다."

"그렇지! 저, 절대 후회하지 않을 걸세!"

클라우드가 웃으며 말하자 랄프는 살 수 있다는 희망을 얻었다. 클라우드는 그런 그에게 다가가 한쪽 무릎을 굽히고 랄프의 눈을 응시했다.

"이게 그냥 내전이었다면 기꺼이 백작님을 받아들였을 겁니다. 하지만 백작님, 하셔는 안 될 짓을 하셨더군요. 설마 공화국과 손을 잡을 줄은 몰랐습니다."

"그, 그게 무슨 소리인가!"

랄프가 부인하자 클라우드는 품속에서 한 장의 서신을 꺼냈다. 전의 철갑기사단의 단원으로부터 얻은 서신이었다. 약품을 받았기 때문에 서신은 누구나 다 읽을 수 있게 된지 오래였다.

"일주일 전, 저는 백작님의 정찰 부대를 포착했고 그들이 철갑기사단과 조우하는 것을 확인했습니다. 그리고 그들을 공격했고 이 증거를 얻었습니다. 그런데도 부인하려는 겁니까?"

"헉!"

안 그래도 부하들이 돌아오지 않아 의아하던 차에, 진실이 갑자기 밝혀지자 랄프는 크게 경악했다.

"아무리 내전이라도 그렇지, 어떻게 외세를 끌어들입니까!"

"미, 미안하네! 요, 용서해주게! 알레시오 후작님, 아, 아니! 알레시오 때문에 어쩔 수 없었네!"

랄프는 간절히 빌었지만 클라우드는 자리에서 일어났다. 그리고 검을 뽑아 랄프의 목을 향해 겨누었다.

"아이기스 시를 키워주셔서 감사합니다. 백작이 심혈을 다해

키운 도시는 제가 잘 다스리겠습니다."

"아, 안 돼!"

촤아악!

랄프의 비명이 울려 퍼지는 것과 동시에 클라우드가 검을 휘둘렀다. 검은 정확하게 랄프의 목을 베었다.

"이렇게 죽일 거면 그 때, 제가 죽이는 게 낫지 않았습니까?"

랄프를 감시하고 있던 윌리스가 투덜거렸다.

"그러면 도망갔다고 속일 수 없지 않나? 중앙의 귀족들이 이 인간이 살아있다고 믿는 이상, 나를 크게 경계하지는 않을 거고 말이다."

클라우드의 말은 윌리스는 피식 웃으며 고개를 흔들었다. 아무리 생각해도 무서운 주군이었다.

"그나저나 적들도 제법이군요. 니콜라스 후작과 연계해 지원군을 끊다니 말입니다."

"확실히 수완이 좋은 놈이 있는 것 같군."

클라우드는 윌리스의 말에 동의했다. 사전에 대비를 해놨기에 다행이었다. 조금만 늦었어도 재미없는 상황이 연출됐을 게 분명했다.

"그래봤자 이제 와서 그게 무슨 의미가 있나? 전부 다 대비를 해놨는데 말이야. 그나마 남았던 유일한 방해거리도 지금 내 손에 죽었지."

랄프 폰 테슬러가 죽은 이상, 동부의 나머지 반란군은 잔챙이에 지나지 않았다. 이로서 후방의 안전은 완전히 확보됐고 온전히 공화국을 상대할 수 있게 됐다.

"그래도 똑똑한 놈이 있는 거 같은데 이번에는 주군이 한 방 먹는 걸 볼 수 있을지 모르겠습니다."

"누가 와도 다 박살낼 뿐이다."

아르곤 크로티아르든 뭐든 누구라도 다가오는 적은 전부 다 으깰 뿐이었다. 그게 전부였다.

크로얀 공화국이 에렌시아 제국을 향해 선전포고를 했다는 사실은 바로 대륙 전역으로 퍼져나갔다.

"기회입니다, 저하!"

레이너드 왕국의 소드마스터 루벤 폰 오스틴 후작이 웃으며 외쳤다.

안 그래도 갈가리 찢겨진 에렌시아 제국이었다. 루벤은 절대 제국이 이길 가능성이 없다고 생각했다. 대부분의 사람들 역시 그와 비슷했다. 다들 크로얀 공화국이 카힐 산맥을 비롯한 제국의 동부를 손에 넣을 거라 판단했다.

"확실히 그렇긴 한데 그 제국 동부요새의 사령관이 걸리는군. 제국의 영웅이라 불린다지? 이름이 뭐였는지 알고 있나?"

"예, 클라우드 폰 제이드라 합니다. 겨우 전공 몇 번 세운 걸로 영웅이라 띄워주는 게 어이가 없기는 합니다만, 원래 제국 인간들은 과장하는 걸 좋아하니 어쩔 수 없지만 말입니다."

"뭐 어쨌든 전공을 연거푸 세운 건 인정해야 할 일이다. 과연 공화파가 남은 여력을 가지고 그를 뛰어넘을 수 있을까 조금 의심되는군."

"그는 분명히 뛰어난 장군입니다. 하지만 동부에는 레베카 여황의 적들이 곳곳에 도사리고 있습니다. 게다가 이안 폰 에렌시아가 곧 팔칸을 공격한다고 하니 그는 혼자서 양쪽의 적을 견제해야 합니다."

제피르 왕자는 루벤의 말에 고개를 끄덕였다. 확실히 혼자서 모든 적들을 막아내는 건 불가능했다.

"확실히 후작의 말대로다. 공화국 놈들의 방식은 볼 때마다 마음에 안 들지만 이번에는 잘 이용해줘야겠어."

제피르 폰 레이너드 왕자는 자신의 앞에 펼쳐져있는 지도를 바라보았다.

그리고,

딱!

지휘봉으로 지도의 한 부분을 가리켰다. 지휘봉의 끝에는 에렌시아 제국의 남부 지역이 있었다. 과거 레이너드 왕국의 영토이기도 했다.

"이제 되찾을 시간이다. 그렇지 않나?"

"예, 저하. 제가 앞장서서 적들을 베겠습니다!"

루벤의 외침에 제피르 왕자는 웃으며 고개를 끄덕였다.

하지만 그 때,

"저하! 크로얀 공화국의 철갑기사단을 비롯한 다수의 부대가 제국 남부국경 일대에 집결하고 있다는 보고입니다! 사령관은 스테판 할라인이라고 합니다!"

화려한 예복을 입고 있는 사내가 들어와 외쳤다. 그 말을 들은 제피르와 루벤의 얼굴에 경악이 떠올랐다.

"뭐라고!? 국경은 넘었느냐?"

"아닙니다. 국경 근처에 집결하고 있을 뿐, 아직 국경은 넘지 않았습니다."

"공화국 놈들한테 한 방 먹었군."

부관의 말을 들은 제피르 왕자는 똥 씹은 얼굴로 말했다.

"그게 무슨 말씀이십니까, 저하?"

"우리와 달리 공화국은 이미 제국에 선전포고한 상태다. 그리고 무조건 동부만 공격할 이유는 어디에도 없지. 당장 지난번만 해도 복고파의 군대가 제국의 남부요새를 공격하려 했었지."

"그렇다면?"

"이번에는 아무래도 동부는 공화파가, 남부는 복고파가 처리하기로 합의한 모양이군. 설마 이렇게 나올 줄이야……"

"하필 이런 때에, 하이에나 같은 놈들!"

루벤이 욕설을 내뱉었다.

마침내 기회가 왔는데 이렇게 방해를 받는다는 사실을 도저히 참을 수 없었다. 그렇다고 해서 공화국군을 무턱대고 공격할 수 없다는 것을 잘 알고 있었다. 공화국의 복고파는 지난 전쟁에서 전력을 고스란히 보존하는데 성공했기 때문이다. 레이너드 왕국군으로서는 제국군을 상대하면서 복고파를 맞상대하는 것은 굉장히 껄끄러웠다.

"어쩔 수 없군. 공화국군과 협상을 해야겠다."

"협상을 말씀이십니까?"

"공화국에게 남부지역의 이권을 어느 정도 보장해주는 대신, 손을 떼게 만들 것이다. 공화국군도 제국을 앞두고 우리와 싸우고 싶어하지는 않겠지."

마음에 들지 않지만 제피르는 현실을 인정했다. 분열됐어도 제

국은 제국이었다. 온힘을 다해야 할 판국에 공화국과 싸우는 것
은 최대한 피해야만 했다.

'반드시 선조들의 염원을 이룰 것이다.'

왕국민들 모두가 이루기를 바라는 숙원이었다. 어떤 방해가 있
어도 반드시 이루겠다고 제피르는 다짐했다.

"괜찮겠느냐? 우리가 나서면 레이너드 왕국이 좋아하지 않을
것이다."

크로얀 공화국이 자랑하는 다섯 명의 소드마스터 중 한 사람
인 스테판 할라인이 엘레나를 보며 물었다. 옛 친구의 딸이 뛰어
나다는 것은 알고 있었지만 가끔은 그 속을 이해할 수 없었다.

엘레나는 군부의 공화파 인사들이 대거 에렌시아 제국 쪽으로
향하면서 자리를 비운 사이, 복고파 전력을 이끌고 제국 남부를
공격하겠다는 의사를 의회에 밝혔다.

그녀의 의사는 복고파와 공화파 모두에게 환영을 받았다. 복고
파의 인사들은 대제국전선에서 소외되지 않았다는 사실에 환호
했다. 공화파 인사들은 복고파의 병력을 등 뒤에 두지 않고 싸
울 수 있다는 사실에 기뻐했다.

양 측의 이해가 맞아떨어졌고 복고파는 군대를 이끌고 제국 남
부로 진격했다.

"저희가 레이너드 왕국의 눈치를 볼 이유는 없잖아요? 그렇다
고 진짜로 남부를 공격할 것도 아니니까 문제될 것은 없다고 생각

해요. 아쉬운 건 레이너드 왕국이죠."

"확실히 그건 그렇지. 그런데 정말 동부요새의 승부가 결정될 때까지 견제만 할 것이냐? 지금 우리가 공격하면 제국 남부는 확실히 우리 것으로 만들 수 있다. 레이너드 왕국이야 쫓아내면 그만이고."

"각하도 잘 아시겠지만 지금 저희한테 가장 중요한 건 전력을 보존하는 거예요. 공화파가 무너지고나서 움직여도 늦지 않아요."

엘레나가 확신하자 스테판은 이해할 수 없다는 얼굴로 그녀의 얼굴을 응시했다.

"너는 제국의 악마가 공화파를 이길 거라 확신하고 있구나."

제국의 악마.

공화국 측에서 클라우드를 부를 때 사용하는 멸칭이었다. 그만큼 클라우드가 공화국에 안긴 충격은 상당했다.

"능력이 있다는 걸 몇 차례 증명했으니까요."

"하지만 공화파 측의 소드마스터는 두 명이다. 우리가 받기로 한 특수마장기도 저쪽이 수령하지 않았느냐? 게다가 엘넌 램브란트도 있다."

공화파는 이번 전투에 전력을 다했다. 그런데도 엘레나는 클라우드가 이길 거라 말하니 이해가 되지 않았다.

"각하의 말씀대로 될 수 있어요. 어차피 저희한테는 누가 승자가 되었든 중요하지 않아요. 양쪽 다 세력이 줄어든다는 게 의미가 있으니까요. 다 공멸하면 그게 제일 좋고요."

엘레나는 클라우드의 능력은 인정했다. 하지만 인간 자체를 신용할 생각은 없었다. 그는 굉장히 위험한 남자였다. 이대로 공화파와 싸우다가 양쪽 다 박살나는 게 복고파에게 가장 좋았다.

"확실히 그건 그렇지. 그러면 다시 레너드 왕국에 대해 이야기를 해보자꾸나. 저쪽은 분명히 몸이 달아올랐을 텐데 어떻게 할 것이냐?"

"분명히 먼저 저희한테 협상을 요청할 테니 시간을 끌어야죠. 어차피 이권을 받을 수 있으면 그것만으로도 이익이니까요. 그 사이, 전쟁이 어떻게 돌아가는지 지켜보면 돼요."

엘레나는 그렇게 대답하다.

'분명히 약속은 지켰어.'

그녀는 클라우드의 약속을 떠올렸다. 클라우드와 레너드 왕국을 견제하겠다고 약속했기 때문에 병력을 집결시켰지만 굳이 레너드 왕국군과 대결할 필요는 없었다. 단지 공화국군이 제국 남부를 침공한다는 시늉으로도 견제는 충분했다. 제국을 상대로 선전포고를 했는데 레너드 왕국을 상대로 전쟁이 확대되면 국민들의 반발을 살 수 있었기 때문이다.

'제국 남부를 공격하는 척 하는 것만으로도 레너드 왕국을 견제하는 데는 충분해.'

이것만으로도 클라우드와의 약속은 지켰다고 할 수 있었다. 하지만 그녀는 그것만으로 끝낼 생각은 전혀 없었다.

'속을 알 수 없는 남자야.'

황제가 되고자 하는 명확한 목표가 있었던 필립에 비해 클라우드가 무엇을 원하는지 도저히 알 수가 없었다. 게다가 상대는 자신들에 대해 많은 걸 알고 있는 반면, 자신은 상대에 대해 아는 게 전혀 없었다.

그런 남자를 무조건 신용하는 것은 결코 있을 수 없었다.

-각하. 제피르 폰 레이너드 왕세자가 협상을 요청하였습니다-

"알았다."

통신관이 통신을 보내자 스테판은 고개를 끄덕였다. 그리고 엘레나를 바라보았다.

"확실히 네 말대로 됐구나."

"아쉬운 건 레이너드 왕국이니까요. 조금만 더 노력해주세요, 각하. 이제 복고파가 군부를 장악할 일이 얼마 안 남았어요."

"그래. 왕국을 위해 최선을 다할 것이다.."

레이너드 왕국이 옛 영토를 되찾고자하는 숙원을 가진 것처럼 복고파 역시 크로얀 왕국을 다시 세우겠다는 숙원을 가지고 있었다. 그렇기 때문에 그들 역시 물러날 수 없었다.

'절대 당신 마음대로는 안 될 거예요, 클라우드 폰 제이드.'

무조건 끌려갈 수밖에 없는 관계는 빨리 끊는 게 이익이었다.

"누가 내 욕을 하는 건가? 귀가 가렵군."

"각하라면 다른 사람들한테 욕 많이 먹을 겁니다. 당장 공화국 놈들을 상대하니 말이죠."

엘리스가 웃으며 말했다. 공식적인 자리였기 때문에 평소의 영주님이 아닌 각하로 제대로 클라우드를 불렀다.

"확실히 그대의 말대로군, 발렌타인 대위. 내가 만일 공화국 지휘관이었다면 절대 각하를 가만 두지 않았을 것이다."

"루시아, 너마저!"

루시아가 엘리스의 말에 동조하자 클라우는 믿을 수 없다는 얼굴로 바라보았다. 하지만 루시아는 아무렇지 않다는 듯 클라우드를 바라볼 뿐이었다.

"솔직히 틀린 말은 아니지 않습니까? 각하께서 죽인 공화국의 장병들을 생각해보십시오."

"거참. 다들 너무하는데."

로렌스까지 가세하자 클라우드는 고개를 흔들었다. 뭐 확실히 공화국, 특히 공화파라면 자신한테 이를 가는 것도 무리는 아니었다.

'이제는 이도 못 갈게 아예 박살을 내주지.'

그렇게 생각한 클라우드의 얼굴에서 장난스러운 미소가 사라졌다. 클라우드는 진지한 얼굴로 엘리스를 바라보았다.

"엘리스, 지금 공화국군의 상황은 어떻지?"

"요원들의 정보에 따르면 현재 커티스 시에 모인 마장기의 숫자는 RCM-1 50기, 그리고 아르곤 크로티아티르의 골든피닉스도 확인했습니다. 다만 아직 더 집결 중이라고 합니다."

"공화국 전역에 있는 공화파들을 모아야 할 테니 꽤나 시간이 걸리겠지."

"예. 그리고 카마드 하르트도 참전한다는 정보를 입수했습니다."

"그건 좀 귀찮군. 이제 저쪽도 소드마스터가 두 명이군. 루시아가 소드마스터가 안 되면 큰일 날 뻔 했겠어."

클라우드의 말에 다시 한 번 모인 사람들 모두 웃었다. 클라우드의 말처럼 동부요새에도 이제 두 명의 소드마스터가 있었다.

괴수가 모습을 드러낸 이후, 수많은 왕국이 멸망하고 그 자리에 수많은 소국이 탄생했다. 소드마스터를 한 명도 보유하지 못한 소국이 많다는 것을 생각하면 현재 동부요새의 전력은 어마어마했다.

"어쨌든 공화국은 아직 전력이 다 모이지 않았다는 거군. 발렌타인 대위, 내 말이 맞나?"

"예, 그렇습니다."

엘리스의 대답을 클라우드는 생각을 정리했다. 앞으로 뭘 해야 할지 답이 나왔다.

"그렇다면 여기 가만히 있을 필요가 없군. 안 그런가?"

"각하, 설마……?"

무언가 깨닫는 게 있었는지 윌리스가 굳은 얼굴로 물었다. 그러자 클라우드는 가볍게 고개를 끄덕였다.

"어차피 저쪽이 선전포고도 먼저 했겠고 다 모이지도 않았다. 굳이 여기서 싸울 필요가 없지 않나?"

동부요새는 동부 방어의 핵심이었다. 아무리 전쟁에서 승리하더라도 크게 피해를 입으면 손해였다. 클라우드는 이를 가만히 좌시할 생각이 없었다.

"하지만 아무리 그래도 그건……."

엘리스가 망설이자 클라우드는 고개를 흔들었다.

"이제까지 제국과 공화국의 전쟁 양상은 항상 공화국이 먼저 공격하고 제국이 이를 막아내는 구조였다. 한 번도 제국이 뚫린 적이 없지만 그래도 제국의 피해가 크다는 사실은 변함이 없었지.

그런데 왜 가만히 있는단 말인가?"

상대가 필사적으로 준비를 하는데 왜 기다려준단 말인가? 허를 찌르고 박살내줄 생각이었다. 커티스 시를 박살내놓는다면 복고파가 권력을 장악하더라도 감히 제국을 넘보지 못할 것이다.

'상황은 무조건 내가 쥐고 흔들어야 제 맛이지.'

그 누구의 의도에도 따라갈 생각이 없었다.

"선빵 필승이라는 거군요."

"바로 그거지."

로렌스가 말하자 클라우드의 입가에 미소가 피어올랐다.

크로얀 공화국이 에렌시아 제국을 향해 선전포고를 한 지 3일이 흘렀다. 서부 최전선에 위치한 군사도시, 커티스에는 공화파의 전력이 집결하고 있었다. 그렇게 모인 마장기 숫자가 60기에 달했다.

하지만 아르곤 크로티아르의 표정은 좋지 않았다. 가장 핵심이라 할 수 있는 카마드 하르트와 그의 직속 부대는 물론 특별기도 아직 도착하지 않았다.

"도대체 왜 이리 시간이 걸리는 것인가?

"동부 전선에서 갑자기 빠지는 것만큼, 인수인계를 하는데 시간이 걸렸답니다. 복고파가 시간을 질질 끈 것도 있고 말입니다."

"하여튼 그 놈들은 도움이 되는 게 하나도 없군. 특별기는 어떻게 됐는가?"

"마지막 조정에서 차질이 생겼다고 합니다. 그래도 이제 출발했다니 이틀 뒤면 도착할 겁니다."

"후우."

아르곤은 엘넌 램브란트의 보고를 듣자마자 한숨을 내쉬었다. 그리고 말을 이어나갔다.

"선전포고를 한 지 3일이나 지났네. 그런데 아직 아군이 다 모이지 못 했다는 게 말이나 되는가?"

"죄송합니다."

"자네 잘못이 아니라는 것은 잘 알고 있네. 문제는 복권파지. 공화국을 위해 합심해야 할 군대가 사적인 욕심 때문에 이원화된 게 말이 되는가?"

"안 그래도 아버님께서 전쟁 이후, 반드시 군부 내에서 복권파를 정리하겠다고 다짐하셨습니다."

"그러면 다행이군. 그러면 다시 설명하게, 램브란트 대위."

"예, 각하."

엘넌은 아르곤의 말에 대답하고 다른 지휘관들을 바라보았다. 지휘관들의 시선이 모두 자신을 향해 있었다. 하지만 그는 전혀 긴장하지 않았다. 자신의 능력을 모두에게 보여줄 수 있다는 사실이 즐거웠다.

"현재 동부요새에는 총 60기의 마장기가 있다는 것을 확인했습니다. 그 중 30기는 화이트이글이고 13기는 블랙이글 나머지 17기는 클라크 용병단의 마장기입니다."

"클라크 용병단이라…… 귀찮은 놈들이지."

"그렇기는 하지만 대부분 구식 마장기를 운용하고 있습니다. 그런 만큼 적들은 수비에 전념할 것입니다."

그렇게 말한 엘넌은 자신이 미리 정리해둔 지도를 펼쳤다. 지도에는 그림이 복잡하게 그려져 있었다. 공화국군이 앞으로 어떻게 움직여야할지, 그리고 그 때 제국군이 어떤 식으로 움직일지 전부 정리되어 있었다.

"그렇군. 그 다음은 어떻게 움직이는 게 좋다고 생각하나?"

"우선 저희는 부대를 나눕니다. 본대와 별동대로 말입니다."

"그건 무슨 말인가?"

"이해할 수 없다! 모든 힘을 다해도 동부요새를 함락시킬 거라는 보장이 없지 않은가!"

엘넌의 말이 끝나기 무섭게 대부분의 사람들이 반발했다. 동부요새의 전력도 특출하게 뛰어나지는 않았지만 공화파의 사정도 좋다고 할 수 없었다. 그런 상황에서 부대를 둘로 나누자니 지휘관들로서는 크게 당황할 수밖에 없었다.

"자세히 이야기 해보게."

아르곤 역시 굳은 얼굴로 말했다. 하지만 엘넌은 침착함을 잃지 않았다. 이미 정보부로부터 동부요새의 전력은 물론 레베카를 따르는 동부 영지들의 상황에 대해서도 파악했다.

"구식 마장기가 대부분이라 해도 동부요새의 방어가 단단하다는 사실은 변함이 없습니다. 하지만 다른 동부 영지의 방어력은 상대적으로 취약합니다. 마장기 숫자도 많지 않습니다."

"하지만 동부요새를 뚫지 않고 동부 영지를 공격하려면 카힐 산맥을 넘어야 하지 않은가?"

아르곤이 굳은 얼굴로 물었다. 동부요새는 카힐 산맥의 중심 부근에 자리 잡고 있었다. 동부요새를 지나지 않고 동부 영지를 공격하려면 어디를 공격하든 카힐 산맥을 넘어야만 했다. 그리고 대군을 이끌고 산맥을 넘는 것은 결코 좋지 않았다.

"이미 각하께서 한 번 단독으로 돌파하신 걸로 알고 있습니다."

엘넌이 말하자 아르곤은 더욱 얼굴을 찌푸렸다. 클라우드를 확실하게 죽이지 못 하고 물러나야 했던 기억이 떠올랐기 때문이다. 하지만 엘넌은 그런 아르곤을 계속 응시했다.

"확실히 베리아 봉 쪽은 마장기가 다닐만한 길이 있다. 하지만 그렇게 되면 진군 속도가 느려지고 적들은 대비할 것이다."

"그렇기 때문에 뛰어난 라이더들을 모아 별동대를 만듭니다. 그리고 카힐 산맥을 넘어 동부의 영지를 공격하면 됩니다. 다만 각하나 아직 도착하지 않은 하르트 중장 각하 둘 중 한 분이 별동대의 대장을 맡아야합니다. 소드마스터의 힘이 꼭 필요하기 때문입니다."

"그렇게 하는 이유는?"

아르곤이 되묻자 엘넌은 숨을 가다듬었다. 이제부터 중요하다는 것을 본능적으로 느꼈다.

"동부의 영지들은 지난 번 제국 내전에서 전화에 휩쓸리지 않았습니다. 게다가 필립 황태자를 따라 레베카 여황을 지지하는 귀족들이 많습니다. 적들은 그런 동부 영지가 파괴되는 것을 가만히 놔둘 수 없습니다."

"동부요새의 전력이 빠져나가면 그 사이, 본대가 동부요새를 공격한다는 거군."

"예, 그렇습니다. 그와 동시에 별동대는 동부 영지의 전력을 흡수한 뒤, 동부요새 반대편 측에서 압박합니다. 본대와 별동대가 양쪽에서 공격하면 큰 피해없이 동부요새를 함락할 수 있을 겁니다."

아르곤을 비롯한 지휘관들은 엘넌이 정리한 자료를 보고 고개를 끄덕였다. 확실히 동부 영지들의 마장기 전력은 형편없었다. 그러던 와중, 한 지휘관이 입을 열었다.

　"그런데 이 전략, 제국의 악마가 사용했던 거 아닌가?"

　"예. 자신이 사용했던 전략으로 자신이 당한다, 제국의 악마에게 굴욕을 줄 수 있는 기회라 생각합니다."

　엘넌은 제국의 내전 당시, 클라우드가 어떤 식으로 귀족파를 흔들었는지 분석했다. 그리고 클라우드의 작전에 크게 감탄했다. 상대의 빈틈을 단숨에 찌른 것으로 모자라 전력까지 확보했다. 소드마스터의 힘을 가장 극대화한 작전이었다.

　중간에 황태자 필립이 죽지 않았다면 귀족파는 끝장나고 내전은 끝이 났을 게 분명했다.

　'배울 건 배운다.'

　그리고 적에게 되돌려준다. 그것만큼 짜릿한 게 없었다.

　"제국의 악마가 사용했던 작전을 그대로 따라하는 게 그렇지만 그래도 효과는 좋을 것 같군. 안 그런가?"

　"램브란트 대위의 말대로 된다면 확실히 저희가 유리한 고지를 차지할 수 있을 거 같습니다."

　"저 역시 동의합니다."

　지휘관들이 긍정적인 반응을 보이자 엘넌은 주먹을 움켜쥐었다. 드디어 제국의 악마에게 한 방 먹일 수 있게 된 것이다.

　"지금은 시간이 늦었으니 내일 아침 편제를 짜보도록……."

　콰아아아아앙!

　아르곤은 말을 잇지 못 했다.

갑자기 거대한 폭음이 작전회의실을 뒤흔들었고 충격파가 퍼졌다.

"뭐지? 도대체 무슨 일이 일어난 것이냐!"

"얼른 나가……."

콰아아앙!

엘넌은 말은 폭음에 묻히고 말았다. 그리고 그 때, 한 병사가 당황한 얼굴로 작전회의실 안으로 들어왔다.

"제국군의 기습입니다! 모두 대피해주시길 바랍니다!"

"제국군이라고!? 그게 도대체 무슨 소리인가!?"

"화이트라이거를 비롯한 다수의 마장기가 커티스 시에 모습을 드러냈습니다!"

"적군이 요새에서 나왔는데 도대체 정보부는 뭘 한 것인가!"

아르곤이 분노를 토해냈다. 그는 자리에서 벌떡 일어났다. 지금 이러는 사이에도 제국군의 포격은 계속 되고 있었다.

"라이더들에게 적을 요격하라고 전달하라! 절대 도시를 잃어서는 안 된다!"

아르곤이 명령을 내리고 황급히 회의실을 빠져나갔다. 그러자 다른 지휘관들도 아르곤의 뒤를 따랐다. 오직 엘넌만 충격을 잔뜩 받은 얼굴로 멍하니 허공을 응시할 뿐이었다.

"클라우드 폰 제이드…… 당신이란 인간은 도대체……."

엘넌은 그제야 자신이 한 가지 크게 착각했다는 것을 깨달았다. 그가 세운 작전은 클라우드가 절대 공화국을 선제 공격하지 않을 거라는 것을 전제로 깔고 있었다. 크로얀 공화국이 건국된 이래, 단 한 번도 제국이 공화국을 먼저 공격한 적이 없었기 때문에 그렇게 생각했다.

'하지만 우리가 먼저 선전포고를 한 이상, 의미가 없다.'

게다가 공화국은 얼마 전에 맺은 협상마저 파기했다. 제국에게는 크로얀 공화국을 먼저 공격할 명분이 넘쳐났다.

"빌어먹을!"

아직 클라우드를 보지 못 했지만 엘넌은 패배감을 느꼈다. 하지만 이대로 당하고 있을 수만은 없었다. 그 역시 작전회의실을 빠져나갔다.

콰아앙! 콰아앙!

대구경 마력포가 끊임없이 빛을 토해냈다. 그럴 때마다 커티스 시를 보호하고 있는 성벽에 균열이 생겼다. 적들 역시 반격을 시작했지만 늦은 밤에 갑자기 공격을 받았기 때문에 제대로 대처하지 못 하고 있었다.

"우리는 다르지. 스스로 빛을 밝혀주고 있으니 말이야."

클라우드는 환한 빛을 뿜어내고 있는 커티스 시를 보며 웃었다. 빨리 움직이기 위해 오직 마장기만 이끌고 왔다. 어차피 커티스 시를 함락할 생각은 있지만 점령할 생각은 없었다. 그럴 능력도 없었고 말이다.

-위험한 작전이었는데 이게 먹히다니, 참 신기합니다-

"그만큼 공화국이 방심하고 있다는 거겠지."

클라우드는 웃으며 윌리스의 말에 대답했다. 현재 커티스 시 공략에 참전한 제국군의 마장기는 총 50기였다. 나머지 30기는 현재 로렌스와 함께 동부요새를 지키고 있었다.

-아무리 그래도 공화국 정보부가 이걸 눈치 채지 못 할 줄은

몰랐습니다. 어쨌든 바로 제압하겠습니다. 이 기회를 놓칠 수는 없으니 말입니다!-

그 말을 끝으로 윌리스는 다시 사격에 임했다.

"엘레나에게 고마워해야겠어."

그녀는 약속을 지켰다. 정보부의 정보를 조작했고 그 때문에 공화파는 자신들의 움직임에 제대로 대응하지 못 했다. 물론 그녀 역시 커티스 시가 공격당할 것이라고는 꿈에도 생각하지 못 했지만 말이다.

반짝!

그 때, 성벽에 달려있던 서치라이트가 환한 빛을 뿜어댔다. 빛은 그대로 방벽 밖에 포진한 제국군을 향했고 제국군의 모습이 드러났다. 그와 동시에 성문이 열리고 공화국의 RCM-1들이 모습을 드러냈다.

"대구경 마력포를 든 라이더들은 서치라이트를 파괴하라! 다른 라이더들은 다가오는 마장기들을 요격하라!"

클라우드가 명령을 날리자 대구경 마력포를 들고 있던 화이트 울프 10기가 서치라이트를 향해 마력포를 겨누었다.

콰아앙!

다시 한 번 10개의 거대한 빛줄기가 쇄도했다. 빛줄기는 서치라이트 일부를 박살냈고 제국군을 가리키던 빛이 약해졌다.

그 사이, 대구경 마력포를 들고 있지 않던 40기의 마장기들이 나섰고 일제히 달려드는 마장기들을 향해 소구경 마력포를 쐈다.

타타타탕!

수백 발에 달하는 마력탄이 쏟아졌다. 공화국의 RCM-1들은 최대한 상체를 보호하며 달려들었다. 하지만 쏟아지는 공격을 전부 피하거나 막는 것은 불가능했다.

쾅! 콰쾅!

다리를 피격당한 RCM-1들이 바닥에 쓰러졌다. 바로 뛰어넘는 기체들도 있었지만 일부는 어둠 때문에 제대로 대처하지 못 하고 걸렸다. 하지만 클라우드는 마음을 놓지 않았다. 멀지 않은 곳에서 거대한 기세를 가진 무언가가 다가오고 있는 것을 느꼈기 때문이다.

"드디어 왔나?"

클라우드는 전면시각판을 통해 무시무시한 속도로 달려오는 골든피닉스를 볼 수 있었다.

-클라우드 폰 제이드! 오늘이야말로 네놈을 끝장내주마!-

"오랜만이군, 아르곤 크로티아르! 그런데 이미 나한테 패배한 당신이 무슨 자신감으로 그런 말을 하나!"

상대를 확인한 클라우드는 화이트라이거를 움직였다. 그러자 화이트라이거가 대지를 박찼다. 그리고 오러블레이드를 통해 두 배 이상 길어진 칼날로 골든피닉스를 찍어 눌렀다.

콰아아앙!

골든피닉스 역시 곧바로 오러블레이드가 형성된 검으로 화이트라이거의 공격을 맞받아쳤다. 오러블레이드에서 새어 나온 오러 줄기들이 사방으로 흩어졌다.

-겨우 그 정도인가!-

아르곤이 클라우드를 비웃으며 골든피닉스를 조종했다. 골든피닉스는 번개 같은 속도로 4m에 달하는 검을 연거푸 휘둘렀다.

십자로 휘둘러진 검은 당장이라도 화이트라이거를 쪼갤 것만 같았다.

콰콰쾅!

화이트라이거 역시 검을 내질러 공격을 막아냈다. 폭음이 일고 충격파가 일며 공간 전체가 뒤흔들렸다.

"당신이 나한테 할 말은 아니군!"

클라우드는 더욱 마력을 끌어올렸다. 화이트라이거의 마나 드라이브는 그런 주인의 마력과 동조했다. 그 상태에서 클라우드가 움직였다. 그러자 붉은 광휘과 함께 화이트라이거의 검격이 골든피닉스를 향해 쇄도했다.

쾅!

아르곤은 골든피닉스를 움직여 화이트라이거의 공격을 막아냈다. 하지만 화이트라이거의 힘을 이기지 못한 골든피닉스가 그대로 뒤로 밀려났다.

'더 강해졌다!'

아르곤은 자기도 모르게 얼굴을 찌푸렸다. 간신히 막아내는데 성공했지만 조종간을 움켜쥔 팔이 저렸다. 전쟁이 끝난 지 얼마나 지나지 않았는데 클라우드는 한 단계 더 발전한 것이다.

팟!

화이트라이거가 몸을 띄웠고 단숨에 골든피닉스의 허벅지 부분을 걷어찼다.

으적!

금속이 뒤틀리는 소리가 일며 골든피닉스의 허벅지 장갑이 터져나갔다. 아르곤은 이를 악물고, 골든피닉스를 조작해 화이트라이거를 노리며 검을 내리그었다. 하지만 화이트라이거는 검을 세워 골든피닉스의 검격을 비틀었다. 그리고 왼손으로 주먹을 움켜쥐고는 골든피닉스의 흉갑을 향해 내질렀다.

콰아앙!

흉갑의 일부가 일그러졌고 금속의 이음새가 박살났다. 그러면서 흉갑을 보호하고 있던 장갑이 바닥에 떨어졌고 기체 여기저기서 스파크가 튀어나왔다.

-네, 네놈 도대체 무슨 짓을 한 것이냐!-

아르곤이 비명을 지르듯 외쳤다. 헤어지기 전까지만 해도 이렇게 차이가 나지 않았다. 하지만 오늘 겨뤄본 순간, 상대가 되지 않았다. 항상 클라우드에게 복수하겠다고 다짐한 아르곤에는 이보다 충격적인 일은 없었다.

"그건 알 것 없고. 당신이 알아둘 건 하나뿐이다. 오늘 여기서 죽는다는 거지!"

-헛소리!-

클라우드의 말을 들은 아르곤이 크게 외쳤다. 하지만 그와 별개로 그는 물러나야 한다는 것을 깨달았다. 자신이 죽으면 커티스 시는 함락되고 만다. 그것만큼은 막아야 했다.

팟!

그런데 그 때, 화이트울프 한 기가 골든피닉스를 향해 달려들었다.

-이런 헛짓거리를 하다니!-

소드마스터와 소드마스터가 부딪칠 때, 다른 기체들이 끼지 못하는 데는 다 이유가 있었다. 소드마스터의 격돌에서 생기는 충격파를 견지지 못 할뿐더러 애초에 기습이 통하지 않았기 때문이다.

'저놈을 베고 물러난다.'

생각을 정리한 그는 골든피닉스를 움직였다. 골든피닉스는 푸른 오러블레이드가 휘감긴 검을 뻗었다. 아르곤은 그것으로 충분하다고 생각했다.

콰아앙!

-뭐라고!-

아르곤이 경악을 감추지 못 했다. 화이트울프의 검에 자색 오러블레이드가 펼쳐지며 골든피닉스의 공격을 막아냈다.

-새로운 소드마스터라고!?-

클라우드에게 밀렸을 때보다 더 큰 충격이 아르곤의 뇌리를 강타했다. 그 순간, 그는 허점을 드러냈고 그게 그의 패인이 됐다.

콰드드득!

어느새 거리를 좁힌 화이트라이거의 검이 골든피닉스의 흉갑과 조종석은 물론 마나 드라이브까지 모두 관통했다. 그것만으로 모자라 검은 등 밖으로 나왔다.

"드디어 그 때의 패배를 확실하게 되돌려줬군."

-비, 비겁한……-

검에 꿰뚫린 아르곤이 힘을 쥐어짜내 말했다. 소드마스터의 강인한 생명력이 있기에 가능했지만 잠시 뿐이었다.

"틈만 나면 도망치려는 인간한테 그런 말을 듣고 싶는 않군. 그리고 전쟁에서 비겁한 게 어디 있나? 내가 지금 당신과 대련하는 것도 아니고."

한 번 기습을 하게 되면 반드시 적을 끝내야 했다. 적에게 반격의 여지를 주면 아무리 선제공격을 해도 의미가 없었다. 그렇기 때문에 클라우드는 처음부터 아르곤을 노리고 있었고 목적을 이루는데 성공했다.

클라우드는 망설임 없이 검을 쳐올렸다.

-네, 네 이놈!-

아르곤이 마지막 힘을 쥐어짜내 외쳤다. 그것이 아르곤의 유언이었다.

콰아아앙!

폭발이 일었고 골든피닉스는 흔적도 남기지 못한 채 사라졌다.

> 크로얀 공화국 원정군 사령관 아르곤 크로아티아르를 전사시켰습니다. 이에 따라 카리스마 및 지휘관의 레벨이 끝까지 상승합니다.
>
> 카리스마와 지휘관의 레벨이 모두 올라감에 따라 스킬 '왕의 자질'이 생성됩니다. 현재 '왕의 자질' 레벨은 1입니다.

> 소드마스터를 상대로 승리를 거뒀습니다.
>
> 오러 블레이드의 레벨이 1 상승합니다.
>
> 현재 오러 블레이드의 레벨은 4입니다.
>
> 마장기 조종 능력이 극한에 도달했습니다.
>
> 마장기 조종술의 레벨이 끝까지 상승합니다.

클라우드는 떠오르는 반투명한 창을 보며 웃었다.

"이기는 게 장땡이지."

불변의 진리였다.

벌떡!

"이럴 수가……!"

다른 참모들과 함께 사령실에서 전황을 살피던 엘년 램브란트는 자기도 모르게 자리에서 일어났다. 클라우드의 화이트라이거가 아닌, 한 기의 화이트울프가 오러블레이드를 펼쳐 골든피닉스의 공격을 막은 것이다.

"새로운 소드마스터라니! 이건 말도 안 돼!"

"있을 수 없는 일이다!"

지켜보고 있던 다른 참모들 역시 눈앞의 현실을 부정했다. 소드마스터는 절대 쉽게 도달할 수 있는 경지가 아니었다.

대륙 전역에 무술에 매진하는 이들은 셀 수도 없었지만 소드마스터의 숫자는 오십 명을 넘지 못 했다. 그 중에서 에렌시아 제국이 7명으로 가장 많았고 그 다음이 크로얀 공화국으로 총 5명을 보유하고 있었다.

그런 상황에서 불과 몇 달 전에 제국에 8번째 소 드마스터가 나타났다. 그런데 얼마나 지났다고 새로운 소드마스터가 나타난단 말인가?

'놈들도 그 기술을 찾은 건가……?'

그렇지 않다면 새로운 소드마스터의 존재를 설명할 수 없었다. 그러나 엘년을 비롯한 참모들은 더 이상 생각을 이어나가지 못 했다.

콰드득!

화이트울프가 골든피닉스를 막은 사이, 클라우드의 화이트라이거가 달려들었다. 화이트라이거는 정확히 검을 내질러 골든피닉스의 흉갑과 조종석 그리고 마나 드라이브까지 모두 다 꿰뚫었다.

콰아아앙!

커다란 폭발이 일었다. 그와 동시에 골든피닉스는 완전히 박살나 흔적도 남기지 못한 채 사라졌다.

털썩.

엘넌은 자기도 모르게 의자에 주저앉았다.

아르곤 크로티아르가 어떤 기사던가? 공화국이 자랑하는 소드마스터 중 한 사람이자 이제까지 수많은 외부의 압력으로부터 굳건하게 공화국과 공화파의 이념을 지킨 역전의 맹장이었다.

비록 제국의 악마에게 기습을 허용했지만 그가 있는 이상, 어떻게든 격퇴할 수 있을 거라 믿었다. 그런데 지금, 그 믿음이 완전히 박살났다.

"어떻게 이런 일이……."

"어찌 이런 참담한!"

사령실에 있던 이들이 모두 울부짖었다.

엘넌 역시 충격에서 헤어 나오지 못 했다. 제국이 선제공격을 하는 것부터 아르곤의 죽음까지, 그 어떤 것도 예상하지 못 했다. 도저히 이 상황을 타개할 방법이 떠오르지 않았다.

쾅! 쾅! 쾅!

그 사이, 제국군의 마장기들이 성을 공격했다. 성벽의 일부가 무너졌고 사령실까지 크게 요동쳤다. 부대가 어떻게든 마력포를 쐈지만 이미 승기는 제국군에게 넘어간 지 오래였다.

"커티스는 끝이다."

충격 때문에 간신히 정신을 차린 엘넌은 지금 상황을 판단했다. 아르곤이 죽은 이상, 커티스를 지킬 방도는 없었다. 카마드 하트르와 특별기가 오는 데는 아직 시간이 필요했다. 물러나야할 상황이었다.

'이 이상 전력을 잃으면 공화파는 정말 군부의 영향력을 상실하고 만다. 이건 반드시 피해야 돼.'

결론을 내린 엘넌은 주변의 참모들을 보며 입을 열었다.

"후퇴해야합니다."

"무슨 소리인가! 이대로 커티스 시를 빌어먹을 제국에게 넘겨준단 말인가!"

"커티스 시를 빼앗기면 제국군은 카미나 주와 크리온 주 방면으로 진출할 수 있게 된다! 그건 반드시 막아야 하네!"

엘넌이 후퇴를 건의하자 참모들은 일제히 반발했다. 커티스 시는 요지 중의 요지였고 이곳을 빼앗기게 되면 제국은 어느 방향으로든 공화국을 파고들 수 있었다. 반드시 지켜야만 했다.

"모두 아시다시피 제국의 악마는 지휘관을 비롯한 참모를 제거하는데 중점을 둡니다. 이대로 저희가 죽으면 군부는 완전히 복고파의 손에 들어갈 겁니다."

"으음."

"그건…… 확실히 그렇군."

커티스 시도 중요하지만 복고파가 군부를 장악할 기회를 줘서도 안 됐다. 자신의 말이 먹힌다고 생각한 엘년은 현재 가장 계급이 높은 엘바인 준장을 바라보았다.

"현재 레베카 황제는 이안 황제에게 밀리고 있다는 정보를 입수했습니다. 제국의 악마는 반드시 중앙으로 돌아가야 합니다. 커티스 시는 그 때 다시 되찾으면 됩니다."

"그대의 말이 맞다, 램브란트 대위. 하지만 이곳은 현재 전략물자가 쌓여 있다. 후퇴를 하게 되면 제국의 힘만 더 강해질 것이다."

공화국은 이번에야말로 카힐 산맥을 비롯한 제국의 동부 지역을 자국의 영토로 만들기로 다짐했다 .그 때문에 현재 커티스 시에는 전투식량이나 각종 병기를 비롯해 어마어마한 전략 물자가 쌓여 있었다. 제국군의 손에 들어가는 것만큼은 막아야 했다.

"다 버리면 됩니다. 어차피 잃는다면 제국군도 못 가지게 해야 하지 않겠습니까?"

엘바인 준장은 고민했지만 고민은 길지 않았다. 제국군에게 두 명의 소드마스터가 있다는 것을 확인한 이상, 이 전투는 무의미했다.

"그 방법밖에 없군. 전군, 후퇴하라! 또한 군수 창고들은 모두 파괴하도록 한다! 절대 제국의 손에 넘겨줘서는 안 된다!"

엘바인 준장이 마침내 후퇴 명령을 내렸다.

'이 원한은 반드시 갚을 것이다, 제국의 악마! 반드시!'

엘년은 복수를 다짐했다.

———◆———

대륙력 1798년 9월 24일.

크로얀 공화국이 에렌시아 제국을 침공할 것이라는 사람들의 예상을 깨고 제국군이 먼저 공화국을 공격했다. 그 결과, 군사도시 커티스가 제국에 의해 함락되었다.

크로얀 공화국이 건국된 이래, 각종 외세의 침입이 있었고 공화국은 이를 모두 막아냈다. 오히려 힘을 쌓아 크로얀 왕국 시절보다 더 넓은 영토를 얻는데 성공했다.

그렇기 때문에 커티스 함락은 공화국 국민들에게 큰 충격을 주었다. 공화국이 제국과 함께 대륙 2강이 된 이후, 소규모 국지전은 몰라도 침공받아 도시가 함락된 적은 이번이 처음이었기 때문이다.

충격을 받은 사람들은 비단 공화국 국민들뿐만이 아니었다. 이 놀라운 소식은 금방 대륙 전역으로 퍼졌고 공화국의 승리를 예상하던 사람들은 경악을 금치 못 했다.

그도 그럴 것이 현재 2개의 국가로 찢겨진 제국이 공화국을 감당하는 것은 불가능에 가까워보였기 때문이다. 하지만 사람들의 예상은 철저히 빗나갔고 공화국은 오히려 커티스 시를 잃으면서 큰 피해를 입었다.

그 과정에서 에렌시아 제국에 새로운 소드마스터가 탄생했다는 소문이 돌았지만 철저하게 묻혔다. 제국의 승리를 이끈 장군 때문이었다.

클라우드 폰 제이드.

에렌시아 제국 내에서는 제국의 영웅, 불패의 명장 등으로 불리며 뛰어난 명성을 자랑하고 있었다. 하지만 딱 거기까지였다. 클라우드의 명성은 철저히 제국 내로 한정되어 있었다.

그런 그가 커티스 시를 함락시킨 것이다. 그것도 거의 피해를 내지 않은 채, 압도적으로 말이다. 이제 클라우드의 명성은 제국에만 한정되지 않았다. 에렌시아 제국을 넘어 대륙 전체에 클라우드의 이름이 사람들의 뇌리에 각인되기 시작했다.

"약속대로 공화파의 전력을 완전히 박살냈다. 그나저나 엘넌 램브란트라는 놈도 제법이더군. 그놈 때문에 공화국의 전략 물자를 하나도 못 챙겼거든."

클라우드가 화면 속의 엘레나를 보며 웃었다. 설마 그 짧은 시간 동안, 군수창고를 모조리 박살낼 것이라고는 그도 생각하지 못 했다.

'뭐 자기들만 손해지.'

만약 자신이 커티스 시를 기반으로 공화국을 계속 공격했다면 큰 타격일 수밖에 없었다. 하지만 이번 전투의 목표는 어디까지나 공화파의 전력을 줄이고 공화국이 더 이상 제국을 공격하지 못하게 만드는데 있었다.

전력물자를 파괴해봐야 공화국 본인만 손해였다. 그렇기 때문에 클라우드는 느긋한 마음으로 엘레나를 볼 수 있었다. 엘레나는 살벌한 눈빛으로 그런 클라우드를 노려보고 있었다.

-공화국을 공격하다니, 우리가 나눴던 이야기 중에 그런 건 없었는데 도대체 어떻게 된 거죠?-

"내가 공화국을 공격하지 않는다는 말은 한 번도 한 적이 없는데? 약속대로 공화파를 이겼고 그들의 전력을 꺾는데 성공했다. 서로 약속을 지켰는데 뭐가 문제지?"

-당신……-

엘레나는 이를 갈았다. 하지만 클라우드의 말을 인정할 수밖에 없었다. 확실히 자신은 그에게 공화국을 공격하지 말라고 한 적은 없었다.

"왜 그렇게 화를 내는 건지 모르겠군. 공화파의 핵심 인물이었던 아르곤 크로티아르를 죽였다. 검성은 중립이니 이제 공화파의 소드마스터는 카마드 하르트 하나 밖에 없지. 게다가 커티스 시를 빼앗긴 책임도 있으니 공화파가 책임을 질 수밖에 없을 텐데?"

-확실히 당신이 만든 결과가 우리에게 크게 도움이 된 것은 사실이에요. 하지만 이렇게 전쟁을 키우게 되면 우리 역시 나서야 돼요. 그걸 감당할 자신이 있나요?-

커티스 시를 빼앗긴 이상, 공화국으로는 절대 가만히 있을 수 없다. 반드시 싸워야 했고 그렇게 되면 전력을 온전히 보존한 복고파가 나설 수밖에 없었다.

"굳이 그렇게 움직일 필요가 있나?"

-무슨 말이죠?-

엘레나는 이해할 수 없다는 얼굴로 클라우드를 바라보았다. 한 번도 자신이 부족하다고 생각한 적이 없었지만 클라우드의 생각을 따라잡는 것은 그녀로서도 힘들었다.

"우선 커티스 시를 너한테 넘기지."

-정말인가요?-

"커티스 시는 철저히 군사 목적으로 만들어진 도시다. 자급자족이 불가능한 이 도시를 가지고 있어봤자 우리한테 도움이 될 건 하나도 없지. 그렇다고 지금 우리가 공화국 본토로 갈 여력도 없고 말이야. 그러니까 너희한테 넘기겠다."

–공화파가 빼앗긴 커티스 시를 복고파가 되찾았다. 확실히 저희한테는 좋네요–

"그리고 공화파가 흔들리는 사이, 군부는 물론 의회까지 전부 장악하면 되지 않나?"

–다, 당신! 지금 무슨 말을 하는지 이해하고 그런 말을 하는 거죠!? 그건 쿠데타에요!–

엘레나는 자기도 모르게 소리쳤다. 하지만 클라우드는 태연한 얼굴로 엘레나를 바라볼 뿐이었다.

"목적을 떠올려라, 엘레나 메디시스. 네가, 그리고 너희들이 진정으로 원하는 것은 크로얀 왕국의 부활이 아닌가? 공화파가 완전히 흔들리는 지금이 제일 좋은 기회라 생각하는데 말이야."

엘레나의 눈동자가 크게 흔들렸다. 그만큼 클라우드의 말은 그녀를 동요하게 만들었다. 하지만 클라우드의 말을 따르면 정국을 장악하는 것은 어렵지 않았다. 이미 남부 공격을 목적으로 병력은 모아놨으니 말이다.

'이 남자는 악마야……'

소름이 돋을 정도로 매력적인 말이었다. 지금 당장이라도 따르고 싶을 정도로 말이다. 악마의 속삭임과 같았다.

"이미 지난번에도 한 번 기회를 잃은 걸로 알고 있는데 말이야. 이번에도 같은 실수를 반복할 생각인가?"

–그, 그건 아니에요! 절대로!–

엘레나는 있는 힘껏 소리 쳤다. 공화파를 숙청할 절호의 기회를 한 번 놓쳤다. 클라우드가 아니었다면 정말 위험했을 게 분명했다. 더 이상 공화파에게 기회를 줄 수는 없었다.

"그러면 뭐가 문제지?"

-후우. 당신 말 대로네요. 다만 쿠데타는 일단 나중에 논의하고 우선 커티스 시로 가겠어요-

"너희가 공격하면 바로 후퇴하도록 하지. 그게 너희들 입지에 유리할 테니까."

-그러면 레이너드 왕국은 어떻게 할까요? 옛 영토를 되찾고 싶어 몸이 달아오를 대로 달아올랐던데 말이죠?-

"이제 놔줘도 된다."

클라우드가 담담히 말하자 엘레나는 고개를 끄덕였다. 그리고 날카로운 얼굴로 클라우드를 노려보며 말했다.

-알았어요. 그러면 그렇게 하죠. 단, 우리를 상대로 수작을 부리면 절대 가만두지 않을 거예요!-

그 말을 끝으로 통신은 끝났다. 혼자 커티스 시의 사령관 집무실에 남은 클라우드의 입가에 미소가 떠올랐다.

"어차피 너희는 더 이상 내 적이 아니야."

복고파가 쿠데타를 일으키면 공화국은 알아서 자멸할 것이다. 그녀는 자신을 대신해 공화국을 흔들어줄 훌륭한 말이었다.

지금 그의 목표는 레이너드 왕국이었다.

"두 개의 나라를 격파하면 국민들의 마음속에 완벽하게 영웅으로 자리 잡을 수 있겠지."

그 누구도 자신의 인기를 부정하지 못 할 것이다. 그 사이, 남부의 공업지대를 완벽하게 손에 넣는다면 나라를 세울 기반은 확실히 다졌다고 할 수 있다.

"되도 않는 망집에 사로잡힌 놈들은 박살내주는 게 답이지."

새로운 제물이 결정됐다.

엘레나는 자신의 앞에 앉아있는 제피르 폰 레이너드를 바라보았다. 구릿빛 피부에 회색의 머리카락을 가진 그는 분명히 잘 생겼지만 눈매가 굉장히 사나웠다.

그런 그가 이전의 협상 때와 달리 오늘은 웃고 있었다. 비웃음에 가까운 웃음이었다.

"클라우드 폰 제이드라 했던가? 괜히 제국의 영웅이라 불리는 게 아니군. 설마 선제공격을 해서 커티스 시를 함락시킬 줄이야."

제피르 왕자가 말하자 협상을 위해 나온 공화국군 장교와 관료들은 얼굴을 찌푸렸다. 협정을 맺는 중에 저런 말을 하는 것은 굉장히 무례한 행동이었다. 하지만 제피르 왕자는 개의치 않았다.

'하이에나 같은 새끼들.'

지난 나흘 동안 협상에서 얼마나 분노했던가? 남부에 있는 광산을 비롯해 이권을 넘기려 했지만 공화국의 욕심은 끝도 없었다. 이권뿐만 아니라 영토 일부까지 달라는 엘레나의 제안에 제피르의 분노는 극에 달했다. 그러나 아쉬운 쪽은 자신을 비롯한 레이너드 왕국이었다. 그렇기 때문에 그는 최대한 엘레나의 제안을 거절하면서도 그녀에게 끌려 다닐 수밖에 없었다.

하지만 이제 상황이 바뀌었다. 커티스 시를 함락당한 이상, 남부의 공화국군은 반드시 물러나야 하는 입장이었다. 제국군이 언제 공화국 본토로 쳐들어갈지 모르는 상황이었으니 말이다.

'저 계집의 오만방자한 태도를 더 이상 안 봐도 되겠군.'

아니, 그 정도로는 부족했다. 자신이 당한 수모를 모두 되돌려 줘야 직성이 풀릴 것 같았다.

그런데,

"단도직입적으로 말하겠습니다, 저하. 저희가 나눴던 이야기는 없었던 걸로 하겠습니다. 레이너드 왕국이 제국의 남부를 어찌하든 더 이상 관여하지 말라는 게 본국의 뜻입니다."

엘레나가 단호하게 말했다.

"뭐라고!?"

제피르는 너무 놀란 나머지, 자신도 모르게 자리에서 일어났다. 왕국에서 파견된 관료들 역시 당혹감을 금치 못 했다. 아무리 위험한 상황이라 하지만 설마 전부 다 포기할 것이라고는 누구도 생각하지 못 했기 때문이었다.

엘레나는 담담한 얼굴로 제피르를 바라보았다. 하지만 속으로는 레이너드 왕국 측 사람들을 비웃었다.

'처음부터 관심이 없었다는 걸 알면 열 받겠지?'

남부를 공격하겠다는 것은 어디까지나 명목이었다. 그녀는 처음부터 레이너드 왕국을 견제할 생각밖에 없었고 클라우드의 약속대로 시간을 끌어줬다. 클라우드와의 약속을 지킨 이상, 남부에 있을 이유가 없었다.

"네놈들은…… 도대체 무슨 생각이지?"

"저희는 상부에서 내려온 지시대로 움직일 뿐입니다. 그럼 이만 물러나겠습니다."

엘레나는 자리에서 일어나더니 제피르에게 공손히 고개를 숙여 예를 표했다. 그리고 다른 사람들과 함께 막사를 빠져나가 진지로 돌아갔다.

"가, 각하?"

엘레나는 진지 앞에 서있는 스테판 할라인을 보며 당황했다.

"다 끝났나?"

"예 , 계획대로 잘 진행했어요. 그런데 각하. 어째서 나와 계십니까?"

"어차피 바로 출발해야 하지 않느냐? 심심해서 나와 있었다. 겸사겸사 레이너드 왕국의 소드마스터도 확인할 겸 말이다."

그렇게 말한 스테판은 한쪽을 가리켰고 엘레나가 고개를 돌렸다. 중세 시대에나 입을 법한 고풍스러운 갑옷으로 몸을 보호하고 있는 기사가 보였다.

"루벤 폰 오스틴 후작이었지요. 그는 어땠나요?"

"확실히 강하더구나. 직접 검을 맞대고 싶지만 이번에는 참아야겠지. 어차피 제국의 악마하고는 한 번 붙어야하고 말이다."

스테판이 호승심을 드러냈다. 상대는 벌써 두 명의 소드마스터를 꺾은 강자였다. 얼른 싸우고 싶어 몸이 근질거릴 정도였다. 하지만 엘레나는 그런 스테판의 호승심을 용납하지 않았다.

"어디까지나 싸우는 척이에요, 각하. 절대 제대로 싸우면 안돼요."

"그게 문제지. 이 기회를 이렇게 놓쳐야 한다는 게 말이다."

스테판은 진심으로 안타까웠다. 하지만 지금은 자신들의 사명이 우선이라는 것을 잘 알고 있었다. 그리고 스테판은 엘레나에게 가까이 접근해 그녀만 들릴 수 있도록 그녀의 귓가에 속삭였다.

"왕자님께서는 우리가 커티스 시를 손에 넣을 때 움직인다고 하신다."

"예, 그렇게 알고 계획을 짤게요."

엘레나의 대답을 들은 스테판은 바로 뒤로 물러났다. 그리고 병사들을 둘러보며,

"우리는 커티스 시로 간다!"

라고 외쳤다.

제국의 남부요새 부근에 자리 잡고 있던 공화국군이 움직였다. 목적지는 커티스 시였다.

'커티스 시까지 걸리는 시간은 일주일, 전력을 다하면 나흘 안에 갈 수 있어. 그 때부터가 진짜 시작이야.'

생각이 거기까지 미치자 엘레나는 자신의 몸이 떨리는 것을 느꼈다. 앞으로 어떤 일이 닥칠지 모른다는 두려움이 그녀를 사로잡았다. 하지만 그녀는 주먹을 움켜쥐었다.

'이제는 돌이킬 수 없어.'

사명을 이루기 위해 살아온 삶이었다. 두렵다는 이유로 물러날 수 없었다. 엘레나는 다시 한 번 자신의 역할을 떠올리고 각오를 다졌다.

그리고 나흘이라는 시간이 흘렀다.

"오랜만에 뵙습니다, 백작님. 전황이 어렵다고 들었는데 무사하셔서 다행입니다."

클라우드는 화면 속의 올리비아를 바라보며 말했다. 흑백 영상인데도 그가 잔뜩 지쳐있다는 게 보였다.

—……—

하지만 올리비아는 아무 대답도 하지 않고 클라우드를 바라보

앉다. 클라우드를 바라보는 그의 얼굴에는 존경과 감탄이 가득
했다.

"각하?"

-아, 미안하네. 아무리 봐도 전혀 믿어지지 않는군. 처음 작전
을 건의했을 때만 해도 말도 안 된다고 생각했는데 말이야-

올리비아는 일주일 전에 받았던 클라우드의 통신을 떠올렸다.
커티스 시를 공격하겠다는 클라우드의 말에 크게 반대했었다.

하지만 클라우드는 공화국을 정리해야 남은 전력으로 반역자
들을 토벌할 수 있다는 말로 그를 설득했다. 때마침 이안 폰 에렌
시아의 공세가 더 강해진 것도 있어서 올리비아는 어쩔 수 없이
클라우드의 작전을 받아들인다. 그리고 레베카에게 직접 보고해
허락을 받아냈다.

"이제까지 제국이 공화국을 향해 선제공격을 한 적이 없으니
이번에도 적들이 방심했을 거라 생각했습니다. 실제로 공화국군
은 공격에 대한 대비가 거의 되어있지 않았고 말입니다."

-아무리 그래도 놀랍다는 사실은 변함이 없네. 크로얀 공화국
건국 직후를 제외하면 그들은 타국의 침공을 전혀 허락하지 않았
으니까. 분명히 자네는 제국 최고의 명장으로 기록되겠지-

클라우드는 그저 웃었다.

'아마 그럴 일은 없을 겁니다.'

자신의 이름이 단순히 명장으로 남을 리 없었다. 그렇게 내버려
둘 생각이 없었기 때문이다.

-거기다 아르곤을 죽였다지? 소드마스터가 된 지 얼마나 됐다
고 벌써 두 명의 소드마스터를 꺾다니……. 자네라면 카젠트를 이

길 수 있을 지도 모르겠군―

"안 그래도 그 때문에 전황이 밀리고 있다고 들었습니다."

그 말을 들은 올리비아는 한숨을 내쉬었다. 안 그래도 이안의 총공세 때문에 위태로웠다. 아예 이번 기회에 박살내려고 작정을 했는지 쉬지 않고 쳐들어왔다.

―아이젠이 가세해서 적군 자체는 어떻게든 막아낼 수 있었네. 하지만 카젠트 놈만큼은 막을 수 없었지. 해럴드하고 같이 싸우지 않는 이상, 그 놈을 이길 수 있는 방법은 없네.―

"그렇군요."

클라우드는 올리비아의 말에 전혀 놀라지 않았다.

카젠트 폰 마르가스.

대륙의 수많은 기사들 중에서도 그는 최강을 논할 수 있는 몇 안 되는 기사였다. 크로얀 공화국에 있는 검성을 비롯해 그와 비견되는 소드마스터는 몇 없었다. 그런 그가 전용기에 타면 올리비아와 해럴드 백작 두 사람이 나서지 않는 이상, 막는 건 불가능했다.

―그나마 다행인건 자네의 말대로 여황 폐하께서 아슈레이 백작과 손을 잡은 것이네. 그 때문에 올리비아가 칼리안 놈을 막을 수 있었지―

만약 칼리안까지 공성전에 가세했다면 팔칸은 진즉 함락됐을 게 분명했다.

―이런 상황에서 자네가 공화국을 박살냈으니 정말 다행이네. 커티스 시가 함락된 이상, 남부 쪽의 공화국군도 물러날 수밖에 없겠지. 그러면 자네 역시 중앙 쪽으로 돌아올 수 있고 말이야―

올리비아는 클라우드가 이 위기를 극복해줄 것이라 믿어 의심치 않았다.

"레이너드 왕국의 움직임도 심상치 않다는 정보를 입수했습니다. 이대로라면 레이너드 왕국에게 남부 전체를 상실할 수 있습니다."

클라우드가 남부 영지들의 예비 전력을 싹 털어가는 바람에 남부의 전력 공백은 컸다. 옛 영토를 회복하고자 하는 레이너드 왕국을 감당하기에는 역부족이었다. 오죽하면 각 지역에 다 있는 황제참칭자들이 남부에는 없을 정도였다. 그나마 남부의 공업지대에 공장을 둔 하프너 가문과 몇몇 가문을 빼면 남부는 사실상 공백지였다.

-후우, 그것도 문제군. 그러고 보니 소문 하나를 들었는데 그대 쪽에 새로운 소드마스터가 나타났다지? 누군지는 모르지만 그가 남부를 상대하고 그대는 팔칸으로 오면 되지 않겠나?-

"왜 그런 소문이 퍼졌는지 모르겠지만 소문이 와전됐습니다. 루시아 남작이 온힘을 다해 아르곤의 공격을 간신히 막았는데 적들은 그걸 소드마스터라고 착각한 겁니다."

-역시 그런 건가?-

올리비아는 아쉬워할 뿐, 실망하지 않았다. 루시아 정도의 실력자라면 소드마스터의 공격을 한 번 막는 것은 충분히 가능했다. 그리고 새로운 소드마스터의 등장보다 현실적이었다.

"죄송합니다."

-자네가 죄송해할 건 또 뭔가? 소문에 기댈 정도로 약해진 내 잘못이지. 다만 아직 확정은 아니지만 내 생각에 남부 지역은 포

기해야할 것 같네-

"백작님, 그건 무슨 말씀입니까? 남부 지역을 포기한다니요!"

-자네의 심정은 이해하네. 하지만 지금 팔칸은 정말 위험하다는 걸 알아줬으면 좋겠군. 자네가 오지 않으면 언제 함락 당할지 모르는 상황이란 말일세.-

올리비아가 한탄했다. 최전선에서 활약하는 장군을 불러야 할 정도로 전황은 좋지 않았다.

"하지만 여황 폐하는 필립 황태자 전하의 뒤를 이어받은 만큼, 제국 전역을 책임질 의무가 있습니다."

-그것도 여황 폐하께서 건재하지 않다면 의미가 없다는 것을 잘 알지 않은가?-

"하지만 국민들을 버렸다는 게 알려지면 황제 폐하께서는 다른 반역자들과 다를 바가 없어집니다. 저희 스스로 정당성을 포기하면 어떻게 되겠습니까?"

-이안 놈만 이기면 다른 반역자들은 금방 제압할 수 있는 쭉 정이나 다름없네. 그들을 다 제압하고 레이너드 왕국을 제압하면 다 정리되지 않겠나? 제대로 명령이 떨어져야겠지만 팔칸으로 돌아올 준비를 하게. 이건 명령이네-

그 말을 끝으로 올리비아는 통신을 끊었다. 이제까지 집무실 구석에 앉아있던 루시아가 클라우드에게 다가갔다. 그녀의 얼굴은 여느 때보다 크게 굳어 있었다.

"설마 아르젠트 백작님께서 남부를 포기하라고 할 줄은 몰랐다."

"그만큼 위험하다는 뜻이겠지."

"아무리 위험해도 그렇지, 어찌 지배자가 국민을 포기할 수 있단 말인가? 국민이야말로 제국을 지탱하는 힘인데 말이다."

"높으신 분들은 그걸 모르지."

클라우드의 말에 루시아는 아무런 말도 하지 못 했다. 하지만 분노를 참지 못 했는지 그녀는 부들부들 떨고 있었다. 그렇다고 클라우드에게 가자고 할 수도 없었다. 자칫하면 명령을 어긴 죄인으로 취급받을 수 있었다. 아직 클라우드의 기반이 확고하지 않은 지금, 레베카와 떨어질 수 없었다.

"너무 그렇게 화내지마. 나는 남부로 갈 거야."

"클라우드? 그건……."

"아르젠트 백작님께서 말은 저리 해도 아직 여력은 있다고 생각해. 하지만 우리가 빠지면 남부는 끝이야. 절대 그대로 내버려 둘 수 없어."

국민을 버린 황제, 그리고 그런 황제를 대신해 영웅이 국민을 지켰다. 그렇게 되면 국민들의 지지는 확실히 손에 넣을 수 있다.

"클라우드……. 역시 그대는 멋진 남자다."

"그걸 이제 알았어?"

클라우드는 웃으며 대답했다. 그런데 그 때, 엘리스가 굳은 얼굴로 집무실 안으로 들어왔다.

"각하, 공화국군이 왔습니다. 스테판 할라인의 문장도 확인했습니다."

"빨리도 왔군. 뭐 상관없지. 아군에게 전해라. 내가 적과 싸우는 동안 성을 비우고 동부요새쪽으로 후퇴하라고 말이다."

그렇게 말한 클라우드는 자리에서 일어났다.

이제부터 일어날 전투는 진짜 전투가 아니라 바로 쇼였다.

'화려하게 연출해줘야지.'

모두 다 속을 수 있도록 아주 화려하게 말이다.

쿵!

클라우드는 화이트라이거에 올라탄 뒤, 성 밖으로 나섰다. 그런 그의 뒤를 따라 엘리스를 비롯한 그의 가신들도 성밖으로 나섰다.

-나는 나서지 않아도 되겠나, 클라우드?-

"상대 소드마스터를 죽이지 않는 이상, 괜히 네가 나설 필요는 없어. 애초부터 이 전투는 가짜니까. 그러니 지휘 잘 부탁해."

-그건 걱정하지 않아도 된다, 클라우드. 그럼 무운을 빌지-

통신을 끝낸 클라우드는 성문 밖에 있는 공화국의 마장기들을 바라보았다. 수많은 마장기가 있었지만 클라우드의 눈에 들어온 것은 선두에 서 있는 푸른 마장기 하나뿐이었다.

블루드래곤.

전반적으로 푸른색 도장을 하고 있는 기체는 전체적으로 유려한 라인을 가지고 있었다. 굉장히 아름다워 모습만 보면 누구나 의장용이라 생각할 정도였다.

'의장용이라 하기에는 성능이 너무 좋지.'

클라우드는 마장기 설정을 떠올렸다. 확실히 블루드래곤의 별명은 왕가의 수호자였다. 그런 별명을 가질 만큼, 크로얀 왕국은 블루드래곤 제작에 심혈을 기울였다. 당시 왕국 마도공학의 정수를 담았다고 해도 과언이 아닐 정도였다.

하지만 클라우드는 마장기보다 그 안에 탄 라이더, 스테판 할

라인의 힘을 느끼고 감탄했다.

"확실히 아르곤보다는 훨씬 강하네."

처음 그를 만난 것은 필립이 총사령관으로 있을 때였다. 그러나 그 때의 스테판은 전투보다 공화파를 감시하고 견제하기 위해 배치된 상황이었다. 그 때문에 그는 당시의 전투에서 전력을 다하지 않았다.

그러나 지금은 달랐다. 그는 처음부터 자신의 힘을 모두 드러냈고 그 힘은 클라우드마저 감탄하게 만들 정도였다. 딱 거기까지였지만 말이다.

'아무리 봐도 내가 이길 것 같지만 말이야.'

언제부터였을까?

이제는 소드마스터를 만나도 전혀 두렵지 않았다. 카젠트 같은 규격 외의 강자가 아닌 이상, 전부 다 상대할 자신이 있었다. 생각이 거기까지 미치자 클라우드는 자신의 상태창을 살폈다.

클라우드 폰 제이드		에렌시아 제국 남작	
계급	중장	지력	97
체력	90	마력	99
근력	98	민첩	91
칭호	드래곤 슬레이어, 제국의 영웅		

스킬

기초 검술 Master	불굴의 의지 Master
중급 검술 Master	용의 혈통 Lv. 15
상급 검술 Master	전투를 보는 눈 Lv.9
오러 Master	화염 내성 Lv. 6
천검류 Master	왕의 자질 Lv. 1
카리스마 Master	오러 블레이드 Lv. 4
지휘관 Master	
사격술 Master	
마장기 조종 Master	

직업스킬-영주

세수 확보 Lv. 1
징집 Lv. 1

"와우."

클라우드는 자신의 상태창을 보며 크게 감탄했다. 민첩과 체력
은 플레이어 당시보다 낮았지만 나머지는 전부 다 압도했다. 특히
스킬 숙련도는 플레이어 때와는 비교를 거부했다. 이러니 다른 소
드마스터들을 압도할 수밖에 없었다.

그런데 그 때,

삐빅.

누군가 통신을 보냈다.

클라우드는 바로 통신을 받았다. 그러자 전면시각판 앞에 처음
보는 중년 사내가 모습을 드러냈다.

−이렇게 만나는 건 처음이군. 스테판 할라인이라고 하네. 제국
의 영웅이 어떤 사람인지 궁금해서 이렇게 나왔는데 응해줘서 고

맙네-

"클라우드 폰 제이드라 합니다. 공화국의 방패라 불리는 분을 뵙게 되어 영광입니다."

-하하. 다 허명이지. 그건 그렇고 이제 21살이라 들었는데 그 나이에 그 정도의 기도라니, 정말 놀랍군. 아르곤 놈이 왜 졌는지 알 것 같군-

"운이 좋았습니다."

클라우드가 대답하자 스테판은 고개를 저었다. 클라우드를 보자마자 그는 공화국 최강의 기사라 할 수 있는 검성을 떠올렸다. 상대는 이미 괴물 중의 괴물이었다. 검을 겨뤄봐야 알겠지만 자신이 온힘을 다해도 이기지 못할 게 분명했다. 하지만 스테판은 개의치 않았다.

-비록 가짜 전투라 해도 자네와 같은 강자와 검을 겨룰 수 있다니, 영광이군. 서로 죽이는 것 외에는 최선을 다하도록 하지-

"알겠습니다."

통신은 그것으로 끝이 났다.

-전군 공격하라!-

스테판의 명령이 전장을 뒤흔들었다. 그러자 성 밖에서 대기하고 있던 공화국군이 달려들었다. 100대에 달하는 마장기가 일제히 성을 향해 달려드는 모습은 장관이었다.

"전군, 사격 개시!"

클라우드가 명령을 내리자 성에서 대기하고 있던 마장기들이 일제히 사격을 시작했다. 최대한 출력을 내린, 말 그대로 눈속임에 지나지 않았다.

-자네는 나하고 놀도록 하지-

우우웅.

블루드래곤의 전신에서 가공할 기운이 흘러나왔다. 견갑에 새겨진 푸른 드래곤의 문양에서 빛이 흘러나오더니 기운과 합쳐져 푸른 안개와 같은 형상을 이루었다.

"바라던 바입니다."

대답을 마친 클라우드가 기세를 끌어올렸다. 붉은 기류가 흘러나와 화이트라이거를 휘감았고 불꽃처럼 타올랐다.

팟!

두 기체 중 먼저 움직인 쪽은 블루드래곤이었다. 블루드래곤은 대지를 박차는 것과 동시에 검을 휘둘렀다. 그러자 푸른색 오러블레스트가 화이트라이거를 향해 날아갔다.

그러나 화이트라이거는 붉은 오러블레스트를 일으키고는 단숨에 검을 휘둘러 블루드래곤의 오러블레스트를 튕겨냈다. 클라우드는 그 상태에서 조종간을 움직였고 화이트라이거는 그대로 도약해 블루드래곤을 검을 찍어 누르듯 내리그었다.

콰쾅!

블루드래곤이 이를 맞받아쳤고 강철로 이루어진 합금의 충돌에 불꽃이 번쩍였다. 그와 동시에 블루드래곤은 충격을 이기지 못하고 대지에 긴 자국을 남긴 채 뒤로 밀려났다. 클라우드의 힘을 상쇄하지 못한 것이다.

'역시 괴물이군.'

스테판은 신음을 삼켰다. 단 한 번의 격돌이었지만 엄청난 압력을 느꼈다. 상대는 정말 검성을 연상하게 만들 정도의 강자였다. 단순한 마장기의 성능 차이가 아닌, 검사로서의 경지 자체가 달랐다. 하지만 이대로 밀리고 있을 생각은 없었다.

블루드래곤이 더욱 앞으로 나아가 화이트라이거의 빈 옆구리를 향해 검을 찔렀다. 그 순간, 화이트라이거의 허벅지에 장착되어 있는 소구경 마력포가 불꽃을 토해냈다.

콰앙!

푸른 오러블레이드를 휘감은 채 쇄도하던 검이 마력탄을 얻어맞고 본래의 궤도를 잃었다. 그 틈을 놓치지 않은 화이트라이거는 허리를 숙여 블루드래곤의 공격을 피한 뒤, 어퍼컷 자세로 블루드래곤의 두부를 후려쳤다.

블루드래곤의 날렵하게 디자인된 두부가 뒤틀리며 거대한 기체가 붕 떠올랐다. 하지만 블루드래곤 역시 가만히 있지 않았다. 붕 떠오르는 상황에서 왼손의 건틀릿에 장착된 소구경 마력포를 쐈다.

타타탕!

4발의 마력탄이 쇄도했고 화이트라이거는 재빨리 뒤로 물러났다. 그러면서 재빨리 붉은 오러블레스트를 날려 블루드래곤을 위협했다. 바닥에 착지한 블루드래곤은 검을 역으로 세워 공격을 막아냈다.

그리고 다시 블루드래곤이 자세를 바로잡으려는 사이, 화이트라이거가 달려들어 검을 밀어 넣었다. 안 그래도 고속으로 움직이던 검에 달리는 힘이 더해졌다.

쾅!

음속을 뛰어넘은 검이 충격파를 발했다. 블루드래곤은 화이트라이거의 공격을 맞받아치지 않았다. 대신 옆으로 굴러 화이트라이거의 검을 피했다. 그리고 검을 휘둘렀다. 검은 반원을 그리며 정확히 적의 다리를 노렸지만 화이트라이거는 발에 오러를 휘감은 뒤, 발차기를 날렸다.

콰쾅!

발과 검이 부딪쳤고 힘에서 밀린 화이트라이거가 밀려났다.

그러자 스테판은,

-자네 정말 대단하군! 이렇게 심장이 떨리는 게 얼마만인지 모르겠어!-

클라우드를 크게 칭찬했다.

단순히 대련 차원이 아닌 진짜 온힘을 다해 싸우는 게 도대체 얼마만이던가? 심장이 크게 요동치고 혼이 울부짖었다.

"감사합니다."

클라우드가 담담히 대답했다.

하지만 그 역시 스테판의 실력을 인정했다. 자신의 연환 공격을 이렇게 잘 막는 상대는 소드마스터의 경지에 오른 이후 처음이었다. 스테판은 아르곤뿐만 아니라 제르달보다도 강했다.

-아직 남아있는 힘이 있다면 전부 보여야 할 걸세!-

쿠오오오오!

스테판의 말이 끝나기 무섭게 블루드래곤에게서 흘러나오는 기세가 더욱 강력해졌다. 자신의 힘과 블루드래곤의 출력을 최대한으로 끌어올린 스테판은 조종간을 움직였고 블루드래곤이 파란 잔영만을 남긴 채 사라졌다.

"어딜!"

상대의 움직임을 꿰뚫어본 클라우드는 재빨리 조종간을 움직였다. 주인의 의지에 따라 왼쪽으로 몸을 튼 화이트라이거는 검을 위로 쳐올려 떨어지는 블루드래곤의 검을 막아냈다.

콰아앙!

-뭣이!-

스테판이 처음으로 경악했다. 검을 막은 상태에서 화이트라이거가 더 앞으로 달려들어 견갑으로 블루드래곤을 강타했다. 충격을 버티지 못한 블루드래곤이 크게 밀려났고 화이트라이거는 빈틈을 파고들어 칼자루를 움켜쥔 양손으로 블루드래곤의 두부를 강타했다.

콰아앙!

두부를 감싸고 있던 투구가 완전히 깨졌다. 블루드래곤이 중심을 잃고 무방비 상태에 빠졌을 때, 화이트라이거가 오른발로 블루드래곤의 왼발을 가격했다.

타탕!

그 상태에서도 스테판은 방아쇠를 당겼다. 블루드래곤의 왼팔에 장착된 소구경 마력포에서 마력탄이 쇄도했고 날아간 마력탄이 오른발과 부딪쳤다. 폭발과 함께 화이트라이거의 다리를 감싸고 있던 장갑이 떨어졌다.

그 사이, 블루드래곤은 균형을 되찾는데 성공했다.

"진짜 잘 싸우네."

클라우드는 고개를 저었다. 상대는 정말 악착같이 버텼다.

그런데 그 때, 공화군 측에서 다섯 기의 마장기들이 달려들었다. 그것도 평범한 RCM-1이 아닌 커스텀화를 거쳐 개인에 맞춰

져 있었다. 게다가 다들 기량 역시 뛰어났다.

-나 혼자만으로는 자네를 이기는 건 불가능할 거 같아서 말이지. 이런 건 어떤가?-

스테판이 능청스럽게 웃으며 물었다. 하지만 클라우드는 당황하지 않았다. 오히려 그의 입가에 환한 미소가 떠올랐다.

"이런 것도 좋아합니다."

어울려주기로 했으니 기꺼이 어울려줄 생각이었다.

쿠오오오!

클라우드는 더욱 기세를 끌어올렸다. 하지만 그는 용의 혈통을 운용하지 않았다. 그럴 필요성을 전혀 느끼지 못 했다.

'당신들 수준으로는 딱 거기까지지.'

클라우드가 적들을 향해 달려들었다.

-이럴 수가……-

스테판은 아무 말도 하지 못 했다. 커스텀화된 마장기에 탄 라이더들은 복고파가 자랑하는 에이스 라이더들이었다.

그런데도 클라우드는 밀리지 않았다. 두 마장기의 다리 하나씩을 베었고, 다른 마장기는 팔을 베거나 검을 박살냈다. 블루드래곤 역시 견갑을 비롯해 기체의 장갑이 여기저기 떨어져나갔다.

화이트라이거 역시 상태는 좋지 않았다. 장갑이 여기저기 나가 떨어졌고 왼쪽 마력포를 잃었지만 당당히 서있었다.

-내가 졌네. 자네 진짜 괴물이군-

스테판이 순순히 항복했다.

그러자,

당신은 두 명의 소드마스터를 죽이고, 두 명의 소드마스터를 상대로 승리를 거두었습니다. 이는 현재 대륙의 기사 중에서 단 두 명만이 거둔 위업입니다. 놀라운 업적을 달성한 당신에게 칭호 '검존'이 주어집니다!

칭호 검존을 얻음에 따라 당신의 명성이 대륙 전체로 퍼져나갑니다. 당신은 명실상부 대륙에서 손꼽히는 기사입니다!
칭호 '검존'을 얻음에 따라 지력을 제외한 모든 능력치가 각각 1씩 상승합니다!

오러 블레이드의 레벨이 1 상승하였습니다. 현재 오러 블레이드의 레벨은 5입니다.

반투명한 창이 떠올랐다.

'멋지군.'

클라우드는 진심으로 감탄했다. 이제 더 이상 올리기 힘든 능력치를 올리는데 성공했다. 이보다 더한 보상은 없었다.

- 자네라면 정말 검성과 제대로 검을 나눌 수 있겠군. 에렌시아 제국 최강이라는 자는 싸워본 적이 없어서 모르겠지만 말이야-

"들어는 봤습니다만 그렇게 강합니까?"

-검으로 뭐든지 다 할 수 있다고 알려졌네. 정치에 전혀 관심을 두지 않아서 다행일 정도지-

카젠트가 기간토마키아의 여포 쯤 된다면 크로얀 공화국의 검성은 관우나 장비 쯤 되는 무력을 가지고 있었다. 두 사람 모두 플레이어들 사이에서 끝판왕이라 불릴 정도였으니 스테판이 저런 말을 하는 것도 무리는 아니었다.

"제가 이길 수 있을까요?"

-그건 나도 확답을 못 하겠군. 나보다 더 강한 자들의 싸움을 어찌 예측할 수 있겠나? 다만 오늘 나한테 보인 게 전부라면 제대로 싸울 수는 있을지언 정, 이기지는 못 할 걸세-

"그렇군요."

클라우드는 가볍게 대답했다. 아직 자신은 전력을 드러내지 않았다. 비장의 수라 할 수 있는 용의 혈통은 공화국을 공격한 이래, 단 한 번도 운용한 적이 없었다.

"좋은 대결 감사했습니다."

클라우드가 가볍게 대답하고 조종간을 움직였다. 그러자 화이트라이거가 검을 집어넣었다.

'죽여 봤자 좋을 게 없지.'

상대의 전력은 아군의 두 배에 달했다. 거기다가 자신이 잡혀있는 사이 다른 공화국 부대들에 의해 요소요소가 점령되는 모습이 눈에 들어왔다. 아직까지 다들 거짓으로 싸우고 있었지만 자신이 스테판을 죽이면 바로 적으로 돌변할 게 분명했다.

괜히 손해를 자처할 이유가 없었다.

"전군, 후퇴하라!"

그러자 제국군은 기다렸다는 듯이 빠른 속도로 요새를 빠져나갔다. 공화국도 그런 제국군을 쫓지 않았다. 클라우드 역시 물러나려고 할 때, 스테판이 다시 통신을 보냈다.

-자네가 어디까지 올라갈지 생각하니 무서워지더군. 부디 그대

가 우리와 계속 같은 길을 갔으면 좋겠네-

"저 역시 그랬으면 좋겠습니다."

클라우드가 웃으며 대답했다. 그래야 저들이 자신의 의도에 따라 움직일 테니 말이다. 지금은 이 동맹 아닌 동맹을 소중히 여기자고 생각하는 클라우드였다.

제국 서부 지역을 토대로 권좌에 오른 이안은 재밌다는 얼굴로 팔칸을 바라보았다.

"거참, 질긴 놈들이군. 전력으로는 분명히 우리가 압도하고 있는데도 저렇게 버티다니 말이야."

"죄송합니다, 폐하. 허나 폐하의 충성스러운 장병들이 이제 거의 승기를 움켜쥐었으니 곧 팔칸을 함락시키고 폐하께 바칠 것입니다."

"그렇게 됐으면 좋겠군. 그런데 비천한 서자 놈이 커티스 시를 잃고 다시 제국으로 온다고 들었다. 그가 이곳에 오면 짐한테 좋은 일이 생길 것 같지 않군."

압도적인 전력으로도 팔칸을 함락시키지 못 하고 있었다. 그런 상황에서 클라우드가 합류하면 팔칸 함락은 물 건너갈 수밖에 없었다. 이미 클라우드의 이름은 승리와 같다고 표현될 정도였다.

"그는 팔칸으로 바로 오지 못 할 것입니다."

"왜 그런가?"

"레이너드 왕국이 옛 영토를 회복하겠다는 명분으로 남부에 쳐들어오지 않았습니까? 정통성을 앞세워 자신만이 유일한 황제라고 외치는 레베카 황제가 남부를 포기할 리 없습니다. 포기하면 유일하게 앞서 나간 정통성과 집권 명분이 훼손될 게 분명한데 어찌 포기할 수 있겠습니까?"

"명분이나 정통성이 중요하지만, 자기들이 멸망하게 생겼는데 과연 따질까?"

"만약 클라우드 놈이 팔칸으로 온다면 그 때는 물러나면 됩니다. 황제가 국민을 버린 이상, 혼란이 생길 수밖에 없습니다. 내부부터 무너질 테고 그 때 다시 공격하면 그만입니다."

"하하하. 그거 걸작이군! 그 사이, 우리는 다른 잡놈들을 밟으면 그만이고 말이야. 안 그런가?"

"그렇습니다, 폐하."

니콜라스가 공손히 대답했다. 하지만 그의 입가에도 어느새 미소가 머물렀다.

"서자 놈이 남부로 갔을 때, 레이너드 왕국에게 질 가능성은 없나? 팔칸을 함락시킨다 해도 서자 놈이 자신의 세력을 유지하고 있는 이상, 다시 힘을 모으면 그만이다. 두 세력을 완전히 짓밟아야 레베카 년을 끝장낼 수 있다."

"걱정하지 않으셔 됩니다. 이마 다 준비해놨으니 말입니다."

니콜라스가 교활하게 웃었다.

이제쯤 사람이 도착했을 것이다. 레이너드 왕국이 가진 최강의 패를 되살려줄 수 있는 이들이 말이다.

'자네는 이제 사라져줘야겠네.'

클라우드는 너무 오래, 그리고 자주 자신을 귀찮게 했다. 이제 클라우드를 역사에서 퇴장시켜줄 시간이 왔다고 니콜라스는 굳게 믿었다.

제7장 제국의 수호자

커티스 시에서 물러난 클라우드는 곧장 동부요새로 돌아갔고 사흘 만에 도착했다. 그리고 그 동안 요새를 잘 지킨 로렌스를 칭찬한 뒤, 바로 중대장급 이상의 지휘관들을 모두 불렀다.

회의 목적은 레이너드 왕국의 남부 침공을 어떻게 대처할 것인지에 관해서였다. 다만 사안의 특수성 때문에 로버트 하프너가 회의를 참관할 수 있게 됐다.

"5일 전, 레이너드 왕국이 제국을 향해 선전포고를 보냈습니다. 그와 동시에 제국을 향해 진격, 적은 이틀 만에 남부요새를 함락시켰습니다."

"그럴 수가!"

"아무리 전력이 없다고 해도 그렇게 빨리 함락될 줄이야……."

브리핑을 맡은 로렌스가 말하자 여기저기서 탄식하는 소리가 울려 퍼졌다. 하지만 클라우드의 안색은 변함이 없었다. 남부요새의 함락은 이미 예정된 일이었다.

"전력도 없는데 이틀을 버틴 게 더 대단하다고 생각한다. 남부요새의 장병들에게 경의를 표하고 싶군. 현재 레이너드 왕국군은 어디에 있지?"

"정보부와 철도경비대의 정보에 따르면 현재 적들은 남부요새를 중심으로 주변 지역을 공략하고 있다고 합니다."

"옛 영토를 되찾는 게 목적이라 그런지 확실히 속도가 느리군. 우리한테는 잘 된 일이지만 말이다."

로렌스의 설명을 들은 클라우드는 가볍게 고개를 끄덕였다. 적이 천천히 움직일수록 자신에게는 유리했다. 제대로 준비를 갖출 수 있었으니 말이다. 하지만 로렌스가 굳은 얼굴로 입을 열었다.

"문제는 제도 쪽입니다. 여황 폐하께서 각하께 정식 소환명령을 내리셨습니다."

"그 정도로 상황이 안 좋은가?"

"예. 하이에나 떼처럼 사방에서 팔칸을 노리면서 계속 병력을 집중시키고 있다고 합니다. 이대로라면 제도가 함락될 가능성이 높습니다."

로렌스가 말을 마치자 다른 지휘관들의 안색이 나빠졌다. 이대로 남부로 가면 황제가 정식으로 내린 명령을 거부하게 된다. 그러면 항명죄로 다스려질 게 뻔했다. 게다가 팔칸을 잃기라도 한다면 반역자로 몰릴 위험도 있었다.

"남부로 가서 레이너드 왕국을 막고 남부를 지키는가, 아니면 여황 폐하를 구원하는가? 둘 중 하나를 골라야겠군."

"여황 폐하의 명령을 따르는 게 우선 아니겠습니까? 남부의 중요성은 모두 다 알고 있지만 자칫 잘못하면 반역자로 낙인찍힐 수 있습니다."

"맞습니다. 지금 상황에서 반역자로 낙인찍히는 것은 결코 좋지 않습니다."

클라우드의 말이 끝나자 5년 전부터 동부요새를 지킨 유타 대령이 자신의 의견을 밝혔다. 그러자 몇 명의 지휘관들이 그의 의견에 반발했다.

　"그게 무슨 소리입니까! 여황 폐하께서 자신이야말로 제국의 유일하며 정당한 황제라 선언하셨습니다. 그런데 남부를, 국민을 포기한다는 게 말이 됩니까!"

　"남부나 국민이 아니라 하프너 가문의 안위 때문에 그렇겠지! 제도의 공업지대가 박살난 지금, 하프너 가문을 지탱하는 것은 남부의 공업지대밖에 없지 않은가!"

　로버트가 얼굴을 찌푸리며 외치자 유타 대령이 재빨리 반박했다. 사실 유타 대령의 말 자체는 맞았다. 제도의 공업지대가 박살난 지금, 남부의 공업지대가 하프너 가문과 하프너 상사의 가장 큰 힘이었다. 서부쪽 공업지대에서는 이미 영향력을 상실했고 북부쪽 공업지대는 그 규모가 굉장히 작았기 때문이다.

　"부정은 하지 않겠습니다. 하지만 팔칸이 함락돼도 폐하께서만 건재하시다면, 물러나면 그만입니다."

　"팔칸이 곧 제국이다! 그런 팔칸을 잃으면 우리는 가장 큰 명분을 잃게 된다는 것이다! 그런데 남부를 지키자니 그게 말이 되는가!"

　"나라를 지탱하는 근간은 한낱 도시가 아니라 국민입니다! 그리고 여황 폐하와 각하가 건재한데 도대체 뭐가 문제입니까!"

　유타 대령이 소리치자 로버트도 전혀 밀리지 않고 외쳤다. 그런데 그 때, 루시아가 입을 열었다.

　"하지만 남부가 레이너드 왕국에게 넘어가면 다시 찾을 수 있는 가능성은 없지 않나?"

"예, 그렇습니다. 남부의 공업지대가 넘어간다면 저들의 생산력은 더 강화될 것이고 내전으로 전력을 잃은 제국이 이를 바로 되찾는 것은 사실상 불가능합니다."

루시아가 묻자 로렌스가 바로 대답했다. 그는 요새를 지키면서 레이너드 왕국에 관한 정보를 계속 수집했다. 그 결과, 레이너드 왕국이 이번 원정에 얼마나 많은 것을 쏟았는지 파악했다.

레이너드 왕국이 남부 공업지대를 비롯한 남부에 위치한 각종 자원들을 얻으면 당장 제국을 칭해도 문제가 없었다. 갈가리 찢어진 제국으로서는 더 이상 레이너드 왕국을 감당할 수 없었다.

"아무리 그래도……."

"그만."

유타 대령이 뭐라고 외치려 할 때, 클라우드가 입을 열었다. 그러자 회의실은 금방 조용해졌다.

"모두의 의견을 잘 들었다. 본인 역시 남부의 제국민들을 보호하는 것이 우선이라 생각한다."

"하지만……."

"그대가 뭘 걱정하는지 알고 있다. 그래서 군을 나눠 한쪽은 남부 지역으로, 한쪽은 팔칸으로 보내겠다. 혹시나 팔칸이 위험에 처했을 때, 바로 여황 폐하를 구할 수 있도록 말이다. 그리고 여황 폐하께 정식으로 허락을 구하겠다. 그러면 괜찮지 않나, 대령?"

"그렇게 하십시오."

클라우드가 대령의 말을 끊고 말했다. 유타 대령은 여전히 불만을 감추지 못 했지만 결국 클라우드의 의견을 받아들였다.

"오늘 회의는 이대로 끝내겠다. 바로 횡제 폐하께 건의하도록 할 테니, 이만 해산해도 좋다. 내일 오전 9시에 다시 회의를 열겠다."

"명을 받듭니다."

클라우드의 말에 지휘관들이 모두 외쳤다. 그렇게 회의는 끝이 났고 클라우드는 자신의 의견을 카일에게 전했다. 카일은 노발대발했지만 결국 클라우드의 의견을 받아들이고 레베카에게 뜻을 전했다.

팔칸의 대전.

전쟁 때문에 레베카를 비롯한 15명의 고위 귀족들만 모여 있었다.

"제이드 남작이 부대를 나눠 하나는 남부 지역으로, 하나는 팔칸으로 보내고 싶다고 한다. 그대들은 어찌 생각하는가?"

"이미 폐하께서 지엄한 명령을 내리셨는데 감히 명령의 재고를 요구하다니 이는 말도 안 되는 일입니다!"

현재 레베카 황제 정부의 재상을 맡은 디아크 후작이 큰소리로 반대했다. 뒤이어 내무대신을 맡은 파울로 백작이 고개를 숙인 채 외쳤다.

"폐하, 신이 생각하기에 제이드 남작은 이미 딴마음을 먹은 것 같습니다!"

"내무대신, 지금 그게 무슨 망발이오!"

올리비아는 어처구니가 없다는 얼굴로 소리쳤다. 하지만 파울로 백작은 자신의 의견을 굽히지 않았다.

"이미 동부를 장악했으면서 폐하께서 내리신 명을 어기고 남부로 가겠다는 데, 딴 마음을 품지 않았다는 것을 어찌 확신할 수 있소, 웰링턴 백작!"

"제이드 남작이 없었으면 그대들이 살아나 있었을 것 같소! 게다가 군인의 임무는 제국의 국민을 지키는 것이오! 임무를 다하는 군인을 어찌 함부로 모함할 수 있소!?"

이번에는 카일이 외쳤다. 그는 살벌한 눈으로 파울로 백작을 노려보았다. 소드마스터가 노려보자 파울로 백작은 고개를 돌렸다. 카일 역시 파울로 백작을 외면하고 황제를 향해 간절하게 외쳤다.

"폐하, 저들의 말을 귀담아 듣지 마십시오. 제이드 남작이 제국을 위해 누구보다 노력했다는 것을 폐하는 잘 아시지 않습니까!"

"물론 알고 있다. 그가 있었기 때문에 짐이 이 자리에 있을 수 있었지."

레베카는 선선히 동의했다. 올리비아와 카일을 빼면 이 자리의 누구도 그녀보다 클라우드의 공적에 대해 잘 아는 사람은 없으리라.

"군인의 의무는 국민을 지키는 것입니다. 하지만 그보다 더 중요한 임무는 여황 폐하를 지키는 것입니다! 폐하야말로 제국입니다!"

"그리고 제이드 남작은 이미 폐하를 구원하라는 명령에 재고를 요구하며 남부로 가겠다고 했습니다! 폐하와 제도가 위험에 빠졌다는 사실을 뻔히 알면서 말입니다! 그런 이를 어찌 믿을 수 있겠습니까!"

디아크 후작과 파울로 백작이 목청을 높였다. 귀족들은 일제히 외치며 두 사람의 의견에 동의했다. 올리비아와 카일은 황망한 얼굴로, 레베카는 잔뜩 굳은 얼굴로 모두를 바라볼 뿐이었다.

'어떻게…… 어떻게 하면 저런 말도 안 되는 생각을 할 수 있단 말인가!'

올리비아는 당장이라도 검을 휘두르고 싶었다. 처음부터 클라우드가 없었으면 이 자리에 있지도 못 할 사람들이었다. 그런데 이런 식으로 클라우드를 모함하니 답답하고 또 어이가 없었다.

"그만! 이 부분은 좀 더 고민해보도록 하지."

레베카는 그 말을 끝으로 자리에서 일어났다. 귀족들을 자기들끼리 무리를 지어 대전을 나갔다.

그 날 오후. 올리비아는 클라우드에게 대전에서 있었던 일을 알렸다.

"……알겠습니다, 각하. 걱정하지 않으셔도 됩니다."

통신을 끝낸 클라우드는 크게 한숨을 내쉬었다. 그러자 통신이 끝나기를 기다리고 있던 클라우드의 가신들은 일이 안 좋게 끝났음을 직감했다.

"제도의 귀족들이 나를 견제하는 것 같다. 남부로 가면 무조건 반역으로 다스리라고 하더군."

"아무리 그래도 이건 아니지 않습니까! 제국의 귀족이 국민을 버리다니! 여황 폐하께서는 대체 뭘 하고 계신단 말입니까!"

로버트가 분노를 담아 외쳤다. 이제까지 레베카를 위해 얼마나 많은 군수 물자를 제공했는데, 이렇게 헌신짝처럼 버릴 수 있다는 게 믿어지지 않았다.

"진정해라, 로버트. 아직 여황 폐하는 자신의 뜻을 밝히지 않으셨다."

"귀족들이 저리 나오면 여황 폐하라고 자신의 뜻을 펼칠 수 있 겠습니까?"

"나 역시 내 뜻을 굽힐 생각은 없으니 말이다."

"각하, 그러면……?"

"그래. 이제 움직여야 할 것 같군. 그리고 나를 따르지 않는 이 들도 모두 골라내겠다. 여황 폐하라면 분명히 내 뜻을 이해해줄 것이다."

"명을 받듭니다."

로버트를 제외한 이들이 일제히 고개를 숙이고 대답했다. 클라 우드는 가신들과 함께 바로 회의실로 들어갔다. 회의실에는 클라 우드와 가신들을 제외한 지휘관들이 모두 자리에 앉았다. 다들 제 자리에 앉자 클라우드는 입을 열었다.

"여황 폐하께서 내 의견을 받아들이셨다. 이에 따라 부대를 나 누겠다. 나를 비롯해 공화국으로 원정을 떠났던 이들은 남부로 가서 레이너드 왕국을 격퇴한다. 로렌스, 그대는 나머지를 이끌고 팔칸으로 가라."

"각하! 지금 어째서 거짓말을 하시는 겁니까! 재상과 내무대 신이 저희를 향해 당장 제도로 오라고 하셨는데 말입니다. 그리 고 명을 따르지 않으면 반역으로 다스리겠다는 말 또한 들었습 니다!"

웅성웅성.

유타 대령이 반발하자 다른 지휘관들이 경악을 금치 못 했다. 반역이라는 말의 무게는 그만큼 무거웠다. 하지만 클라우드는 냉 정함을 잃지 않았다.

"유타 대령, 본관은 방금 동부방면 사령관의 권한으로 긴밀한 보안 절차를 거쳐 명령을 받았다. 그런데 어떻게 명령에 대해 알 수 있었지?"

순간 회의실에 정적이 깃들었다. 유타 대령이 당연하다는 듯 반발하며 외친 '진짜' 명령문이 사실이라면, 유타 대령은 사령관이 명령을 받기도 전에 이미 그 내용을 알고 있다는 뜻이었다.

그렇지 않다면 사령관실에 밀정을 숨겨뒀다는 소리. 전자라면 지휘권에 대한 도전이오, 후자라면 첩자로 의심받아도 할 말이 없는 상황이었다.

"그, 그건……."

"첩자가 아니라면 대답해보게."

"디아크 후작님께 들었습니다!!"

유타 대령이 솔직하게 대답하자 클라우드는 가볍게 고개를 끄덕였다.

"그대가 귀족들과 연결되어 있을 줄은 몰랐군. 제군들에게 솔직하게 말하겠다. 확실히 나는 거짓말을 했다."

"반역을 저지르겠다는 것입니까, 각하!"

"반역을 논하기에 앞서, 이 자리에서 제군들에게 하나만 묻고 싶다. 지금 팔칸에게 상징성을 빼면 무슨 의미가 있는가?"

"……."

클라우드가 묻자 유타 대령과 다른 지휘관들은 쉽게 대답하지 못 했다. 제국의 역사와 함께 했다는 것 외에 지금 팔칸에는 아무런 가치가 없다는 것을 그들 역시 잘 알고 있었다.

"지난 번 대화재로 인해 공업지대를 상실하고 방어력도 크게 약화됐다. 거기다가 말이 제국 중앙이지, 현재 입장에서는 최전선이었다. 군사적으로 봤을 때, 전혀 지킬 의미가 없는 곳이다."

"하지만 반역자로 낙인찍히면 저희는 오갈 곳이 없는 신세가 됩니다!"

"그건 내가 차후에 여황 폐하께 설명하면 된다. 그리고 우리가 남부를 지키게 됐을 경우, 두 가지 이득이 있다."

"그게 뭡니까?"

"첫째, 국민들을 위해 노력한 만큼, 내전 이후에 여황 폐하께서 확고한 지지를 받을 수 있다. 두 번째는 남부 공업지대를 지키면서 전력을 강화할 수 있다는 것이다. 현재 공백지나 다름없는 남부지대를 확실히 여황 폐하의 영역으로 만들 수 있다면 우리는 반란군 전체를 압도할 수 있게 된다."

클라우드가 말을 하자 대부분의 지휘관들이 납득했다. 하지만 유타 대령은 여전히 살벌한 눈으로 클라우드를 노려보았다.

"각하, 혹시 이것을 알고 계십니까?"

"뭘 말인가?"

"군인은 옛날부터 상관의 명령에 따라 움직였습니다. 하지만 현장에 따라 다르게 판단해야 된다, 아니면 더 유리한 결과가 있는 선택지를 택해야 한다는 등을 말한 사람의 목적은 한결같았습니다."

"그게 뭔지 말해주겠나, 중령?"

클라우드의 입가에 미소가 떠올랐다. 하지만 유타 대령은 자리에서 벌떡 일어나 클라우드에게 손가락질했다.

"군대를 이끌고 다른 짓을 한 자는 항상 반역을 꾀했다! 지금 그대처럼 그럴싸한 이유를 갖다 붙여서 말이다! 오늘 이 일은 디아크 후작님과 여황 폐하께 알릴 것이다!"

유타 대령은 그대로 자신을 따르는 이들과 회의실을 나가려 했다. 하지만 그런 그의 앞길을 엘리스가 막았다.

"말이 너무 심한 거 아닙니까, 유타 대령님?"

엘리스가 얼굴을 찌푸리며 따졌다. 하지만 유타 대령은 전혀 개의치 않았다.

"웃기는 소리! 네놈이 반역자를 따르는 게 아니라면 당장 저 인간을 베어라!"

"거참. 이래서 융통성 없는 인간들이 싫다니까."

엘리스가 고개를 흔들며 투덜거리자 유타 대령의 얼굴이 악귀처럼 일그러졌다. 그리고 그는 검을 뽑아 엘리스를 향해 겨누었다. 그러자 다른 이들도 재빨리 검을 뽑았다. 하지만 아직 뜻을 정하지 못 한 지휘관들은 흔들리는 눈동자로 유타 대령과 클라우드를 번갈아 바라보았다.

"아군끼리 검을 겨눠서야 되겠나? 지금 이 자리에 있는 제군들을 향해 묻겠다. 대령에 의견에 동의하는 사람들이 있으면 손을 들어라. 그들의 의사를 존중하겠다."

클라우드가 말하자 유타 대령을 지지하는 이들이 손을 들었다. 회의실에 모인 32명의 지휘관 중 18명이 손을 들었다.

"이제는 어쩔 생각인가?"

유타 대령이 클라우드를 비웃으며 말했다.

"다수의 뜻이 그렇다면 어쩔 수 없군."

딱.

클라우드가 손가락을 튕겼다.

그 순간,

좌아아악!

엘리스가 검을 휘둘러 유타 대령의 목을 향해 휘둘렀다.

쩌엉!

유타 대령은 간신히 검을 날려 엘리스의 공격을 막아냈다.

"네, 네 이놈!"

"크아아아악!"

다른 곳에서 비명이 울려 퍼졌다. 유타 대령과 달리 다른 이들은 로렌스, 루시아 등이 휘두르는 검을 막지 못 했다.

"이 반역자들이!"

유타 대령은 울부짖으며 엘리스를 향해 검을 내질렀다. 하지만 엘리스의 검이 더 빨랐다. 그의 검은 정확히 유타 대령의 가슴을 꿰뚫었다.

"컥!"

유타 대령은 피를 뿜으며 바닥에 주저앉았다. 그는 피를 끊임없이 토하면서도 힘겹게 고개를 돌려 클라우드를 노려보았다.

"네, 네놈이 가, 감히 바, 반역을……."

"누구를 위한 반역인가, 대령? 국민을 지켜야할 귀족이 국민을 버리는 것은 반역이 아닌가?"

"개, 개소리다! 제국을 이, 이룬 건 귀, 귀족이다!"

"그런 낡은 사상을 버리지 못 했기 때문에 오늘 그대가 죽는 것이다, 대령."

클라우드가 검을 뽑아 휘둘렀다. 검은 정확하게 유타 대령의 목을 베었다. 그렇게 유타 대령을 벤 클라우드는 자신의 뜻을 지지했지만 가신이 아닌 지휘관들을 보며 입을 열었다.

"제국의 백성을 보호하지 않는 귀족이 무슨 귀족인가! 설령 폐하께 문책당한다고 해도 국민을 먼저 보호할 것이다."

"며, 명을 받듭니다!"

"오직 각하의 뜻만 따르겠습니다!"

클라우드의 선언에 다들 당황했지만 결국 클라우드에게 충성을 맹세했다. 거역하면 죽는다는 것을 잘 알고 있었다.

"전군은 남부 지역으로 간다! 숙원이라는 망집에 사로잡힌 놈들에게 철퇴를 내릴 것이다!"

클라우드가 모두에게 명령했다.

주사위는 던져졌다. 이제 모든 것을 끝낼 시간이었다.

"올리비아, 지금 그걸 나한테 말이라고 하는 것인가?"

해럴드는 어처구니없다는 얼굴로 올리비아를 바라보았다. 곁에 있는 카일 역시 마찬가지였다. 그만큼 그녀가 한 말을 납득할 수 없었기 때문에.

"……미안하네."

"그깟 사과를 듣고 싶은 게 아니네. 정말 재상과 내무대신이라는 인간들이 클라우드, 그 친구에게 그딴 명령을 내리라고 했단 말인가?"

"두 사람 모두 제국의 중추다. 너무 말을 함부로 하지 말았으면 좋겠군.

"중추고 나발이고! 클라우드가 누구인가? 제국의 영웅이 아닌가! 단순히 띄워주기 위한 허명이 아닌, 진짜 영웅이지! 당장 우리가 하찮은 내전 따위로 제국을 망칠 때, 혼자 힘내서 제국을 지키고 있는 게 누군가? 안 그런가, 카일?"

"동의한다. 클라우드가 있었기 때문에 지금 우리가 이렇게 버틸 수 있지."

카일은 해럴드의 말에 동의했다. 반면 올리비아 아무런 말도 하지 못 했다. 그녀 역시 해럴드의 말이 옳다는 걸 알고 있었으니까.

"다른 걸 다 떠나 지금 이 정권이 누구의 손으로 만들어졌는가? 그 친구가 반역자 이안을 쫓아내지 않았으면, 여황 폐하를 구하지 않았다면 우리 전부 다 끝났네! 끝났다고! 그런데 지금 그런 말도 안 되는 소리를 하면서 그를 압박하는 게 말이 되나! 지금 나랑 장난하나!"

"나도 잘 알고 있다. 하지만 제이드 남작의 세력이 지나치게 커진 것은 사실일세지 그렇다고 그를 견제할 세력도 마땅히 없는 형편이고."

"그래서 남부의 국민들을 전부 다 버리면서까지 그를 제도로 불러야겠다 이 말인가? 이 의미 없는 도시를 지키기 위해서? 지금 그걸 말이라고 하나?"

"……미안하다."

다시 한 번 올릴비아가 사과했다. 해럴드는 답답했는지 가슴을 후려쳤다.

"자네니까 솔직히 말하겠네. 지금 정권이 정말 황태자 전하의 뜻을 이었다고 자신할 수 있나? 황태자 전하께서 외친 이상을 전부 다 무시하고 있는데? 게다가 황태자 전하였다면 절대 국민을 버리지 않았을 거야."

"그만하도록, 해럴드. 여황 폐하께서는 아직 자신의 뜻을 밝히지 않으셨다. 괜한 소리를 하면 아무리 자네라도 용서할 수 없다는 걸 명심하라."

"용서할 수 없으면 검이라도 뽑게! 그러면 적어도 이렇게 답답하지는 않을 테니까!"

해럴드가 기세를 터뜨리며 외쳤다.

"두 사람 모두 그만하게나. 적이 몰려오고 있는 판국에 아군끼리 싸우면 어쩌자는 건가? 여황 폐하께서 분명 현명한 판단을 내릴 걸세."

"젠장!"

카일이 싸움을 말리자 해럴드는 바로 기세를 거둬들였다. 애초부터 정말 싸울 생각도 없었고.

"황태자 전하를 따를 때는 좋았어. 그 분의 이상도 그렇고 흔들리는 나라를 바꿀 수 있을 거라 믿었지. 하지만 이제는 모르겠네. 내가 왜 검을 휘둘러야하는지도 모르겠어. 여황 폐하는 성군의 자질을 가지고 계시지만 난세에는 어울리지 않네."

"그리 생각하지 않았으면 좋겠군. 그대나 카일이 없었다면 진즉에 팔칸은 적에게 함락됐을 거야. 두 사람이 있기 때문에 나도 버틸 수 있었고."

"후우. 하나만 묻겠네, 올리비아. 정말 만에 하나고, 절대로 일어나서는 안 되지만 만약 클라우드가 남부 쪽으로 군사를 이끌고 가면 어쩔 생각인가? 그래서 귀족들이 그를 반역으로 몰고 여황 폐하께서 용인을 한다면?"

해럴드가 질문하자 올리비아는 눈을 감았다. 클라우드가 무슨 선택을 할지 도저히 확신할 수 없었다. 하지만 이제까지의 클라우드가 보인 행보를 생각하면 남부로 갈 확률도 굉장히 높았다.

"반역자로 간주하고 내 손으로 벨 것이다."

올리비아는 단호하게 말했다. 어떤 이유가 있더라도 명령을 무시하는 군인은 죽어야만 했다.

'부디 현명한 판단을 내려주십시오, 폐하.'

올리비아는 굳은 얼굴로 기원했다.

◆

동부요새 안의 거대한 연병장.

그곳에는 한 기의 마장기가 서있었다. 전체적으로 짙은 붉은색을 이루고 있었고 흉갑과 견갑을 비롯한 주요 장갑은 주황색이 칠해져 있는 마장기는 아름다웠다. 단순히 디자인이 아닌, 실용미를 극대화시켜 아름다워졌다.

크기는 8.5m로 평범한 마장기들보다 머리 하나가 더 컸다. 하지만 둔하다는 느낌은 전혀 느껴지지 않았다. 전체적으로 날렵한 형상을 띄고 있었다.

또 장기의 등에는 고속 기동을 편하게 하기 위한 자세 제어 장치가 날개처럼 달려 있는 게 아름다움을 더했다. 모든 마장기의 기본 병기라 할 수 있는 소구경 마력포는 건틀릿에 장착되어 그

위용을 뽐냈다.

쿵! 쿵!

붉은 마장기가 천천히 앞으로 걸어 나왔다. 그러더니 마치 몸이라도 푸는 듯 상반신을 움직이고 손을 쥐었다 폈다 하는 행동을 반복했다.

1분 정도의 시간이 흐르자 붉은 마장기는 허리춤에 차여있는 칼집에서 검을 뽑았다. 3m에 달하는 엄청난 예기를 자랑했다.

쿠쿵!

그 때, 그런 붉은 마장기 앞에 한 기의 마장기가 모습을 드러냈다. 그 기체는 화이트라이거였지만 기존의 모습과 완전히 달라져 있었다.

허리에 달렸던 자세제어장치가 붉은 마장기처럼 등에 장착됐다. 그리고 출력을 제어하던 두 개의 노즐이 넷으로 늘어났으며 양 허벅지에 장착된 소구경 마력포는 장포신으로 교체되었다. 또 견갑에는 기다란 판넬이 접혀 있는 등, 기체의 외형이 지금까지와는 사뭇 달라보였다.

스르르르.

완전히 모습이 바뀐 화이트라이거가 등에 장착된 검을 들었다. 기존의 롱소드의 형태와 달리 검의 크기가 더 크고 길어져 있었다. 일종의 투핸디드 소드와 같았다. 양손으로 검을 움켜쥔 화이트라이거는 붉은 마장기와 비교해도 결코 뒤지지 않는 위용을 자랑했다.

쿵!

두 마장기가 서로를 마주보았다. 그리고 기다렸다는 듯 서로를 향해 달려들었다.

콰아아앙!

검과 검이 충돌하며 엄청난 폭음이 터져 나왔다. 두 개의 검은 동시에 튕겨져 나왔고 화이트라이거는 가볍게 검을 회수해 다시 크게 내리찍었다. 붉은 마장기는 한손으로 움켜쥔 검을 위로 그어 올렸다. 공기가 비명을 지르며 파동이 사방을 뒤흔들었다. 그 상태에서 검과 검이 부딪치자 불꽃이 분수처럼 일어났다.

단 두 번의 격돌이었지만 그것만으로도 어마어마했다.

"여기까지! 이 이상 하면 진짜 싸워야 할 거야."

화이트라이거를 조종하던 클라우드가 외쳤고 그의 음성이 외부 확성기를 통해 연방장에 울려 퍼졌다.

-합격인가, 클라우드?-

"당연하지. 하루 만에 전용기에 이렇게 익숙해지다니, 대단한데?"

-그대가 잘 가르쳐줘서 가능했다. 정말 고맙다-

붉은 마장기를 조종한 루시아가 활짝 웃으면서 대답했다.

"네가 잘 따라서 가능한 거지. 일단 내리자."

화이트라이거의 흉갑이 열렸고 클라우드는 그대로 뛰어내렸다. 루시아 역시 붉은 마장기에서 내렸다. 두 사람이 내려오자 기다렸다는 듯이 로버트가 달려왔다.

"각하, 개조된 화이트라이거는 괜찮습니까?"

"정말 좋았다, 로버트. 딱히 출력이 늘어난 것도 아닌데 이렇게 바뀌다니, 뛰어난 마장기 엔지니어가 얼마나 대단한 사람인지 다시 한 번 느꼈다."

"하하. 각하의 마장기는 이미 출력 자체는 최대로 조정되어 있는 만큼, 운동성을 더 끌어올릴 수 있는데 집중했습니다. 그게 맞았다니, 정말 다행입니다."

"고맙다, 로버트. 잘 타도록 하겠다."

클라우드가 진심으로 고마워하자 로버트는 웃으며 고개를 끄덕였다. 그리고 그는 고개를 확 틀어 루시아를 바라보았다.

"음."

로버트의 눈에 담긴 광기를 읽은 루시아는 자기도 모르게 신음을 내뱉었다.

"레드라이언은 어땠습니까?"

"최고였다. 다른 전용기를 타보지는 않았지만 이보다 더 뛰어난 마장기가 있나 싶더군."

"하하하하! 당연한 거 아니겠습니까? 레드라이언은 황실 공방에서 만든 '라이거' 시리즈와 비교해도 절대 성능 면에서 뒤처지지 않습니다. 아니, 오히려 마나 증폭 장치를 비롯한 여러 신기술을 도입했기 때문이 기존의 라이거 시리즈는 충분히 압도할 수 있다고 자부합니다."

루시아의 대답을 들은 로버트가 자신감이 가득한 목소리로 대답했다.

"확실히 화이트라이거를 개조하지 않았다면 밀렸을 거라는 생각이 들었다."

"크으!"

클라우드가 한 마디 덧붙이자 로버트는 온몸을 휘감는 환희에 몸을 떨었다. 이제까지 제국의 모든 전용기는 황실공방에서 만들어졌기 때문에 아무리 하프너 상사라도 전용기를 만들 수는 없었다. 그런데 클라우드의 부탁으로 기회가 찾아왔고 신화형 마장기를 제작하던 과정에서 찾은 연구 성과를 모두 쏟아 부었다. 그렇게 만들어진 게 레드라이언과 화이트라이거 R2였다.

"각하. 신형 병기는 조심해서 다뤄주시길 바랍니다. 각하라면 잘 다룰 거라 믿습니다만 워낙 위험한 병기라…."

"걱정하지 않아도 된다, 로버트."

클라우드는 화이트라이거 R2의 견갑에 장착된 신형 병기를 떠올리며 대답했다.

"이제 무사히 남부로 갈 수 있을 것 같다. 정말 수고 많았다, 로버트."

"아닙니다. 저 역시 오랜만에 마장기에 집중할 수 있어서 좋았습니다."

로버트가 활짝 웃었다.

클라우드가 신화형 마장기를 보여준다고 약속했지만 그것만으로는 성에 차지 않았다. 신화형 마장기를 직접 만들어야 의미가 있었는데 이번 전용기 제작은 숙원을 이루는데 큰 도움이 됐다.

"그런데 클라우드, 정말 레드라이언을 끌고 가도 되는 건가? 내가 소드마스터라는 것을 들킬 텐데 말이다."

루시아가 불안감을 드러냈다. 단순히 양산형 마장기를 커스텀화한 게 아닌, 한 사람을 위해 만들어진 전용기는 눈에 띄었다. 그녀가 소드마스터가 됐든 아니든 다른 사람들의 이목을 속이는 것은 불가능했다. 클라우드의 세력이 더 강해졌다는 것을 의미하니, 이미 클라우드를 견제하기로 결심한 귀족들에게 공격할 빌미를 줄 수 있었다.

"어차피 귀족들과 다른 길을 가기로 맹세했으니 문제될 건 없지. 그래서 너한테 전용기를 조종하는 법을 가르쳐준 거고."

설마 하루 만에 익숙해질 것이라고는 전혀 상상하지 못 했지만 말이다.

"그래도 저쪽이 우리한테 신경을 쓰지 않는 게 제일 좋지 않나?"

"저쪽이 먼저 공격을 해도 상관없어. 레이너드 왕국을 물리치고 남부 지역을 내 영역으로 삼으면 귀족들이 나대봤자 전혀 문제없지."

이미 국민을 버리기로 선택한 순간, 귀족들은 민심을 잃을 수밖에 없었다. 게다가 하프너 가문을 비롯한 남부의 유력 귀족들이 그들을 지지하는 것을 철회했기 때문에 전력도 급감했다.

'이제 내 상대가 아니지.'

사뿐히 즈려밟고 가면 그만이었다. 다만 문제는 레베카의 의중이었다. 그녀가 자신을 지지해준다면 어떤 잡음도 생기지 않을 테니까. 생각을 정리한 클라우드는 다시 로버트를 응시했다.

"안 그래도 피곤하겠지만 로버트, 그대에게 개인적으로 부탁할 게 있다."

"말씀하십시오."

"그대 주변에 능력이 있는데 나서지 못 하고 있는 이들을 모두 추천했으면 좋겠다. 군대의 힘은 충분하지만 아직 내정을 담당할 관리의 숫자가 턱없이 부족하니 말이다."

"걱정하지 마십시오. 확실히 뛰어난 사람들만 골라서 추천하겠습니다."

로버트가 씩씩하게 대답하자 클라우드는 만족했다. 그를 받아들인 것은 정말 최고의 선택이었다.

"전용기까지 전부 조정이 끝난 이상, 더 이상 망설일 이유가 없다. 남부에 있는 국민들을 생각해서라도 이제 군을 움직일 생각이다."

"남부의 국민들을 대신하여 각하께 감사드립니다. 저뿐만 아니라 하프너 가문 역시 최선을 다해 각하를 도울 것입니다."

로버트가 고개를 숙여 클라우드에게 예를 표했다. 이미 하프너 가문의 이름으로 고용된 용병 라이더만 30명이 넘었다. 게다가 추가로 생산되고 있는 마장기 역시 다른 세력이 아닌, 오직 클라우드에게 공급되고 있었다.

"지고 싶어도 질 수가 없군."

클라우드가 자신만만하게 웃었다.

그리고 다음 날, 총 50기의 마장기가 동부요새를 떠나 남부 지역으로 향했다.

제피르 왕자는 남부요새의 성벽 위로 올라갔다. 드넓은 남부의 대지가 그의 눈에 들어왔다. 보는 것만으로 남자의 웅심을 자극하는 풍경이었다.

"멋지군."

"정말 그렇습니다, 저하."

곁에 있던 루벤 폰 오스틴 후작이 대답했다. 그 역시 남부의 대지를 보며 크게 자극받았다. 왜 선조들이 그토록 잃어버린 땅을 되찾으려 하는지 이해할 수 있었다.

"남부의 전력이 줄었다는 말은 들었지만 설마 이 정도일 줄은 몰랐다. 거의 저항이 없는 수준이군."

"클라우드 폰 제이드가 지난 내전 때, 남부 지역의 영주들을 완전히 박살내고 예비 전력을 다 거둬갔다고 합니다. 저희로서는 정말 고마워해야할 친구입니다."

"알레시오 후작으로부터 연락이 왔다. 그가 직접 남부 지역을 지키기 위해 올 가능성이 높다고 하니 그 때 직접 고마움을 표시하면 되겠지."

클라우드의 능력은 인정하지만 제피르는 그를 두려워하지 않았다. 왕국 전체가 그를 지지하고 있었고 현재 제국으로서는 상상도 할 수 없을 정도의 보급과 지원을 받고 있었다.

"게다가 알레시오 후작이 보내준 패도 있으니 적적할 때 써먹으면 되겠지."

제피르가 말하자 처음으로 루벤이 얼굴을 찌푸렸다.

"제국의 영웅이 검존이라 불릴 정도의 뛰어난 기사라는 것은 잘 알고 있지만 그 뿐입니다. 굳이 그 자가 없어도 이길 수 있는데 왜 그를 받아들였는지 이해할 수 없습니다."

"딱히 그의 힘을 빌리려고 부른 것이 아니다. 저 자는 어디까지나 감시역이지. 우리가 남부 이상으로 치고 오르게 하지 못할 감시역 말이다."

"그것도 마음에 들지 않습니다만, 그게 저하의 뜻이라면 따르겠습니다."

루벤이 고개를 숙이며 대답했다. 가볍게 고개를 끄덕인 제피르는 다시 남부의 대지를 바라보았다.

'올 가능성은 없지만 그대가 진짜 왔으면 좋겠군, 클라우드 폰 제이드. 누가 영웅인지 가려보는 것도 즐거운 여흥이 되겠지.'

지금 상태로는 단순히 빈집털이로 승리를 했다는 오명을 받을 수 있었다. 하지만 제국의 영웅을 자신의 손으로 직접 꺾는다면 그 누구도 자신의 승리를 부정하지 못 할 것이다.

그렇기 때문에 제피르는 진심으로 클라우드가 팔칸이 아닌 남부 지역으로 와주기를 희망했다.

그리고 클라우드는 그의 간절한 희망에 답을 했다.

클라우드가 남부로 향했다는 소식을 들은 귀족들은 크게 분노했다. 그들은 계속 레베카에게 클라우드를 반역자로 여겨야 한다고 고했지만 그녀는 무시했다. 그리고 대전에 나오지 않았다.

"아르젠트 백작, 제이드 남작이 기어이 남부로 향했다고 한다. 분명히 여황 폐하께서 아직 자신의 뜻을 밝히지 않았는데도. 이게 반역이 아니면 뭔가?"

"……."

올리비아는 디아크 후작의 질문에 대답하지 못 했다. 혹시나 했지만 정말로 클라우드가 남부로 갈 것이라고는 그도 예상하지 못 했다.

그 때, 해럴드가 입을 열었다.

"개소리도 정도껏 해라! 제이드 남작은 작금의 이 사태를 해결하기 위한 새로운 방법을 떠올린 거다. 그리고 이제까지 했던 것처

럼 남부를 침입한 무도한 레이너드 왕국 놈들과 반역자들을 쓸어
버릴 것이다!"

"여황 폐하의 뜻도 듣지 않고 함부로 군사를 일이키지 않았나!
그게 반역이 아니면 뭔가? 멋대로 군사를 일으킨 상황에서 공을
세워봤자 무슨 의미가 있단 말인가?"

"아무리 어떤 계획이 있어도 군을 함부로 움직인 건 반역 행위
입니다!"

"당장 제이드 남작의 군권과 영지를 빼앗고 제도로 압송해야
합니다!"

파울로 백작이 운을 띄우자 다른 귀족들이 일제히 외쳤다.

'가증스럽군.'

올리비아는 짜증이 단단한 얼굴로 귀족들을 노려보았다. 현재
군부는 카일, 해럴드, 클라우드, 그리고 자신, 총 네 사람을 기반
으로 단단한 아성을 구축하고 있었다. 그 때문에 귀족들은 군부
에 거의 영향을 끼치지 못 하고 있었는데 지금 그 한 축이 무너지
게 생겼다.

'기회다!'

군부에 속하지 않은 귀족들은 모두 지금 상황이 군부에 영향
을 끼칠 수 있는 마지막 기회라는 것을 깨달았다. 절대 그들은 이
기회를 놓칠 생각이 없었다.

그런데 그 때,

"누가 갈 거요? 제이드 남작을 압송하러 말이오."

해럴드가 귀족들을 비웃으며 말했다.

"음."

"그, 그건."

귀족들 모두 해럴드의 시선을 피하기 급급했다. 벌써 네 명의 소드마스터를 쓰러뜨린 클라우드를 누가 강제로 끌고 올 수 있단 말인가?

"허나 이대로 제이드 남작을 내버려둘 수 없소. 그는 함부로 군사를 일으켰을 뿐만 아니라 심지어 폐하의 뜻을 따르기로 한 지휘관마저 처형했다는군. 이는 명백히 반역이오!"

"무슨 소리! 어디서 말도 안 되는 억측을 함부로 늘어놓는가!"

해럴드가 살기를 담아 디아크 후작을 노려보았다. 순간 흠칫한 디아크 후작이었지만 그는 있는 힘을 다해 외쳤다.

"본인과 어느 정도 안면이 있는 유타 대령과 몇 명의 지휘관들이 처형당했다는 정보를 입수했소. 물론 아직 확정은 아니지만 정보부가 현재 사실을 파악하러 갔다고 하니 금방 진실이 밝혀질 것이오."

디아크 후작이 자신만만하게 말하자 해럴드의 얼굴이 일그러졌다. 만약 저 말이 사실이라면 클라우드는 정말 돌이킬 수 없는 선택을 하게 된 셈이다. 그렇게 되면 아무리 자신이라도 더 이상 옹호해줄 수 없었다.

그 때였다. 현재 제국 정보부를 지휘하고 있는 크리스 폰 브라운 자작이 대전 안으로 들어왔다.

"이 자리에 있는 모두에게 알립니다. 클라우드 폰 제이드 남작이 유타 대령을 비롯한 18명의 지휘관을 처형했다는 정보를 입수했습니다. 남작은 항명죄 및 상관 살해 미수죄를 이유로 처형했다고 알렸습니다만 하나같이 폐하의 충성스러운 군인들이었습니다."

"폐하께 충성이라고?! 너희 귀족들이 전장에 나선 장군들에게 감시하고 자기 멋대로 조종하려고 보낸 첩자들이 아닌가!"

해럴드가 포효를 지르듯 외쳤다. 그와 동시에 그의 기세가 폭발했고 수많은 사람들의 안색이 창백해졌다.

크리스 자작은 품속에 있는 서류와 사진을 모두에게 보여줬다. 올리비아, 해럴드, 카일의 안색이 나빠졌다.

"이건⋯⋯."

해럴드는 더 이상 대답하지 못 했다. 카일과 올리비아는 아예 눈을 감았다. 클라우드는 이미 돌아올 수 없는 강을 건넜다. 이제 정말 레바카가 결단을 내려야 했다. 그녀가 클라우드를 지지하지 않는다면 현 정권은 그대로 끝날 것이다.

"예로부터 명망이 높은 장군은 자신의 부대를 사유화하여 군벌로 성장했다. 군벌로 성장한 이상, 남은 건 하나다. 바로 황위를 찬탈하는 것이지."

디아크 후작의 말에 다들 침묵했다.

천년 제국, 에렌시아.

에렌시아 제국을 이야기하면 누구나 꼭 한 번쯤 말하거나 듣는 별명이었다. 그런 제국을 뒤엎는다는 가능성만으로도 충격적이었다.

"후작. 미친 게 아닌가?"

"제이드 남작의 명성이 높은 걸 모르는 이가 이 자리에 있던가. 그가 자신의 명성에 취해 반역을 꾀하지 않는다라는 보장을 누가 할 수 있는가. 당장 우리는 그를 막기도 어려운데!"

그게 문제였다. 그들은 지금 전쟁 중이었고 클라우드를 막을
힘이 없었다.

그런데 그 때였다.

"큰일 났습니다!"

창백한 안색의 기사가 대전 안으로 들어왔다. 심상치 않은 일
이 일어났음을 직감한 올리비아가 입을 열었다.

"무슨 일인가!"

"폐하께서……."

무슨 일이 일어났는지 알린 기사. 그의 말이 끝나기 무섭게,

"그 무슨 말도 안 되는!"

"어찌 그런 일이!"

파벌을 막론하고 다들 경악을 금치 못 했다. 그만큼 놀라운 일
이 일어났기 때문에.

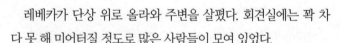

레베카가 단상 위로 올라와 주변을 살폈다. 회견실에는 꽉 차
다 못 해 미어터질 정도로 많은 사람들이 모여 있었다.

'내가 생각해도 웃기네.'

황제가 기자 회견이라니, 앞으로 다시 일어날까 싶을 정도로 말
도 안 되는 일이었다. 하지만 이번만큼은 그녀가 직접 나서야 했
다. 단순히 귀족들만 설득하는 게 아니라, 클라우드에게 자신의
믿음을 보여줄 필요가 있었기 때문에.

다만 이 자리를 몰래 만들기 위해 얼마나 노력했던가. 귀족들

과 군인들의 이목을 전부 다 피해야 했으니까.

그런 레베카의 심정을 모르는 기자들은 침묵을 지킨 채, 그녀를 응시했다. 간간히 들리는 카메라 소리와 숨소리가 없었다면 사람이 있나 싶을 정도였다.

"레베카 에렌시아라 해요. 다들 알고 있겠지만."

높임말을 쓰는 이유는 간단했다. 기자 회견에서 일어난 일은 모든 국민들에게 전해진다. 군림하고 있되 동시에 국민들을 신경 써야 했기 때문에 이 단상 위에서는 신분을 막론하고 존대를 사용했다. 설령 그게 황제라 할지라도.

그게 옛적부터 내려온 에렌시아 황제의 의무였다. 자기밖에 모르는 이안은 물론 각국의 왕들도 다 이랬다. 그렇기 때문에 레베카로서는 이 자리가 좋았다. 누군가에게 하대를 하는 건 여전히 적응되지 않았기 때문에.

그래서 그녀는 오랜만에 농담하듯 말을 건넸다. 물론 대답하는 사람은 아무도 없었다. 오히려 장내의 긴장감은 더 팽팽해졌고.

"여러분도 모두 알겠지만 제국의 상황이 위태로워요. 안에서는 반역자가 나라를 두 쪽 냈고 밖에서는 외세들이 호시탐탐 제국을 노리고 있죠. 그런데도 제국이 유지되는 건, 한 사람이 있기 때문이에요."

"……."

기자들이 일제히 펜을 쥐었다. 레베카를 바라보는 사람들의 시선이 강렬해졌다. 그녀가 말하는 한 사람은 정해져 있었기 때문에.

클라우드 폰 제이드.

제국의 영웅을 일컫는 게 분명했다. 그래서 다들 레베카의 말을 기다렸다. 그가 멋대로 군사를 움직인 건 그들 역시 잘 알고 있었기 때문에. 그녀가 이제부터 할 말이 제국의 운명을 결정하리라.

"현재 제국을 노리는 세력은 둘. 반역자와 레이너드 왕국군이죠. 반역자는 언제 제도를 포위할지 모르는 상황이며 남부 역시 위태롭죠. 어떤 이들은 우선 제도부터 지키고 남부는 나중에 지키자고 해요."

"그럴 수가!"

"어떻게 국민을 버릴 수 있단 말인가!"

남부 지역에서 온 기자들이 자리에서 벌떡 일어나 분노를 드러냈다. 안 그래도 귀족들이 남부를 포기하자는 소문이 돌고 있었기 때문에 그들로서는 화가 날 수밖에 없었다.

다른 지역과 다른 국가에서 온 기자들 역시 크게 당황한 건 마찬가지였다. 그만큼 레베카의 갑작스러운 말은 충격적이었다.

"허나 제국의 황제로서 국민을 포기한다는 건 있을 수 없는 일이에요. 그렇다고 제도를 포기하는 것도 있을 수 없는 일이죠."

사람들은 레베카의 말을 기다렸다. 클라우드를 반역자라 할 것인가? 아니면 그의 행동을 옹호할 것인가. 그런 사람들의 기대를 보답하듯 레베카는 바로 자신의 의사를 밝혔다.

"에렌시아 제국의 황제로서 명한다! 클라우드 폰 제이드는 제국을 노리는 외적을 격멸하라! 그리고 제도로 올라와 반역자들의 멸하라!"

레베카는 허리춤에 찬 검을 뽑았다. 그리고 단숨에 내리쳤다.

단상의 바닥이 그대로 쪼개졌다.

"이후 이 안건에 대해 또 논의하는 자, 제이드 남작을 반역자라 비방하는 자 모두 반역죄로 다스릴 것이다!"

운명이 결정됐다.

"설마 기자 회견까지 하실 줄은 몰랐습니다."

ㅡ되도 않는 소리를 하는 사람들이 너무 많아서요ㅡ

하프너 영지의 중심 도시인 라카이 시로 향하던 클라우드는 잠시 진군을 멈췄다. 그리고 레베카와의 통신에 응했다.

"반발하는 사람들이 많았을 텐데 말입니다.""

ㅡ그런 사람들 없어도 제국은 잘 굴러가요. 반면, 남작이 없으면 제국은 위태로워지죠. 이런 상황에서도 군부에 영향력을 행사하려는 꼴을 보면 기가 찬다니까요?ㅡ

클라우드는 침묵했다.

ㅡ제이드 남작ㅡ

"예, 폐하."

ㅡ당신이 어떤 이상을 품고 있는지 잘 알고 있어요. 그리고 이 나라의 귀족들이 당신의 이상에 방해가 된다는 것도 알고 있죠ㅡ

직설적으로 말하는 레베카. 클라우드는 아무 말도 할 수 없었다. 이런 상황에서 무슨 말을 할 수 있겠는가. 그런 그를 보며 그녀는 쐐기를 박았다.

ㅡ예전에 말한 적이 있죠? 이 나라를 당신한테 넘겨도 상관없다

고요. 어때요? 지금 받으라고 하면 받을 건가요?-

"그건……."

-저는 이 자리에 별로 관심 없어요. 단지 할 필요가 있어서 하는 거죠. 당신이 필립 오라버니의 이상을 이을 수 있다면, 정말 좋은 세상을 만들 수 있다면 기꺼이 넘길게요-

"폐하. 다시 진군을 해야 할 시간입니다."

-그렇게 말을 돌리는 건가요? 그것도 괜찮죠. 어쨌든 이번에도 구하러 와주면 고맙겠어요-

"명을 받듭니다."

그 말을 끝으로 끊어진 통신.

"역시 어려운 사람이야."

삐진 루시아를 달래는 것 이상으로 대하기 어려운 여자였다. 그래도 이제 명분은 얻었다. 그 누구도 자신을 막지 못 하리라.

다만 여전히 고민이 남아있었으니 바로 레베카의 존재 그 자체였다. 저렇게 자신을 생각하는 사람을 배신해야 하는 걸 생각하니 굉장히 가슴이 아팠다. 그렇다 해도 물러날 생각은 없었지만.

'나중에 생각하자.'

우선은 적을 처리해야 했다.

"전군, 출발하라!"

클라우드가 명령을 내리자 총 50기의 마장기가 움직였다. 움직이는 것은 마장기뿐이었다. 각종 병기나 보급 같은 부분은 모두 하프너 가문에서 담당하기로 약속했기 때문에 전혀 문제될 것이 없었다.

그렇게 동부요새에서 3일 동안 거의 쉬지 않고 달린 그는 라카이 시에 도착했다. 그리고 뜻밖의 광경을 목격하게 됐다.

"원군이 왔다!"

"클라우드 폰 제이드가 왔다!"

"살았어! 우리는 살았다고!"

수많은 사람들이 성 밖으로 나와 클라우드와 그가 이끄는 부대를 보며 열렬히 환호했다. 마치 개선식에 참여한 개선 부대를 환영하는 것고 다를 바 없었다.

-설마 저렇게 많은 사람들이 환영하러 나올 줄이야, 역시 영주님의 인기는 엄청난 것 같습니다-

"그만큼 저들이 레이너드 왕국에게 느끼고 있는 위협이 컸다는 거겠지."

클라우드는 윌리스의 장난스러운 말에 무심히 대답했다.

-그런데 레이너드 왕국은 남부요새와 그 근처를 공략할 뿐, 여기까지는 아직 영향력을 행사하지 않는 걸로 알고 있습니다. 그런데도 이런 반응인 거 보면 생각보다 레이너드 왕국의 압박이 심한 것 같습니다-

"레이너드 왕국의 목적 중 하나가 라카이 시의 공업지대를 손에 넣는 거니 그럴 수밖에 없겠지. 다만 공업지대를 날리면 자기들도 손해니까 일단 압력만 가하는 거 같지만 말이야."

윌리스의 의문에 대답한 클라우드는 마장기를 멈춰세웠다. 그리고 조종석을 열고 바닥에 뛰어내렸다. 그런 그의 뒤를 따라 다른 라이더들도 일제히 마장기에서 내렸다.

"우와아아! 제국의 영웅이 왔다!"

"레이너드 왕국도 이제 끝이야! 끝이라고!"

클라우드가 모습을 드러내자 사람들의 환호성이 더욱 커졌다.

"손 좀 흔들어주십시오. 다들 영주님만 보고 있는 사람들 아닙니까?"

"아직 이긴 것도 아닌데 그렇게 호들갑을 떨 필요가 있나 싶군."

엘리스가 말하자 클라우드는 고개를 흔들었다. 아직 승리가 확정되지 않았는데도 벌써부터 그러고 싶지는 않았다. 하지만 루시아가 그의 의견에 반대했다.

"벨리카 대위의 말이 맞다, 클라우드. 그대는 이미 영웅이다. 그대가 있기 때문에 이들은 희망을 품고 현재를 버틸 수 있는 것이다. 그러니 그들에게 용기를 줬으면 한다."

"영웅이라는 것도 참 쉽지 않구나."

"겨우 이 정도에 힘들어하면 곤란하다."

"생각하니 그게 있었네. 후우."

클라우드는 호흡을 가다듬었다. 그리고 활짝 웃으며 사람들을 향해 손을 흔들었다.

"우와아아아!"

"클라우드! 클라우드!"

우레와 같은 함성이 터져 나왔다. 클라우드와 다른 이들은 그 함성을 들으며 라카이 시 안으로 들어갔다. 그곳에는 화려한 의상을 입은 이들이 기다리고 있었다. 특히 선두에 있는 노인에게서 흘러나오는 기세는 보통이 아니었다. 무인으로서가 아니라 인간으로 강한 노인이었다.

"만나서 반갑소, 클라우드 폰 제이드 남작. 클린트 폰 하프너라하오. 제국의 영웅을 이렇게 보게 되니 영광이군."

"과찬이십니다. 하프너 상사의 주인을 뵙게 되어, 저 역시 영광입니다."

"내가 생각하고 있던 인상과는 다르군."

"직접 보니 어떻습니까?"

"군인이라 뻣뻣할 줄 알았는데 전혀 그런 게 없군. 게다가 대중이 자신에게 뭘 원하고 기대하는지도 확실히 알고 있다. 소심한 셋째가 왜 자네와 함께 해야 한다고 주장했는지 이제 이해가 되는군."

클라우드를 칭찬한 클린트 후작이 손을 내밀었다. 클라우드는 바로 그의 손을 움켜쥐었다.

"하프너 가문의 숙원이 뭔지 로버트에게 들어서 잘 알고 있습니다. 저를 믿어주신다면 반드시 숙원을 이루도록 힘내겠습니다."

"그 말, 거짓말이 아니었으면 좋겠군."

"믿으셔도 됩니다."

클린트 후작이 클라우드의 얼굴을 응시했다. 이제까지 수많은 사람들을 보고 그들이 어떤 사람인지 금방 파악한 그로서도 클라우드의 깊이를 파악할 수 없었다.

"말은 필요 없네. 행동만이 중요할 뿐이지."

"곧 보여드리겠습니다."

클라우드가 자신만만하게 말하자 클린트 후작이 피식 웃었다. 그리고는 시민들을 바라보며,

"국민을 저버리고 자신들의 권력 투쟁에 혈안이 된 황제들이 가득한 이 시대에 영웅이 왔다! 모두 영웅을 환영하라!"

우렁찬 목소리로 외쳤다.

"우와아아아!"

사람들의 함성이 더욱 커졌다.

'엄청 부담 주는데.'

클라우드는 그 모습을 보며 고개를 흔들었다. 그래도 싫은 기분은 아니었다.

그러나 여전히 마음 한 구석이 편치 않았다.

레베카 에렌시아.

그녀를 대체 어떻게 하면 좋단 말인가? 답이 나오지 않았다.

"클라우드 폰 제이드가 라카이 시에 도착했다고?"

"예, 저하! 정찰병들에 따르면 그가 약 50기 정도의 마장기를 이끌고 라카이 시에 입성했다고 합니다."

"알았다. 나가도 좋다."

제피르가 말하자 부하는 고개를 숙이고 막사를 빠져나갔다.

"혹시나 했는데 정말로 올 줄은 몰랐습니다. 당연히 레베카 여황이 원군을 요청하고 그는 팔칸으로 갔을 거라 생각했는데 말입니다."

"그가 중앙에서의 입지를 생각했다면 팔칸으로 갔을 것이다. 하지만 내가 보기에 그는 중앙이나 정치와는 거리가 먼 인간이다. 그런 그가 전략적, 경제적 가치라고는 전혀 찾아볼 수 없는 팔칸을 도와주러 갈 리가 없지."

제피르가 루벤의 말을 부정하며 말했다. 공업지대라도 있으면 모르겠지만 그것도 아니었다. 팔칸에게 남은 것은 오직 하나 역사적 가치였고 그건 전쟁에서 전혀 의미가 없었다.

"저하의 말이 옳습니다만 거기 귀족들이 그의 행동을 용납할지 모르겠습니다."

"그쪽 귀족들이 어떤 생각을 하던 무슨 의미가 있는가? 클라우드가 무슨 짓을 해도 견제할 힘이 전혀 없는데 말이다."

"그건 그렇습니다."

"놀라운 건 레베카 여황이지. 그녀는 클라우드에게 명분을 실어줬다. 그런 그가 만약 우리를 꺾고 북상한다면 팔칸을 구할 수 있을 뿐만 아니라 이안 황제에게도 한 방 먹일 수 있으니 여러모로 의미가 있지."

"영웅이라는 이름도 저하 앞에서는 그 빛을 잃을 겁니다."

루벤은 진심을 담아 말했다. 그는 제피르가 진심을 다하면 금방 대륙 전역에 명성을 떨칠 수 있을 것이라 믿었다.

"하하, 상대는 에렌시아 제국 최고의 명장이다. 시작부터 제국의 수호자라 해도 과언이 아닌 이를 상대해야하다니, 난이도가 높군."

"분명히 저하는 할 수 있을 것입니다."

"믿어줘서 고맙다, 후작. 반드시 해낼 것이다. 다른 황제들이 남부를 포기한 지금, 제국의 영웅만 꺾으면 끝이다. 희망을 잃은 남부의 국민들은 저항을 포기하고 왕국의 품에 들어오겠지."

남부요새를 함락시킨 이후, 제국군의 저항은 거의 없었다. 하지만 제피르는 여전히 해야 할 일이 많았다. 전후처리 때문이었다.

제국 재산의 몰수와 처형한 포로 처리, 인구유출 방지를 위한 감시부대 편성, 타다 남은 서류의 분류, 인구조사, 요새 및 성벽의 보수 등등 온갖 일거리가 쌓여 있었다.

그 작업은 굉장히 지루했다. 이런 상황에서 마침 의욕을 불태우게 만드는 적이 나타났다. 그것만으로도 제피르는 기분이 좋았다.

"저하, '그'는 어떻게 하실 겁니까?"

"그대는 싫겠지만 함께 할 수밖에 없다. 우리 거부한다고 해서 '그'가 말을 들을 거라 생각할 수도 없고 말이다. 어쨌든 잘 사용하면 큰 힘이 되어주는 것도 사실이다. 안 그런가?"

"……그렇습니다."

루벤은 굳은 얼굴로 대답했다. 자신의 호불호와 별개로 가진 힘은 인정할 수밖에 없었다.

"현재 라카이 시에서 가장 가까운 부대가 어디에 있지?"

"리발트 영지에 빈스 폰 마르노 백작이 이끄는 마장기 중대 하나가 있습니다."

"마르노 백작에게 라카이 시에 항복을 권하라고 해라. 그리고 요새 주변에 있는 아군을 모두 모아라. 우리도 라카이 시로 간다! 거기서 제국의 영웅을 꺾고 레이너드 왕국이 건재함을 대륙에 알릴 것이다!"

"저하의 명을 받듭니다!"

루벤이 우렁찬 목소리로 대답했다.

남부요새에 주둔하고 있던 레이너드 왕국군은 총 96기에 달하는 마장기와 100대에 달하는 군용 트레일러 및 중장거리 마력포 그리고 3만의 병사들을 이끌고 라카이 시로 향했다.

클라우드는 라카이 시에 사는 시민들의 환대를 받으며 하프너 상사의 본사 건물로 향했다. 그리고 클라우드는 클린트와 독대를 하게 됐다.

"다시 한 번 고맙다는 말을 하고 싶군. 남부로 와줘서 정말 고맙네."

"해야 할 일을 했을 뿐이니 너무 신경 쓰지 않으셔도 됩니다."

"정작 그 일을 해야 할 황제라는 것들은 이제는 의미를 잃은 도시와 권력에 혈안이 되어 국민을 버렸지."

클린트가 냉소적으로 말했다. 클라우드는 그런 클린트의 말에 그저 웃을 뿐이었다.

"하버트 상사를 경영하며 수많은 국가에 갔고 많은 것을 보게 되었네. 30년 전, 크로얀 왕국이 무너지고 공화국이 들어서는 것까지 모두 지켜봤지."

"그렇군요."

"그래서 자네한테 묻고 싶군. 자네는 지금 제국을 어떻게 생각하는가?"

"엉망이라고 생각합니다. 이안 폰 에렌시아 역시 황제인데 정작 남부를 무시했으니 말입니다. 그나마 여황 폐하께서는 생각이 다르시지만, 그 아래에 있는 귀족들은 장차 큰 문제가 될 겁니다."

클라우드는 단호하게 말했다. 명분을 쌓는 것도 중요하지만 그 이전에 사람을 단호하게 버리는 이안이나 다른 귀족들을 도저히 이해할 수 없었다.

"라카이 시의 시민들이 자네를 저렇게 환영한 것은 저들 중 대부분 다른 영지와 도시에서 온 피난민이기 때문이라네. 레이너드 왕국이 남부를 온전히 손에 넣으려고 민간인들에게는 패악을 끼치지 않았지만 그들은 너무 잔인하네."

"무슨 일이 있었습니까?"

"남부요새를 함락시킨 뒤, 포로로 잡은 제국의 군인들과 관료들을 전부 처형했다. 그리고 제국의 마장기를 비롯해 제국과 연관이 있는 모든 것을 파괴했지."

"미쳤군요."

그 말을 들은 클라우드는 얼굴을 찌푸리며 말했다.

현재 대륙의 모든 국가들은 국제 조약을 통해 포로의 대우에 대한 엄격한 제한을 두고, 포로에게도 인간적인 권리를 누릴 수 있도록 했다. 또 이를 지키지 않을 경우에는 전쟁범죄로 간주하여 사후 이에 대한 엄격한 추궁과 처벌이 있을 수 있음을 명시했다.

그런데 레이너드 왕국이 대놓고 협약을 어긴 것이다.

"제국에게 남부 지역을 강탈당한 뒤, 그들은 항상 제국을 증오하고 원망했지. 그 열망이 광기로 발전했다네. 괜히 다른 지역 사람들이 이곳으로 피난하고 자네를 환영한 게 아닐세."

"피난민의 숫자가 상당히 많을 텐데 대단하십니다."

"우리 가문의 부는 국민들이 있기 때문에 쌓을 수 있었네. 그들이 위기에 처했으니 당연히 도와야 하지 않겠나? 따지면 다르겠지만 자네 역시 비슷한 이유로 우리를 구하러 온 것이고 말이야."

"정말 그렇습니다."

클라우드는 클린트의 말에 만족했다. 수많은 귀족을 만났지만 이렇게 깨어 있는 사람은 소수였다. 그는 자신과 확실히 손을 잡을만한 가치가 있었다.

"본론으로 돌아겠네. 왕이, 아니 황제가 되고 싶다지?"

클린트가 갑자기 직구를 던졌지만 클라우드는 당황하지 않았다. 로버트의 성격이라면 자신의 생각을 클린트에게 바로 말했을 게 뻔했다. 가문의 숙원과 앞으로의 미래까지 달려있으니 말을 하지 않을 수도 없었다.

"꿈은 꾸고 있습니다. 후작님께서는 많은 것을 경험하셨으니 더 잘 아실 겁니다. 에렌시아 제국이 끝을 향해 달려가고 있다는 것을 말입니다."

"그건 그렇지. 내전이 끝나더라도 약해진 제국을 가만히 놔둘 국가는 많지 않으니까."

"무너져가는 집을 고쳐 세우는 것보다 새로운 집을 새우는 게 훨씬 빠르고 효율적입니다. 그리고 제가 그 집을 한 번 지어볼까 합니다."

처음에는 스타이너 가문을 먹어치우기 위해 세력을 쌓고자 했다. 그러다가 필립과 만났고 언제 버림받을지 모른다는 위협을 느껴 사람을 모으고 힘을 키웠다.

그 근간에는 자신의 욕망이 깃들어 있다는 것을 클라우드는 전혀 부정할 생각이 없었다. 후회한 적도 없다. 이미 결정했고 이제 와서 그걸 후회하는 것은 자신을 따라준 사람들을 배신하는 것이다.

'이미 운명의 수레바퀴는 구르고 있다.'

자신이 괴수 토벌전을 통해 역사를 바꾼 것은 사실이었다. 하지만 상황이 이렇게 흘러가게 된 것은 제국 자체의 모순 때문이었다. 당장 기간토마키아 때만 해도 자신이 적극적으로 나서지 않았는데도 결국 내전이 터졌다. 혼란은 이미 예정되어 있었다.

"자네라면 다른 나라를 만들 수 있다는 것인가?"

"저 혼자서는 불가능합니다. 그렇기 때문에 후작님의 셋째 아들을 비롯하여 저와 함께 할 사람을 계속 찾고 있습니다. 같은 뜻을 품은 이들이 계속 모이면 지금의 제국보다는 더 나은 국가를 세울 수 있을 겁니다."

"말은 잘 하는군. 그게 얼마나 힘든 일인지 모르는 것은 아닐 텐데?"

"역사에 나올 법한 성군이나 명군은 될 자신이 없습니다. 만약 지금이 평화로운 시대였다면 여황 폐하께서 위대한 황제가 됐을 겁니다."

"하지만 지금은 혼란의 시기지."

"예. 그 분의 성정은 난세에 전혀 도움이 되지 않습니다. 그래서 제가 나서고 싶습니다만. 다만 어떻게 되든 이안보다는 잘할 자신이 있습니다."

"하하하하!"

클라우드의 솔직한 고백에 클린트는 크게 웃었다.

'정말 신기한 놈이군.'

계속 지켜봐도 이야기를 들어봐도 클라우드의 속내를 전혀 짐작할 수 없었다. 다만 한 가지는 분명했다. 어떤 의미에서건 클라우드는 큰 사고를 칠게 분명했다.

"나는 지금 고민하고 있네. 로버트는 이미 자네를 따르고 있고 또 가주를 노리고 있지. 만약 그 아이가 되면 하프너 가문 역시 자네의 휘하로 들어가게 될 거고 말이야. 자네 역시 그걸 노렸겠지?"

"예, 그렇습니다. 하프너 가문이 가진 힘은 나라를 세우는데 꼭 필요하다고 생각합니다."

"나 역시 자네에게 내가 가진 판돈을 전부 걸 용의가 있네. 다른 황제들에게 걸면 판돈을 다 날리는 걸로 모자라 빚까지 질 거 같으니까."

"그렇습니까?"

반문하는 클라우드의 입가에 미소가 떠올랐다. 클린트는 사실상 설득이 불가능하다고 판단해서 로버트에게 손을 내밀었다. 물론 로버트 본인이 정말 뛰어난 인재인 점이 더 컸지만 말이다.

하지만 클린트가 저렇게 말한 이상, 앞으로는 하프너 가문과 하프너 상사의 지원을 더 원활히 받을 수 있을 게 분명했다.

"하지만 자네는 굳이 가문의 숙원을 언급했지. 어디서 알았는지는 묻지 않겠네. 하지만 신화형 마장기, 그것을 정말 보여줄 수 있는가?"

우웅.

클라우드는 질문에 대답하지 않고 인벤토리에서 열쇠검을 꺼냈다.

"오오!"

클린트의 입에서 탄성이 흘러나왔다. 열쇠검에 깃든 힘과 열쇠검의 아름다운 외양이 그의 마음을 크게 뒤흔들었다. 수많은 명검을 봤고 직접 만든 적도 있지만 열쇠검에 비견될만한 검은 없었다.

"로버트에게도 말했지만 이 검은 신화형 마장기의 열쇠입니다. 그리고 저는 신화형 마장기가 어떤 유적에 있는지 이미 알고 있습니다. 다만 그 유적이 서부에 있기 때문에 내전이 끝날 때까지는 가기 힘들다는 문제가 있지만요."

"이안 황제가 망해야 한다는 거군."

"그렇습니다. 서부만 장악하면 바로 신화형 마장기를 보여드리 겠습니다."

"그 말이 거짓이 아니길 비네. 가문과 상사의 힘이 그대로부터 멀어지지 않기를 바란다면 말일세."

클라우드는 그 말을 듣고 살짝 몸을 떨었다. 그가 제대로 협조 하지 않는다면 마장기의 보급, 정비, 군대유지 등 모든 곳에서 불 협화음이 날 것이 뻔했다. 아무리 자신이라도 제대로 보급을 받지 못 하면 전쟁에서 이길 수 없었다.

"중요한 거래에서 거짓말을 하지 않습니다."

"미리 보여주기 전까지는 절대 믿을 수 없지만 그래도 당분간 그대를 지원하겠네. 용병대와 도시 경비대의 지휘 권한도 그대에 게 맡길 테니 마음대로 하게나."

"감사합니다."

클라우드가 고개를 숙였다. 이제 레이너드 왕국과 전면으로 붙 어도 할만 했다.

"단, 도시에서 멀리 떨어진 곳에서 싸우게."

"알겠습니다. 어차피 적 역시 라카이 시의 공업지대를 노리고 있으니 도시에 피해를 끼치지는 않을 것입니다."

클라우드가 단언했다.

그런데 그 때, 회장실의 문이 벌떡 열리며 윌리스가 들어왔다.

"독대 중에 죄송합니다. 현재 레이너드 왕국군이 라카이 시 근처에 왔다는 것을 확인했습니다. 마장기 숫자는 총 12기로, 선봉인 것 같습니다."

"힘자랑이라도 하려는 것인가? 되도 않는 짓을 하는군. 그럼 저는 이만 일어나보겠습니다, 후작님."

"무운을 빌겠네."

그 말을 끝으로 클라우드는 자리에서 일어났다. 수많은 사람들이 자신이 이기기를 기대하고 있으니 그 기대에 기꺼이 부응할 생각이었다.

클라우드는 적과 마찬가지로 12기의 마장기를 이끌고 적들에게 향했다. 12기 중 11기는 레이너드 왕국이 자랑하는 양산형 마장기 '티거'였고 1기는 윌리스가 타는 슈발츠 티거였다.

-그대가 라카이 시에 왔다는 제국의 영웅인가! 본관은 레이너드 왕국의 백작, 빈스 폰 마르노라 한다. 제국의 영웅을 만나게 되어 영광이다-

적의 말을 들은 클라우드는 어처구니가 없었다. 지금 시대가 어느 시대인데 이렇게 통성명을 하고 앉았단 말인가?

"그래, 고맙다. 전투를 하러 온 건 아닌 것 같고 무슨 일이지?"

-고귀하신 레이너드 왕국의 왕세자, 제피르 폰 레이너드 저하께서 말씀하시길, 라카이 시와 그대의 항복을 요구했다. 그대가 항복한다면 공작위를 내린다고 하셨다!-

빈스 백작이 당당하게 외쳤다. 물론 클라우드는 당황한 얼굴로 그를 바라보았다.

-레이너드 왕국은 제국에게 남부를 빼앗기고 다른 국가하고는 제대로 교류도 하지 않는다고 들었습니다. 그 때문에 사고방식

이 100년 전 전쟁에 멈춰 있는 듯합니다-

"별 병신들이 다 있군."

월리스의 설명을 들은 클라우드는 그제야 이해했다. 놈들은 마장기 전투를 굉장히 낭만적이라 생각하는 게 분명했다.

-뭐 그렇기는 한데 그래도 방심하지는 마십시오. 마장기를 만드는 능력도 그렇고 국민 전체가 옛날부터 호전적이었습니다. 그래서 라이더의 평균적인 능력이 뛰어납니다-

"주의하도록 하지."

가볍게 월리스의 말에 대답한 클라우드는 목을 가다듬었다.

그리고.

"그렇게 개처럼 짖으려면 너희 세자 앞에서 짖어라!"

라고 대답했다.

-어찌 이런 모욕을! 제국의 영웅은 기사의 도리를 모르는가!-

빈스 백작이 크게 분노했다. 제국의 영웅이라 하기에 굉장히 기대가 많았다. 그런데 알고 보니 예의라고는 전혀 찾아볼 수 없는 양아치 같은 종자였다.

"기사의 도~리? 제국의 기사는 개와 대화를 나누지 않는다! 주제도 모르고 짖는 개는 맞아야지!"

-네, 네 이놈!-

"그리고 기사의 도리를 외치는 놈들이 군인들과 관료들을 전부 다 죽여? 네놈들이 말하는 기사의 도리라는 게 대체 뭐냐? 명색이 기사라는 작자가 포로 학살이라니, 네놈들은 기사가 아니라 그냥 야만인이다!"

기사의 덕목 중 하나는 패자에게 아량을 베푸는 것이다. 증오에 취해 닥치는대로 포로를 학살하는 쓰레기들이 기사를 운운하고 다니, 어이가 없는 것도 정도가 있었다.

-으의! 클라우드 폰 제이드! 네놈에게 결투를 요청한다!-

빈스 백작의 목소리가 다시 한 번 주변을 뒤흔들었다.

"……재들 지금 뭐라고 한 거냐?"

-완전히 돌은 거 같습니다-

-내가 봐도 저건 어이가 없군-

클라우드가 어이없어 하자 엘리스와 루시아도 동의했다.

-음, 제가 본 왕국 군인들은 저렇게까지 막 나가지는 않았는데, 별종이 걸린 것 같습니다-

윌리스만 쓴웃음을 지으며 말했다.

"엘리스, 네가 나가라. 내가 저런 놈하고 어울릴 짬은 아니지."

-명을 받듭니다-

"아, 그래도 사자니까 죽이지는 마라. 괜히 적들이 헛소리할 빌미는 주고 싶지 않으니 말이다. 저런 야만인들하고 동급 취급받기도 싫다."

-알겠습니다-

쿵!

엘리스가 자신의 화이트울프를 움직였다.

-지금 결투를 회피하는 건가, 클라우드 폰 제이드! 그대는 영웅이라 불릴 자격이 없다!-

'지랄도 정도껏 해야지, 원.'

빈스 백작이 길길이 날뛰었지만 클라우드는 무시했다.

팟!

그 때, 화이트울프가 빈스 백작의 슈발츠티거를 향해 달려들었다. 그리고 거대한 검을 수평으로 휘둘렀다. 검은 반원을 그리며 나아가더니 단숨에 슈발츠티거의 두부를 날려버렸다.

쾅!

두부를 잃은 슈발츠티거가 바로 바닥에 주저앉았다.

-비, 비겁하구나! 제국의 기사는 정말 예라고는 눈곱만큼도 찾아볼 수 없군-

-너는 입으로 싸우냐! 죽기 싫으면 꺼져!-

-두, 두고 보자! 절대 이 일을 잊지 않겠다!-

빈스 백작은 다른 마장기의 부축을 받은 채 후퇴했다.

"총지휘관은 제발 저런 등신이 아니었으면 좋겠군."

클라우드는 진심을 담아 기원했다. 싸우지도 않았는데 이렇게 피곤한 적은 이번이 처음이었다.

적의 선발대를 쫓아낸 클라우드는 라카이 시로 돌아가지 않았다. 대신 라카이 시에 있던 본대를 불러 전력을 모두 모은 뒤, 남부 요새 쪽으로 군대를 움직였다.

이유는 여러 가지였다.

우선 라카이 시를 비롯한 하프너 영지에 있는 공업지대에 조금이라도 피해를 주지 않기 위해서였다. 그 때문에 클라우드는 어쩔 수 없이 수성의 이점을 포기했다.

또 이전처럼 프로네 협곡으로 적을 유인할 수도 없었다. 적들의 목적은 어디까지나 라카이 시였다. 괜히 다른 곳으로 가면 적들은 좋다고 라카이 시를 손에 넣을 게 뻔했다.

거기다가 남부요새와 라카이 시 사이에는 드넓은 평원밖에 없었기 때문에 지형을 이용해 적을 격파하는 것도 불가능했다. 결국 클라우드는 회전을 선택해 조금이나 아군에게 유리한 고지를 차지하기 위해 움직였다.

그렇게 하루하고 반나절이 지났을 때, 이전에 한 번 싸운 적이 있던 스코트 영지 부근의 대평원에서 레이너드 왕국군과 조우했다.

"확실히 대단하군."

클라우드는 질서정연하게 서있는 레이너드 왕국군의 마장기를 보며 감탄했다. 거대한 마장기인데도 마치 자라도 잰 듯 전부 한 치의 흐트러짐도 보이지 않았다.

아군의 정규군도 저들에 뒤지지 않았다. 문제는 용병의 비율아 아군의 전력 중 1/3을 넘었다는 것이다. 제대로 손발도 맞추지 못했기 때문에 움직임만으로는 레이너드 왕국군이 압도했다. 게다가 왕국 측이 숫자도 많았다.

-말하지 않았습니까? 옛 영토를 회복하고자 하는 의지가 무섭습니다-

말은 그렇게 했지만 윌리스의 말에는 장난기가 깃들어 있었다. 클라우드의 입가에도 희미한 미소가 떠올라 있었다.

"그래봤자 저들이 우리가 가진 비장의 패를 감당할 수는 있을 거 같지는 않은데 말이야. 안 그런가?"

-각하의 말대로입니다. 게다가 실전은 훈련과 다르다는 걸 저들은 모를 겁니다. 아무도 실전을 제대로 겪어본 적이 없으니까요-

저들이 남부요새를 함락시킨 것은 사실이다. 하지만 전력을 거의 다 잃은 남부요새를 상대하는데 이틀이나 시간이 걸렸다. 그만큼 저들은 경험이 없었다.

"그 차이를 보여줘야지."

클라우드가 자신만만하게 말했다.

그런데 그 때, 레이너드 왕국 측에서 새하얀 깃발을 든 금색의 마장기가 앞으로 나왔다.

"루벤 폰 오스틴 후작의 골드 티거인가? 그건 그렇고 또 무슨 쓸 데 없는 이야기를 하려고 저러냐"

클라우드는 한숨을 내쉬었다.

-클라우드 폰 제이드는 들어라! 레이너드 왕국의 왕세자 제피르가 그대와 대화를 나누고 싶다!-

골드 티거에서 한 사람의 목소리가 흘러나오자 클라우드는 크게 당황했다. 이제는 왕자가 나와서 되도 않는 소리를 하려한다는 게 믿을 수 없었다.

-가보셔야 할 것 같습니다-

"그래야겠지."

윌리스의 말에 대답한 클라우드는 크게 한숨을 내쉬었다. 싸우면 싸우는 거지 도대체 또 무슨 헛소리를 하나 싶었다. 클라우드는 투덜거리면서 화이트울프를 움직였고 500m 정도의 거리에서 멈췄다.

철컥.

그리고 그 때, 골드 티거의 흉갑이 열리며 구릿빛 피부에 회색 머리카락을 가진 남자가 모습을 드러냈다. 그 뒤에는 잔뜩 얼굴을 찡그린 중년 남성이 보였다. 저 남자는 왕자를 말렸지만 왕자가 그 말을 듣지 않은 게 분명했다. 생각이 거기까지 미치자 클라우드는 더더욱 어이가 없음을 느꼈다.

'새로운 자살 방법인가?'

도대체 무슨 배짱으로 전장에서 저렇게 나오나 싶었다. 하지만 하얀 깃발을 들고 온 이상, 대화에 응해야만 했다. 클라우드는 쓸 데 없는데 시간을 소비해야 하는 자신의 운명을 탓하고는 조종석을 열었다. 하지만 그는 가만히 상대를 보지 않았다.

'죽일 수 있을 때 죽여야지.'

전쟁이 애들 장난이 아니라는 것을 저 머저리들에게 알려줄 필요성을 느꼈다. 그렇게 클라우드는 검을 휘두를 때만을 기다리며 고개를 숙였다.

"처음 뵙겠습니다, 저하. 클라우드 폰 제이드라고 합니다. 그리고 이 사람은 제 부관이자 참모인 윌리스 클라크라고 합니다."

"제국의 영웅을 이렇게 만나게 될 줄이야, 그대의 빛나는 전공은 레이너드 왕국에서도 꾸준히 들었다. 제피르 폰 레이너드라고 한다. 싸우기 전에 자네와 좀 이야기를 나눠보고 싶었네."

"그렇습니까?"

"이전에 내가 한 제안을 정말 받아들일 생각이 없는가? 공작으로 임명하는 것은 물론 내 여동생과의 혼인도 추진하겠네."

"죄송합니다. 저는 영원히 제국을 지키기로 마음먹었습니다."

"이미 필립 황태자는 없지 않나? 그는 분명히 뛰어났고 자네가 따를 만한 사람이었다. 하지만 지금 황제들은 아니지 않나? 이미 다 망해가는 제국을 지키는 게 무슨 의미가 있단 말인가?"

제피르가 웃으며 말했다. 그 모습을 보며 클라우드도 정말 제국이 갈 때까지 갔다고 느꼈다. 대놓고 상대 앞에서 멸망을 운운하는 꼴을 보게 됐으니 말이다.

"황태자 전하는 분명히 돌아가셨지만 고귀한 뜻과 이상은 여전히 남아있습니다."

"이상을 품는 건 좋지만 그 누구도 그 이상을 이룰 사람이 없지 않은가? 제국에는 말이야."

은근하게 말하는 제피르의 모습에 클라우드는 피식 웃었다.

"실례지만 저하께서도 황태자 전하가 품은 이상을 실천할 수 있을 것이라 믿지 않습니다."

클라우드의 직설적인 말에도 제피르는 여전히 여유를 잃지 않았다. 그 모습을 보며 클라우드는 상대에 대한 평가를 수정했다. 확실히 능력이 없는 것은 아니었다.

"왜 그렇게 생각하는가, 남작?"

"항복한 군인들과 관료들을 전부 처형했다고 들었습니다."

"제국을 향한 우리의 분노는 깊고 증오는 크다. 마음 같아서는 제국의 지배를 받아들인 민간인들조차 처리해야 하지만 기사의 도리로 참은 것이다."

"아무리 제국을 증오한다 한들, 황태자 전하라면 그런 선택을 하지 않았을 겁니다."

클라우드가 단호하게 말하자 처음으로 제피르의 얼굴에서 미소가 사라졌다.

"황태자를 굉장히 아끼는 거 같지만 그게 진심인가? 내전이 끝난 이후, 자네가 보인 행보는 군주가 될 이의 행보네. 군인이 아니라 말이야."

"남들이 절 어떻게 보는지는 관심 없습니다."

"군주는 창피함을 모른다고 했지. 그래서 상대가 어떻게 반응하든 관심을 보이지 않고 말이야. 마치, 지금의 자네와 똑같다는 생각이 들지 않나?"

"제가 군주가 되던 안 되든 저하께서는 이곳에서 그 모습을 보지 못할 것입니다."

클라우드의 단호한 말에 제피르가 얼굴을 찌푸렸다. 클라우드는 오늘 여기서 자신을 끝장내겠다고 선언한 것이나 다름없었다. 상대가 저렇게까지 나오는 이상, 이 이상의 타협은 불가능했다.

"결국 우리는 함께 할 수 없는 것 같군, 남작."

"처음부터 그럴 운명이었습니다."

"존경하는 상대를 내 손으로 꺾는 것은 언제나 안타까운 일이지."

"도전자를 짓밟는 것 또한 의미가 있지요."

독설에는 독설로 맞서는 클라우드였다. 하지만 그와 별개로 제피르를 향해 검을 휘두르는 것은 포기했다.

'틈이 없다.'

조종석 안에 있는 루벤이 싸늘한 얼굴로 자신을 노려보고 있었다. 자신이 제피르를 향해 검을 휘두르는 순간, 골드티거의 검이 자신을 꿰뚫을 게 분명했다.

"그대가 이 전쟁에서 패배한 뒤에, 항복하면 언제든지 받아들일 테니, 너무 걱정하지 말게나."

"그럴 일은 없을 겁니다."

"그런 오만함도 오늘까지네. 이제 제국의 영웅은 몰락하고 본인과 레이너드 왕국이 빛을 보겠지."

끝까지 지지 않는 제피르 왕자를 보며 클라우드는 크게 한숨을 내쉬었다. 저런 놈을 말로 상대하려는 거 자체가 웃긴 일이었다. 클라우드는 바로 화이트라이거의 조종석으로 돌아갔다.

"정말 상종할 새끼들이 아니라니까."

망상에 빠진 놈들은 이래서 피곤했다.

그렇게 화이트라이거가 진형으로 돌아가자 골든티거도 물러났다. 그리고 마침내 전투가 시작되었다.

"클라우드 폰 제이드가 결국 남부로 갔군. 어리석은 선택을 했어."

"또 무슨 짓을 저질렀나 보군."

니콜라스의 말을 들은 칼리안은 고개를 흔들었다. 이 남자의 심계는 도저히 감당할 자신이 없었다. 어떤 의미에서는 제국 최강의 기사인 카젠트보다 더 무서울 때가 있을 정도였다.

"나는 딱히 한 게 없다네. 저들을 뒤흔든 것은 자네 아들이거든. 이번에 남부지역으로 쳐들어온 레이너드 왕국을 막으러 가서 말이지."

"그게 뭐가 문제지?"

"레베카 여황이 제이드 남작의 행동을 지지했지만 여전히 불만에 가득 찬 이들이 많지. 그 때문에 여황 쪽의 조정이 반으로 갈라졌다는군. 제이드 남작의 행위를 옹호하는 군부와 적대하는 문관들이 말이야."

"전쟁도 모르는 것들이 별 지랄을 다 하는군. 우리한테는 고마운 일이지만."

"그렇지."

니콜라스는 가볍게 고개를 끄덕였다. 그 이외에도 레베카 쪽이 여러모로 불완전하다는 것을 잘 알고 있었다.

"군인들이 군부를 완전히 장악하고 있으면 문관들은 불안해하기 마련이지. 언제 숙청당할지 모르니 말이야. 이제까지 필립 황태자가 그걸 막았지만 그는 이미 없지. 그렇다고 레베카 여황에게 그런 역량이 있는 것도 아니고. 이미 흔들리고 있는 이들을 더 흔드는 게 뭐가 어렵겠는가?"

"어렵하겠나? 그럼 팔칸은 됐고 클라우드가 문제군. 그가 레이너드 왕국을 막고 남부를 장악하면 끝장 아닌가?"

"물론 그렇지만 그런 일은 없을 거야. 최강의 패를 준비했으니까."

"설마?"

칼리안의 눈동자가 크게 흔들렸다. 그 모습을 본 니콜라스 입가에 교활함이 깃든 미소가 떠올랐다.

"자네가 자네 아들을 얼마나 죽이고 싶어 하는지 잘 알지만 못이룰 걸세. 레이너드 왕국과의 싸움에서 자네 아들은 반드시 죽네. 그건 절대 변함이 없는 사실이지."

니콜라스가 자신만만하게 말했다. 그것은 마치 예언과 같은 마력을 지니고 있었다.

클라우드의 군대와 레이너드 왕국군이 마침내 움직였다. 전력에서 우위를 점하고 있는 레이너드 왕국군은 V자 형태로 활짝 펴서 다가오고 있었다. 그에 반해 클라우드의 군대는 → 형태를 하고 있었다.

"역시 저렇게 나오네."

-이미 예상했던 거 아닌가? 우리가 저들의 포위를 뚫는다면 이길 것이고, 저들이 우리를 포위하면 우리가 질 것이다-

"그건 그렇지."

루시아의 말에 클라우드는 동의했다. 레이너드 왕국이나 자신 모두 서로의 전력에 대해서는 꿰뚫어보고 있었다. 병력을 빼돌려봤자 상대가 기습할 것이라는 걸 눈치 챌 수박에 없었다. 게다가 서로 원군을 받을 수 없는 형편이라는 것도 알고 있었다.

병력이 많은 적은 포위를 노릴 것이고, 병력이 적은 아군은 포위를 뚫을 방법을 모색해야 했다. 그리고 클라우드는 이에 대한 준비를 마쳤다.

"누가 더 잘 준비했느냐가 회전의 관건이라 할 수 있지."

-그리고 그대는 누구보다 준비를 잘하지-

"칭찬 고마워."

루시아의 말에 대답한 클라우드는 미니맵을 통해 적을 살폈다.

'뭐지?'

최후방에 마장기 한 기가 남아있는 것이 보였다. 왜 남아있나 싶나 의심이 됐지만 클라우드는 무시했다. 그 한 기가 골드티거였으면 문제가 되지만 골드티거는 적들의 선두에 당당히 서있었다.

'새로운 소드마스터를 보냈을 리도 없는데 말이야.'

레이너드 왕국의 소드마스터는 지금 있는 루벤을 포함해 두 사람뿐이었다. 두 사람이 이곳에 오면 왕국의 방위에 문제가 생기니 전부 다 오는 경우는 있을 수 없었다.

'별 거 없겠지.'

빽빽이 서있는 다른 마장기들 때문에 육안으로도 확인이 불가능했다. 클라우드는 왕자가 도망칠 때 남겨둔 마장기라 생각하고 관심을 껐다.

'뭐가 와도 전황을 뒤바꾸는 건 무리다.'

그만큼 이기기 위한 준비를 철저히 했다. 생각을 정리한 클라우드는 우렁찬 목소리로 외쳤다.

-전군, 공격 개시!-

-전군, 공격 개시!-

때마침 제피르도 외쳤고 두 사람의 목소리가 동시에 전장을 뒤흔들었다.

쾅! 쾅!

그와 동시에 마장기 뒤에 있던 양측 포병들이 중장거리마력포를 쐈다. 기다란 섬광이 양군을 향해 쏟아졌고 양군의 마장기들은 포화 속을 가르며 서로를 향해 달려들었다.

다만 한 가지 특이한 점이 있었다. 평상시라면 클라우드의 화이트라이거가 선두에 섰겠지만 오늘은 아니었다. 선두에 자리에 있는 것은 루시아의 레드라이언이었다. 화이트라이거는 오히려 뒤로 물러났다.

"잘 부탁해, 루시아."

-걱정하지 않아도 된다. 전군 돌격하라!-

명령을 내린 루시아는 레드라이언을 조종했다. 레드라이언이 빠른 속도로 달려들었고 80기의 마장기들이 뒤따랐다. 그에 맞서 루벤이 이끄는 레이너드 왕국군 날개를 펼치듯 진을 넓혔다. 한 치의 오차도 없이 왕국군은 깔끔하게 움직였다.

"확실히 훈련은 제대로 했군. 제대로 부딪쳤다면 위험했겠어."

하지만 의미없는 가정이었다. 클라우드는 처음부터 이 싸움을 정석적인 회전으로 끌고 갈 생각이 없었다.

쿵!

화이트라이거를 뒤로 물린 클라우드는 포병에게 닿자 자리를 멈췄다. 그 상태에서 클라우드는 자신의 어깨 쪽에 장착되어 있는 손잡이를 당겼다.

위잉.

클라우드의 눈앞에 스코프와 총자루가 내려왔다. 클라우드는 스코프에 눈을 맞추고 총자루를 움켜쥐었다. 그 사이, 화이트라이거의 오른쪽 견갑에 장착되어 있는 판넬이 길게 늘어났다. 판넬은 기다란 포신이 되어 적들을 향해 겨누었다.

"후우."

클라우드는 호흡을 가다듬었다. 지금부터는 한 치의 오차도 있으면 안 됐다. 평정심을 유지한 클라우드는 스코프를 통해 적들이 다가오는 것을 지켜보았다.

우우우웅.

포신의 입구로 엄청난 마력이 모여들기 시작했다. 그와 동시에 클라우드는 스킬 '용의 혈통'을 발동했다. 클라우드의 전신에서 어마어마한 양의 마력이 샘솟았고 클라우드는 그 마력을 그대로 총 자루에 쏟아 부었다. 그의 마력이 포신으로 흘러 들어가자 포신에 서 붉은 빛이 흘러나왔다.

위이잉.

포신과 연결되어 있는 마나 드라이브가 크게 요동치면서도 마 력을 보냈다. 포신의 마력, 클라우드의 마력, 마나 드라이브의 마 력이 합일이 되어 포신을 가득 채웠다.

삐빅.

마침내 마력이 임계점에 도달하자 신호음이 울렸다. 그것을 확 인한 클라우드는 아군의 모든 마장기에 통신을 보냈다.

"전 군, 양 옆으로 산개, 산개하라!"

클라우드의 명령이 떨어지자 쐐기 형태로 달려들던 마장기들 이 일사불란하게 움직여 양 옆으로 나뉘어졌다. 그러자 더 많은 적들이 클라우드의 눈에 들어왔다.

"뒈져라!"

클라우드가 마침내 방아쇠를 당겼다. 목표는 적의 V자 형태를 이루는 부분의 중앙이었다.

콰콰콰콰!

포신에서 붉은 빛이 뿜어져 앞으로 나아갔다. 기존의 중상거리 마력포보다 다섯 배는 더 크고 세 배는 더 굵은 빛이었다. 날아간 거대한 빛줄기는 레이너드 왕국의 주력 마장기인 티거를 집어삼 켰다.

콰콰쾅!

붉은 빛에 얻어맞은 티거들은 그대로 폭발했다. 원래라면 흉갑

이나 마나 드라이브 같이 중요한 곳에 맞지 않으면 중장거리마력
포를 맞아도 한 번은 견딜 수 있는 게 마장였다. 그러나 클라우드
가 쏜 빛 앞에서는 마장기도 무력했다. 방패를 내세워도 방패와
함께 사라질 뿐이었다.

-피해라!-

-휩쓸리면 큰일난다-

상상을 초월할 정도로 강력한 병기의 위력에 레이너드 왕국군
은 혼비백산하며 빛을 피하기 위해 양 옆으로 갈라졌다.

콰쾅!

빛의 사선상에 있던 마장기들은 그대로 쓸려나갔다. 말 그대로
파멸의 빛이었다. 그렇게 10초가 흘렀고 그제야 빛은 완전히 사라
졌다.

"확실히 강하네."

클라우드는 자신이 만든 광경을 보며 웃었다. 빛이 지나간 대
지는 시뻘건 불길을 남긴 채 완전히 녹아내린 상태였다. 사선상에
있던 12기의 마장기가 빛에 얻어맞자 바로 완파됐다. 가까스로 피
하는데 성공한 14기의 마장기들은 반파되어 바닥에 주저앉았다.

"로버트한테 고마워해야겠어."

클라우드는 화이트라이거 R2의 새로운 병기 '궁니르'의 성능에
만족했다. 기존의 중장거리마력포를 개수하여 만든 궁니르는 소
드마스터의 마력과 마나 드라이브의 포신이 모으는 마력을 합쳐
발사하는 강력한 병기였다. 괴수 토벌 전 때 사용했던 디스트로이
어 위력과 비교하면 1/5밖에 안 된다. 하지만 잘만 사용하면 단숨
에 주도권을 움켜쥘 수 있는 강력한 병기였다.

그렇다고 단점이 없는 것은 아니었다. 우선 라이더의 마력이 엄청나게 소모된다. 갓 소드마스터가 된 루시아조차 궁니르에 필요한 마력을 제공할 수 없었다. 자신 역시 스킬의 힘을 빌리지 않으면 버거울 정도였다.

　게다가 마나 드라이브의 마력도 엄청 소모됐다. 한 번 쏘면 화이트라이거의 출력이 바닥까지 떨어질 정도였다. 이를 회복하려면 5분의 시간이 필요했다. 그것도 그나마 제대로 기동이 가능해지는 시간이고 다시 쏘기 위해서는 20분의 시간이 필요했다.

　"내가 혼자 있는 것도 아니니 상관없지. 지금이야, 루시아!"

　-알았다, 클라우드!-

　클라우드의 외침에 루시아가 대답하고 부대를 움직였다. 양 옆으로 갈라졌던 80기의 마장기들이 V자 형태를 이루어 적을 포위했다. 두 개의 부대로 갈라지고 혼란에 빠진 레이너드 왕국군은 제대로 대항하지 못 했다.

　타타타탕!

　80기에 달하는 마장기들이 일제히 소구경 마력포를 연사했다. 빛의 탄환이 왕국군을 향해 쏟아졌고 왕국군은 대응 사격 대신 방패로 몸을 보호한 채, 버텼다.

　"이런 상황에서는 아무리 소드마스터라도 힘을 쓸 수 없지. 병사들의 실전 경험도 딸리니 더더욱 그렇고."

　클라우드는 갈팡질팡하는 루벤의 골드티거를 비웃었다. 레이너드 왕국군은 경험이 절대적으로 부족했고 그건 장군이라고 해서 다를 바 없었다. 거기다가 생전 처음 보는 신병기가 등장했고 그 정보에 대해 아는 게 없으니 더 혼란스러울 수밖에 없었다.

"궁니르의 위력을 봤으니 머리에 뇌가 있는 지휘관이라면 집결할 생각조차 하기 힘들거다."

그 망설임이 레이너드 왕국군에게 족쇄를 채웠다. 그리고 그런 왕국군을 전면에 둔 루시아는 그런 틈을 잘 이용하는 훌륭한 지휘관이었다. 그리고 난전에 능한 길버트와 윌리스가 있으니 문제될 것은 하나도 없었다.

"내 승리다, 왕자."

클라우드는 승리를 확신했다.

제피르는 최후방에서 전투를 지켜보았다. 그리고 처음 클라우드의 화이트라이거가 아니라 이상한 붉은 기체가 선두에 서자 당혹감을 금치 못 했다. 그러나 진짜 문제는 그 직후 클라우드가 발포한 궁니르였다. 궁니르의 빛은 왕국군의 진형을 완전히 무너뜨렸다.

"제대로 당했군."

제피르는 창백해진 안색으로 아군을 바라보았다. 현재 V자 형태의 진을 갖춘 적은 왕국군과 부딪치지 않고 거리를 둔 채, 소구경 마력포만 발사했다. 그것만으로도 혼란에 빠진 왕국군을 몰아붙이기에는 충분했다.

"설마 저런 병기를 가지고 있을 줄이야……."

제피르 역시 병기의 개발을 중시했고 꾸준히 살폈다. 하지만 그런 그도 저런 말도 안 되는 위력의 무기가 있을 거라고는 생각하지 못 했다.

더 큰 문제는 전혀 대응을 하지 못 하는 왕국군 그 자체였다. 처음 당해보는 광역병기의 위력에 루벤은 물론 다른 지휘관들도 전혀 대응하지 못 하고 있었다.

'확실히 실전 경험이 부족한 게 크군.'

제피르는 왕국군의 부족함을 깨달았다. 확실히 제국군이 강한
데는 다 이유가 있었다. 그러나 그는 아직 좌절하지 않았다.

"숨겨진 패가 그대만 있을 거라고 생각하지 마라."

사실 사용하고 싶지 않았다. 오직 왕국군의 힘만으로 대업을
이루고 싶었다. 하지만 아군이 위기에 빠진 이상, 자존심을 내세
울 때가 아니었다. 각오를 다진 제피르는 통신기로 누군가에게 연
락했다. 그가 가진 최강의 패였다.

-이제 연락을 주는군, 왕자. 하긴 저런 병기를 봤으니 두려워하
는 것도 무리는 아니군. 저건 나도 놀랐으니 말이다-

"지금은 그런 걸 논해봤자 아무런 의미가 없다. 아군이 위험에
처했다. 그대라면 이 상황을 뒤집을 자신이 있겠지?"

-물론이다. 괜히 내가 황제의 명령을 무시하면서까지 여기까지
온 게 아니니까-

통신 속의 사내는 그 말을 끝으로 통신을 끊었다. 그와 동시에
최후방에서 대기하고 있던 검은 마장기가 빠른 속도로 전장으로
향했다.

"어라?"

미니맵을 통해 계속 적을 살피고 있던 클라우드는 처음으로 의
아함을 드러냈다. 최후방에 대기하고 있던 마장기가 움직였다. 그
것만이면 문제가 되지 않지만 문제는 그 마장기의 속도였다. 빠른
속도로 거리를 좁히는 그 속도는 양산기로는 결코 보일 수 없는
움직임이었다.

"뭐지?"

왠지 모를 불길함을 느낀 클라우드는 기체를 돌려 스코프로 적을 확인했다. 전신이 검은색으로 도장된 마장기였다.

'슈발츠티거?'

상대의 마장기는 윌리스나 왕국군의 에이스 라이더들이 타는 슈발츠티거와 닮았다. 그러나 클라우드는 곧 그게 아니라는 것을 알았다.

"레드라이거!"

클라우드의 입에서 비명과 같은 외침이 튀어나왔다. 모습이 일부 바뀌어 있었고 색상 역시 검은색이었지만 분명히 레드라이거였다.

"저놈이 왜 저기에 있어!"

클라우드의 눈동자가 크게 흔들렸다. 그리고 레드라이거의 주인은 세상에서 단 한 사람, 바로 카젠트 폰 마르가스였다. 제국 최강이자 최악의 기사가 전장에 모습을 드러내는 순간이었다.

"빌어먹을! 저 인간이 왜 여기에 있는 거야?"

카젠트의 레드라이거를 본 클라우드는 욕설을 내뱉었다. 팔칸에서 싸우고 있어야할 인간이었다. 그런데 그가 지금 기존의 레드라이거를 개조한 마장기를 탄 채 자신을 향해 다가오고 있었다.

그 때, 전면시각판 위에 루시아의 얼굴이 떠올랐다. 그녀 역시 당황한 기색이 역력했다.

-클라우드! 지금 오는 저 기체 혹시……?-

"네 예상대로야, 루시아. 제국 최강의 기사가 나타났어."

-앞으로 몇 분 뒤에 움직일 수 있나?-

"아직 4분은 더 기다려야 돼."

클라우드가 굳은 얼굴로 대답했다. 지금도 카젠트는 전장 전체를 뒤엎을 정도로 강렬한 기세를 내뿜고 있었다. 하지만 이전처럼 상대하는 게 불가능할 정도라는 느낌은 받지 않았다.

문제는 시간이었다.

4분이라는 시간은 짧다면 짧은 시간이지만 상대는 제국 최강의 기사였다. 어지간한 소드마스터들을 상대로 압도할 수 있는 지금의 자신보다도 뛰어난 능력치를 가진 괴물이 바로 카젠트였다. 그런 그가 성능이 향상된 마장기까지 타고 있었다. 4분은 카젠트에게 있어 아군의 포위망을 뚫고 기동이 불가능한 자신을 죽이는 데는 충분한 시간이었다.

-내가 카젠트를 막겠다-

"그러면 루벤을 막을 사람이 없어져."

계속된 공격으로 레이너드 왕국군의 마장기들이 절반 이상이 쓰러졌다. 하지만 루벤과 그의 골드티거는 건재했다. 루시아가 카젠트를 막고 있는 사이, 그가 병력을 재정비해서 포위망을 뚫으면 아군은 그대로 끝이었다.

-저 금삐까는 제가 막겠습니다!-

-저도 막겠습니다. 정면으로 부딪치지 않고 거리를 두면 시간을 벌 수 있을 겁니다!-

엘리스와 윌리스가 통신을 보냈다. 클라우드는 두 사람이 단단히 각오를 다졌음을 느꼈다. 이렇게 된 이상, 두 사람을 믿어야 했다.

"두 사람만 믿겠다. 잘 알고 있겠지만 절대 근접전으로 끌고 가지 마라. 현재 아군의 전력이 월등한 만큼, 거리를 두고 공격을 가한다면 승산이 있을 거다."

-명을 받듭니다!-

클라우드의 말에 두 사람이 우렁찬 목소리로 대답했다.

-나도 가보겠다-

"조금만 버텨줘. 금방 갈게."

-나도 이제 소드마스터다. 4분 정도면 충분히 버틸 수 있다-

"믿을게."

클라우드의 말을 들은 루시아는 웃으며 통신을 껐다. 그리고 클라우드는 루시아의 레드라이언이 10기의 화이트울프와 함께 레드라이언으로 향하는 것을 볼 수 있었다. 엘리스와 윌리스는 남은 병력을 이끌고 레이너드 왕국군을 더욱 몰아쳤다.

"조금만 버텨라, 모두."

클라우드는 후방을 보며 모두가 무사하기를 기원했다.

"후우."

루시아는 숨을 길게 내쉬었다. 그리고 빠른 속도로 달려드는 레드라이언을 바라보았다.

"확실히 괴물은 괴물이구나."

그녀는 이제까지 카젠트의 강함을 전혀 느끼지 못 했다. 하지만 이제는 아니었다. 소드마스터의 경지에 올랐기 때문에 카젠트의 강함을 인지했고 두려움을 느꼈다.

자신 역시 소드마스터였지만 카젠트는 격이 달랐다. 그녀가 이전에 봤던 아르곤도, 지금 제대로 싸우지 못 하고 있는 루벤도 카젠트에 비할 바는 아니었다. 그나마 클라우드가 엇비슷했지만 그역시 부족하다는 생각이었다.

이미 일반적인 소드마스터라는 레벨을 초월한 괴물이었다.

스으응.

레드라이언이 검을 뽑았다. 그녀의 뒤에 있던 10기의 화이트울프들도 검을 뽑고 자세를 취했다. 그리고 마침내 레드라이거가 그들의 앞에 섰다.

-호오? 제이드 남작 말고도 소드마스터가 있을 줄은 몰랐군. 이름이 뭐지?-

"루시아 폰 이그레트다."

-경지에 오른 것인가, 이그레트 남작? 축하한다. 그나저나 제이드 남작 대신 자네가 이곳에 있는 걸 보니, 확실히 방금 전의 그병기는 제약이 있나 보군-

"……."

루시아는 대답하지 않았다. 아니, 할 수 없었다. 레드라이거의 동체에서 흘러나오는 기세가 더욱 강해졌기 때문이다. 온몸이 부들부들 떨렸고 등 뒤에서 식은땀이 흘러내렸다.

'이런 말도 안 되는!'

소드마스터만 돼도 초인이라 불렸다. 하지만 상대는 정말 소드마스터조차 뛰어넘은 게 분명했다. 아니면 지금의 기세를 도저히 설명할 수 없었다. 하지만 그녀는 좌절하지 않고 마력을 끌어올렸다. 그러자 레드라이언의 동체에서 푸른빛이 흘러나오며 카젠트의 기운을 밀어냈다.

그 모습을 보며 카젠트는 만족했다.

-안 그래도 새롭게 바뀐 레드라이거에 익숙해질 필요가 있는데 잘 됐군. 단숨에 처리하고 제이드 남작에게 가겠다-

"웃기는 소리! 전 기, 사격 개시!"

카젠트의 기세를 떨쳐낸 루시아가 외쳤다.

타타타탕!

10기의 화이트울프가 동시에 소구경 마력포를 쐈다. 수십 발의 마력탄이 레드라이거를 향해 쏟아졌다. 레드라이거는 마력탄을 피하는 대신 검을 휘둘렀다.

촤아악!

검푸른 빛의 장막이 허공을 가득 채웠다. 마치 오오라와 같은 빛과 마력탄이 부딪쳤고 마력탄은 모조리 튕겨졌다.

-겨우 그 정도인가!-

팟!

카젠트의 외침과 동시에 레드라이거가 대지를 박찼다.

'온다!'

레드라이거를 보며 루시아도 레드라이언을 움직였다. 그녀의 움직임에 맞춰 10기의 화이트울프들이 즉각적으로 레드라이거를 포위했다. 몇 번의 전투를 거친 그들은 이미 에이스 라이더에 육박한 실력을 가지고 있었다.

콰아아앙!

레드라이거는 곧장 레드라이언과 부딪치지 않았다. 대신 레드라이언의 곁에 있던 화이트울프를 노리며 검을 내리그었다.

쉬에엑!

화이트울프 한 기가 검을 휘둘러 레드라이거의 공격을 막아냈다. 그러나 레드라이거의 검은 상대의 검과 동시에 본체를 단숨에 베었다.

쾅!

정수리에서 사타구니까지 잘린 화이트울프는 새빨갛게 잘린 단면을 드러내더니 폭발을 일으켰다.

"젠장!"

루시아는 욕설을 내뱉으며 속도를 높였다.

그 사이, 레드라이거는 화이트울프 한 기의 품속에 파고들어 왼손의 주먹을 내질렀다. 오러가 실린 주먹은 정확하게 흉갑을 강타했고 흉부 장갑과 조종석이 일그러졌다.

그 때, 거리를 좁힌 레드라이언이 레드라이거를 향해 접근해 검을 강하게 찔렀다. 푸른 오러블레이드가 실린 검이 섬광이 되어 쇄도했다. 하지만 레드라이거는 그 자리에서 왼발을 축으로 몸을 틀어 공격을 피했다. 그 다음 원심력을 이용해 검을 올려쳤다.

콰아앙!

두 개의 검이 부딪치자 폭음과 충격파가 퍼졌다. 레드라이거의 힘을 이기지 못한 레드라이언이 뒤로 밀려났다.

"이런 힘이라니……."

루시아는 이를 악물었다. 새로 개조된 레드라이거의 자세한 스펙은 알 수 없지만 그녀는 이 차이가 기체 간의 성능 차이가 아니라는 것을 바로 느꼈다. 자신이 약했기 때문에 밀려난 것뿐이었다.

촤아아악!

커다란 오러블레스트가 레드라이언과 화이트울프들으로 향해 날아갔다.

콰콰쾅!

오러블레스트가 날아오는 궤도에 있던 화이트울프들은 제대로 피하지 못하고 잘려나갔다. 그렇게 잘려나간 화이트울프가 세 기였다.

'피할 수 없다!'

루시아의 얼굴이 일그러졌다. 오러블레스트에서 흘러나오는 거대한 압력이 소드마스터인 자신마저 움직이지 못 하게 막았다.

'막는다!'

레드라이언의 검에 휘감긴 푸른 오러블레이드가 더 짙은 빛을 발했다. 양손으로 검을 움켜잡은 레드라이언이 검을 내리쳤다. 오러블레스트와 오러블레이드가 한 지점에서 부딪쳤다.

콰콰콰!

"크윽!"

두 힘의 격돌과 동시에 충격파가 흘러나와 루시아의 몸을 덮쳤다. 어느새 그녀의 입가에서는 피가 흘러내리고 있었다. 하지만 그녀는 조종간을 놓지 않았다. 자신이 막지 못 하면 부하들이 위험했다.

"하아앗!"

마력을 있는 대로 끌어올린 루시아가 온힘을 다해 팔을 움직였다. 그녀의 의지를 이어받은 레드라이언이 마침내 오러블레스트를 가르는데 성공했다. 그렇게 공격을 막아냈지만 그녀의 얼굴은 더욱 일그러졌다.

쾅! 콰쾅!

그녀가 오러블레스트를 막는 사이, 레드라이거가 어깨에 장착되어 있는 소구경마력포를 쐈다. 오러블레스트의 압력에 짓눌렸던 화이트울프들은 제대로 피하지 못했다. 결국 다섯 기의 화이트울프가 흉갑에 마력탄을 얻어맞고 바닥에 쓰러졌다.

"이럴 수가……."

루시아가 멍한 얼굴로 레드라이거를 바라보았다.

1분.

고작 1분 만에 10기의 화이트울프가 전부 다 쓰러졌다. 어디를 가도 훌륭한 라이더로 인정받을 수 있는 실력자가 10명이나 모였는데도 말이다.

-겨우 그 정도에 빌빌대서야 쓰나, 남작? 지금 보여준 게 전부라면 1분이나 더 버틸 수 있나 싶군. 그 안에 제이드 남작이 이곳에 올 수 있으려나?-

"……."

루시아는 대답하지 않았다. 대신 그녀는 마지막 남은 힘까지 전부 끌어올렸다. 루시아는 자신의 목적을 떠올렸다. 카젠트를 이기느냐 마느냐가 중요한 게 아니었다. 그저 클라우드가 올 때까지 버티면 됐다.

팟!

레드라이언이 푸른빛을 휘날리며 레드라이거와 정면으로 충돌했다. 레드라이언은 검을 잡지 않은 쪽 주먹을 내질렀다. 레드라이거는 무릎을 들어 올려 레드라이언의 팔꿈치 부분을 쳤다.

콰드득.

레드라이거의 무릎에 얻어맞은 팔꿈치가 그대로 밀려들어 올라갔다. 하지만 팔이 완전히 부러지기 직전, 루시아는 방아쇠를 당겼다.

쾅!

팔의 건틀릿에 장착되어 있는 소구경 마력포가 마력탄을 날렸다. 마력탄은 레드라이거의 두부를 강타했다.

처음으로 충격을 받은 레드라이거가 뒤로 밀려났다. 그리고 루시아는 간신히 잡은 기회를 놓칠 생각이 없었다. 레드라이언이 왼쪽 하단에서 우측 상단으로 검을 그어 올렸다. 사선으로 휘둘러진 검이 매섭게 날아갔다.

콰아앙!

그 때, 레드라이거의 양쪽 어깨에 장착된 소구경 마력포가 다시 불꽃을 토했고 마력탄이 검에 부딪쳤다.

"크윽!"

충격 완화 장치가 감당하지 못할 정도의 충격이 그녀를 덮쳤다. 루시아는 어떻게든 정신을 부여잡고 다시 기체를 움직였지만 레드라이거는 이미 자세를 정비한 상황이었다.

콰아앙!

레드라이거가 궤도가 비틀린 검격을 튕겨냈다. 그리고 소구경 마력포로 레드라이언의 오른팔을 노렸다. 폭발이 일며 땅에 커다란 구덩이가 형성됐다. 옆으로 회피하는데 성공한 루시아는 레드라이거를 노려보며 남은 한 팔로 검을 휘둘렀다.

쩌어엉!

두 기체가 격렬하게 검을 부딪쳤다. 온몸이 고통스러워도 루시아는 결코 포기하지 않았다.

'클라우드는 반드시 온다.'

자신의 기대를 이제까지 단 한 번도 배신한 적이 없는 연인이었다. 이번에도 반드시 시간에 맞춰 올 게 분명했다.

쾅!

하지만 실력의 격차는 명백했고 레드라이거가 레드라이언의 검을 올려쳤다. 레드라이언의 흉갑이 드러났고 레드라이거가 그대로 검을 찔러넣으려고 자세를 바꿨다.

'지금이다!'

위기였지만 루시아는 오히려 눈을 빛냈다. 그리고 숨겨둔 병기를 사용했다. 레드라이언의 등 뒤에 장착된 두 쌍의 자세 제어 장치가 접히더니 짧은 포신이 되어 마력탄을 쐈다.

콰아앙!

4발의 마력탄이 쇄도하더니 그대로 레드라이거에 직격했다. 검은 연기가 피어오르며 레드라이거를 감쌌다.

"잡았나!?"

루시아가 기대감을 드러냈다. 마력탄 한 발, 한 발이 중장거리 마력포와 맘먹는 위력을 가지고 있었다. 제대로 직격한 이상, 마장기는 일격에 파괴될 수밖에 없었다. 허나 기대감은 잠시 뿐, 그녀의 안색은 바로 어두워졌다. 연기가 사라지자 검을 앞으로 내밀고 있는 레드라이거의 모습이 나타났다. 레드라이거는 검푸른 장막에 의해 보호받고 있었다.

-마지막 공격은 확실히 위험했다. 하마터면 위험했군. 게다가 2

분이나 버틸 줄도 몰랐다. 더 살아있으면 올리비아를 뛰어넘었을지도 모르겠어-

카젠트가 루시아를 칭찬했다. 이제 막 소드마스터가 된 그녀가 자신을 상대로 이렇게 버틸 줄은 예상하지 못 했다.

'이제 3분이 지났나?'

아직 1분이 남았다. 앞으로 1분만 더 지나면 클라우드가 온다. 그녀는 더욱 전의를 불태우며 조종간을 강하게 움켜쥐었다.

-뛰어난 상대에게는 제대로 예우를 해줘야겠지-

그 때, 카젠트가 다시 입을 열었다. 말이 끝나기 무섭게 레드라이거가 검푸른 잔상을 남긴 채 사라졌다.

쾅!

"꺄아악!"

루시아가 비명을 질렀다. 레드라이거가 견갑을 내밀어 몸통으로 박은 것이다. 하지만 레드라이언은 그 상태에서 오른발로 발차기를 날렸다. 그러자 레드라이거는 검을 휘둘러 오른발을 그대로 잘랐다.

'아직이다!'

그녀는 포기하지 않고 다시 방아쇠를 당겼다. 4발의 포신이 다시 빛을 뿌리려는 순간, 레드라이거가 먼저 검을 휘둘렀다.

서걱!

4개의 포신이 전부 잘려나갔다. 무장을 거의 다 잃었지만 루시아는 계속 조종간을 움직였다. 그녀는 반드시 클라우드가 올 것이라 믿었다.

-끈질기군-

카젠트가 더 많은 마력을 불어넣었고 레드라이거가 검을 내리그었다. 레드라이언 역시 검을 휘둘렀지만 검신이 잘려나갔다. 그러자 루시아는 바로 기체를 뺐지만 그 틈을 놓치지 않은 레드라이거가 왼발로 흉갑을 거세게 걷어찼다.

"깍!"

레드라이언이 땅바닥을 굴렀다. 온몸이 고통스러웠지만 루시아는 그 상태에서 시간을 살폈다.

'앞으로 30초.'

30초만 버티면 클라우드가 올 게 분명했다. 그 때까지 방법을 찾아야 했다. 루시아는 바로 레드라이언을 일으켜 세웠지만 곧 자신을 향해 쇄도하는 검을 볼 수 있었다.

쩌어엉!

강철과 강철이 맞부딪치며 불꽃이 튀었다. 오러블레이드가 실린 두 개의 검이 맞부딪쳤다. 루시아는 힘에서 계속 밀렸고 오러블레이드가 실린 검이 다가왔다.

삐빅.

위기에 처했을 때, 갑자기 통신음이 울렸다. 통신음을 들은 루시아는 본능적으로 뒤로 물러나며 상대의 검을 비트는데 성공했다. 그리고 레드라이언은 크게 뒤로 물러났다.

-같잖은 짓을 하다니!-

분노한 카젠트가 크게 소리치며 레드라이언을 쫓으려 했다. 하지만 그는 쫓지 못 했다. 강대한 힘을 가진 무언가가 다가오고 있는 게 느껴졌다. 위기감을 느낀 그는 황급히 레드라이거를 뒤로 움직였다.

콰콰콰콰!

레드라이거가 있던 자리에 붉은 오러블레스트가 날아왔다. 방금 전, 카젠트가 보였던 오러블레스트와 거의 비슷한 크기였다. 깜짝 놀란 루시아는 곧 자신의 앞에 서있는 화이트라이거를 볼 수 있었다. 그 모습이 그렇게 든직할 수가 없었다.

"클라우드!"

루시아가 있는 힘껏 클라우드의 이름을 불렀다. 그러자 전면시각판 앞에 그의 모습이 나타났다.

-통신을 보내자마자 알아차리다니, 대단한데?"

"그대를 얼마나 봤는데 그걸 모르겠나? 그런데 아직 30초가 남았을 텐데 어떻게 벌써 움직인 거지?"

-다 방법이 있지-

클라우드가 웃었다. 자신만만한 미소에 루시아는 안심이 되는 걸 느꼈다.

———◆———

"하아. 역시 괴물은 괴물이라는 건가?"

클라우드는 루시아와 다른 라이더를 압도적으로 몰아붙이는 레드라이거를 보며 고개를 흔들었다. 원래 괴물이라는 것은 알고 있었지만 저건 정도를 넘어섰다. 괜히 해럴드하고 카일이 같이 있으면서도 카젠트를 감당하지 못한 게 아니었다.

'이미 소드마스터라 할 수도 없네.'

저건 다른 종류의 생명체였다. 이대로 있으면 루시아가 위험하다는 것을 깨달은 클라우드는 화이트울프를 더 빨리 움직일 방도를 찾았다.

'어떻게든 시간을 줄여야해.'

최대한 빨리 마력을 채워야만 했다. 계속 방법을 고민하던 클라우드는 마나 드라이브로 연결되는 케이블을 뽑아 움켜쥐었다. 그리고 스킬 '용의 혈통'을 발동하고 자신의 마력을 케이블에 담아 마나 드라이브에 집어넣었다.

"인간 베터리가 될 줄이야."

사실 다른 소드마스터들은 이런 짓을 할 수 없다. 다들 방대한 마력을 가지고 있지만 이렇게 마력을 채워 넣으면 정작 싸울 힘이 없어지니 피해야만 했다.

하지만 자신은 달랐다. 용의 혈통이 있기 때문이었다. 용의 혈통은 시전자에게 끊임없이 마력을 공급하고 그 때문에 오직 자신만 마장기를 위한 인간 배터리가 될 수 있었다.

우우웅!

2분 30초가 지났을 때, 마나 드라이브가 다시 움직였다. 클라우드는 바로 전장을 살폈다. 다행히 윌리스와 엘리스는 루벤과 왕국군을 상대로 잘 버티고 있었다.

반면, 루시아는 누가 봐도 몰려 있었다.

"루시아!"

클라우드는 화이트라이거를 움직였다. 그리고 그녀가 위기에 처한 것이 보이자 온힘을 다해 오러블레스트를 날렸다. 용의 혈통이 더해져 평소보다 커진 오러블레스트가 날아갔고 레드라이거 재빨리 뒤로 물러나 이를 피했다. 대신 화이트라이거는 무사히 레드라이언 앞에 설 수 있었다.

"선수 교대다!"

클라우드가 선언했다.

이제 제국 최강의 기사를 뛰어넘을 시간이 왔다.

쿠오오오.

클라우드가 외치는 것과 동시에 화이트라이거의 동체에서 강렬한 기세가 흘러나왔다.

'좋군.'

카젠트는 클라우드의 기세를 느끼며 만족했다. 상대는 확실히 강해져 있었다.

-오랜만이다, 클라우드. 내전 때와는 비교도 할 수 없을 정도로 강해졌군-

카젠트는 클라우드의 힘을 인정했다. 상대는 자신이 이제까지 만났던 상대들 중에서는 제일 강했다. 자신을 제외한 제국의 어떤 소드마스터도 클라우드를 상대로 우위를 점하기는 힘들었다. 황제와 니콜라스의 명령을 모두 무시하고 올 가치가 있었다.

"고맙다고 해야 하나?"

-기뻐해도 좋다. 자네는 내가 살면서 몇 안 되게 인정한 강자니 말이야. 하지만 내 경지까지는 도달하지 못한 것 같군-

"인정한다. 아직 나는 당신에 비할 바는 못 된다."

클라우드는 자신의 열세를 인정했다.

처음 봤던 카젠트의 능력치는 그만큼 놀라웠다. 근력은 100을 찍었고 체력과 마력은 99에 도달했다. 민첩 역시 98이나 됐다. 자신의 능력치 중 어떤 것도 카젠트의 능력치보다 높은 게 없었다.

그나마 마력만 99로 같을 뿐이었다.

"하지만 경지가 높다고 해서 무조건 이기는 건 아니다. 그리고 오늘 당신은 여기서 질 거다."

-하하하! 역시 자네는 다른 사람들과 다르군. 내 힘을 느끼고서도 이기겠다고 말한 놈은 자네가 처음이다-

카젠트는 오랜만에 크게 웃었다. 클라우드를 처음 봤을 때, 크게 성장할 것이라고는 느꼈다. 자신과 같은 경지에 도달하지 못한 게 아쉽지만 클라우드라면 분명히 자신을 즐겁게 해줄 것이라 믿었다.

쿵!

그 때, 루시아의 레드라이언이 자리에서 일어났다. 그리고 화이트라이거의 옆에 섰다.

"루시아, 너는 물러나. 아직 아군이 왕국군을 압도하고 있지만 저쪽에도 소드마스터가 있잖아."

현재 윌리스와 엘리스는 레이너드 왕국군을 완전히 압도했다. 레이너드 왕국군의 전열이 무너졌고 그 상태에서 두 사람은 거리를 벌린 채, 소구경 마력포만 퍼부었기 때문에 가능했다. 하지만 소드마스터는 언제든 그 위기를 극복할 수 있는 가능성을 가지고 있었다.

-지금 내가 가면 그대는 죽는다, 클라우드. 그대의 강함은 잘 알고 있지만 절대 혼자서 저 괴물을 이길 수 없다-

"너무 단호한 거 아니야?"

-현실을 말했을 뿐이다. 저 자는 이미 우리와 같은 소드마스터라고 할 수도 없다. 현재 아군이 왕국군을 몰아붙이고 있는 만큼,

지금은 저 괴물에 집중해야 한다-

"확실히 그건 그렇지."

클라우드는 결국 루시아의 말에 동의했다. 2대 1이라 해서 비겁하다고 생각하지 않았다. 이길 수 있다면 이용가능한 모든 것을 쏟아 부어야만 했다.

-둘이서 동시에 덤비겠다는 건가? 그것도 나쁘지 않지. 두 사람 모두 가진 힘을 모두 보여라! 그렇지 않으면 죽을 것이다!-

콰콰콰!

안 그래도 카젠트는 지금까지 전장 전체를 뒤엎을 정도로 강렬한 기세를 내뿜고 있었다. 하지만 지금 그에게서 흘러나오는 기세는 이제까지와는 차원을 달리했다.

'역시 괴물은 괴물이야.'

양팔에 소름이 쫙 돋았고, 등 뒤에서는 식은땀이 흘러내렸다. 하지만 이대로 당하고만 있을 생각은 없었다.

쿠오오오!

클라우드가 스킬 '용의 혈통'을 발동했다. 그러자 화이트라이거의 동체에서도 강력한 기세와 붉은 빛이 흘러나왔다. 기세는 카젠트가 방출하고 있는 기세에 맞부딪쳤고 빛은 그대로 화이트라이거를 휘감았다.

'이걸로는 부족해.'

클라우드는 어느 정도 성장한 이후 사용하지 않았던 '전투를 보는 눈'을 발동했다. 단순히 루시아가 가세한 것만으로는 부족했다. 자신의 모든 것을 쏟아 붓지 않는다면 이 남자를 상대로 승리를 거둘 수 없었다.

콰아앙!

마침내 레드라이거가 땅을 박찼다. 레드라이거의 발이 땅에 닿을 때마다 과자처럼 부셔졌다. 폭풍우가 휘몰아치는 모습과 같았다.

"온다!"

클라우드가 화이트라이거를 움직였다. 붉은 빛이 마치 새의 날개처럼 뻗어져 나아가며 화이트라이거를 휘감았다.

탕!

고속으로 접근한 레드라이거가 소구경 마력포를 쐈다. 화이트라이거는 붉은 오러 블레이드가 실린 검으로 세 발의 마력탄을 받아쳤다. 마력탄을 모두 막아낸 클라우드는 전면시각판을 가득 채우는 검을 보며 재빨리 팔을 위로 들었다.

콰아앙!

오러블레이드가 실린 두 개의 검이 충돌했다. 검과 검이 충돌하면서 생긴 충격파에 대지의 파편들이 하늘로 튕겨져 올라가더니 사방에 떨어졌다.

루시아 역시 가만히 있지 않았다. 그녀는 한 팔만 남은 레드라이언을 움직였고 레드라이언이 검을 찔러 넣었다.

쾅!

레드라이거는 검을 거둬들이고는 곧바로 밑에서 위로 올려쳐 레드라이언의 공격을 막았다. 그러면서 견갑에 장착된 소구경 마력포로 화이트라이거를 견제했다.

'저건 도대체 무슨 괴물이야!'

클라우드는 카젠트의 반사 신경에 경악하면서도 화이트라이거를 조종했다.

콰릉!

폭발과 함께 화이트라이거가 서있던 자리에 구덩이가 만들어졌다.

"루시아!"

클라우드가 루시아를 부르는 것과 동시에 화이트라이거가 검을 휘둘렀다. 클라우드의 생각을 알아차린 루시아는 재빨리 레드라이언을 뒤로 물렸다. 그러면서 검을 수직으로 내리그었다.

콰콰콰!

붉은 오러 블레스트와 푸른 오러 블레스트가 땅을 가르며 레드라이거에게 날아갔다. 그러자 레드라이거의 검을 휘감고 있던 검푸른 오러블레이드가 더욱 밝은 빛을 발했다.

번쩍!

빛이 번쩍이는 것과 동시에 레드라이거가 연거푸 검을 움직였고 두 개의 오러 블레스트가 갈가리 찢겨져 나갔다.

-겨우 이 정도인가!-

외침과 함께 레드라이거의 검에서 커다란 오러 블레스트가 뛰쳐나왔다. 그것도 하나가 아닌 두 개였다. 오러 블레스트는 허공을 찢어발기며 나아갔고 그 끝에 있는 화이트라이거와 레드라이언을 모두 벨 것만 같았다.

-저건 못 피한다, 클라우드!-

"알고 있어!"

클라우드가 루시아의 말에 대답했다. 엄청난 압력이 기체가 다른 곳으로 벗어나지 못 하게 막았고 있었다.

'진짜 답 없네.'

자신은 온힘을 다 해야 저 정도 크기의 오러 블레스트를 한 번 날릴 수 있었는데 그걸 연거푸 날리는 카젠트의 힘에 질려버리고 말았다. 그렇다고 해서 포기할 생각은 없었지만 말이다.

화이트라이거가 양손으로 검을 잡고 내리쳤다. 끊임없이 흘러나오는 용의 마력이 화이트라이거의 힘을 강화했다.

콰아아아앙!

화이트라이거의 검이 오러 블레스트를 내리쳤다. 강렬한 빛이 퍼져 나가며 반경 100m를 가득 채웠다. 그 빛 속에서 화이트라이거가 달렸다. 레드라이언이 주저앉는 게 보였지만 클라우드는 개의치 않았다.

'살아있으면 된 거지.'

연인이 위험하다고 해서 도와주러 갈 수 없었다. 괜히 돕다가는 오히려 자신마저 끝장날 수 있었다. 지금은 거리를 좁혀 상대를 압박하는 게 효율적이었다.

화이트라이거의 검이 레드라이거를 향해 들이닥쳤다. 레드라이거는 대각선으로 검을 쳐올려 막아내고는 화이트라이거의 검을 위로 올렸다.

타타탕!

화이트라이거의 흉갑이 드러나는 순간, 화이트라이거의 허벅지에 장착되어 있던 마력포가 마력탄을 발사했다. 그와 동시에 레드라이거의 어깨에 장착되어 있던 마력포도 빛을 뿜었다.

콰아앙!

폭발과 함께 화이트라이거와 레드라이거 모두 뒤로 물러났다.

"크윽."

양팔이 떨어져나갈 것 같은 고통을 느낀 클라우드가 신음을 토했다. 하지만 클라우드는 고통에 아랑곳하지 않았다. 중요한 것은 상대 역시 충격을 받아 움직이지 못 하고 있다는 사실이었다.

좌아악!

다시 자리에서 일어난 루시아의 레드라이언이 다시 한 번 푸른 오러 블레스트를 날렸다. 오러 블레스트는 1초도 안 되는 짧은 시간에 50m의 거리를 가르며 나아갔다.

'잡았다.'

클라우드는 확신했다. 상대는 아직 제대로 자세를 바로잡지 못 하고 있었다. 하지만 그런 클라우드의 확신은 바로 깨졌다.

번쩍!

레드라이거의 전신에서 검푸른 빛이 흘러나오더니 하나의 장막을 형성했다. 오러 블레스트는 빛의 장막과 부딪치더니 순식간에 사그러들었다. 그리고 레드라이거가 다시 땅을 박찼다. 땅거죽이 뒤집어지며 레드라이거는 화이트라이거와의 거리를 좁혔다.

"제기랄!"

카젠트와 만난 뒤, 벌써 몇 번이나 놀랐나 싶었다. 하지만 클라우드는 놀라워하면서도 정확히 상대의 움직임에 맞춰 화이트라이거를 움직였다. 화이트라이거가 고속으로 달렸고 이와 함께 검이 나아갔다. 화이트라이거의 달리는 속도가 더해진 검은 빛을 연상하게 만들 정도로 빨랐다.

콰아앙!

다시 한 번 검이 부딪쳤고 두 개의 오러 블레이드가 격한 반발을 일으켰다. 그러나 그것도 잠시, 검푸른 빛은 붉은 빛을 천천히 가르며 밀고 들어왔다. 혼자였으면 이번 공격으로 죽었을 것이다.

'지금은 혼자가 아니지.'

클라우드는 위기에 처했는데도 웃었다. 그의 눈에는 레드라이거의 등 뒤에서 달려드는 레드라이언이 보였다.

-하아앗!-

루시아의 기합과 함께 레드라이언이 다시 찌르기를 날렸다.

콰드득!

루시아의 검이 처음으로 레드라이거의 장갑을 베었다. 하지만 루시아의 표정은 좋지 않았다. 단숨에 마나 드라이브와 조종석을 관통하려 했다.

그런데 레드라이거는 그 짧은 시간, 몸을 검을 회수하면서 뒤로 물러났고 레드라이언의 검은 견갑을 베는데 그쳤다.

-앗!-

루시아의 얼굴이 크게 일그러졌다. 뒤로 물러난 레드라이거가 옆으로 움직이며 화이트라이거를 노리며 검을 찔렀다.

'이런!'

방금 전 루시아의 공격으로 카젠트를 끝낼 수 있을 거라 믿은 클라우드는 황급히 팔을 움직였다. 화이트라이거가 검을 세워 레드라이거의 막으려 했지만 궤도만 비틀 뿐, 완전히 막아내지 못했다.

콰지지직!

금속이 으깨지는 소리가 울려 퍼졌다. 화이트라이거의 흉갑이 박살났고 검은 계속 밀려왔다. 하지만 레드라이거는 완전히 검을 밀어 넣지 못 했다. 레드라이언이 오러블레스트를 날려 어쩔 수 없이 뒤로 물러나야만 했다.

-방금 전의 공격은 정말 위험했다. 카일과 해럴드를 동시에 상대했을 때도 이런 적은 없었는데 말이다. 나를 즐겁게 해준 만큼 편안하게 죽여주겠다-

카젠트는 진심으로 두 사람의 힘에 감탄했다. 소드마스터의 경지에 오른 지 10년이 지났지만 온몸을 감싼 희열과 전율은 정말 오랜만이었다. 그렇기에 카젠트는 지금 이 싸움을 즐길 수 있었다.

-클라우드! 클라우드!-

카젠트의 칭찬은 이미 루시아의 귀에 들리지 않았다. 루시아는 애처롭게 클라우드의 이름을 불렀다.

콰콰쾅!

그런데 그 때, 멀리서 굉음이 들려왔다. 루시아는 재빨리 고개를 돌렸고 곧 그녀 안색이 어두워졌다. 계속 얻어맞고 있던 루벤 폰 오스틴의 골드티거가 마침내 움직였다.

엘리스와 윌리스는 거리를 벌려가며 계속 맞서 싸웠지만 결과가 긍정적으로 나올 거라 기대하기 힘들었다. 얼핏 보아도 루벤은 자신이 가진 힘을 모두 드러냈다. 그리고 살아남은 레이너드 왕국군도 분전하고 있었다.

'클라우드를 두고 갈 수 없다.'

이대로 클라우드를 죽게 내버려둘 수 없었다. 그녀가 그렇게 각오를 다졌을 때, 클라우드가 입을 열었다.

"나, 나는 걱정하지 않아도 돼, 루시아. 그것보다는 루벤을 막아."

-지금 무슨 말인가! 다 죽어가면서 그런 말이 나오나!-

화면 속으로 보이는 클라우드의 모습은 끔찍했다. 제대로 검에 얻어맞지는 않았지만 계기판을 비롯한 각종 기계 장치에 얻어맞아 피투성이가 된 상태였다. 소드마스터의 강인한 생명력이 없었다면 바로 죽어도 이상하지 않은 부상이었다.

"아니야. 지금은 혼자 싸울 수 있어."

루시아가 걱정했지만 클라우드는 오히려 웃었다. 죽을 만큼 고통스러웠지만 그래도 상관없었다. 전신에서 치솟아오르는 힘이 아픔을 완화했다.

> **불굴의 의지가 발동합니다. 모든 능력치가 5분 동안 10퍼센트 상승합니다.**

지금 이 상황에서 가장 필요한 스킬이 발동됐다.

철컥.

화이트라이거의 양쪽 견갑이 활짝 펴졌다. 그와 동시에 강대한 기세가 흘러나와 사방으로 퍼져나갔다.

-이건!?-

카젠트의 눈동자가 처음으로 흔들렸다. 믿을 수 없지만 지금 화이트라이거에서 흘러나오는 힘은 자신과 필적하거나 혹은 그 이상이었다.

-무슨 짓을 한 거지?-

"내가 가진 꼼수가 좀 많거든. 빨리 가, 루시아. 가서 루벤을 막아."

-하지만······-

"약속할게. 절대 난 죽지 않을 거야."

-그대는 언제나 약속을 지켰지, 클라우드. 이번에도 꼭 지켜야 한다. 놈을 죽인 뒤에 반드시 돌아오겠다-

팟!

레드라이언이 다른 곳으로 뛰었지만 카젠트는 쫓을 수 없었다. 그만큼 클라우드에게서 흘러나오는 기운은 압도적이었다.

"자아, 한 번 제대로 놀아보자고!"

-좋다! 나 역시 모든 힘을 다 할 것이다!-

클라우드와 카젠트가 서로 소리 쳤다.

소드마스터를 뛰어넘은 초월자들의 싸움이 시작됐다.

콰르르릉.

카젠트 역시 자신이 가진 힘을 모두 개방했다. 검푸른 빛이 레드라이거를 완벽하게 휘감았다. 공간이 그 힘을 견디지 못 하게 크게 요동쳤고 주변에서 계속 스파크가 튀었다.

'내가 대군주를 쓰러트렸을 때하고 비슷하다.'

불굴의 의지를 통해 압도적인 힘을 얻은 클라우드는 카젠트가 얼마나 강한지 느낄 수 있었다. 대군주를 잡았을 때, 자신이 보였던 힘은 기존의 소드마스터가 가진 힘을 아득히 상회했다.

그리고 지금 카젠트가 보이고 있는 힘 역시 그것과 비슷했다. 살짝 떨어지는 감이 있었지만 스킬의 도움없이 그 힘을 완벽하게 손에 넣었다는 점에서 이미 카젠트는 경이로운 존재였다.

'도대체 무슨 짓을 해야 저렇게 강해질 수 있는 거지?'

어처구니가 없었지만 클라우드는 더 이상 개의치 않았다. 자신도 다시 대군주와 싸웠을 때의 힘을 되찾았다. 적어도 이 5분 동안은 카젠트를 두려워할 필요가 없었다.

콰아아아앙!

화이트라이거와 레드라이거가 정면으로 충돌했다.그러자 강렬한 빛이 허공을 수놓으며 사방으로 뻗어나갔다. 뒤이어 충격파가 퍼져나가더니 대지를 뒤엎었다.

힘을 견디지 못한 두 마장기가 뒤로 밀려났다.

"뒈져라!"

마치 포효와 같은 외침이 전장을 뒤흔들었다. 화이트라이거의 검을 휘감고 있던 오러 블레이드가 빠른 속도로 회전했다.

그 상태에서 화이트라이거가 검을 내리긋자,

쿠쿠쿠쿵!

오러로 이루어진 회오리가 검에서 튀쳐나갔다. 오러의 회오리는 대지를 갈기갈기 찢어발기며 레드라이거를 노리며 돌진했다.

-하하하! 대단하군! 왜 검존이라는 칭호를 받았는지 알 것 같구나!-

광소를 내뱉은 카젠트가 레드라이거의 검에 마력을 불어넣었다. 그러자 오러 블레이드가 두 배 이상 길어지며 빛의 기둥처럼 변했다. 레드라이거는 그렇게 변한 오러블레이드를 도끼처럼 내려찍었다.

콰콰콰쾅!

오러의 회오리와 거대해진 오러블레이드가 부딪쳤다.

'크윽!'

회오리를 맞받아치는 순간, 카젠트는 커다란 압력에 짓눌렸다. 불끈 치솟은 이마와 목덜미의 핏줄에서 피가 뿜어져 나왔다. 하지만 그는 개의치 않고 더욱 마력을 쏟아부었다.

"크아아악!"

상태가 안 좋은 것은 클라우드도 마찬가지였다. 아니, 안 그래도 엄청난 부상을 입었기 때문에 압력을 통해 받는 데미지는 훨씬 더 컸다. 정말 죽을 것 같다고 생각하면서 클라우드는 계속해서 회오리에 마력을 불어넣었다.

게다가 그는 웃고 있었다. 자신이 원한 싸움으로 유도하는데 성공했기 때문이다.

"마력 싸움으로 하면 내가 이긴다, 이 새끼야!"

서로 마력 수치는 99였지만 자신에게는 용인이라는 종족 특성과 스킬 '용의 혈통'이 있었다. 마장기의 마나 드라이브를 가득 채울 수 있을 정도로 그의 마력량은 압도적이었다. 이제까지 한 번에 사용할 수 있는 마력이 딸려 카젠트에게 밀렸지만 이제는 그 부족함도 사라졌다.

콰콰콰콰!

오러의 회오리가 거대해진 오러 블레이드를 야금야금 부숴 들어갔다.

-이런 말도 안 되는!-

카젠트가 경악했다. 살면서 단 한 번도 마력량으로 밀려본 적이 없었다. 그런데 지금 자신이 완전히 밀리고 있었다. 그렇다고 물러날 수도 없었다. 공격을 거두면 회오리가 자신을 집어삼킬 게 분명했다.

-나는 카젠트 폰 마르가스다!-

제국 최강의 기사가 자신의 남은 힘을 모두 쏟았다.

콰아아아앙!

반경 300m가 모두 쓸려나갈 정도로 거대한 폭발이 일었다. 화이트라이거와 레드라이거 모두 폭발을 견뎌냈지만 이미 걸레짝이라 해도 이상하지 않을 정도로 손상이 심했다.

다만 더 손상이 심한 쪽은 레드라이거였다.

팟!

화이트라이거가 다시 한 번 달려들었다.

'10초.'

기나긴 대치 끝에 이제 시간이 얼마 남지 않았다. 빨리 모든 것을 끝내야만 했다.

"하아아앗!"

클라우드가 용솟음치는 마력을 모두 화이트라이거에 퍼부었다. 손상이 심한 화이트라이거는 그 힘을 전부 받아들이지 못 했다.

쾅! 쾅!

화이트라이거의 동체 여기저기서 폭발이 일어났다. 하지만 클라우드는 전혀 신경쓰지 않았다. 앞으로 일격만 더 먹이면 놈을 끝장낼 수 있었다.

콰드드득!

마침내 화이트라이거의 검이 레드라이거를 베었다.

콰아아앙!

그와 동시에 레드라이거가 폭발에 휘감긴 채 사라졌다. 레드라이거를 베고 지나친 화이트라이거도 바닥에 주저앉았다.

"뭐지?"

하지만 클라우드는 의아함을 감추지 못 했다. 분명히 확실하게 베었는데 왠지 모르게 얕다는 느낌이 들었다.

그리고 연기 쪽으로 고개를 돌린 클라우드는,

"저 빌어먹을 새끼가……."

창백해진 얼굴로 욕했다.

연기 속에는 검은 마장기가 서있었다. 칠흑의 어둠을 형상화한 것 같은 마장기였다.

'뭐지?'

클라우드는 마장기의 모습을 보며 의문을 품었다. 저 마장기 역시 생전 처음 보는 기체였다. 단순히 레드라이거를 도색한 게 아닌, 전혀 다른 새로운 마장기였다.

그 주변에는 레드라이거의 장갑이 여기저기 떨어져 나가 있었다.

-설마 이 케르베로스를 보여주게 될 줄은 몰랐다. 자네의 힘에 경의를 표하도록 하지-

"케르베로스라고?"

클라우드가 반문했지만 카젠트는 대답하지 않았다. 오히려 동체를 돌렸다. 싸움을 포기하는 것만 같은 모습에 클라우드는 의아함을 느꼈다.

-이 싸움은 나의 패배다. 이미 결론이 난 승부를 뒤집으면 꼴사납지 않나? 다음에 다시 제대로 싸워보도록 하지-

팟!

그 말을 끝으로 케르베로스가 사라졌다.

"저 싸움광 새끼, 졌으면서 끝까지 멋진 척은 다 하는군."

클라우드는 사라지는 케르베로스와 카젠트를 욕했다. 어째 능력치가 높아진 자신을 상대로도 잘 버틴다 싶었는데 기체 때문이었다. 그래도 다행은 다행이었다. 다 망가진 화이트라이거로는 더 이상 싸울 수 없었으니 말이다.

"크윽."

긴장의 끈을 놓자 격통이 클라우드를 덮쳤다.

"용인 만세다."

불굴의 의지를 다 쓰고 나면 죽어야 하지만 이제는 그럴 걱정도 없었다. 용인이라는 종족 특성 때문에 상처가 전부 재생됐기 때문이다.

그리고 그 때, 통신이 왔다.

-영주님! 제가 해냈습니다! 이 엘리스 벨리카가 소드마스터를 죽였단 말입니다!-

화면 속의 엘리스가 환하게 웃었다. 그러자 윌리스가 화면 속에 바로 떠올랐다.

-웃기지 마라, 벨리카 중위! 벤 사람은 바로 나다!-

-두 사람 모두 닥쳐라. 내가 없었으면 이겼을 것 같나? 그보다 클라우드, 무사해서 정말 다행이다-

루시아의 얼굴을 본 클라우드는 결국 크게 웃었다. 도저히 안 웃을 수가 없었다.

"하하하하!"

레이너드 왕국과 클라우드의 싸움은 클라우드의 압승으로 끝났다.

클라우드 폰 제이드.

모두가 버린 남부를 홀로 구한 그야말로 진정한 제국의 수호자

엿다.

에필로그

"이건 도대체……."

제피르는 흔들리는 얼굴로 눈앞의 광경을 바라보았다. 자랑스러운 레이너드 왕국군이 완전히 무너지고 있었다.

도저히 현실을 받아들일 수가 없었다. 카젠트가 10기의 마장기를 단숨에 쓰러뜨리고 제국의 새로운 소드마스터와 전용기를 압도할 때 까지만 해도 그는 승리를 믿어 의심치 않았다.

왕국군과 제국남부군 간의 교전에서는 적의 공세에 밀리고 있었지만, 마장기 간의 교전은 카젠트가 움직인 이후로 주도권을 쥐고 있었기 때문이다. 마력고갈로 정지한 줄 알았던 클라우드의 화이트라이거가 갑자기 다시 움직이기 시작해서 놀라기도 했다.

하지만 카젠트는 혼자서 루시아와 클라우드를 압도했고 종국에는 레드라이거가 화이트라이거의 흉갑에 검을 꽂는데 성공했다. 그 광경을 보며 얼마나 기뻐했던가.

'다 끝났다고 생각했는데…….'

그런데 다 죽었다고 생각한 클라우드가 갑자기 믿을 수 없는 힘을 발휘했다. 그리고 혼자서 카젠트를 압도하더니 결국 카젠트를 상대로 승리를 거두는 데 성공했다. 깜짝 놀랐지만 거기까지는 참을 수 있었다.

파괴된 레드라이거에서 새로운 마장기가 나타났기 때문이다. 하지만 정작 새로운 마장기가 반파된 화이트라이거를 놔두고 전장을 훌쩍 이탈해버리는 것이 아닌가? 어이가 없어진 제피르는 다급히 카젠트에게 통신을 보냈다.

"지금 이게 뭐하는 짓인가! 검만 휘두르면 끝이었다. 그런데 왜 놔두고 물러나는 거지?"

−승부에서 진 패자가 물러나는 건 당연한 일이다, 왕자−

카젠트가 느긋하게 대답했다. 그 대답을 들은 제피르는 어처구니가 없었다. 결국 분노를 이기지 못한 제피르가 크게 소리 쳤다.

"그걸 말이라고 하는가! 지금 아군이 무너지고 있다! 이 상황을 뒤집기 위해서는 총사령관을 죽여야 하는 것을 그대도 모르지 않을 텐데!"

−착각했나보군, 왕자. 나는 그대의 부하가 아니며 왕국군 소속도 아니다. 또한 이곳에 온 것은 어디까지 내 개인적인 목적을 이루기 위해서였지 딱히 그대를 도우러 온 것도 아니다−

"그게 무슨 말이지? 알레시오 후작과 이미 이야기를 마쳤다!"

−내가 이곳에 온 것은 클라우드 폰 제이드가 얼마나 강해졌는지 확인하기 위해서였다. 그래서 무단으로 이탈했고 니콜라스는 그걸 무마하려 그런 말을 했겠지. 니콜라스도, 이안 황제도 나를 막지는 못한다−

제피르는 침묵했다. 머리가 아파 무슨 말을 할 수가 없었다.

−그리고 지금 그대가 그런 걸 신경 쓸 때가 아닐 텐데? 소중한 신하가 죽게 생겼는데 말이다−

그 말을 끝으로 카젠트는 통신을 끊었다. 제피르는 카젠트의 말에 놀라 황급히 고개를 돌렸다. 그리고 그의 안색이 창백해졌다.

"루벤!"

제피르가 비명을 지르듯 외쳤다. 세 기의 마장기가 내지른 검이 루벤의 골드티거를 꿰뚫었다. 골드티거는 축 늘어지더니 이윽고 폭발과 함께 완전히 사라졌다.

털썩.

충격을 이기지 못한 제피르가 바닥에 주저앉았다. 루벤은 그를 누구보다 지지한 가신이었다. 그런 소중한 가신이 이렇게 허망하게 죽을 것이라고는 단 한 번도 생각한 적이 없었다.

"전하! 부대를 재편해야합니다!"

"이대로 있다가는 아군이 전멸당하고 맙니다!"

제피르가 충격에 빠져 제대로 명령을 내리지 않자, 정신을 차린 참모들이 일제히 건의했다. 제피르는 힘겹게 고개를 들어 전장을 살폈다. 대지에 처량한 모습으로 쓰러진 마장기 대부분이 레이너드 왕국의 티거였다. 중앙에서 주로 벌어지던 전투가 어느사이에 주변부로 확산되는 모습도 눈에 들어왔다.

'이대로 있다가는 포위당해 전멸하고 만다.'

그 모습을 보자 제피르는 정신이 번쩍 들었다. 가신과 부하들의 죽음이 원통하기는 했지만 여기서 이성을 잃은 채 무대응으로 일관하면 모든 게 끝이었다. 지금 이 전력을 잃으면 왕국의 힘이 급감할 게 분명했다. 반드시 살려서 데리고 가야만 했다.

"전군! 대열을 정비하라! 남부요새로 후퇴한다!"

제피르는 재빨리 판단하여 후퇴 명령을 내렸다. 마력탄이 빗발치는 전장에서 살아남은 지휘관들을 향해 제피르는 빠르게 명령을 쏟아냈다. 접전 중이던 왕국군 부대들은 악바리처럼 제국군을 붙들었고, 전투 참여를 위해 후방에서 대기하던 부대들은 전방의 아군의 희생에 분루를 삼키며 대열을 재편하기 시작했다. 그리고 왕국군은 전투를 유지하며 조금씩 후퇴를 개시했다.

하지만 실시간으로 지속되는 피해는 줄지 않아, 제대로 후퇴하는 마창기의 숫자는 50기도 채 되지 않았다. 단 한 번의 전투로 전력의 반 이상이 목숨을 잃은 것이다. 전멸이나 다름없는 상황이었다. 그 모습을 보며 제피르는 주먹을 강하게 움켜쥐었다.

"반드시 오늘의 치욕을 갚도록 하겠다."

단순히 왕국의 숙원 뿐만 아니라 개인의 원한이 더해지는 순간이었다.

하지만 아직까지는 제피르는 클라우드를 모르고 있었다. 그가 생각한 것 이상으로 클라우드는 독한 인간이었다.

"클라우드 폰 제이드!"

제피르가 울분을 드러내며 외쳤다. 기체는 바뀌었지만 붉은 빛을 흩날리며 오니 몰라볼 수가 없었다. 클라우드가 이끄는 마창기 부대는 필사적으로 가로막는 왕국군 마창기를 두동강내며 무시무시한 속도로 들이치고 있었다.

-저하! 싸우게 해주십시오!-

-제국놈들을 앞에 두고 후퇴한다면 선조들이 저희를 용서하지 않을 겁니다!-

그 때, 후퇴하던 라이더들이 통신을 보냈다. 하나같이 전투 의지가 충만했다. 그런 그들을 보며 제피르는 가슴이 벅차오르는 것을 느꼈다.

'우리의 혼은 살아있다.'

클라우드는 전용기를 잃었고 다른 소드마스터의 전용기 역시 엉망진창이었다. 또한 왕국군 중앙을 돌파하려 시도하느라 다른 부대들에 비해 돌출해 있었다. 두 명의 소드마스터를 제압하는 것은 불가능에 가까울 정도로 어렵겠지만 만약 왕국 라이더들의 용맹이 하늘에 닿아 저 약점을 공략하면 전황을 뒤집을 수 있었다.

"저하! 탈출해야 합니다! 소드마스터의 앞에서 라이더들은 등불 앞 부나방처럼 타오르고 말 겁니다!"

"행정참모! 어찌 그런 말을 하는가! 저하! 군인이 죽기를 각오하고 싸우면 기적이 일어난다고 했습니다! 우리 라이더들이 목숨을 걸었습니다, 이 기회를 놓칠 수는 없습니다!"

몇몇 참모들이 피해를 감수하고 탈출하자고 목소리를 높였으나, 주변의 참모들과 회선이 연결된 라이더들은 더 큰 목소리로 전투의지를 토해냈다. 제피르는 결론을 내렸다.

"싸워라! 왕국의 전사들이여! 간악한 제국 놈들에게 철퇴를 내려라!"

-명을 받듭니다!-

제피르의 명령이 떨어지기 무섭게 왕국의 마장기들이 방향을 선회했다. 목표는 돌출해 달려오는 클라우드의 전용기! 왕국의 라이더들은 사방에서 하나의 빈틈도 주지 않겠다는 각오를 다지며 달려들었고, 다시 격렬한 전투가 시작되었다.

그리고 단 5분,

5분만이었다.

"……."

제피르의 얼굴이 크게 굳었다. 처음 왕국의 마장기들이 물샐틈없이 클라우드의 전용기를 포위하고 몸체로 엎쳐들기까지 하며 부딪쳤을 때만 해도 이길 수 있을 거라 믿었다. 그러나 그 희망은 불과 5분도 되지 않는 짧은 시간 동안에 완전히 사라졌다.

클라우드의 오러블레이드는 순식간에 자신을 뒤덮은 왕국군 마장기를 찢어냈다. 파리채에 휘둘린 파리떼처럼 사방으로 털려나간 왕국군 마장기들이 다시 달려들 틈도 없이 클라우드는 마장기를 하나하나 박살내기 시작했다. 그렇게 클라우드가 5분 동안 사방에서 다시 달려드는 왕국 마장기들을 상대로 전투를 지속하는 동안 제국군 본대가 들이닥쳤다.

그 다음부터는 일방적인 학살의 시작이었다. 왕국군은 제국군의 일제사격을 버티지 못하고 그대로 무너졌다. 그리고 또다시 5분이 지났을 때, 왕국군은 이미 군대로서의 기능을 완전히 잃고 말았다.

기사의 명예를 외치며, 전사의 이름으로 소리지르며 마지막까지 검을 놓지 않는 왕국 기사들의 전통에 따라 달아나는 사람이 아무도 없었기 때문에 피해는 더 컸다.

"다 끝났군."

"죄송합니다, 저하. 저희들이 부족하여 저하를 제대로 보필하지 못 했습니다."

"죽여주십시오."

참모들이 일제히 외쳤지만 제피르는 고개를 저었다. 상대가 너무 강했고 그에 반해 왕국군은 너무나도 오랜 세월 정체되어 있었다. 그 경험을 훈련으로 메우려고 했지만 역시 훈련과 실전은 달랐다.

"이 패배를 두 눈에 똑똑히 담아라. 내가 무릎을 꿇고 굴욕을 감내하는 동안 그대들은 반드시 이길 방법을 찾아라. 굴욕은 순간이나 왕국은 영원하다."

분명 제국이 그 어느때보다 굴욕적인 협정을 강요할 것이 분명했지만 제피르는 이를 받아들였다. 지금 병사들이 왕국으로 돌아가 후임들에게 경험을 전수한다면 반드시 제국군을 거꾸러뜨릴 계책을 찾아낼 수 있을 것이었다. 그리고 죽음 앞에서도 의연하고, 영광스러웠던 라이더들의 명예는 새로 일어날 기사들에게 모범이 되어줄 것이 분명했다.

남부를 점령하며 제국의 군인과 관료들을 죽인 게 걸렸지만 그래도 하나라도 살려내려면 항복해야만 했다. 클라우드에게 호의를 베풀었던 만큼, 그 또한 함부로 대하지는 못하리라. 원통했지만 제피르는 미래를 기약하며 트레일러에서 나가려 했다.

그 순간,

콰직!

마장기 한 기가 그대로 트레일러에 떨어졌다. 충격을 이기지 못한 트레일러가 찌그러졌다.

"크아아아악!"

찌그러진 트레일러에 하반신이 압궤된 제피르의 입에서 끔찍한 비명이 울려 퍼졌지만 그것도 잠시, 그는 입을 다물었다.

레이너드 왕국 왕세자의 허망한 최후였다.

◆

클라우드는 전투불능이 된 화이트라이거에서 내렸다. 그리고 예비용으로 남겨뒀던 화이트울프에 올라탔을 때, 레이너드 왕국군이 후퇴를 강행했다. 그 모습을 본 클라우드는 싸늘하게 웃었다.

"올 때는 네 마음이었지만 갈 때는 아니라는 걸 모르는군, 왕자. 전군! 적을 쫓아라! 국토를 유린하고 신민들을 학살한 적을 단 한 명도 남겨둬서는 안 된다!"

클라우드가 추격 명령을 내렸다. 명령을 내린 클라우드는 화이트울프를 움직였다. 그런 화이트울프의 뒤를 따라 60기에 달하는 마장기들이 달렸다.

왕국군은 아무도 도망치지 않았다. 악착같이 달려드는 왕국군 마장기들, 관통될 가능성이 한 푼 없음에도 마장기를 향해 소총을 쏘는 병사, 참모견장을 단 채 허리에 찬 검을 빼들고 달려드는 장교, 그 모든 목숨이 이 전장에서 사그러들고 있었다.

화이트울프가 자신을 향해 달려드는 티거의 허리를 베었다. 상반신이 분리된 티거는 폭발하며 바닥에 쓰러졌다.

"지독한 새끼들."

클라우드는 악착같이 달려드는 레이너드 왕국군을 보며 고개를 흔들었다. 누가 100년 전의 전통을 따르는 놈들 아니랄까봐 마지막까지 싸우는 놈들이 곳곳에 넘쳐났다.

'궁니르를 쏘기를 잘 했지.'

이런 놈들하고 정면으로 부딪쳤으면 이기는 것과 별개로 기껏 쌓은 전력을 크게 소모했을 게 분명했다. 그만큼 왕국군은 지독했다. 하지만 그만큼 어리석기도 했다.

"지금 세상에 누가 상대가 당당하게 맞선다고 해서 쫄까?"

100년 전 사고방식에 갇혀 있다고 했지만 끝까지 그럴 줄은 몰랐다.

쾅! 콰아앙!

하지만 왕국군이 아무리 지독하다 해도 클라우드를 막을 수는 없었다. 비록 화이트라이거가 보다 성능이 훨씬 떨어지고 불굴의 의지의 효과가 사라졌지만 클라우드는 여전히 강력했다. 레이너드 왕국의 어떤 라이더도 클라우드의 일격을 받아내지 못 했다.

"찾았다."

그의 시선은 선두에서 달리고 있는 왕국군 군용 트레일러에 고정되어 있었다. 군용 트레일러에 새겨진 레이너드 왕실 문장은 거기에 누가 탔는지 말해주고 있었다.

팟!

화이트울프가 레이너드 왕국 틈 속을 파고드는데 성공했다. 그러자 슈발츠티거 한 기가 클라우드의 앞길을 가로막았다.

—이 빈스 폰 마르노가 상대……

빈스 폰 마르노는 말을 잇지 못 했다. 붉은 오러블레스트가 전면시각판을 가득 채웠고 빈스는 황급히 팔을 움직였다. 주인의 의지에 따라 슈발츠티거가 오러를 휘감은 검으로 막았다.

콰아앙!

하지만 검과 함께 슈발츠티거의 흉갑과 조종석이 잘려나갔다. 그리고 그 충격을 이기지 못한 슈발츠티거의 동체가 그대로 날아가 왕실의 문양이 새겨져 있는 트레일러를 강타했다.

> 레이너드 왕국군 총사령관인 제피르 폰 레이너드를 전사시키는 데 성공했습니다. 이에 따라 스킬 '전투를 보는 눈'의 레벨이 1 상승합니다. 현재 '전투를 보는 눈'의 레벨은 10입니다.

다시 10분의 시간이 흘렀다.

결국 왕국의 마장기들은 모두 전멸했다. 하지만 클라우드 측의 피해도 컸다. 8기의 마장기가 완파됐고 7기의 마장기가 파괴됐기 때문이다. 15명의 라이더 중 10명이 그 자리에서 목숨을 잃었고 나머지 다섯 명도 중상을 입었다.

툭.

전투가 완전히 끝나자 클라우드는 화이트울프에서 뛰어내렸다. 그러자 병사 한 명이 클라우드에게 달려왔다.

"찾았습니다, 각하!"

"안내해라."

"예!"

클라우드의 말에 대답한 병사는 곧장 마장기에 깔린 트레일러로 안내했다.

"왕국군 총사령관 제피르 레이너드는 여기서 전사했습니다."

"수고했다."

병사를 칭찬한 클라우드는 트레일러를 내려다보았다. 그곳에는 하반신이 완전히 뭉개져 죽은 제피르가 있었다. 갑작스러운 죽음이었는지 그는 여전히 눈을 뜬 상태였다. 클라우드는 그런 그의 눈을 감겨주고 자신의 주위에 모인 라이더들을 보며 외쳤다.

"제국군 장병들이여! 위대한 투사들이여! 그대들에 힘입어 우리는 승리했다!"

"우와아아아!"

라이더들이 일제히 함성을 질렀다. 클라우드가 손을 들어 올렸고 라이더들은 입을 다물었다.

"허나 승리를 위해 희생된 아군이 많다. 허나 그들의 희생이 있었기 때문에 우리는 승리할 수 있었다. 이제 그들을 편안히 보내주자. 일동 묵념!"

클라우드가 눈을 감고 고개를 숙이자 라이더들도 그를 따라 고개를 숙였다. 1분의 시간이 지났고 클라우드가 눈을 떴다. 그리고 죽은 제피르를 가리키며 다시 외쳤다.

"비록 침략자이나 일국의 왕자가 여기서 죽었다. 제국의 군인과 관료들을 학살한 범죄자지만 그 또한 그 대가를 치렀다. 그런만큼 나는 저들의 죽음을 추모한다. 허나 그들은 알아야 한다. 제국을 공격하는 자에게는 죽음밖에 없다는 것을 말이다! 제국 만세!"

"만세!"

"클라우드 폰 제이드 만세!"

다시 한 번 함성을 지르는 라이더들을 보며 클라우드는 웃었다.

'계획대로인가?'

클라우드는 속으로 웃었다. 처음부터 제피르를 살려둘 생각은 없었다. 이대로 이들이 살아 돌아간다면 더 큰 후환이 돼서 돌아올 게 분명했다. 그렇기 때문에 이들은 여기서 모두 죽어야만 했다.

다만 일국의 왕자를 대놓고 죽이는 건 쉽지 않았다. 왕국군이 저지른 범죄가 있지만 어쨌든 왕자는 왕자였다. 하지만 전투 중의 사고에 휩쓸려 죽은 거니 그 누구도 자신을 지탄할 수 없었다. 명분과 실리를 확실히 얻은 것이다.

"이제부터 레이너드 왕국에 점령된 영지들과 남부요새를 탈환한다!"

"명을 받듭니다!"

클라우드는 몇 명의 병사들에게 제피르의 시신을 수습하라는 명령을 내리고 다시 부대를 움직였다.

"우와아아아!"

"만세! 만세!"

"클라우드 폰 제이드 만세!"

"제국의 수호자 만세!"

단 이틀 만에, 클라우드는 왕국군에게 빼앗겼던 영지는 물론 남부요새까지 재탈환하는 데 성공했다. 남부요새에 갇혀 레이너드 왕국으로 끌려가는 일만 남았던 사람들은 일제히 요새를 나와 클라우드를 환영했다.

클라우드는 사람들에게 일일이 손을 흔들어줬다. 사람들의 환영을 받으며 클라우드는 남부요새 정문의 깃대 앞으로 올라갔다. 그리고 레이너드 왕국의 깃발을 내려 한칼로 찢어버리고 자신의 군기를 올렸다.

"우와아아아아아!"

그 모습을 보며 사람들이 더 크게 함성을 질렀다. 그리고 그 때, 화려한 예복을 입은 10명의 귀족들이 클라우드의 앞에 무릎을 꿇었다.

이번 전쟁에서 간신히 전화를 피한 남부 영지의 영주들이었다. 그 중 다섯 명은 남작이었고, 세 명은 자작, 그리고 각각 백작과 후작이 한명 씩 있었다. 하지만 계급에 상관없이 그들 모두 정중히 고개를 숙였다. 그리고 가장 연륜이 깊은 클린트 폰 하프너가 이들을 대표하여 외쳤다.

"제국이 버린 남부를 구한 위대한 영웅이여! 남부를 대표하여 그대에게 충성을 맹세하겠습니다!"

그 말을 들은 사람들은 당혹감을 금치 못 했다. 제국과 황실을 따라야할 귀족들이 클라우드 한 사람을 받들기로 맹세한 것이다.

"좋다. 충성을 대가로 나는 남부의 영지와 국민들을 지키기 위해 최선을 다하겠다고 맹세하겠다."

클라우드가 클린트의 말에 엄숙한 얼굴로 대답했다.

그 순간,

> 10명의 귀족들이 당신을 향해 충성을 맹세했습니다. 이제 제국 남작의 작위는 효력을 상실합니다.
> 귀족들의 충성을 받아낸 그대에게 새로운 지위 '전쟁군주(Warlord)'가 주어집니다!

반투명한 창이 여러 개 떠올랐다.

클라우드는 그것을 보며 주먹을 움켜쥐었다.

'드디어!'

마침내 여기까지 왔다.

그러나 클라우드는 잘 알고 있었다. 이 순간은 그저 시작에 불과하지 않았다.

'아직 시작도 하지 않았지.'

더 큰 적과 더 큰 목표가 남아있었다. 제국이라는 거대한 존재가. 하지만 동시에 한 가지 고민이 그를 괴롭히는 것이 사실이었다.

'여황 폐하, 아니 황녀 저하.'

자신과 함께 춤을 췄던 레베카의 모습이, 자신의 품에 안겨 달아나던 그녀의 모습이 여전히 뇌리에 선명했다.

이제는 정말 결론을 내려야했다.

(…4권에 계속)

강철의 소드마스터 1권

내가 군인이라니! 또 군인이라니!!

+031

글 : 비경 / 그림 : KOSANMAKA

가격 : 9,000원

V +036

글 : 박제후 / 그림 : GAMBE

가격 : 10,000원

헌티드 시티 2권

유하는 여기에 전재산도 꼴아박을 수 있었다.

글 : 글쓰는기계 / 그림 : 노뉴

가격 : 9,000원

 +038

글 : 박제후 / 그림 : GAMBE

가격 : 10,000원

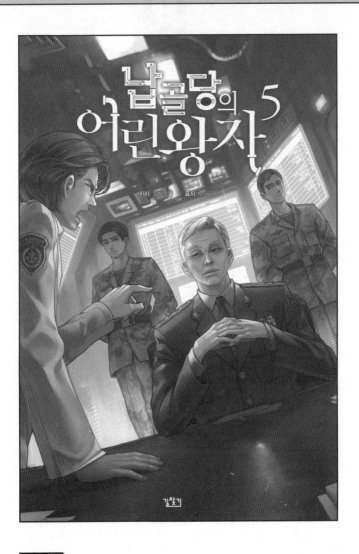

글 : 퉁구스카 / 그림 : MARCH
가격 : 10,000원

강철의 소드마스터 3

초판 1쇄 발행 2018년 10월 15일

저자 달필공자
그림 KOSANMAKA

편집 김원재
디자인 윤아빈
주간 홍성완
마케팅 김정훈
발행인 원종우
발행처 (주)이미지프레임

주소 (13814) 경기도 과천시 뒷골1로 6, 3층
영업부 02-3667-2653 **편집부** 02-3667-2654 **팩스** 02-3667-2655
메일 edit03@imageframe.kr **웹** vnovel.co.kr

ISBN 979-11-6085-800-6 02810   (세트) 979-11-6085-318-6